KB024669

BEFORE THE STORM

크리스티 골든 지음 / 유미지 옮김

제우미디어

폭풍전야

초판 1쇄 | 2018년 8월 13일
초판 5쇄 | 2019년 11월 18일

지은이 | 크리스티 골든
옮긴이 | 유미지

펴낸이 | 서인석
펴낸곳 | 제우미디어
출판등록 | 제 3-429호
등록일자 | 1992년 8월 17일
주소 | 서울시 마포구 독막로 76-1 한주빌딩 5층
전화 | 02-3142-6845
팩스 | 02-3142-0075
홈페이지 | www.jeumedia.com

ISBN | 978-89-5952-684-0
• 파본은 구입하신 서점에서 교환해드립니다.

제우미디어 네이버 포스트 | post.naver.com/jeumediablog
제우미디어 페이스북 | facebook.com/jeumedia

만든 사람들
출판사업부 총괄 손대현 | **편집장** 전태준 | **책임 편집** 안재욱 | **기획** 홍지영, 박건우, 장윤선, 조병준, 성건우
디자인 총괄 디자인 수 | **영업** 김금남, 권혁진
도움 주신 분 블리자드코리아 현지화팀, 홍보팀, 커뮤니티팀, 마케팅팀, 웹서비스팀

책이 완성되고 더 나은 작품이 되기까지
헌신적으로 도와주신 델 레이의 편집자 톰 홀러,
사내에서 몇 걸음 떨어진 곳에 앉아 있는 편집자 케이트 게리,
월드 오브 워크래프트의 크리에이티브 디렉터 알렉스 아프라샤비
세 분께 책을 바칩니다.

이 캐릭터들과 세계를 사랑하고,
세세한 디테일에서 원대한 계획까지 모두 포용하며,
'폭풍전야'가 최고의 작품이 될 수 있도록
저와 함께 길을 탐험해주신
모든 분께 진심으로 감사드립니다.

WORLD OF WARCRAFT

Before the Storm

다르나서스

아즈샤라

오그리마

칼림도어

썬더블러프

실리더스

타나리스

로데론

언더시티

아라시 고원

아이언포지

동부

스톰윈드

왕국

실리더스

케직 클랙휘슬은 무릎을 꿇고 쪼그리고 앉아 있었던 시간이 십 년은 지난 느낌이었다. 그가 마침내 커다란 초록색 손을 허리에 대고 얼굴을 잔뜩 찌푸리며 일어서자, 모든 관절에서 우두둑 소리가 울렸다. 그는 바싹 마른 입술을 핥으며 주위를 둘러보다가 눈이 부시도록 내리쬐는 햇살에 두 눈을 가늘게 뜨고, 땀에 젖어 축축해진 손수건으로 이마를 훔쳤다. 여기저기 벌레들이 떼를 지어 날아다녔다. 모래가 사방을 가득 채우고 있었고, 그중 상당량이 그의 속옷 속으로 들어갈 게 분명했다. 어제와 똑같은 하루였다. 엊그제와도 다를 건 없었다.

정말이지 실리더스는 끔찍한 장소였다.

성난 티탄이 거대한 검을 내리꽂은 덕분에 이 땅의 인상은 한층 더 험악해졌다.

대단히 큰 검이었다. 어마어마했다. 그야말로 엄청난 크기였다. 케직보다 훨씬 더 똑똑한 고블린들이 장대하고 현학적인 다음절 어휘를 아무리 갖다 붙여도 그 위용을 제대로 표현할 수는 없을 것 같았다. 그런 검이 바로 이곳 실리더스, 세계의 심장에 깊숙이 박혀 있었다. 굳이 긍정적인 측면을 찾아보자면, 그 거대한 유물이 케직을 비롯한 백여 명의 고블린들이 지금 찾아 헤매고 있는 바로 그 물질을 다량으로 제공해주는 역할을 하고 있다는 것 정도일까.

"직실?"

케직은 검사로봇 4000을 이용해 공중에 떠오른 바위를 분석하는 데 열중인 동료를 불렀다.

"왜?"

고블린 동료 직실은 측정된 수치를 들여다보다가, 고개를 절레절레 젓고는 다시 한 번 시도했다.

"난 여기가 싫어."

"그래? 실리더스는 너 좋아하던데."

땅딸막한 직실이 측정 장비를 무섭게 노려보다가 퍽 소리가 나게 때렸다.

"하하, 재미있기도 하지. 하지만 난 진심이야."

케직이 툴툴거리자 직실은 한숨을 쉬고 다음 바위를 찾아가 스캔하기 시작했다.

"우리 모두 다 여기를 싫어해, 케직."

"아니, 정말, 정말 싫다고. 난 이런 환경에서 살 수가 없어. 전에는 여명의 설원에서 일했었단 말이야. 나는 눈을 좋아하고, 따뜻한 불 가에서 이불 속에 파묻혀 포근한 시간을 보내는 걸 좋아하는 고블린이라고."

직실은 한심하다는 듯한 눈빛으로 케직을 쳐다봤다.

"그래, 어쩌다가 설원에 붙어 있지 못하고 여기까지 흘러와서 날 귀찮게 하는 건데?"

케직은 눈살을 찌푸리며 목뒤를 주물렀다.

"꼬맹이 루닉스 스프로켓슬립이 문제였지. 그러니까 난 그 여자와 함께 채광용 보급품 상점에서 일하고 있었어. 가끔씩 작고 아늑한 우리 마을에 찾아오는 손님들에게 주변 지역을 안내하는 역할도 했고. 루닉스와 나는 그러니까…… 좀 그랬어."

케직은 추억에 잠긴 표정으로 미소를 짓다가 갑자기 얼굴을 잔뜩 찌푸렸다.

"하지만 내가 고고와 어울리고 있는 걸 보고는 완전히 삐쳤었지."

"고고라고? 맙소사! 고고라는 여자와 어울린다고 화를 내다니, 대체 루닉스가 왜 그랬는지 알 수가 없는걸."

직실은 무미건조한 목소리로 말했다.

"내 말이! 정말 말도 안 되는 일이라니까. 그 동네는 정말 엄청나게 추워. 불 가에서 누구라도 꺼안고 있지 않으면 꽁꽁 얼어붙어 버리고 말 거라고, 안 그래? 어쨌든, 그랬던 그곳이 여기 실리더스의 한낮처럼 후끈해지더라니까."

"여긴 아무것도 없어."

직실이 말했다. 여명의 설원을 떠나야 했던 이유를 설명하는 케직의 말에 주의를 전혀 기울이지 않고 있었던 것이 분명했다. 케직은 길게 한숨을 쉬며 커다란 장비 가방을 들어 올려 어깨에 멨다. 그리고 여전히 긍정적인 결과가 나오기를 바라며 계기판을 노려보고 있는 직실 곁으로 다가갔다. 케직이 물품 꾸러미를 땅에 털썩 내려놓자 섬세한 장비들이 위태롭게 서로 부딪히는 소리가 들렸다.

"난 모래가 싫어. 태양이 싫어. 아, 정말이지 벌레는 진짜 싫어. 작은 벌레는 귓구멍, 콧구멍 속으로 스멀스멀 기어들어 와서 싫고, 큰 벌레는 음, 큰 벌레라서 싫어. 그런 걸 좋아하는 사람이 있어? 가히 보편적인 증오라고 할 만하지. 하지만 그중에서도 특히 내 증오는 수천 개의 태양이 내뿜는 빛처럼 하얗게 타오른다고."

"태양은 싫어하는 줄 알았는데."

"싫어하지. 그래도—"

갑자기 직실의 몸이 뻣뻣하게 굳었다. 자홍색 눈이 휘둥그레진 채, 그는 검사로봇을 바라봤다.

"그러니까 내 말은—"

"닥쳐, 이 멍청아!"

직실이 황급히 케직의 말허리를 자르자 케직도 직실과 함께 검사 수치를 노려봤다.

측정 기계의 작은 바늘이 앞뒤로 정신없이 움직였다. 기계 윗부분의 빨간 불빛도 잔뜩 흥분한 듯 빠른 속도로 깜빡였다.

두 명의 고블린은 서로를 바라봤다.

"이게 무슨 뜻인지 알겠어?"

직실이 떨리는 목소리로 말했다.

케직은 활짝 웃으며 삐죽삐죽한 노란색 치아를 드러냈다. 그는 주먹을 꽉 쥔 손으로 다른 쪽 손바닥을 강하게 때렸다.

"아무래도…… 우리가 경쟁자를 제거해야 할 것 같은데."

제 1 장

스톰윈드

침울한 기색으로 망자의 안식처를 향해 발걸음을 옮기는 사람들의 머리 위로 부슬부슬 비가 내렸다. 불타는 군단을 무찌르는 대업에 목숨을 바친 용사들을 기리며 하늘도 슬피 우는 것 같았다. 스톰윈드의 국왕 안두인 린은 잠시 후 얼라이언스 모든 종족의 조문객들을 상대로 연설하게 될 단상에서 몇 걸음 떨어진 곳에 서 있었다. 그는 조문객들이 도착하는 모습을 조용히 지켜봤다. 그들의 모습을 보고 있자니 가슴이 북받쳐 올라, 아무 말도 하고 싶지 않았다. 망자를 기리는 이번 의례는 안두인의 길지 않은 생애에서 가장 힘겨운 시간이 될 것 같았다. 모여든 인파뿐 아니라 안두인 자신에게도 그랬다. 아버지의 텅 빈 무덤이 드리운 그늘 아래에서 치러야 하는 의식이기 때문이었다.

안두인은 전쟁의 희생자를 기리는 추모식에 너무 많이 참석했었다. 좋은 지도자라면 으레 그렇겠지만, 매번 참석할 때마다 그 의례가 마지막이 되기를 바랐다.

하지만 결코 그런 일은 없었다.

항상 다른 적이 나타났다. 가끔은 어딘가 알 수 없는 곳에서 새로운 적이 난데없이 출현하기도 했다. 때로는 아득히 먼 옛날에 속박되었거나 땅속 깊은 곳에 파묻힌 채 잊혔던 적들이 영겁의 세월을 깨고 다시 나타나 무고한 이들을 공포에 떨게 하고 목숨을 빼앗았다. 또는 친숙하지만 익숙한 만큼 위험한 적도 있었다.

아버지는 어떻게 그 수많은 공격과 도전을 이겨낼 수 있었던 걸까? 안두인은 궁금했다. 할아버지는 어떻게 해낸 걸까? 지금은 비교적 조용한 시기라고 할 수 있지만 새로운 적이, 새로운 도전이 조만간 들이닥치리라는 건 의심의 여지가 없었다.

바리안 린의 죽음 이후 그리 오랜 시간이 지나지는 않았지만, 위대했던 그 남자의 아들에게는 그 기간이 한평생 같았다. 바리안은 군단에 맞선 최근의 전쟁에서 적을 압박하며 진격하던 도중, 아군이라 믿었던 실바나스 윈드러너의 배신과 뒤틀린 황천에서 쏟아져 나온 악마들의 손에 목숨을 잃었다. 하지만 안두인이 신뢰하는 또 다른 관계자의 이야기를 들어보면, 상황은 그와 조금 다른 것 같기도 했다. 당시에는 실바나스도 어쩔 도리가 없었다는 의견이 있었다. 안두인은 어떤 이야기를 믿어야 할지 알 수 없었다. 교활하고 배신을 일삼는 호드의 지도자를 떠올리면, 언제나처럼 안두인은 치밀어 오르는 분노를 느꼈다. 그래서 늘 그렇듯이 신성한 빛을 향해 기도하며 마음을 가라앉혀야 했다. 그토록 추악한 적을 상대할 때라도 가슴에 증오를 가득 채울 수는 없었다. 그런다고 아버지가 돌아올 리 없었다. 안두인은 전설적인 전사가 전장에서 목숨을 잃었고, 아버지의 희생 덕분에 수많은 사람들이 목숨을 구했다는 사실을 떠올리며 마음을 달랬다.

그리고 그 짧은 시간에 안두인 린 왕자는 국왕이 되었다.

여러 면에서 안두인은 평생 지금의 자리를 위해 준비해왔다고 할 수 있다. 하지만 아무리 그렇다 해도, 그는 자신이 중요한 측면에서 국왕이 될 준비가 전혀 되어 있지 않다고 생각했다. 어쩌면 정말로 그런지도 몰랐다. 안두인의 아버지는 어린 아들의 눈에만 그런 것이 아니라, 온 백성과 심지어 적들의 눈에도 너무나 위대한 존재였다.

전투에서의 맹렬한 활약상 때문에 로고쉬, 즉 '늑대 정령'이라고 불린 바리안 린은 단순히 전투 능력이 뛰어난 전사만은 아니었다. 그는 탁월한 지도자였다. 아버지의 충격적인 죽음 이후 몇 주 동안 안두인은 최선을 다해 충격에 휩싸이고 슬픔에 잠긴 사람들을 달래주었다. 하지만 그 바람에 자신은 슬퍼할 기회마저 잃고 말았다.

사람들은 늑대를 그리워했지만, 안두인은 아버지를 그리워했다.

뜬 눈으로 밤을 지새우는 동안, 안두인은 바리안 린 국왕의 목숨을 빼앗으려고 얼마나 많은 악마들이 전투에 뛰어들어야 했을지 생각했다.

한 번은 이런 생각을 몰락한 길니아스 왕국의 국왕이었던 겐 그레이메인에게 털어놓기도 했다. 겐은 지금 흔들리는 스톰윈드 국왕의 조언자 역할을 맡고 있었다. 연로한 늑대인간은 미소를 지었지만, 두 눈에는 슬픔이 가득 차 있었다.

"안두인, 자네 아버지는 놈들의 손에 쓰러지기 전에, 내가 지금껏 본 것 중 가장 거대한 지옥절단기를 혼자 힘으로 파괴했네. 퇴각하는 병사들로 가득 찬 비행정을 구출하기 위해서 말이야. 바리안 린이라면 자기 목숨을 빼앗으려 하는 군단에게 아주 끔찍한 대가를 치르게 했을 걸세."

안두인은 그 말을 의심하지 않았다. 그걸로 충분하진 않았지만, 그래야만 했다.

상당수의 무장한 경비병들이 추모식 자리를 지키고 있기도 했지만, 안두인은 망자에 대한 예의를 갖추고 그날을 기리는 의미에서 따로 방어구를 착용하지 않았다. 대신 흰색 비단 셔츠와 양가죽 장갑, 짙은 파란색 바지와 황금색으로 장식된 두툼한 정장 코트를 차려입었다. 하지만 전쟁의 도구이자 평화의 도구이기도 한 공포파괴자는 옆구리에 차고 있었다. 드워프의 전 국왕이었던 마그니 브론즈비어드는 어린 왕자였던 안두인에게 공포파괴자를 선물하면서 이 무기가 누군가의 손에서는 피를 맛보고, 다른 누군가의 손에서는 흐르는 피를 멈추게 했노라 이야기했었다.

안두인은 오늘 유족들과 조문객을 가능한 한 많이 만나서 감사 인사를 하고 싶었다. 아직 앳돼 보이는 젊은 국왕은 모든 사람들을 위로해줄 수 있기를 바랐다. 하지만 냉정히 말해 그런 일은 불가능했다. 안두인은 분명, 빛이 모든 사람들을 비춰주리라 믿으며 아픈 마음을 달랬다. 지쳐버린 자신도 예외는 아닐 것이라고 믿었다.

안두인이 고개를 들었다. 태양은 잠시 구름 뒤에 모습을 감춘 채 축복처럼 부드러운 빛을 내리쬐고 있었다. 불현듯 몇 년 전, 강대한 리치 왕을 막아내기 위해 수많은 용사들이 진군했고, 그때 희생된 사람들을 기리는 추모식을 오늘처럼 치르던 날, 비가 내리던 기억이 떠올랐다.

당시 추모식에 참여했던 사람들 중 안두인이 한없이 사랑하는 두 사람이 오늘 이 자리에는 참석하지 못했다. 한 명은 물론 그의 아버지였다. 나머지 한 명은 안두인이 애정 어린 목소리로 '제이나 이모'라고 불렀던 제이나 프라우드무어였다. 한때 테라모어의 여군주와 스톰윈드의 왕자는 얼라이언스와 호드 사이의 평화를 갈망하며 한목소리를 냈었다.

물론 그건 테라모어가 존재하던 때의 일이었다.

하지만 제이나가 다스리던 도시는 호드의 손에 더없이 끔찍한 방식으로 파괴되었다. 그리고 그렇게 영토를 상실한 여군주 제이나는 그 끔찍한 순간의 고통을 단 한순간도 잊은 적이 없었다. 안두인은 제이나가 그 고통을 잊어보려고 애쓰는 모습을 여러 차례 지켜보았지만, 늘 새로운 고통이 그녀의 상처를 후벼 팔 뿐이었다. 전력을 다해 군단이라는 두려운 악마들을 상대해야 했던 순간에도, 제이나는 호드와 함께 싸워야 한다는 사실을 견디지 못하고 키린 토를 떠나버렸다. 자신을 사랑했던 푸른용 칼렉고스의 곁에서도, 평생에 걸쳐 이끌어주었던 안두인 곁에서도 그렇게 떠나가 버렸다.

"잠깐 괜찮을까요?"

따뜻하고 친절한 목소리였다. 목소리의 주인도 그런 사람이었다.

안두인은 대여사제 로레나를 내려다보며 미소를 지었다. 그녀는 축복을 기원하는 기도를 해도 되겠냐고 묻고 있었다. 그는 고개를 끄덕였다. 가슴속을 틀어막고 있던 응어리가 풀어지고 마음이 차분히 가라앉는 듯했다. 안두인은 조용히 옆으로 물러나, 로레나가 군중을 향해 이야기하는 소리를 들으며 자기 차례를 기다렸다.

안두인은 아버지의 추모식에서 연설을 하지 못했다. 너무나 생생하고 압도적인 슬픔 때문이었다. 그 감정은 시간이 지남에 따라 마음속에서 계속 모습을 바꿨지만, 슬픔의 크기만은 줄어들지 않았다. 그럼에도 생생했던 느낌은 조금이나마 누그러졌기에, 오늘은 어떻게든 한마디 할 수 있을 것 같았다.

안두인은 아버지의 무덤 곁으로 다가갔다. 무덤은 텅 비어 있었다. 군단은 바리안의 시신을 회수할 수 없을 만큼 산산이 조각냈다. 안두인은 무덤의 돌에 새겨진 아버지의 얼굴을 바라봤다. 생전의 모습을 많이 닮은 그 음각을 바라보니 그나마 마음이 편안해졌다. 하지만 아무리 솜씨가 뛰어난 석공이라도 바리안의 뜨거운 열정과 급한 성미, 호탕한 웃음과 유려한 '움직임'은 표현할 수 없었다. 한편으로는 무덤이 비어 있는 편이 낫겠다는 생각도 들었다. 그 덕분에 안두인의 가슴속 깊은 곳에는 아버지의 생전 모습이 언제까지나 그대로 남아 있을 테니까.

안두인은 아버지가 돌아가신 곳을 처음 찾아갔던 때를 떠올렸다. 제이나가 바리안에게 선물했던 검 샬라메인이 주인의 손길이 사라진 후 조용히 잠들어 기다리던 곳. 검이 새로운 주인을 기다리고 있던 곳.

그 검은 위대한 전사의 아들을 기다리고 있었다.

안두인은 검을 들어 올리는 그 순간 바리안의 흔적을 느꼈다. 그때, 안두인이 진정으로 왕의 책무를 받아들이던 순간, 그 검에는 다시 빛이 휘돌기 시작했다. 전사의 붉은빛이 아니라, 사제의 따스한 황금빛이었다. 그리고 그 빛과 함께 안두인의 마음도 회복되기 시작했다.

겐은 달변가가 아니었다. 하지만 안두인은 그때 그가 했던 말을 잊을 수 없었다.

'안두인. 그대의 아버지는 진정한 영웅이었네. 바리안 왕은 모두에게 알려주고 싶었을 걸세. 공포에 굴복해서는 안 된다고…… 설령 지옥의 문턱에 섰을지라도.'

겐은 현명하게도 이 세상에 두려워할 것이 없다고 이야기하지 않았다. 그저 두려움 앞에 굴복하지 말라고 당부했다.

'두려워하지 않을 거예요, 아버지. 샬라메인도 알고 있을 겁니다.'

안두인은 애써 현재로 돌아왔다. 그는 로레나를 향해 목례를 한 후 돌아서서 군중을 바라봤다. 비가 잦아들고 있었지만 완전히 그치진 않았는데도, 누구 하나 그 자리를 떠나려 하지 않았다. 안두인의 시선이 홀로 남은 아내와 남편, 자식을 잃은 부모, 고아, 돌아온 참전 용사들을 훑어봤다. 그는 전장에서 목숨을 잃은 병사들이 자랑스러웠다. 그리고 그들이 사랑했던 사람들 또한 진정한 영웅이었다.

망자의 안식처에 모여 있는 사람들 중에는 공포에 굴복한 사람이 단 한 명도 없기 때문이었다.

그때 가로등 뒤로 물러나 있는 젠의 모습이 눈에 띄었다. 둘의 시선이 마주치자 젠은 고개를 살짝 끄덕였다. 안두인은 다시 한 번 시선을 돌려 그곳에 모인 이들의 얼굴을 바라봤다. 낯익은 얼굴도, 낯선 얼굴도 있었다. 한 판다렌 소녀는 애써 울음을 참고 있었다. 안두인은 그 소녀를 향해 따스한 미소를 지어주었다. 아이는 깜짝 놀라 침을 꿀꺽 삼키고는 조금 긴장한 표정으로 마주 웃었다.

"여러분처럼 저 또한 상실의 고통을 경험했습니다."

안두인의 강하고 명료한 목소리는 가장 뒷줄에 서 있던 사람들에게까지 울려 퍼졌다.

"아버지—"

그는 잠시 목을 가다듬은 후 말을 이었다.

"바리안 린 국왕께서는…… 군단이 다시 한 번 이 아제로스를 침공했던 때, 부서진 섬에서 벌어진 첫 번째 대규모 전투에서 돌아가셨습니다. 병사들을 구하기 위해 목숨을 바치셨습니다. 말로 다 표현할 수 없는 공포를 마주하며 우리와 이 땅, 이 세계를 지켜냈던 용감한 형제자매를 지키기 위해서였습니다. 국왕께서는 그 누구보다도, 왕보다도, 얼라이언스가 중요하다는 걸 아셨습니다. 이곳에 모인 여러분도 집안의 왕과 여왕을 잃었을 것입니다. 아버지와 어머니, 형제, 자매, 아들과 딸을 잃었을 것입니다. 그리고 국왕과 함께 희생된 모든 분들의 용기 덕분에, 우리는 불가능을 이루어냈습니다."

안두인은 한 명, 한 명의 얼굴을 바라봤다. 모두가 얼마나 간절한 마음으로 평안을 갈망하고 있는지 똑똑히 알 수 있었다.

"불타는 군단을 굴복시켰습니다. 그리고 희생한 분들을 기리기 위해 지금 이 자리에 모였습니다. 떠나간 영웅들의 명예를 죽음이 아닌 삶으로 기리십시오. 우리의 상처를 치유하고, 다른 이들의 치유를 도와주십시오. 환하게 웃고, 얼굴 가득 내리쬐는 햇살을 느끼십시오. 사랑하는 이들을 품에 안고 매일, 매시간, 매 순간 서로가 서로에게 얼마나 중요한지 일깨워주십시오."

비가 그쳤다. 구름이 조금씩 걷히고 환한 푸른빛 하늘이 얼굴을 내밀었다.

"우리 자신도, 이 세계도 크나큰 상처를 입었습니다. 그 흉터는 아직도 남아 있습니다. 패배한 티탄이 증오의 현신과도 같은 그 끔찍한 검을 우리가 사랑하는 아제로스에 꽂았습니다. 그 때문에 어떤 대가를 치러야 할지 우리는 아직 모릅니다. 우리 모두의 가슴속에는 영원히 채울 수 없는 빈자리가 생겼습니다. 하지만 오늘 하루 여러분과 함께 눈물을 흘릴 국왕의 뜻을 따르겠다면, 여러분을 위해 목숨을 바친 또 한 명의 국왕을 추모하겠다면, 모두 이 부탁을 들어주십시오. 열심히 이 삶을 살아주십시오. 우리의 삶, 우리의 기쁨, 우리의 세상은 먼저 떠난 분들의 선물입니다. 그 선물을 누리십시오. 얼라이언스를 위하여!"

환호성이 터져 나왔다. 울음을 터뜨리는 이들도 있었다. 이제 다른 이들이 연설을 할 차례였다. 안두인은 옆으로 비켜서며 다음 사람에게 연단을 넘겨주었다. 그때 그의 시선은 다시 길니아스의 옛 국왕 겐에게로 향했고, 순간 가슴이 철렁 내려앉았다.

스톰윈드의 비밀 첩보 조직인 SI:7의 수장인 첩보단장 마티아스 쇼가 겐

과 함께 서 있었다. 그리고 두 사람은 안두인이 보아왔던 그 어느 때보다
도 심각한 표정이었다.

안두인은 쇼를 그다지 좋아하지는 않았지만, 첩보단장은 바리안과 안
두인을 위해 충성스럽고 성실하게 봉사해왔다. 국왕은 SI:7 요원들이 왕
국을 위해 수행하는 일들의 가치를 이해하고 있었다. 물론 최근 있었던 전
쟁에서 얼마나 많은 SI:7 요원이 목숨을 잃었는지는 영영 알 수 없을 것이
다. 전사들과 달리 어둠 속에서 작전을 수행하는 그들은 명성을 떨치지 못
한 채 살고, 일하고, 죽었다. 안두인이 싫어하는 건 첩보단장 쇼가 아니었
다. 그와 같은 사람이 필요하다는 현실 자체에 거부감이 드는 것이었다.

안두인의 시선을 좇던 로레나가 아무 말도 없이 다가와 그를 대신했다.
젊은 국왕은 겐과 쇼를 향해 고개를 끄덕인 후, 고갯짓으로 조문객들을 피
해 외진 곳에서 이야기를 나누자는 뜻을 전했다. 조문객들은 여전히 무릎
을 꿇은 채 기도하며 자리를 지키고 있었다. 일부는 집으로 돌아가서도 개
인적으로 추모를 계속할 것이다. 또 일부는 주점으로 달려가 주위의 살아
남은 사람들과 함께 음식과 술과 웃음을 나눌 것이다. 안두인이 말했던 것
처럼, 먼저 떠난 사람들이 남겨준 삶이라는 선물을 즐기기 위해서.

하지만 국왕의 일은 끝이 없었다.

세 사람은 추모 행사장의 뒤편으로 조용히 걸음을 옮겼다. 구름은 거의
다 사라지고, 발아래 펼쳐진 항구의 바다 위로 햇살이 반짝이며 부서져 내
렸다.

안두인은 무늬가 새겨진 석벽으로 다가가 손을 짚었다. 바다 내음을 느
끼며 숨을 깊이 들이쉬고, 갈매기의 울음소리에 잠시 귀를 기울였다. 지금
부터 쇼가 말하게 될 음울한 이야기를 기다리며 잠시나마 안정을 찾으려
는 행동이었다.

거대한 검이 실리더스를 꿰뚫었다는 이야기가 들리자마자, 안두인은 첩보단장 쇼를 보내 현장을 조사하고 보고하도록 했다. 워낙 이상한 소문들이 사방에서 들려오다 보니, 현장에서 활동할 요원이 필요했다. 하지만 끔찍하게도 그 모든 소문이 사실이었다. 군단에 맞선 전쟁에서 아제로스의 영웅들이 결정타를 가하던 그 순간, 타락한 존재가 마지막 힘을 다해 실리더스를 소멸시킬 뻔한 공격을 가했다. 이 재앙의 피해 규모가 조금이나마 감소한 건, 다행히도 살게라스가 휘두른 검이 거주민이 많은 지역이 아니라 황량한 사막에 꽂혔기 때문이었다. 살게라스가 만약 실리더스가 아닌 여기 동부 왕국에 검을 꽂았다면…… 안두인은 그런 끔찍한 사태의 결말을 감히 상상조차 할 수 없었다. 그나마 작은 행운에 감사해야 했다.

지금까지 쇼는 확인된 정보를 기록한 서신을 정기적으로 보내오곤 했다. 안두인은 첩보단장이 직접 찾아오는 일이 이렇게 빨리 생기리라고는 예상하지 못하고 있었다.

"말씀하세요."

새 국왕이 할 수 있는 말은 이게 전부였다.

"고블린입니다, 폐하. 그 더러운 생물들이 대규모로 모여들고 있습니다. 고블린들이 나타나기 시작한 건……."

쇼는 잠시 말을 멈췄다. 아직까지 그 누구도 실리더스를 꿰뚫은 그 칼을 냉철하게 설명할 만한 어휘를 찾아내지 못했다. 쇼는 그저 이렇게 말을 이었다.

"칼이 꽂힌 당일부터였습니다."

"그렇게 빨리요?"

안두인은 깜짝 놀랐지만 바다를 향해 돌린 시선은 애써 평온을 유지했다. 문득 이런 생각이 스쳤다.

'여기서 보면 함선도 승무원들도 정말 작아 보이는구나. 마치 장난감처럼, 쉽게 부서질 것처럼.'

"네, 그렇게 빨랐습니다."

"고블린은 질이 좋은 친구들이 아니에요. 하지만 이유 없이 움직이진 않죠."

쇼의 대답에 안두인이 말했다.

"그리고 그 목적은 대개 돈과 결부되곤 하지."

그렇게 빠른 시간 내에, 그렇게 많은 고블린을 동원하고 자금을 지원할 수 있는 조직은 단 하나뿐이었다. 빌지워터 무역회사. 호드를 등에 업은 조직이었다. 겉만 번지르르하고 근본적으로 도덕성이 결여된 재스터 갤리윅스의 손자국이 여기저기서 느껴지는 듯했다.

안두인은 잠시 입을 굳게 다물었다가 말을 이었다.

"하면, 호드가 실리더스에서 귀중한 걸 발견했군요? 이번엔 뭔가요? 뭔가 중요한 것이 감춰진 고대 도시인가요?"

"아닙니다, 폐하. 그들은…… 이걸 찾아냈습니다."

안두인이 돌아섰다. 쇼의 손바닥 위에는 더러워진 흰색 손수건이 놓여 있었다. 그는 아무 말 없이 손수건을 펼쳤다.

손수건 중앙에는 황금색 물질의 작은 조각이 놓여 있었다. 벌꿀과 얼음으로 이루어진 듯한 모양이었다. 따뜻하고 포근한 동시에 서늘하고 차분하기도 했다. 게다가…… 그 조각은 빛나고 있었다. 안두인은 회의적인 눈길로 그 조각을 바라봤다. 분명히 매력적이긴 했지만, 다른 보석에 비해 그리 특별한 것 같진 않았다. 고블린들이 모여들 이유는 없어 보였다.

안두인은 당황한 듯 의아한 표정으로 겐을 흘긋 바라봤다. 첩보 활동에 대해서는 아는 게 많지 않았기 때문에, 아무리 많은 이들에게 인정받는 쇼라고 해도 안두인에게는 아직 수수께끼의 인물일 뿐이었다.

겐이 고개를 끄덕였다. 쇼의 행동은 이상했고 그 물체는 더 이상했지만, 첩보단장이 원하는 대로 하게 해주라는 의미였다. 겐의 뜻이라면 안두인은 신뢰할 수 있었다. 젊은 국왕은 장갑을 벗고 손을 내밀었다.

작은 조각이 안두인의 손바닥 위에 살며시 떨어졌다.

안두인은 헉하고 숨을 들이쉬었다.

마치 누군가가 무거운 방어구를 붙잡아 떼어낸 것처럼 무겁게 마음을 짓눌렀던 슬픔이 사라졌다. 육체의 피로가 사라지고 샘솟는 활력이 그 자리를 차지했다. 머릿속에는 온갖 전술이 펼쳐졌는데, 하나하나가 견실하고 성공 가능성이 높아 보였다. 그리고 각각의 전술이 현재의 상황을 변화시켜 아제로스의 모든 생명체에게 영속적인 평화를 가져다줄 것만 같았다.

안두인의 정신뿐 아니라 육체 또한 충격적일 만큼 갑작스럽게 힘이 솟구쳤다. 한순간 힘과 민첩성, 자제력이 새로운 차원까지 도약했다. 몇 걸음 만에 높은 산의 정상까지 올라갈 수 있는 기분이 들었다. 아니, 원한다면 산을 옮겨버릴 수도 있을 것만 같았다. 이 세계의 어두운 곳 구석구석 빛의 힘을 방출하여 전쟁을 끝내버릴 수 있을 것만 같은 기분이었다.

안두인은 의기양양한 동시에 완벽하게 차분한 마음으로 해일 같은 마력과 힘을 한 치의 망설임도 없이 집중시킬 수 있는 방법을 인지하고 있었다. 아무리 빛이라 해도 안두인에게 이런 영향을 준 적은 없었다. 이 느낌은 빛과 비슷했지만, 정신보다는 육체적인 힘에 가까웠다.

그래서 더욱 두려웠다.

오랫동안 안두인은 아무 말도 하지 못했다. 그저 경이로운 눈빛으로 손바닥 위에 놓인 귀중한 물체를 끝없이 바라보고만 있었다. 그렇게 한참이 지난 후에야 안두인은 가까스로 입을 열 수 있었다.

"이…… 이게 뭐죠?"

"아직 모릅니다."

쇼가 건조한 목소리로 대답했다.

안두인은 생각했다.

'이 물질을 활용한다면 얼마나 많은 일을 해낼 수 있을까! 얼마나 많은 사람들을 치유할 수 있을까? 얼마나 많은 사람들을 고무시키고, 위로하고, 힘을 되찾아주고, 영감을 줄 수 있을까? 그리고…… 얼마나 많은 사람들을 해칠 수 있을까?'

거기까지 생각이 미친 안두인은 배를 한 대 얻어맞은 기분이었다. 조각을 손에 쥐었을 때 나타났던 벅찬 고양감이 어느새 사라지고 있었다.

안두인이 다시 입을 열었을 때, 그의 목소리는 강인하고 결의에 차 있었다.

"호드가 알고 있다면, 우리도 알아야만 해요."

이 물질은 잘못된 자의 손에 들어가서는 결코 안 되는 것이었다.

실바나스의 손아귀에 들어가게 할 수는 없었다.

이렇게 강력한 힘을…….

안두인이 무한한 가능성을 지닌 작은 조각을 조심스럽게 감싸 쥐고 다시 서쪽을 향해 고개를 돌리자 쇼가 입을 열었다.

"알겠습니다. 계속 주시하겠습니다."

안두인이 다음 말을 고르는 동안 세 사람은 침묵했다. 겐은 유난히 말수가 적었지만, 잘 알겠다는 표정으로 안두인을 바라보고 있었다. 국왕은 두 사람이 명령을 기다리고 있다는 걸 알고 있었고, 이렇게 강건한 사람들을 수하에 두고 있다는 사실에 새삼 감사했다. 쇼와 달리 천박한 자였다면, 사리사욕을 위해 이 귀중한 표본을 빼돌렸을 테니까.

"최고의 요원들을 투입하세요, 쇼. 필요하다면 어떤 작전에서든 인원을 차출해도 좋습니다. 이 물질에 대해 반드시 자세한 정보를 알아내야 합니다. 참모진 회의도 곧 열겠습니다."

안두인은 쇼의 손수건을 집어 든 후, 미지의 경이로운 물질을 조심스럽게 싸서 주머니에 넣었다. 조금 전처럼 강렬한 느낌은 아니었지만, 그 물질의 힘이 희미하게 느껴졌다.

안두인은 이미 스톰윈드의 동맹을 만나고자 다른 지역을 방문할 계획을 세우고 있었다. 동맹에 감사를 표하고, 전쟁의 상흔을 치유하는 것을 돕기 위한 방문이었다.

아무래도 방문 일정을 서둘러야 할 것 같았다.

제 2 장

오그리마

실버문의 옛 순찰대 사령관이자 포세이큰의 여왕, 강대한 호드의 현 대족장인 실바나스 윈드러너는 재롱을 부리는 강아지처럼 오그리마로 오라는 이야기에 분개했었다. 언더시티로 돌아가고 싶었다. 그곳의 어둑어둑한 그림자와 눅눅한 습기, 포근한 침묵이 좋았다.

'영원한 안식을 맞이하길.'

그 생각을 떠올리자 괜스레 입가에 미소가 번졌다. 하지만 즐거운 기분은 이내 사라지고, 그롬마쉬 요새에 있는 대족장의 왕좌 뒤쪽 작은 방에서 초조한 듯 움직이는 발걸음이 계속되었다.

실바나스는 잠시 멈춰 섰다. 예민한 귀에 낯익은 발자국 소리가 들렸다. 사적인 대화가 누설되는 것을 방지하고자 드리운 무두질한 가죽을 옆으로 치우며, 누군가가 방 안으로 들어섰다.

"늦었군. 15분만 더 늦었다면 너 없이 떠나야 할 뻔했다."

여왕의 말에 그가 고개를 숙였다.

"용서하십시오, 여왕 폐하. 지시하신 일을 처리하는 데 예상보다 시간이 더 걸렸습니다."

실바나스는 비무장 상태였지만, 상대는 활과 화살통을 가득 채운 화살로 무장하고 있었다. 인간으로서는 유일무이하게 순찰대의 일원이 되었던 그는 매우 뛰어난 궁수이기도 했다. 그래서 실바나스에게는 가장 적합한 호위병이었다. 물론 또 다른 이유도 있었다. 아주 먼 과거의 일에 뿌리를 두고 있는 이유. 두 사람이 찬란하고 아름다운 태양 아래서 찬란하고 아름다운 것들을 위해 싸웠던 당시의 사정 때문이기도 했다.

죽음이 인간과 엘프 두 사람을 모두 거두어들였다. 이제는 찬란하고 아름다운 기억이 거의 사라졌고, 두 사람이 공유하는 과거는 희미하고 흐릿하게만 남아 있었다.

하지만 전부 그런 것은 아니었다.

실바나스는 죽음의 세계로부터 돌아와 밴시로 다시 태어나던 순간부터 따뜻한 감정은 대부분 지워버렸지만, 분노만큼은 그 열기를 그대로 유지하고 있었다. 하지만 이제는 타오르던 분노도 작은 불씨로 잦아들었다. 역병인도자라는 뜻의 블라이트콜러라는 이름으로 더 익숙해진 나타노스 매리스에게는 실바나스도 화를 내지 못했다. 게다가 나타노스는 실바나스의 명에 따라, 오그리마에 매여 있어야 하는 그녀를 대신하여 언더시티를 방문하고 돌아오는 길이었다.

실바나스는 나타노스의 손을 잡고 싶었지만, 자애로운 미소를 짓는 것으로 만족했다.

"용서해주지. 자, 이제 우리의 고향에 대해 이야기해봐라."

실바나스는 대수롭지 않은 문제점들에 대한 이야기나 포세이큰은 언제까지고 어둠의 여왕에게 충성을 다한다는 이야기를 듣게 되리라고 기대했다. 하지만 나타노스는 눈살을 찌푸리며 입을 열었다.

"상황이…… 조금 복잡해졌습니다, 여왕 폐하."

여왕의 웃음기가 사라졌다. 대체 '복잡할' 게 뭐가 있지? 언더시티는 포세이큰의 것이고, 그들은 실바나스의 백성이었다.

"백성들에게는 여왕님이 필요합니다. 마침내 포세이큰이 호드의 대족장이 되었다고 자랑스러워하는 이들도 많지만, 한편으로는 그 누구보다 충성을 다해 왔던 백성을 여왕님께서 잊어버린 건 아닐까 걱정하는 이들도 있습니다."

실바나스가 건조하게 웃었다.

"바인과 사울팽 같은 녀석들은 내가 자기들에게 충분히 신경 쓰지 않는다고 하던데. 정작 내 백성들은 내가 그자들에게만 신경을 쓴다고 생각하는군. 내가 어떻게 하든 반대할 자들은 있을 거다. 누군들 이런 상황에서 제대로 된 통치를 할 수 있겠는가?"

실바나스는 고개를 절레절레 젓고는 말을 이었다.

"볼진과 로아들이여, 저주나 받아라. 난 어둠 속에 머물렀어야 했다. 그랬더라면 귀찮은 일에 얽매이지 않았을 텐데."

'내가 진정으로 원하는 대로 할 수 있었을 텐데.'

실바나스는 이런 걸 원했던 적이 없었다. 모두의 증오 속에서 세상을 떠난 가로쉬 헬스크림의 재판이 진행되는 도중 볼진에게 이야기한 적이 있긴 했지만, 그녀는 눈에 띄지 않는 곳에서 힘을 발휘하고 세력을 유지하는 쪽을 선호했다. 하지만 당시 호드의 지도자였던 볼진은 유언을 통해 실바나스가 정반대의 힘을 손에 넣도록 만들었다. 볼진은 자신이 섬기는 로아의 환영으로부터 계시를 받았다며 이렇게 말했었다.

'자넨 어둠을 벗어나 호드를 이끌게. 자네가 우리의 대족장이야.'

볼진과 실바나스는 의견이 대립할 때도 있었지만, 그녀는 트롤의 지도자를 존중했다. 볼진에게서는 오크 수장들에게서 흔히 보이는 거친 성미를 찾아볼 수 없었다. 실바나스는 그가 죽었다는 사실이 진심으로 안타까웠다. 볼진이 그녀에게 맡긴 이 부담스러운 책임감 때문만은 아니었다.

실바나스가 나타노스에게 계속하라는 말을 하려고 입을 떼는 순간, 쿵쿵 소리와 함께 방 밖에서 창으로 바닥을 두드리는 소리가 들려왔다. 실바나스는 두 눈을 감고 인내심을 끌어 모은 후, 으르렁거리듯 말했다.

"들어와."

그롬마쉬 요새의 정예 오크 경비병인 코르크론이 방 안으로 들어와 무표정한 얼굴로 차려 자세를 취했다.

"대족장님, 시간이 됐습니다. 백성들이 기다리고 있습니다."

'백성이라……'

실바나스의 백성은 지도자도 없이 언더시티에 소외되어 있었다. 그녀가 원하는 것은 지금 당장이라도 그곳으로 돌아가 진짜 백성들과 함께하는 것이었다.

"곧 나가겠다."

실바나스는 혹시라도 이 오크 경비병이 행간의 의미를 읽지 못했을까봐 덧붙였다.

"나가 봐라."

그가 경례를 한 후 물러났고, 가죽 가림막이 제자리를 찾아 내려왔다.

"이야기는 말을 타고 계속하자. 그것 말고도 네게 할 이야기가 있다."

실바나스가 나타노스를 응시한 채 말했다.

"여왕님의 명에 따르겠습니다."

$$* \quad * \quad *$$

몇 년 전, 가로쉬 헬스크림은 노스렌드 대장정의 대미를 기념하기 위해 오그리마에서 대규모 축제를 개최했다. 당시에는 그도 대족장이 아니었다. 축제에 참석하길 원하는 참전 용사들은 모두 모여 가두 행진을 했고, 그들이 지나가는 길에는 수입된 소나무 가지가 걸렸다. 그리고 그 길 끝에는 성대한 축하연이 기다리고 있었다.

몹시 호화롭고, 또 엄청나게 비싼 축제였다. 실바나스는 헬스크림을 본보기로 삼을 생각은 없었다. 이번 일뿐 아니라 그 어떤 일이라도 마찬가지였다. 헬스크림은 오만하고, 잔혹하고, 충동적이었다. 무시무시한 마나 폭탄으로 테라모어를 공격하기로 했던 그의 결정은 여린 종족들의 양심에 크나큰 상처를 주었다. 하지만 실바나스를 불편하게 한 것은 공격이 이루어진 시점이었다. 실바나스는 헬스크림을 증오했고 그자가 체포되어 전범으로 재판에 회부되었을 때에는 살해하려는 계획을 세우기도 했지만, 아쉽게도 성공하지는 못했다. 헬스크림이 결국 최후를 맞이했던 날, 실바나스는 크게 기뻐했다.

오크의 지도자 바로크 사울팽과 타우렌의 대부족장 바인 블러드후프 역시 헬스크림을 좋아하지 않았다. 하지만 그들은 실바나스에게 오그리마에서 대중 앞에 모습을 드러내고 전쟁이 종결되었음을 선포하라고 촉구했다.

'그대가 이끄는 호드의 용맹한 투사들이 목숨을 바쳐 군단을 막아냈소. 수많은 세계를 파괴하고 이 세계마저 집어삼키려던 악마들이 그들의 손에 무너진 것이오.'

젊은 타우렌은 그렇게 말했었다. 공개적으로 실바나스를 비난하려는 기색이었다.

실바나스는 사울팽의 말에서 느껴지던 경고, 아니 위협의 속뜻을 떠올렸다.

'당신은 모든 호드의 지도자요. 포세이큰만이 아니라 오크와 타우렌, 트롤, 블러드 엘프, 판다렌, 고블린까지…… 그 점을 잊어선 안 되오. 그랬다가는 호드도 당신을 잊을지 모르니.'

새삼스레 치밀어 오르는 분노를 느끼며 실바나스는 생각했다.

'오크여, 나야말로 네 말을 결코 잊지 않겠다.'

그래서 실바나스는 지금도 포세이큰의 걱정을 달래주지 못한 채, 해골마 위에 앉아 종전을 기념하며 오그리마 거리에 몰려든 군중을 향해 손을 흔들고 있었다. 이 행군(그녀의 지시에 따라 어느 누구도 '가두 행진'이라는 표현은 사용하지 못했다)은 호드의 수도 입구에서 공식적으로 시작되었다. 거대한 관문의 한쪽에는 이 도시에 거주하고 있는 블러드 엘프와 포세이큰이 모여 있었다.

블러드 엘프는 예상했던 대로 붉은색과 황금색이 뒤섞인 화려한 예복을 입고 있었다. 그 선두에는 로르테마르 테론이 붉은색 깃털의 매타조를 타고 차분하게 실바나스와 시선을 맞췄다.

둘은 한때 친구 사이였다. 테론은 실바나스가 하이 엘프의 순찰대 사령관이던 시절 그녀의 부하로 복무했다. 지금 그녀 곁에서 말을 타고 있는 나타노스처럼, 둘은 친구이자 전우였다. 차이가 있다면, 나타노스는 오래전 필멸의 인간이었을 때부터 지금 포세이큰이 되어서도 오직 실바나스에게만 충성을 바쳤지만, 테론은 오직 백성들에게만 헌신했다.

실바나스도 한때 그 백성들과 같았다. 하지만 이제는 그렇지 않았다.

테론이 고개 숙여 인사했다. 그러면 적어도 지금은 대족장을 섬길 것이다. 딱히 입을 열고 싶은 마음은 없었기에, 실바나스도 마주 목례한 뒤 포세이큰 무리를 향해 돌아섰다.

그들은 여느 때와 같이 고요히 서 있었고, 실바나스는 그런 모습이 자랑스러웠다. 하지만 여기서 특정 종족을 편애하는 모습을 드러낼 수는 없었다. 그래서 로르테마르와 신도레이에게 했던 인사와 동일한 인사를 한 후, 말에 박차를 가해 관문을 통과했다. 블러드 엘프와 포세이큰은 방해가 되지 않도록 뒤쪽으로 줄지어 섰다. 그것이 실바나스가 요구한 조건이었다. 조금이나마 사적인 시간이 필요했다. 자신의 용사에게만 할 이야기가 있기 때문이었다.

"백성들의 생각을 조금 더 자세히 말해봐라."

실바나스가 명령했다.

"백성들의 관점에서 보면, 여왕님은 언더시티의 상징이었습니다. 여왕님께서 그들을 창조했고, 그 존재를 연장하기 위해 애를 쓰셨습니다. 그들에게는 당신이 전부입니다. 그런데도 너무 갑작스럽게 대족장이 되셨고, 또 그 당시 적의 위협이 워낙 중차대하고 시급했기에, 여왕님께서는 백성들을 보살필 만한 자를 남겨두지 않으셨습니다."

실바나스는 고개를 끄덕였다. 그들의 심정을 이해할 수 있었다.

"여왕님께서 떠나신 자리에 아주 큰 빈자리가 남았습니다. 그리고 권력의 빈자리는 무언가 다른 것으로 채워지기 마련이지요."

실바나스의 붉은 눈이 커졌다. 모반이라도 일어났다는 뜻일까? 몇 년 전, 믿었던 악마 바리마트라스에게 배신을 당했던 사건이 대족장의 머리를 스쳤다. 그자는 은혜를 모르는 포세이큰 대연금술사 퓨트리스와 합세하여 역병을 만들어내고 산 자와 언데드 모두를 공격했으며, 그 과정에서 실바나스도 하마터면 목숨을 잃을 뻔했다. 언더시티를 되찾는 일은 유혈이 낭자하고 고된 과정이었다. 하지만 모반이 또다시 일어났을 리는 없었다. 실바나스는 그때의 일을 떠올리면서도, 그토록 끔찍한 사태가 발생했다면 자신의 용사가 이렇게 태평스럽게 말을 하고 있지는 않으리라는 것을 잘 알고 있었다.

늘 그렇듯 실바나스의 표정을 읽은 나타노스가 황급히 그녀를 안심시켰다.

"언더시티는 차분한 분위기입니다, 여왕님. 하지만 단 한 명의 강력한 지도자가 자리를 비운 사이에, 그 도시의 거주민들은 자신들의 요구 사항을 들어주는 역할을 할 자치단체를 결성했습니다."

"아, 이제야 알겠군. 과도기의 운영 위원회 같은 건가. 그래…… 합리적인 생각이다."

실바나스는 상점들이 줄지어 서 있는 '골목길'을 지나 명예의 골짜기로 향해 가고 있었다. 대격변 이전까지만 해도 이 도시에서 가장 불쾌한 장소였던 이 길에는 '골목길'이라는 이름이 꽤 잘 어울렸다. 하지만 그 끔찍한 사건을 거치며 골목길도 아제로스와 마찬가지로 물리적인 변화를 겪었다. 실바나스 자신처럼 골목길도 어둠에서 벗어났다. 구불거리는 단단한 흙길 위에 이제는 햇살이 드리워졌다. 재봉술 상점이나 주문각인 전문점 같은 지극히 평범한 가게들이 이곳에 터를 잡으면서, 골목길도 조금씩 번성하고 있었다.

"그 단체는 스스로 '황폐의 의회'라는 이름을 붙였습니다."

나타노스가 말을 이었다.

"자기 연민에 빠진 듯한 이름이군."

"그런지도 모르지요."

실바나스가 중얼거리자 나타노스도 동의했다.

"하지만 그 이름은 지금 백성들의 기분을 잘 표현하는 말입니다. 여왕 폐하, 이번 전쟁중 여왕님께서 하신 일들이 소문으로 떠돌고 있습니다. 그 중에는 사실인 것도 있고요."

그는 실바나스를 흘긋 바라봤다.

"어떤 소문이냐?"

그녀의 목소리에는 다소 조급한 기색이 있었다. 지금 갖가지 계획을 준비해두고 있는 상황에서, 그중 어떤 것이 소문으로 백성들에게 전해졌는지 궁금했기 때문이었다.

"포세이큰이라는 존재를 유지하기 위해 하셔야 했던 극단적인 일들을 백성들도 알게 되었습니다."

아, 그런 거였나.

"그렇다면 겐 그레이메인이 그들의 희망을 깨뜨려버렸다는 이야기도 알게 됐겠지."

실바나스는 쓸쓸한 목소리로 대꾸했다.

그녀는 기함인 윈드러너호를 타고 부서진 섬의 스톰하임을 찾아갔었다. 발키르를 더 찾아내 망자를 부활시킬 방법을 마련하기 위해서였다. 지금까지 실바나스가 확인한 바로는, 포세이큰을 추가로 만들어낼 수 있는 방법은 그것뿐이었다.

"나는 에이르를 굴복시킬 수 있었다. 그 계획이 성공했더라면 영원토록 발키르를 조달할 수 있었을 것이다. 내 백성들 중 그 누구도 다시는 죽음을 경험할 필요가 없었을 것이다."

실바나스는 잠시 말을 멈췄다.

"내가 그들을 구원할 수 있었을 것이다."

"지금 그게…… 문제입니다."

"이리저리 말 돌리지 마라, 나타노스. 솔직히 털어놓아라."

"백성들 모두가 여왕님께서 바라던 그런 삶을 원하는 것은 아닙니다. 황폐의 의회 구성원들도 상당수가 의구심을 품고 있습니다."

나타노스의 얼굴은 시체의 것이었지만, 실바나스의 명령에 따라 수행된 세심한 의식 덕분에 이리저리 뒤틀렸을망정 미소를 지을 수 있었다.

"물론 그건 여왕님께서 백성들에게 자유의지를 주셨기 때문에 발생한 일입니다. 이제 그들에게도 여왕님의 뜻을 거스를 자유가 있는 셈이지요."

실바나스는 창백한 이마를 일그러뜨리며 눈살을 찌푸렸다.

"그러면 모두들 멸종을 택하겠다는 건가? 흙 속에서 썩어가는 길을 원한다는 것이냐?"

호드의 대족장이 거친 목소리로 숨죽여 말했다. 실바나스의 가슴속에서 분노가 솟구치며 타올랐다.

나타노스는 차분한 목소리로 대답했다.

"그들이 무엇을 원하는지는 모르겠습니다. 하지만 제가 아니라 여왕님과 대화하고 싶어 하는 것만은 분명합니다."

실바나스는 나직이 투덜거렸다. 늘 참을성을 발휘하는 나타노스가 가만히 기다렸다. 그는 무슨 일이 있어도 여왕을 따를 것이다. 지금 당장이라도 포세이큰을 제외한 호드 전사들을 모아 언더시티로 진격시키고, 고마운 줄도 모르는 배은망덕한 의회를 모조리 체포할 수도 있었다. 하지만 그들을 잡아들인다는 건, 만족스러울지는 몰라도 현명한 처사는 아니었다. 행동으로 옮기기 전에 조금 더 자세한 정보를 알아내야 했다. 그 어떤 포세이큰이라도 부숴버리는 것보다는 설득하는 편이 나을 테니까.

실바나스는 자신의 용사를 향해 낮은 목소리로 말했다.

"그들의 요청을 고려해보겠다. 하지만 지금은 다른 일에 대한 논의가 필요하다. 호드의 재원을 추가로 확보해야 한다. 조만간 상당한 자금이 필요할 테니까. 그리고 저들도 필요해질 것이다."

그녀가 모여든 오크들을 향해 손짓했다. 남녀를 가리지 않고 모두들 전투의 흉터가 남아 있었지만, 다들 웃고 있었다. 포동포동 건강해 보이는 아이들을 머리 위로 치켜들어 대족장의 모습을 보여주는 중이었다. 호드 중에도 지금의 대족장을 사랑하는 이들이 있는 모양이었다.

"제가 제대로 이해했는지 모르겠군요, 여왕님. 물론 호드에 자금과 인원이 필요한 건 사실입니다."

나타노스가 말했다.

"단순히 인원이 필요한 게 아니다. 군대가 필요한 것이지. 그래서 군대를 해체하지 않기로 결정했다."

나타노스가 고개를 돌려 실바나스를 바라봤다.

"모두들 고향으로 돌아올 때가 되었다고 생각하고 있습니다. 그럴 수 없는 겁니까?"

"안타깝지만 적어도 지금은 그렇다. 부상을 회복할 시간이 필요하다. 농작물도 심어야겠지. 하지만 나는 조만간 호드의 용맹한 투사들을 또 다른 전투에 소환할 것이다. 너와 내가 그토록 오랫동안 갈망하던 그 전투다."

나타노스는 침묵에 잠겼다. 실바나스는 그것이 의견의 차이나 반감 때문이 아니라는 걸 알았다. 그는 입을 다무는 일이 많았다. 자세한 이야기를 해달라고 요구하지 않는 것 자체가, 실바나스가 원하는 것을 이해하고 있다는 뜻이기도 했다.

스톰윈드.

제 3 장

오그리마

어떤 소식통에게서 뜻밖의 이야기를 전해 들은 실바나스는 놀라지 않을 수 없었다. 평화를 갈망하는 소년 국왕 안두인 린은 아버지를 잃었다. 크나큰 충격에 빠진 상태였다. 그러나 이후 안두인이 샬라메인을 되찾았으며 이제는 빛과 함께 강철의 검을 들고 싸운다는 이야기였다. 믿기 힘든 일이었다. 실바나스는 그 예민한 소년이 그런 싸움을 한다는 걸 상상조차 할 수 없었다. 그녀는 바리안을 존경했다. 좋아하기도 했었다. 군단의 위협이 워낙 두려웠던 탓에 마치 생존 본능처럼 지금 자신의 존재를 지탱하는 증오까지도 기꺼이 억눌렀었다.

하지만 늑대는 세상을 떠났고, 새끼 사자는 아직 너무 어렸다. 인간들은 끔찍한 손실을 겪었다. 그들은 그렇게 약해졌다.

먹음직스러운 사냥감이었다.

그리고 실바나스는 사냥꾼이었다.

호드는 강인했다. 오랜 전투에 이골이 났다. 호드의 구성원들은 얼라이언스보다 더 빨리 회복할 것이다. 농작물을 심고, 상처를 치유하고, 기운을 회복하는 일들을 마무리하는 데도 그리 오랜 시간이 필요하지 않았다. 조만간 모두들 다시 피를 향한 갈증에 사로잡힐 것이다. 그때 실바나스가 스톰윈드 인간들의 붉은 체액을 탐닉할 기회를 제시하리라. 호드의 가장 오랜 적들의 피로 목을 축일 기회를.

그리고 그 대가로 실바나스는 포세이큰의 개체수를 증가시킬 것이다. 스톰윈드에서 목숨을 잃은 인간은 모두 되살아나 그녀를 섬기게 될 테니까. 그게 정말 끔찍한 일일까? 그들은 영원토록 사랑하는 이들과 함께할 수 있다. 가슴 시린 사랑도 상실의 고통도 더는 느낄 필요가 없다. 잠을 잘 필요도 없고, 비록 몸은 죽었더라도 살아생전과 마찬가지로 좋아하는 일을 계속할 수 있을 것이다. 마침내 모두가 하나로 통일될 수 있는 기회를 붙잡게 되리라.

인간들이 삶과 그에 수반되는 고통이 자신들을 얼마나 괴롭히는지 깨닫기만 한다면, 다른 운명을 택할 기회가 보이자마자 붙잡으리라고 실바나스는 생각했다. 포세이큰은 그 점을 알고 있었다. 적어도 그녀는 그렇게 생각했다. 하지만 황폐의 의회는 다른 결론을 내린 모양이었다.

바인 블러드후프와 바로크 사울팽, 로르테마르 테론, 재스터 갤리윅스는 의심할 여지없이 실바나스가 인간 사체를 만들어내는 일에 관심이 있다는 사실을 알고 있을 터였다. 멍청하기만 해서는 종족의 지도자가 될 수 없을 테니까. 하지만 그들도 증오스러운 인간들과 맞서 싸우고, 하얗게 빛나는 그들의 도시, 그곳에 인접한 숲과 비옥한 평원을 마다하지 않을 것이다. 실바나스가 사체 따위를 차지하는 것을 시샘할 리는 없었다. 그녀가 실용적인 승리와 상징적인 승리를 그들의 손에 안겨줄 테니까.

이제 얼라이언스를 하나로 규합하여 호드에 맞설 수 있는 인간 영웅은 없었다. '안두인 로서'는 오그림 둠해머의 손에 죽었다. 이제는 레인 린도 바리안 린도 없었다. '린'으로 불리는 이는 이제 안두인 린 하나뿐이었고, 그 어린 왕은 아무것도 아니었다.

실바나스와 나타노스, 둘을 둘러싼 정예병 무리는 명예의 골짜기를 지나 지혜의 골짜기로 향했다. 그곳에서는 바인이 기다리고 있었다. 바인은 타우렌의 전통 의복을 차려입은 채 당당히 서 있었고, 뜨거운 여름 햇살 아래에서 파리를 쫓는 귀와 꼬리만 움직였다. 타우렌의 여러 용사들도 대부족장 곁에 모여 있었다. 말을 탄 실바나스는 타우렌들과 같은 눈높이에서 상대의 눈을 차분히 응시했다. 바인도 침착하게 그녀를 마주 바라봤다.

호드에 합류하기로 결정한 판다렌을 제외하면, 타우렌은 실바나스와 공통점이 가장 적은 종족이었다. 그들은 심오하게 영적인 삶을 추구하며, 늘 침착하고 차분했다. 자연의 평온함을 갈망하고, 고대의 방식을 존중했다. 실바나스도 한때는 그들이 추구하는 삶의 방식을 이해했지만, 이제는 그중 어느 것에도 공감할 수 없었다.

바인의 가장 짜증스러운 점은 아버지가 살해당한 뒤로 지금껏 연이은 비극에 짓눌렸음에도, 여전히 그 무엇보다 평화를 사랑한다는 점이었다. 종족 간의 평화뿐 아니라, 자기 마음의 평화도 마찬가지였다.

바인은 명예를 중시했기 때문에 실바나스를 섬겼으며, 그런 관계가 퇴색되는 걸 원치 않았다. 극단적인 상황까지 내몰리지 않는 한 바인은 변하지 않을 것이며, 다행히 실바나스도 아직까지 그런 지경에 이르지는 않았다.

바인은 넓은 가슴의 심장 위쪽에 손을 올리고는 발굽을 굴러 타우렌식 경례를 했다. 용사들도 그 모습을 따랐고, 오그리마의 대지가 희미하게 전율했다. 실바나스가 다시 걸음을 옮기자 타우렌도 포세이큰과 테론의 블러드 엘프 뒤를 줄지어 따라오기 시작했다.

　여전히 나타노스는 아무 말도 하지 않았다. 그들은 구불거리는 길을 따라 오랫동안 트롤의 거처였던 정기의 골짜기로 향했다. 트롤을 비롯하여 '최초의' 호드를 구성했던 종족들은 자부심이 강했다. 실바나스는 그들이 블러드 엘프와 고블린, 실바나스의 포세이큰처럼 뒤늦게 호드에 합류한 종족들을 호드의 '진정한' 구성원으로 받아들이지 않았다고 생각했다. 그래서일까, 호드에 합류한 고블린들이 스멀스멀 정기의 골짜기에 침투하여 트롤의 구역을 상당 부분 빼앗았다는 사실이 왠지 유쾌하게 느껴졌다.

　타우렌과 마찬가지로 트롤은 오크와 가장 먼저 친구가 된 종족이었다. 오크의 지도자 스랄은 아버지 듀로탄의 이름을 따서 새롭게 정착한 땅에 듀로타라는 이름을 붙였다. 오그리마 역시 호드 초창기의 대족장 오그림 둠해머를 기리는 이름이었다. 사실 볼진이 즉위하기 전까지 모든 대족장은 오크였다. 그리고 실바나스가 대족장의 자리에 오르기 전까지는 모두 초기 호드 창설에 참여한 종족의 일원들이자 사내들만이 그 자리를 차지했다.

　실바나스가 새로운 역사를 쓴 것이다.

　그녀와 마찬가지로 볼진이 대족장이 되면서 백성들의 지도자를 공석으로 남겨두었다. 적어도 포세이큰에는 대족장의 지위를 맡은 그녀가 남아 있었지만, 지금 트롤에는 로칸 정도를 제외하면 종족을 대표할 만한 인물이 전혀 없었다. 실바나스는 가능한 한 서둘러 트롤의 수장을 정해야겠다고 다짐했다. 대화할 수 있는 누군가가 필요했다. 그녀가 통제할 수 있는 트롤이어야 했다. 트롤들이 그녀의 지위에 도전할 수 있는 지도자를 선택하는 건 결코 바람직하지 않았다.

　많은 이들이 오늘은 실바나스에게 환호성과 웃음을 보냈지만, 그녀는 자신이 만인들에게 사랑받고 있다는 착각 따위는 하지 않았다. 실바나스는 호드를 이끌고서 불가능해 보이던 승리를 차지했고, 바로 그 이유 때문에 호드의 구성원들이 그녀를 인정하고 있는 것이었다.

그걸로 충분했다.

실바나스는 트롤들을 향해 정중히 인사한 후 다음 무리를 만날 채비를 했다.

실바나스는 고블린을 별로 좋아하지 않았다. 비록 명예라는 개념이 다소 유동적일 때도 있었지만, 그런 실바나스도 다른 이들의 명예로운 모습은 존중했다. 아마도 그건 오래전 실바나스의 예전 모습에 남아 있는 메아리 같았다. 하지만 고블린은 땅딸막하고 흉측하고 탐욕스러운 기생충일 뿐이었다. 물론 영리한 종족이기는 했다. 때로는 위험할 만큼 영리했다. 그들 자신뿐 아니라 다른 이들에게도 위험한 존재였다. 고블린의 창의력과 발명 능력만큼은 의심의 여지가 없었다. 하지만 실바나스는 고블린과의 관계가 전적으로 금전적인 거래만으로 이루어지던 때가 그리웠다. 그들이 본격적으로 호드의 구성원이 된 이후로는, 실바나스도 고블린을 뭔가 의미 있는 존재로 대우해주는 시늉을 해야만 했다.

물론 고블린에게는 지도자가 있었다. 두꺼운 턱이 겹겹이 겹쳐 있고, 허리띠가 힘겨워 보일 만큼 뱃살이 두둑한 초록색의 탐욕 덩어리, 바로 무역왕 재스터 갤리웍스였다. 잔뜩 모여들어 날카로운 누런색 치아를 드러내며 활짝 웃고 있는 고블린 무리 앞에 무역왕이 서 있었다. 가느다란 갤리웍스의 다리는 그의 체중을 지탱하는 것만으로도 힘들어 보였고, 그가 즐겨 쓰는 중산모와 지팡이로 한껏 멋을 낸 차림새였다. 실바나스가 다가오자 갤리웍스는 뱃살이 허락하는 한 가장 깊이 허리를 숙여 인사했다.

그리고 특유의 번지르르한 목소리로 말했다.

"대족장님, 나중에 잠시만 시간을 내주시면 감사하겠습니다. 대족장님께서 큰 관심을 보일 만한 물건을 준비해두었습니다."

오늘은 어느 누구도 감히 개인적인 요청을 하지 않았다. 고블린은 역시 달라도 너무 달랐다. 실바나스는 눈살을 찌푸린 채 갤리웍스를 바라보며 입을 열려고 했다. 하지만 그 순간 갤리웍스의 얼굴에 담긴 표정이 유난히 눈에 띄었다.

아서스 메네실의 손에 쓰러질 때까지 실바나스는 아주 오랜 삶을 살았다. 그리고 지금까지도, 형태는 조금 달라졌지만 계속 그렇게 살아가고 있었다. 그 오랜 시간 동안 그녀는 수많은 얼굴을 들여다봤고, 이면의 성품과 그들이 내뱉는 말을 분석해왔다.

평상시 갤리웍스의 얼굴에는 실바나스가 정말이지 혐오하는 거짓 웃음이 가득했다. 하지만 오늘은 달랐다. 간절한 기색이라고는 보이지 않았다. 그는 차분했다. 자신의 승리를 확신하는 도박사 같았다. 이런 자리에서 대담하게도 실바나스에게 자신의 의사를 표명한 것은, 갤리웍스가 실바나스와 반드시 대화를 하겠다는 뜻이었다. 오늘의 갤리웍스는 구부정한 자세로 아첨이나 하던 평상시의 모습과는 달랐다. 그렇게 꼿꼿이 서 있는 모습은 실바나스도 처음 보는 것 같았다. 갤리웍스의 몸짓에서는 설령 거래가 중단되더라도 크게 실망하지 않겠다는 태도가 명확히 느껴졌다.

이번엔 진짜였다. 실바나스가 큰 관심을 보일 만한 물건을 정말로 갖고 있는 모양이었다.

"연회장에서 이야기하지."

"대족장님의 명에 따르겠습니다."

고블린의 우두머리 갤리웍스는 그 말과 함께 중산모를 벗어 인사했다.

실바나스는 뒤로 돌아서며 행군을 마무리했다.

"저는 저 고블린을 믿지 않습니다."

오랫동안 말이 없던 나타노스가 불쾌한 듯 말했다.

"나도 그렇다. 하지만 다른 건 몰라도 고블린은 수익을 올릴 수 있는 기회를 놓치지 않아. 아무것도 약속하지 않더라도 이야기는 들을 수 있다."

실바나스의 대답에 나타노스가 고개를 끄덕였다.

"물론 그렇지요, 대족장님."

고블린과 트롤이 실바나스의 뒤로 늘어선 대열에 합류했다. 갤리웍스는 실바나스의 호위병들 뒤쪽으로 끼어들었다. 그가 무슨 수로 그 자리를 차지했는지는 알 수 없었다. 무역왕은 실바나스와 눈이 마주치자 히죽 웃었고, 엄지를 치켜들며 한쪽 눈을 찡긋했다. 실바나스는 역겨운 기분에 입술이 뒤틀리는 걸 애써 참았다. 갤리웍스와 이야기를 나누기로 결정한 것이 벌써부터 후회스러웠다. 뭔가 다른 일에 집중해야만 했다.

실바나스는 나타노스를 보며 입을 열었다.

"우리의 뜻은 다르지 않겠지? 스톰윈드는 함락되어야 한다. 그리고 그 전투의 희생자들이 포세이큰으로 다시 태어날 것이다."

"모든 일이 뜻하시는 대로 이루어질 겁니다, 여왕님. 하지만 제 의견에 신경 쓰실 필요는 없습니다. 그 계획에 대해 다른 지도자들과 이야기를 나눠보셨습니까? 다들 나름의 할 말이 있을 겁니다. 지금의 평화는 그 어느 때보다 큰 대가를 치른 후에 얻어냈고, 그래서 그만큼 소중합니다. 다른 종족의 지도자들은 상황을 악화시킬 만한 일이라면 원치 않을 수도 있습니다. 당분간은."

"우리의 적이 남아 있는 한, 평화는 승리가 아니다."

먹음직스러운 사냥감이 아직 사냥터에 남아 있는 한, 그리고 포세이큰의 지속성이 이토록 불확실한 상황에서는 절대 그럴 수 없었다.

"대족장님을 위하여!"

한 타우렌이 외쳤다. 커다란 폐에서 밀려 나온 외침이 멀리까지 퍼졌다.

"대족장님! 대족장님! 대족장님!"

길고 길었던 '승리의 행군'이 끝나가고 있었다. 실바나스는 그롬마쉬 요새로 걸음을 옮겼다. 이제 단 한 명의 지도자만이 그녀를 기다리고 있었다. 실바나스가 마지못해 존중하는 지도자였다.

바로크 사울팽은 지혜롭고, 강인하고, 흉포하고, 바인처럼 충직했다. 하지만 이 오크의 눈을 들여다볼 때면 실바나스는 언제나 경계심을 느꼈다. 그녀가 길을 벗어나는 순간, 사울팽은 언제라도 실바나스에게 도전할 것 같았다. 아니, 실바나스를 즉각 폐위시킬 것 같았다.

한 발 앞으로 나서는 사울팽의 눈에는 그런 기색이 그대로 담겨 있었다. 사울팽은 실바나스의 시선을 똑바로 마주 보았고, 고개 숙여 인사한 후 비켜선 채로 그녀를 앞세우면서도 눈길을 떼지 않았다. 실바나스가 지나가자 사울팽도 실바나스의 뒤를 따르는 대열에 합류했다. 모두들 그랬던 것처럼.

대족장 실바나스는 말에서 내린 후 고개를 꼿꼿이 들고 그롬마쉬 요새로 들어섰다.

나타노스는 다른 지도자들이 그녀의 계획을 지지하지 않으리라 생각하며 걱정하고 있었다.

'그자들이 무엇을 해야 하는지는 내가 알려주겠다. 적당한 때가 되면……'

* * *

무겁고 거친 나무 탁자와 긴 의자가 그롬마쉬 요새 안에 놓여 있었다. 각 종족의 지도자와 선택된 소수의 호위병, 동행인들을 위한 축하연이 이곳에서 열릴 예정이었다. 실바나스는 자신의 지위에 어울리는 상석에 앉았다.

함께 연회에 참여할 사람들을 둘러보던 실바나스는 문득 그들 중 누구에게도 가족이라고 할 만한 존재가 없다는 생각이 들었다. 그 자리에 참석한 이들 중 지도자의 배우자나 동반자라고 할 만한 존재는 그녀의 용사 나타노스가 유일했다. 하지만 실바나스와 그의 관계는 그보다는 훨씬 더 복잡한 것이었다.

각 종족은 승리를 축하하거나 참전 용사를 기리는 의식을 마음껏 치를 수 있었다. 실바나스도 기꺼이 그 요청을 수락했다. 많은 이들을 기쁘게 할 수 있었고, 또 그에 필요한 자금은 호드가 부담하는 것이 아니라 각 종족이 부담할 테니까. 물론 그 제안을 해온 건 바인이었다. 타우렌은 종족이 탄생한 이후로 줄곧 문화의 일부로서 그러한 의식을 치러왔다. 적어도 실바나스는 그렇게 생각했다.

트롤들도 참가하기로 결정했고, 호드 측 판다렌도 마찬가지였다. 이들 판다렌은 호드의 이상에 공감하여 합류한 개인들로 이루어져 있는 터라 호드 안에서도 아주 독특한 부류였다. 판다렌의 지도자와 고향은 아주 멀리 떨어져 있었지만, 그들은 자신들의 가치를 호드에 증명했다. 그리고 의식을 치러도 좋다는 승인에 복슬복슬한 얼굴로 고개를 끄덕이며, 아름답고 경이로운 의식으로 모두의 기운을 북돋우겠다고 약속했다. 실바나스는 유쾌하게 웃으며 감사를 표했다.

실바나스는 한때 쿠엘탈라스에서도 가상의 전투와 거창하고 화려한 절차가 동반되는 경이롭고 장엄한 의식이 치러졌던 사실을 떠올렸다. 하지만 하이 엘프는 배신과 중독 때문에 암울한 종족이 되고 말았다. 쿠엘탈라스는 회복하는 중이었고, 블러드 엘프는 여전히 화려하고 편안한 생활을 좋아했지만, 수많은 비극을 겪은 끝에 그와 같은 허례허식을 혐오스러운 것으로 여겼다. 따라서 블러드 엘프의 의식은 짧고 간결할 것이라고 로르테마르 테론은 이야기했다. 블러드 엘프는 지금 포세이큰처럼 언짢아하고 있었다. 실바나스가 시간과 재원의 낭비가 분명한 의식에는 참여하지 않겠다고 단칼에 거절했기 때문이었다.

그 문제만큼은 고블린도 실바나스와 같은 입장이었다. 괜히 즐거운 기분이었다.

실바나스는 각 종족을 대표해 나온 주술사들이 의식을 시작하길 기다렸다. 타우렌은 이 전쟁에서 가장 치열했던 전투 중 하나를 재현하겠다고 했다. 그리고 마지막으로 판다렌이 그롬마쉬 요새의 중앙으로 나섰다. 그들은 비취색과 하늘색, 현기증 나는 분홍색 비단으로 만든 튜닉과 바지, 드레스를 입고 있었다. 실바나스는 인정해야 했다. 판다렌은 겉보기에는 덩치도 크고 온화하고 둥글둥글했지만, 춤을 추고 공중제비를 넘으며 전투를 재현하는 모습은 놀라울 만큼 우아했다.

바인이 행사를 마무리하고자 자리에서 일어났다. 그의 시선이 천천히 전당을 둘러보며 탁자에 앉은 지도자들뿐 아니라 흙바닥에 깔아둔 깔개와 가죽 위에 앉은 이들도 모두 눈에 담았다.

"우린 아픔과 긍지를 동시에 갖고 이 자리에 모였소. 아픔을 느끼는 이유는 명예롭고도 끔찍했던 전투에서 용맹한 호드의 영웅들이 수도 없이 쓰러졌기 때문이오. 호드의 대족장이었던 볼진이 군단을 향해 진격하는 선봉대를 이끌었소. 그는 용맹하게 호드를 위해 싸웠소."

"호드를 위하여."

나지막하지만 엄숙하게 외는 소리가 들려왔다. 바인은 고개를 돌려 무언가를 바라봤다. 그의 시선을 따라간 실바나스는 상석 위쪽에 걸려 있는 볼진의 무기와 의식용 가면을 보았다. 다른 이들도 고개를 숙여 예를 표했다. 실바나스도 고개를 숙였다.

"하지만 그 전투에서 우리가 품었던 긍지와 그 결과는 잊지 말아야 하오. 우리는 모든 역경을 딛고 군단은 무너뜨렸소. 우리의 승리는 피로 얻어낸 것이지만, 그럼에도 승리는 승리요. 우리는 피를 흘렸지만, 모두 치유했소. 우리는 슬퍼했지만 지금은 축배를 들고 싶소! 호드를 위하여!"

그 말에 대한 대답은 나직하지도, 엄숙하지도 않았다. 이번에는 모두들 한껏 목청을 높여 그롬마쉬 요새의 지붕이 떠나가라 진심으로 환호했다.

"호드를 위하여!"

멧돼지 통구이와 뿌리 야채들이 느끼한 입맛을 씻어줄 에일 맥주와 포도주, 여러 독주들과 함께 탁자에 놓였다. 실바나스는 다른 이들이 허겁지겁 음식을 집어삼키는 모습을 지켜봤다. 첫 번째 접시가 바닥을 보일 무렵, 빨간색과 보라색 천 위에 별이 흩뿌려진 중산모가 탁자 반대쪽 끝에서 그녀를 향해 다가오는 모습이 보였다.

"대족장님, 잠시 시간 좀 내주시겠습니까?"

"빨리 끝내라."

실바나스가 히죽거리는 갤리윅스를 향해 말했다. 그자는 의자 옆에서 멈춰 섰다.

"얘기를 들어주마. 시간 낭비할 생각은 마라."

"분명 시간 낭비가 아니었다고 생각하게 될 겁니다, 대족장님."

갤리윅스는 다시 한 번 자신감 있는 태도로 말했다.

"하지만 먼저 배경 설명을 좀 드려야겠습니다. 빌지워터 무역회사가 호드에 합류하기 전에 겪어야 했던 비극과 고난은 이미 잘 알고 계시겠지요?"

"알고 있다. 화산 폭발로 너희 고향 섬이 박살 나버렸지."

실바나스가 대답했다.

갤리윅스는 가식적으로 슬픈 표정을 지었다. 그는 장갑을 낀 손으로 눈을 훔치며, 흘리지도 않은 눈물을 닦아내는 척하며 한숨을 내쉬었다.

"정말 많은 것을 잃었습니다. 너무나 많은 카자마이트가 그렇게 사라져버렸죠."

실바나스의 생각이 틀렸을 수도 있었다. 어쩌면 무역왕의 눈물은 진심인지도 몰랐다.

"카자콜라, 생각이 팡팡 터집니다!"

고블린은 추억에 잠긴 듯 코를 훌쩍였지만 실바나스는 단호하게 대꾸했다.

"그래, 이제는 카자마이트가 존재하지 않는다는 사실도 잘 알고 있다. 요점만 말해라. 요점이라는 게 있다면."

실바나스와 갤리윅스가 대화하는 모습이 바인과 사울팽을 비롯한 연회 참석자들의 시선을 끌고 있었다.

"오, 네, 그러죠. 진짜로 드리고 싶었던 말씀은 이게 아닙니다."

갤리윅스가 웃음기를 띤 목소리로 말했다.

"생각해보면 조금 우습기도 합니다. 그 화산이 사실은…… 데스윙이나 대격변 때문에 폭발한 것이 아닐 가능성도 있거든요."

실바나스의 빛나는 눈이 조금 커졌다. 지금 갤리윅스가 하려는 말이, 실바나스가 생각하고 있는 그것일까? 그녀는 망자에게서는 찾아보기 힘든 초조한 기분을 느끼며 고블린의 말을 기다렸다.

"그게 말이죠, 흠…… 어떻게 말해야 할까."

갤리윅스는 늘어진 턱살을 손가락으로 두드렸다.

"저희는 사실 케잔 섬에서 너무 깊은 곳까지 땅을 파들어 갔습니다. 늘 고객들을 만족시켜야 했으니까요. 왜 아니었겠습니까? 카자콜라는 맛도 좋고 머리에도 좋은 음료—"

"내 인내심을 시험하지 마라, 고블린."

"알겠습니다. 이야기를 계속해볼까요. 저희는 땅속 깊은 곳까지 파들어 갔습니다. 정말 깊은 곳까지요. 그러다가 예상치 못한 무언가를 발견했습니다. 그 당시까지 발견된 적 없는 물질이었죠. 진정으로 경이롭고 독특한 물질이었습니다! 작은 광맥에서 발견된 액체였는데, 공기 중에 노출되자마자 딱딱하게 굳어지더니 색깔이 바뀌더군요. 저희 광부 중에서 비교적 똑똑한 녀석들 중 하나가 그 물질 한 덩이를 어…… '개인적으로' 보관했다가 존경의 표시로 제게 진상했었죠."

"다시 말하면, 그 물질을 훔쳐내고는 그걸로 널 매수하려 했다는 건가?"

"그렇게 볼 수도 있지요. 하지만 그게 중요한 건 아닙니다. 중요한 건, 당시 화산 폭발에 데스윙이 분명 큰 영향을 주긴 했습니다만, 그렇게 땅속 깊은 곳까지 파들어 간 것도 한몫했을지 모른다는 겁니다. 아, 물론 거듭 말씀드리지만 그렇게 확신할 수는 없는 일이지만요."

실바나스는 갤리윅스의 끝을 알 수 없는 탐욕과 이기심에 새삼 놀라며 그를 바라봤다. 갤리윅스의 말이 맞다면, 갤리윅스는 지금 고향 섬과 수없이 많은 무고한, 아니 비교적 무고한 고블린들을 자기 손으로 수장시켜 버렸다는 이야기를 아무렇지 않게 하고 있었다. 그것도 정체를 알 수 없는 특이한 광물 하나 때문에.

"그런 짓까지 할 줄은 몰랐는데."

대족장 실바나스가 여러 의미에서 감탄한 듯 중얼거리자 갤리윅스는 감사 인사라도 하려는 것 같았지만 그냥 입을 다물었다.

"아주 특별한 광물이었거든요."

"그렇다면 아주 안전한 곳에 감춰두었겠지?"

갤리윅스는 입을 떼려다 말고 눈을 가늘게 뜬 채 의심에 찬 눈빛으로 나타노스를 바라봤다. 실바나스는 하마터면 웃음을 터뜨릴 뻔했다.

"내 용사는 아주 과묵하다. 나한테도 입을 여는 일이 많지 않거든. 내게 무슨 비밀을 털어놓든, 나타노스는 알아도 된다."

"대족장님의 뜻이 그러하다면……."

갤리윅스는 느릿한 목소리로 대꾸했다. 여전히 믿지 못하는 눈빛이었지만, 다른 방법이 없다는 걸 이해한 듯했다.

"하지만 그 추측은 틀렸습니다, 어둠의 여왕님. 모두의 눈에 띄는 곳에 보관하고 있었으니까요. 말 그대로 손을 뻗으면 닿을 곳이죠."

갤리윅스는 황금빛 지팡이 손잡이로 그 흉측한 모자를 밀어 올렸다. 실바나스는 대답을 기다렸다. 잠시 시간이 흘렀지만 갤리윅스가 대답하지 않자, 그녀는 눈살을 찌푸렸다. 고블린이 작은 눈을 깜빡이며 지팡이 손잡이와 실바나스를 번갈아 바라봤다.

지팡이라고? 실바나스는 지팡이를 다시 한 번 바라봤다. 이번에는 조금 더 자세히 살폈다. 지금까지 갤리윅스가 입은 것이나 몸에 지니고 다니는 것, 그가 하는 말에 신경을 쓴 적은 한 번도 없었다. 하지만 이번에는 뭔가 거슬리는 게 있었다.

그제야 실바나스도 눈치챘다.

"전에는 붉은색이었는데."

"전에는 그랬죠. 지금은 아닙니다."

실바나스는 지팡이 손잡이의 머리 부분을 장식한 사과 크기의 둥근 보주가 금으로 만들어진 게 아니라는 사실을 깨달았다. 그건 어딘가…… 호박석 같은 물질로 보였다. 수 세기에 걸쳐 굳어진 나무의 수액을 잘 연마하여 보석으로 만들 수 있는 물질이었다. 때로는 흐르는 액체 사이로 고대의 곤충이 들어가 긴긴 시간 감싸인 채 남아 있기도 했다. 그 작은 보주에서는 호박석 같은 따스함이 느껴졌고 예쁘기도 했다. 이렇게 무해해 보이는 장식품이 갤리웍스의 말처럼 그토록 강력한 물질이라는 사실을 실바나스는 도무지 믿을 수가 없었다.

"한번 보자."

실바나스가 요구했다.

"기꺼이 보여드릴 수 있습니다만, 엿보는 눈이 이렇게 많은 장소에선 안 됩니다. 조용한 곳으로 자리를 옮기면 안 되겠습니까?"

귀찮아하는 실바나스의 표정을 본 갤리웍스는 지금껏 그녀가 들어본 것 중에서 가장 진솔한 목소리로 거듭 말했다.

"정말입니다. 이런 정보를 외부로 유출시키고 싶지는 않으실 겁니다. 이번만큼은 믿어주십시오."

이상하지만 이번에는 실바나스도 그의 말을 믿어보기로 했다.

"지금 허튼 짓거리를 하고 있는 거라면, 대가를 톡톡히 치르게 될 거다."

"오, 그럼요. 잘 알고 있습니다. 하지만 제 이야기가 마음에 드실 겁니다."

실바나스는 나타노스 쪽으로 몸을 기울인 채 조용히 말했다.

"곧 돌아오겠다. 저 녀석 말이 사실이어야 할 텐데 말이지."

자신에게 쏟아지는 시선을 의식하며, 실바나스는 자리에서 일어나 갤리웍스에게 왕좌 뒤쪽의 방으로 따라오라고 말했다. 갤리웍스는 그 말을 따랐고, 가죽 가림막이 내려와 닫히자 입을 열었다.

"허, 이런 곳이 있는 줄은 몰랐습니다."

실바나스는 대꾸도 없이 손을 뻗어 지팡이를 요구했다. 갤리웍스는 정중하게 고개 숙인 후 그녀에게 지팡이를 건넸다. 실바나스의 손이 지팡이를 감쌌다.

아무 일도 일어나지 않았다.

장식이 지나치게 화려하긴 했지만, 아주 솜씨 좋은 장인이 제작한 지팡이라는 걸 알 수 있었다. 실바나스는 이 물건에 얽힌 수수께끼에 대해 빠르게 흥미를 잃고 있었다. 그녀는 눈살을 찌푸린 채 지팡이 손잡이의 머리 부분으로 손을 뻗어 보석을 움켜잡았다.

그러자 실바나스는 두 눈이 휘둥그레지면서 거친 숨을 들이쉬었다.

한때 실바나스는 더는 누릴 수 없는 삶 때문에 애통해했었다. 한편으로는 언데드가 되면서 자신이 받은 선물에 만족하기도 했다. 막강한 밴시의 통곡뿐 아니라 굶주림과 피로를 비롯하여 필멸자들을 얽매는 제약들을 느끼지 못하는 육체까지 모두 만족스러웠다. 하지만 지금 느끼는 감정에 비하면 그 두 가지는 아무 의미도 없었다.

그저 강하기만 한 게 아니라, 더할 나위 없이 막대한 힘이 샘솟았다. 손아귀의 힘만으로 두개골을 박살 내고, 단 한 걸음에 십 리 길을 갈 수 있을 것만 같았다. 온몸의 근육 한 가닥 한 가닥에 기운이 솟구치며, 목줄에 매인 야수가 예리하고 강렬한 힘을 억누르고 있는 것만 같았다. 생각이 그녀의 머릿속을 스쳤다. 평소와 같은 계산적이고, 교활하고, 영리하기만 한 생각이 아니라 찬란하게 빛나며 두려울 만큼 기발한 생각이었다. 혁신적이고, 창의적인 생각들이었다.

실바나스는 이제 어둠의 여왕이 아니었다. 파괴와 창조의 여신으로서, 그 두 가지가 얼마나 깊이 뒤엉켜 있는지 여태껏 알지 못했다는 사실에 충격을 받았다. 실바나스는 군대를, 도시를, 하나의 문화를 키워낼 수 있었다.

그리고 무너뜨릴 수도 있었다. 스톰윈드가 그 시발점이 될 것이다. 그 도시는 주민들을 바쳐 그녀의 세력을 키워줄 것이다.

그리고 도저히 가늠할 수 없는 규모의 죽음을—

실바나스는 손이 데기라도 한 듯 다급하게 보주를 놓았다.

"이것이…… 모든 걸 바꿀 것이다."

실바나스의 목소리는 떨리고 있었다. 하지만 그녀는 가까스로 평상시와 다름없는 얼음장 같은 차분함을 유지했다.

"이걸 왜 아직까지 사용하지 않은 거지?"

"그게 말입니다…… 처음 액체 상태의 물질을 찾아냈을 때는 그런 효과가 있었습니다. 하지만 딱딱하게 굳어져 붉은색이 되고 나니, 예쁘긴 해도 그냥 평범한 보석이 되고 말았죠. 그래도 저는 언젠가 이 물질을 더 찾아낼 수 있을 거라는 희망을 버리지 않았습니다. 그러던 어느 날…… 짜잔, 하고 지팡이 손잡이가 다시 황금색이 되더니 또 한 번 놀라운 효과를 발휘하기 시작했지 뭡니까. 누군들 그렇게 될 줄 알았겠습니까?"

실바나스는 연회장으로 돌아가야 했다. 다른 지도자들이 분명 수군거리기 시작했을 것이다. 이곳 내실에 공연히 오랫동안 머무르며 그들에게 안줏거리를 제공해줄 생각은 없었다.

"효능이 괜찮을 것 같지요?"

연회장으로 돌아오면서 갤리윅스가 말했다. 다분히 평범하고 실용적인 문제에 대해 이야기하는 말투였다. 뼛속까지 충격을 가한 그 정체 모를 물질에 대한 이야기라고는 그 누구도 짐작할 수 없을 것이다. 대족장 실바나스조차 지금껏 상상도 해보지 못한 힘을 맛보았건만.

실바나스는 마음속 떨림을 애써 감추며 차분한 목소리로 말했다.

"그렇군. 이 연회가 끝난 후에 다시 얘기를 해보자. 호드에 큰 도움이 될 것 같으니까."

오직 호드만이 이 물질의 혜택을 누려야 한다.

"얼라이언스는 아직 모른다고 했더냐?"

실바나스의 물음에 갤리윅스는 여느 때처럼 넉살 좋게 대답했다.

"걱정 마십시오. 다 손을 써놨습니다."

제 4 장

스톰윈드

안두인은 스톰윈드 왕궁의 지도실로 조언자들을 불러 모았다. 그들은 방으로 들어서는 안두인을 보며 가볍게 고개를 숙여 인사했다. 젊은 국왕은 예전부터 목례면 충분하다고 모든 이들에게 신신당부했었다.

겐과 쇼 역시 자리에 참석했다. 안두인에게 빛의 길을 가르쳐준 고대의 드레나이 예언자 벨렌도 이곳에 있었다. 모인 이들을 통틀어, 이 드레나이 예언자야말로 이번 전쟁에서 가장 많은 것을 잃었다. 겐은 오래전에 일어났던 폭력 사태에서 아들을 잃었고, 안두인은 이번 전쟁에서 아버지를 잃었다. 하지만 벨렌은 아들뿐 아니라 고향 세계의 죽음을 목격해야 했다.

안두인은 연보랏빛 피부의 예언자 벨렌을 바라보며 생각했다.

'내게도 여전히 그 슬픔이 느껴지는데, 우리 중 가장 고요한 마음을 유지하고 있구나.'

하늘 제독 캐서린 로저스도 참석했다. 안두인이 로저스에게서 느끼는 감정은 첩보단장 쇼에게 느끼는 감정과 비슷했다. 안두인은 두 사람 다 존중했지만, 함께하는 게 편치만은 않았다. 안두인의 눈에는 로저스가 호드의 피에 지나치게 목말라 하는 것으로 보였다. 안두인은 로저스와 겐이 최근 임무에서 지나치게 과도한 조치를 취했던 것을 강하게 질책했다. 하지만 얼라이언스가 전쟁을 치르려면 로저스의 호전적인 성품도 필요했다. 그리고 쇼 역시 나름의 방식으로 무고한 이들을 보호하고 있었다.

안두인이 입을 열었다.

"아주 힘든 하루였어요. 하지만 우리가 만났던 사람들에게는 더 힘든 하루였겠죠. 어쨌든 전쟁은 끝났고, 우리는 군단을 물리쳤습니다. 이제는 적어도 전쟁으로 인한 사망자 수를 헤아리지 않아도 되겠죠. 그것만으로 저는 감사하고 있어요."

안두인이 말을 이었다.

"하지만 이 세계를 더 나은 곳으로 만들고자 하는 우리의 노력은 계속되어야 합니다. 적을 학살하는 대신, 우리 백성을 치유하고 회복시켜야 해요. 끔찍한 피해를 입은 이 세계도 마찬가지고요. 그리고 오늘 입수한 아주 귀한 자원을 보호하고 연구할 계획도 세워야 합니다. 이 모든 일들이 얼라이언스에게는 새로운 도전이 될 거예요."

안두인은 주머니 속에 금색과 파란색의 작은 돌이 아직 들어 있는 것을 느낄 수 있었다. 그 돌은 조용하지만 든든한 기운을 내뿜고 있었다. 아직 그 물질의 정체에 대해서는 아는 게 별로 없었지만, 한 가지만은 확실했다. 악한 것이 아니었다. 물론 악한 목적을 위해 사용될 수는 있었다. 그건 나루라도 마찬가지였지만.

안두인이 손수건을 꺼냈다.

"오늘 아침에 쇼 첩보단장이 실리더스에서 확인된 사실을 보고해왔습니다. 그곳에서는 살게라스의 검이 이 세계를 꿰뚫은 지점으로부터 거대한 균열이 생겨나 커지고 있을 뿐 아니라, 그 균열을 통해 지금껏 알려진 적이 없었던 물질이 나타났다고 합니다. 그게…… 아주 독특한 물질입니다. 말로 설명하는 것보다는 직접 보여드리는 편이 낫겠군요."

안두인은 벨렌에게 손수건을 건넸고, 벨렌도 앞서 국왕이 보인 반응과 같은 반응을 보였다. 벨렌은 화들짝 놀라 가쁜 숨을 들이쉬었고, 안두인의 눈앞에서 이 예언자의 수십 년에 걸친 고통이 사그라드는 것만 같았다. 그 물질의 힘을 직접 경험하는 것도 엄청난 일이었지만, 다른 사람에게 어떤 영향을 주는지 목격하는 건 더욱 인상적이었다.

"한순간, 이게 나루의 조각이라고 생각했네. 물론 그건 사실이 아니겠지만, 여기에서 느껴지는 감정은…… 그와 비슷하군."

벨렌은 가쁜 숨을 몰아쉬었다.

나루는 신성한 힘만으로 이루어진 자애로운 존재였다. 나루보다 더 빛에 가까운 존재는 없었다. 안두인이 엑소다르에서 드레나이와 함께 공부하던 시절, 그는 나루 오로스와 많은 시간을 함께했다. 그 아름답고 자애로운 존재 역시 전쟁의 희생자가 되었고, 당시의 추억을 떠올리면 뭉근한 고통이 동반되었다. 안두인은 오로스가 불러일으키던 감정을 떠올렸고, 그래서 벨렌의 평가에 동의했다.

벨렌이 말을 이었다.

"하지만 이 물질에는 막대한 해악을 초래할 수도 있는 잠재력이 담겨 있네."

그 다음에는 겐이 돌을 받아들었다. 그는 그 물질의 효과를 경험하며 충격과 혼돈에 빠진 모습이었다. 굳건하게 지키고 있던 믿음이 산산이 깨져버린 듯했다. 겐이 눈살을 찌푸리자 눈 주위의 주름이 더욱 깊어졌다. 그는 무뚝뚝하게 벌꿀색 돌을 쇼에게 건네려 했다.

그리고 거친 목소리로 국왕과 쇼를 향해 말했다.

"솔직히 말해서 두 사람이 지나치게 과장하는 것이라 생각했는데, 과장이 아니었군. 이 물질은 아주 강력하네. 위험하기도 하고."

겐이 쇼에게 돌을 건넸지만 쇼는 손을 내저으며 돌을 치우라고 했다. 그는 필요 이상으로 그 돌과 접촉하고 싶지 않은 듯했다. 안두인은 쇼의 마음을 이해할 수 있었다. 그 다음에는 로저스가 돌을 받았다. 그녀는 충격에 비틀거렸고, 탁자를 붙잡으며 가까스로 균형을 잡은 후, 넋을 잃은 표정으로 그 작은 조각을 바라봤다. 그녀의 얼굴에는 분노와 희망이 뒤섞인 표정이 떠올랐다.

"이런 게 더 있습니까?"

쇼는 벨렌과 로저스에게 앞서 겐과 안두인에게 했던 이야기를 축약해서 들려주었다. 두 사람은 잔뜩 열중한 채로 쇼의 이야기를 들었고, 그가 말을 마치자 로저스가 입을 열었다.

"이 물질을 활용할 수 있는 방법을 찾아내기만 한다면…… 호드를 박살 낼 수 있습니다."

"이 돌이 실바나스 손에 들어간다는 생각만으로도 구역질이 날 것 같네."

겐은 머릿속 생각을 솔직히 털어놓았다.

'왜 모든 것을 폭력과 연관 지어 생각하는 걸까?'

안두인도 희미한 분노를 느꼈지만, 그는 로저스의 첫 번째 질문에 답하는 것을 택했다.

"쇼 첩보단장에게 이 물질을 추가로 확보하여 연구해야 한다는 얘기를 이미 했어요. 이 물질은 적을 효과적으로 공격하는 데 사용하기보다는, 훨씬 더 건설적이고 생산적인 분야에 활용할 여지가 많습니다."

"실바나스는 그렇게 생각하지 않을 텐데. 우리도 그럴 수만은 없네."

젠의 말에 안두인은 푸른 눈동자로 젠을 똑바로 바라봤다.

"우리가 실바나스보다 나은 존재가 되려면, 그렇게 생각해야 합니다."

젠이 그 말에 반박하려 하자, 안두인은 손을 들어 그의 말을 막았다.

"하지만 얼라이언스를 취약한 상태로 내버려둘 수만은 없습니다. 충분한 정보를 모으기만 한다면, 얼마든지 여러 가지 일을 동시에 진행시킬 수 있겠죠."

안두인은 어깨를 펴고 앞에 펼쳐진 아제로스의 지도로 시선을 돌렸다. 그의 파란 눈이 새로운 의미로 다가온 세계의 모습을 훑어봤다. 그의 시선은 스톰윈드에서 가장 가까이 있는 아군의 고향, 드워프의 영토와 그들의 수도 아이언포지에 머물렀다.

안두인은 그 자리에 모인 사람들을 향해 말했다.

"인간은 군단에 홀로 맞섰던 게 아닙니다. 드레나이와 얼라이언스를 선택한 판다렌의 도움을 받았죠. 당신 백성들도 마찬가지입니다, 젠. 늑대인간과 인간 피난민들이 처음에는 저희 아버지와 함께, 이제는 저와 함께 그 끔찍한 고통에 맞서 싸웠습니다. 그들 모두가 이제 당당한 얼라이언스의 일원이 되었지요. 드워프와 노움도 우리와 함께했습니다."

"엄밀히 말하면, 함께했어도 높이는 달랐지."

젠이 퉁명스럽게 말했다. 감정을 앞세운 이야기를 하다 보면, 무뚝뚝한 길니아스의 국왕은 불편한 심기를 드러내곤 했다. 젠에게는 따뜻한 감사 인사보다 성내고 고집부리는 모습이 훨씬 더 잘 어울렸다. 사실 바리안도 아주 오랫동안 그랬었다.

"그랬겠죠."

안두인이 미소를 지었다. 드워프가 이런 농담을 들었다면 아마 껄껄대며 큰 소리로 웃었을 것이다. 드워프의 옛 국왕 마그니 브론즈비어드였다면 아마 이렇게 대꾸했으리라.

'걱정할 것 없다, 꼬마야. 우리가 너희 다리를 잘라서 높이를 맞춰줄 테니까.'

"하지만 그들은 언제나 저희 곁에 있었어요. 바위처럼 든든히 버텨주었죠."

한때 사제가 되는 길과 제대로 된 전사가 되어가는 과정을 함께했던 강하고 거친 종족에 대한 애정이 안두인에게 밀려들었다.

"이 물질을 탐험가 연맹으로 가져가야 해요. 연맹의 구성원들이라면 우리가 알지 못하는 지식을 알고 있겠죠. 또한 전 세계에 걸쳐 인력을 파견하고 있으니, 수많은 눈과 귀를 확보할 수도 있을 거예요, 쇼."

불그스름한 머리카락을 흔들며 쇼가 고개를 끄덕였다. 안두인은 말을 이었다.

"나이트 엘프도 도움이 될 거예요. 고대의 종족인 만큼 이와 같은 물질을 경험해봤을 수도 있겠죠. 그들 또한 이번 전쟁에서 많은 것을 잃었어요. 도움의 손길을 내밀면 아마 우리를 받아줄 겁니다. 그리고 드레나이는……."

안두인은 손을 내밀어 오랜 친구 벨렌의 팔에 얹었다.

"우리가 가늠할 수 없을 만큼 큰 상실감을 느끼셨겠죠. 그리고 벨렌 님도 말씀하셨지만, 이 물질은 나루를 떠올리게 하는 무언가가 있어요. 어딘가 관련이 있을지도 몰라요."

안두인은 다시 모두를 바라봤다.

"모든 종족이 우리의 부름을 받고 와주었습니다. 이제 그들 모두 너무 오랫동안 외면당했던 땅으로, 위험할 정도로 물자도 부족한 그곳으로 돌아갔어요. 노스렌드 전투 이후에 어떤 일이 있었는지 분명히 다들 기억하실 거예요. 자원이 소진되면, 억눌린 분노의 불꽃이 엄청난 불길을 피워낼 수도 있어요. 같은 진영에 속한 종족들 사이에서도 마찬가지겠죠. 우리 동맹이 스톰윈드를 도왔었다는 사실을 후회하게 만들어서는 안 돼요."

그들은 서로를 바라본 뒤 고개를 끄덕여 동의를 표했다.

"저는 이제부터 든든한 아군들의 본거지를 찾아가 보려고 해요. 그들의 희생에 제가 직접 감사의 뜻을 전하고, 경제적인 회복을 지원할 방법을 찾고자 합니다. 또한 앞으로 우리가 일을 진행해나갈 때 그들 종족 전체의 도움을 구하려는 거예요."

안두인은 겐이 반대하리라 예상했고, 연로한 늑대인간은 역시나 실망시키지 않고 불필요한 충고를 했다.

"자네의 백성은 스톰윈드에 있네. 그들에게는 자네가 필요해. 그리고 적어도 길니아스에는, 국왕이 직접 찾아갈 필요가 없네."

물론 길니아스에는 들를 필요가 없었다. 오래전부터 그랬다. 겐이 직접 명한 바에 따라, 길니아스는 거대한 성벽 외부와 모든 접촉을 끊었다. 길니아스 왕국은 다른 모두에게 도움이 필요할 때도 앞으로 나서지 않았고, 그렇게 고립된 행태가 결국 외부 세력의 분노를 촉발시켰다. 늑대인간 사태가 발발하며 자신들이 선택했던 고립주의를 버려야 했던 때에도 그런 일들이 문제가 되었다. 어쨌든 한때 화려했던 왕국도 이제는 어둠과 슬픔이 내려앉은 폐허로 변해버렸을 뿐이다.

"제가 기억하기로는, 아버지께서 쓰러지셨던 장소를 찾아 제가 부서진 섬으로 갔을 때에도 화를 많이 내셨던 것 같은데요."

안두인은 부드러운 목소리로 대꾸했다.

"물론 그랬지. 자네는 아무에게도 이야기하지 않고 스톰윈드를 떠났네.

후계자도 지명하지 않고 말이야. 그러고 보니, 후계자 문제는 아직까지도 결론이 안 났군. 혹시라도 자네에게 문제가 생기면 이곳이 어떻게 될 것 같나?"

젠이 반박했다.

"하지만 아무 문제도 생기지 않았잖아요. 게다가 그때 스톰윈드를 떠난 건 옳은 선택이었어요."

조금 더 부드러워진 목소리로 안두인이 말을 이었다.

"젠, 제게 그 장소를 직접 확인해볼 필요는 없다고 말씀하셨죠. 하지만 전 제 눈으로 직접 그곳을 봐야 할 필요가 있었어요. 아버지가 희생된 그곳은 제게 성지나 마찬가지예요. 게다가 거기서 샬라메인을 찾을 수 있었고요. 아니, 샬라메인이 절 찾았다고 해야겠네요. 그리고 그곳에서 저는……."

안두인은 잠시 말을 멈췄다. 아직까지는 자신의 경험을 어느 누구에게도 말하지 않았다. 예언자 벨렌이라면 그의 말을 이해했겠지만, 아직까지는 솔직히 털어놓을 수가 없었다.

"진정으로 국왕의 책무를 받아들일 수 있었어요."

안두인은 그렇게만 말했다. 젊은 국왕은 헛기침을 하며 답답해져 오는 목을 가다듬었다.

"그곳에서 저는 얼라이언스를 이끌고 힘겨운 승리를 쟁취할 수 있었어요. 네, 물론 스톰윈드의 사람들이 절 필요로 하겠죠. 하지만 아이언포지와 다르나서스의 사람들도 마찬가지예요. 평화로운 시기는 이렇게 이용해야 해요. 통합과 번영의 토대를 구축해야 한다고요. 그러면 언젠가, 전쟁이란 건 역사책에서만 찾아볼 수 있는 날이 오겠죠."

고귀한 목표이자 어쩌면 이룰 수 없는 꿈이었다. 탁자 주위에 모여 있는 사람들은 대부분 후자라고 생각하는 듯했다. 하지만 안두인은 결연하게 목표를 향해 나아갈 생각이었다.

* * *

스톰윈드의 사람들 모두 그녀를 '늙은 엠마'라고 불렀다. 그녀는 그 별명에 개의치 않았다. 나이가 많은 건 사실이었고, 사람들은 대부분 친근한 태도로 그 이름을 불렀기 때문이었다. 하지만 그녀에게는 '펠스톤'이라는 진짜 이름이 있었고, 다른 모든 이들처럼 숨겨진 과거가 있었다. 그녀는 한때 사랑을 했었고, 또 사랑을 받기도 했으며, 과거의 어느 한때는 누구나 그러했듯이 길을 잃기도 했다.

처음은 남편 젬이었다. 남편은 1차 대전쟁에서 목숨을 잃었다. 하지만 전쟁에서는 많은 사람들이 죽는 법이다. 게다가 그 선한 소년 국왕이 주최했던 것과 유사한 추모식을 통해, 남편의 명예를 칭송하고 그를 추억하는 자리가 열리기도 했다.

안두인 린을 보면 눈이 시리도록 예뻤던 세 아들이 생각났다. 아버지의 이름을 땄던 꼬마 젬과 삼촌 존의 이름을 땄던 잭, 그리고 막내 제이크까지. 그들도 전쟁에서 목숨을 잃었다. 여동생 재니스도 마찬가지였다. 그 전쟁은 얼마 전 끝난 전쟁보다 더 끔찍했다. 아들들은 아서스 메네실이 산 자들을 공격하던 그때 전장에서 쓰러졌다. 그들은 로데론의 전사로 테레나스 국왕의 호위를 맡고 있었다. 그리고 국왕과 왕국과 함께 쓰러졌다.

하지만 그들을 기리기 위한 추모식은 열리지 않았다. 어느 누구도 그들을 전쟁 영웅으로 생각하지 않았다. 그들은 그저 광기에 사로잡힌 언데드 괴물로 변해버렸다. 그녀의 가족들은 그렇게 끔찍한 상태로 남아 있거나,

죽었거나, 밴시 여왕을 따르는 포세이큰의 일원이 되어 있었다.

아름다운 아들들이 어떤 운명을 맞이했든, 그녀는 이제 모두 잊었다고 생각했다. 그리고 살아 있는 인간의 세계에서는 그토록 끔찍한 일들을 공공연하게 입에 올리지 않았다.

그녀는 양동이 손잡이를 꼭 잡고서 지금 맡은 일에 집중했다. 우물에서 물을 긷는 일이었다. 젬과 잭, 제이크를 생각해봐야 좋은 일은 생기지 않았다. 그런 생각이 그녀의 마음을 이끄는 곳에는—

엠마는 양동이 손잡이를 더 꽉 움켜잡은 채 우물에 다가서며 생각했다.

'살아 있는 사람들에게 필요한 일에 집중해야지. 죽은 사람들 말고. 그래, 언데드도 마찬가지지.'

제 5 장

스톰윈드

"오늘 추모식에서 아주 멋진 연설을 하셨다고 들었습니다, 폐하."

안두인은 피곤한 표정으로 연로한 시종을 향해 웃어 보였다. 침대를 정리하는 것 정도는 혼자서도 할 수 있었지만, 윌 벤톤은 안두인이 아주 어렸을 때부터 그를 보살펴왔고, 그런 시중을 들지 못하게 했다간 오히려 상처를 받을 터였다.

한 번은 안두인이 윌의 일을 줄여주려고 했었지만, 연로한 시종은 이렇게 말하며 거절했다.

"왕자님과 국왕 폐하께서는 신경 써야 할 일이 무척이나 많습니다. 그러니 초의 심지를 자르는 일이나 옷을 똑바로 걸어두는 일까지 신경 쓰실 필요는 없습니다."

윌은 키가 크고 체격도 컸다. 하지만 최근에는 살이 너무 많이 빠진 것 같았다. 그는 온화하고 무심해 보이는 태도로 린 가문을 위해 열정적으로 헌신하는 본심을 감췄다.

'너무나 많은 것이 바뀌었지만, 윌만큼은 그대로구나.'

"제가 정말로 그렇게 유창하게 말을 했다면, 아마도 빛이 저를 통해 사람들을 위로한 것이겠지요."

"지나치게 겸손하시군요. 국왕 폐하께서는 언제나 말씀을 잘하셨습니다."

윌은 안두인의 허리띠를 풀고, 공포파괴자를 침대 옆 벽에 걸린 고리에 경건하게 걸었다. 윌은 직접 벽에 고리를 달아서, 안두인이 언제든 손만 뻗으면 이 철퇴를 집어 들 수 있도록 해두었다.

'혹시 몰라서 이렇게 해두는 겁니다.'

윌은 그렇게만 이야기했다. 당시 왕자였던 안두인은 어이가 없다는 표정을 지었지만, 이제와 생각해보니 말없이 자신의 안위를 걱정해주는 연로한 시종의 마음에 가슴이 따뜻해졌다. 윌은 단순한 시종이 아니었다. 오랜 친구였다.

"정말 지나치게 친절하시네요."

안두인의 말에 윌은 한숨을 쉬었다.

"오, 폐하, 전혀 그렇지 않습니다. 잘 아시잖습니까."

안두인은 입을 꼭 다물며 웃음을 터뜨리지 않으려고 애썼다. 기분이 좀 나아졌지만, 윌을 놀리는 걸 멈출 수는 없었다.

"조만간 아이언포지로 다시 돌아가야 할 거예요. 싫지 않으시다면 말이죠."

"제가 왜 싫어하겠습니까, 폐하? 뜨거운 열기가 지속되고, 쿵쾅거리며 두들겨대는 거대한 모루 소리가 계속되는 걸 듣고 있자면, 누구나 편안한 휴식을 취할 수 있을 겁니다. 게다가 아이언포지에서는 나쁜 일이 일어나는 경우도 없지 않습니까? 멀쩡하던 드워프가 다이아몬드로 변하지도 않고, 무너져 내린 잔해에 깔리지도 않고, 포로로 붙잡히거나, 목숨을 부지하려고 달아나야 할 필요도 없지요.”

연로한 시종은 슬쩍 비꼬는 말투로 이야기를 계속했다.

월은 지난번에 안두인이 아이언포지를 방문하던 때에도 함께 갔었다. 대격변이 아제로스의 얼굴을 영원히 바꿔놓은 직후의 일이었다. 그 다사다난했던 여정에서는 지금 월이 언급한 모든 일들과 그 밖에도 많은 일들이 실제로 일어났었다. 게다가 그중 두 가지는 안두인이 직접 겪어야 하는 일이었다.

월 딴에는 농담으로 한 말이었지만, 젊은 국왕은 또다시 슬픔의 파도에 휩쓸려야 했다. 이번에는 슬픔의 결이 조금 달랐다. 조금 더 오래전에 상실한 관계 때문이었다. 시간이 고통을 무뎌지게 했지만, 완전히 떨쳐버릴 수는 없었다. 월은 겉옷을 정리하다가, 국왕의 갑작스러운 침묵에 놀라 안두인을 바라봤다.

“죄송합니다, 폐하. 폐하께서도 상실감이 크시다는 걸 잠시 잊었나 봅니다.”

깊은 후회에 잠긴 연로한 시종의 목소리가 잦아들었다.

“카즈 모단에 큰 상실이었지요.”

안두인이 말했다. 던 모로에서 발생한 지진의 전율은 아이언포지에서도 느껴졌다. 그것이 고통에 빠진 세계가 진정한 위기를 맞이했다는 첫 번째 징후였다. 안두인은 던 모로로 가서 구조 활동을 지원했다. 그때는 아직 사제의 길을 걷기 전이었지만, 그래도 응급처치 정도는 할 수 있었고, 어떻게든 사람들을 돕고 싶다는 마음이 더 컸다. 연이은 여진의 여파 속에서, 안두인을 훈련시키는 일을 맡았던 젊은 드워프 여성 애린 스톤핸드가 목숨을 잃었다.

안두인이 자신과 나이가 비슷한 누군가를 잃은 건 그때가 처음이었다. 그리고 솔직히 말하면, 두 눈을 반짝이며 늘 생기가 넘치던 여성 드워프 전사에게 안두인은 단순한 우정 이상의 감정을 느끼기 시작한 상태였다.

"괜찮습니다."

안두인은 윌을 안심시켰다.

"지금은 상황이 많이 나아졌지요. 마그니 님도…… 대지와의 소통에서 깨어나셨고, 저도 이렇게 아무 문제가 없고, 세 망치단도 기름칠을 한 노움 기계처럼 잘 움직이고 있으니까요."

당시 아이언포지의 국왕이었던 마그니 브론즈비어드는 '대지와 하나가 되는' 의식에 참여했다. 그땐 모두가 그 의식을 통해 이 세계가 힘겨워하는 이유를 알아낼 수 있기를 희망했다. 하지만 그 의식에서 마그니는 비유적인 의미가 아니라 글자 그대로 대지와 하나가 되어 다이아몬드로 변해버렸다. 그래서 가뜩이나 위기에 빠졌던 아이언포지는 끔찍한 슬픔까지 감당해야 했다. 하지만 빛의 은총인지, 사실 마그니는 목숨을 잃은 것이 아니었다. 그저 변해버렸을 뿐이었다. 이제 아이언포지의 옛 국왕은 아제로스의 목소리를 대변하는 역할을 맡고 있다. 어느 누구도 마그니를 어디에서 어떻게 찾아야 할지 몰랐다. 마그니는 온 세계를 누비며 필요한 곳에, 아무도 모르게 나타나곤 했다.

안두인은 마그니를 다시 한 번 만날 수 있을지 궁금했다. 그럴 수 있기를 바랐다.

"설사 그렇다고 하더라도, 당연히 제가 함께 가겠습니다, 폐하."

물론 그럴 것이다. 헌신적인 시종 윌은 평생 가족도 없이 린 가문을 섬겼다. 안두인에게 윌의 도움이 필요한 건 아니었다. 혼자서도 겉옷을 걸고 장화를 벗는 일 정도는 할 수 있었다. 하지만 점점 더 나이가 들면서 윌이

하지 못하는 일들이 많아졌다. 안두인은 어린 시절부터 자신을 보살펴온 노쇠한 시종이 스스로 쓸모없다고 낙담하는 것을 원치 않았다. 안두인은 윌이 해주는 일들이 필요해서가 아니라, 윌 자체를 아꼈다.

"함께 가주시면 정말 고맙겠어요."

안두인의 말에는 진심이 담겨 있었다.

"오늘은 이걸로 마무리하셔도 될 것 같네요. 안녕히 주무세요, 윌."

연로한 시종은 허리를 굽혀 인사했다.

"안녕히 주무십시오, 폐하."

안두인은 미소를 지으며 윌이 문을 닫는 모습을 지켜봤다. 문이 딸깍 하고 닫히자, 그는 탁자를 향해 돌아섰다. 여전히 손수건에 싸여 있는 그 호박색 돌은, 안두인에게 개인적으로 대단히 큰 의미가 있는 두 개의 물품 사이에 놓여 있었다. 하나는 어머니 티핀 왕비의 약혼 및 결혼반지가 담겨 있는 작은 상자였다. 또 하나는 안두인이 아버지에게 드렸던 나침반이었다.

안두인은 잠시 흰색 천을 바라봤지만, 손을 뻗어 붙잡은 건 나침반이었다. 절망에 빠진 새로운 국왕이 슬픔을 치유하고자 첫 걸음을 내디디던 그 때, 한 모험가가 되찾아준 바로 그 나침반이었다.

안두인은 나침반을 열어 그 안에 그려진 어린 소년의 초상화를 바라봤다. 소년은 아직 젖살이 남아 두 볼이 통통한 모습이었다. 지난 몇 달간 많은 일들을 목격하고 또 경험하고 나니, 이 당시의 화가가 묘사한 앳된 아이의 모습처럼 어린 시절이 정말 있긴 했었는지 궁금해졌다.

나침반. 이 나침반은 소유자를 옳은 길로 이끌어주는 물건이었다.

불타는 군단과의 전투에서는 명확한 나침반이 있었다. 명확하고, 선하고, 진솔하고, 강력한 나침반이었다. 안두인은 다음 목적지를 분명히 알 수 있었다. 동맹을 만나고, 그들이 동족을 돕는 일을 지원하고, 그들과의 관계가 안두인에게 얼마나 소중한지 보여줘야 했다. 또 이 기이한 광물에 대해 더 자세한 정보를 알아내고, 그 물질이 오용되지 않도록 하는 일에 그들의 도움을 구해야 했다. 그 후에는…….

안두인은 눈을 감고 기도했다.

'빛이여, 제게 좋은 조언자와 진정한 친구를 주신 덕분에 지금껏 백성들을 이끌어올 수 있었습니다. 이제 때가 되면 가야 할 다음 길을 보여주시리라 믿습니다. 저는 언제나 평화를 갈망해왔으며, 이제 작은 평화가 저희에게 주어졌습니다. 그리고 이 물질이 어쩌면…… 저희가 상상조차 못할 방식으로 그 작은 평화를 공고히 해줄지도 모르겠습니다. 이제 모두를 좀 더 나은 세상으로 이끌 수 있는 길을 보여주십시오.'

안두인은 나침반을 가만히 내려놓고, 윌이 협탁에 하나만 남겨놓은 촛불을 끈 후 꿈도 꾸지 않는 깊은 잠에 빠져들었다.

* * *

아침이 되자, 안두인은 사저 밖의 접견실에서 비공식적인 회동을 열었다. 아버지와 단둘이 식사를 하며 참 많은 밤을 보냈던 장소였다. 지금 상황에서 그곳보다 더 적당한 장소는 생각나지 않았다.

"여름이 가까워지고 있다는 걸 잊어버릴 뻔했군."

겐은 달콤한 향기를 풍기는 잘 익은 복숭아를 맛있게 먹었다. 호박색 씨앗 빵과 스톰가드 치즈, 약초를 곁들인 계란, 햄, 베이컨, 해과일, 각종 빵들이 식탁에 놓였고, 갈증을 달래줄 우유와 커피, 차, 다양한 주스도 곁들여졌다.

늑대인간인 겐은 얼라이언스의 다른 종족은 할 수 없는 방식으로 식량을 사냥할 수 있었고, 다른 이들이 먹지 못하는 것도 먹을 수 있었다. 군대는 위장으로 진군한다는 옛말대로라면 여러 면에서 늑대인간은 전쟁에 가장 적합한 종족이었다. 하지만 길니아스의 국왕 겐은 지금 여름 햇과일의 맛을 즐기는 데 열중하고 있었다.

안두인을 비롯한 모두가 잠을 푹 잔 듯했다. 숙면도 그 돌의 효과는 아닐지 궁금해졌다. 잠시 음식에 대한 한담을 나눈 후, 안두인은 실질적인 문제로 대화를 이끌어갔다.

안두인은 계란을 두 개째 먹으며 말했다.

"겐, 제가 자리를 비운 사이에 이 왕국을 이끌어주셨으면 합니다. 이미 그런 일을 오랫동안 해온 분보다 더 나은 후보는 찾지 못할 것 같아요. 아, 걱정하지 마세요."

안두인은 웃으며 덧붙였다.

"이번에는 공식적으로 기록을 남길 테니까요."

겐은 천천히 포크를 내려놨다.

"안두인, 그렇게 말해주다니 몸 둘 바를 모르겠군. 나는 스톰윈드의 국왕 두 명을 섬겼던 것처럼 스톰윈드를 섬기겠네. 하지만 나도 이제는 너무 늙었어. 그러니 만일의 사태에 대비해 조금이나마 젊은 지도자를 찾아보는 게 좋을 것 같네."

안두인은 속으로 한숨을 쉬었다. 후계자 문제가 도마에 오른 건 이번이 처음은 아니었다. 안두인은 애써 무시하기로 했다. 사랑하지 않는 여성과는 결혼하지 않겠다는 의견을 밝혔었지만, 완고한 겐이라면 젊은 국왕이 아이언포지로 출발하기 전에 이 얘기를 적어도 한 번은 더 꺼내리라 확신했다.

"수락해주셔서 감사합니다."

안두인은 간단히 대답한 후 겐이 더 말을 꺼내기 전에 서둘러 벨렌에게 시선을 돌렸다.

"예언자님, 아이언포지와 바다 건너로 떠나는 길에 저와 함께해주시면 감사하겠습니다. 지금도 여전히 엑소다르를 지키고 있는 그 드레나이가 생각나는군요. 이번에는 그들도 만나서 감사의 뜻을 전하고 싶습니다."

하얀 수염이 얼굴을 뒤덮고 있는 드레나이 벨렌이 감동한 듯 고개를 숙여 예를 표했다.

"기꺼이 함께하겠네. 내 백성들에게 아주 큰 의미가 있는 방문이 될 거야."

"제게도 큰 의미가 있을 겁니다."

안두인이 토스트에 버터를 바르며 대답했다. 버터. 그렇게나 많은 사람들이 빵 한 조각도 제대로 먹지 못하고 있는 상황에서, 안두인은 자신이 식탁에 올려진 버터를 당연한 것으로 생각하고 있었음을 깨달았다.

"공동의 적을 물리칠 때 도움을 주었던 드레나이에게 저희가 깊이 감사하고 있다는 뜻을 제대로 전하려면, 무엇을 제공해드려야 할까요?"

"자네도 몹시 힘겨운 일을 겪었는데, 이렇게 그들의 마음을 헤아리고 있다는 사실만으로도 충분히 모두의 마음이 따뜻해질 걸세."

안두인은 버터나이프를 내려놓고 옛 친구를 바라보며 나직한 목소리로 말했다.

"벨렌 님이야말로 우리 중 누구보다 인내가 무엇인지, 고통과 상실이 무엇인지 잘 아실 테죠."

아버지 곁을 떠난 건 리암 그레이메인만이 아니었다. 하지만 그런 개인적인 상실보다, 벨렌의 백성 전체가 겪은 고통이 더 컸다. 그들의 고향이었던 아르거스는 타락한 에레다르에게 정복되었을 뿐 아니라, 영겁의 세월 동안 타락한 티탄 살게라스에게 고통을 받았다. 그 부서진 세계의 영혼이 깨어나, 자신을 해방시키고 도우려 했던 용사들을 포함한 이 세계의 모든 이들을 공격했다. 지금도 그 생각을 떠올리면 안두인은 견디기 힘들 만큼 가슴이 아팠다. 이토록 다양하고 경이로운 생명체들이 생명을 유지하고 있는 아름다운 아제로스만큼은 그와 같은 운명을 겪지 않도록 빛에 기도할 뿐이었다.

벨렌의 얼굴에는 결코 치유될 수 없는 슬픔이 서렸지만, 그의 목소리는 여전히 따뜻했다.

"우리가 그렇게 우주의 어둠을 많이 경험했기에, 선하고 자애롭고 진실한 것에 집중할 수 있는 걸세. 다시 한 번 이야기하네만, 우리 도시의 보랏빛 전당에 그대가 함께하는 것만으로도 우리 종족의 상처를 치유할 수 있을 걸세."

드레나이와 논쟁을 해서 이길 수는 없었다. 안두인의 입술에 희미한 미소가 어렸다.

"말씀하신 대로 하겠습니다. 하지만 좀 더 실용적이고 물질적인 선물을 가져갈 수 있게 조언해주시면 도움이 될 것 같아요."

고대의 예언자 벨렌의 입술에도 젊은이 같은 싱그러운 웃음이 떠올랐다.

"뭔가 마땅한 게 없을지 생각해보겠네."

"좋습니다. 그런데 그보다 시급한 건 아이언포지에 뭘 가져갈까 하는 겁니다. 그곳을 제일 먼저 방문하게 될 테니까요. 드워프에게는 어떤 선물을 하는 게 가장 좋을까요?"

잠시 동안 모두들 이마에 주름을 잔뜩 잡으며 고민에 빠졌다. 하지만 곧 한마음이 되었고, 예언자 벨렌을 포함한 모든 이들이 웃음을 터뜨렸다.

제 6 장

타나리스

그리젝 피즈렌치는 누추하고 소박한 오두막을 떠나 느긋하게 사라져가는 오후 햇살 속으로 들어섰다. 그리고 해안가에서 들려오는 익숙한 파도 소리와 야자수가 부스럭거리는 소리를 들으며 미소를 지었다. 커다랗고 길쭉한 코의 콧구멍을 벌름거리며, 좁다란 가슴팍을 한껏 부풀려 바다 냄새를 들이마셨다.

"이렇게 아름다운 하루를 또 혼자서 보낼 수 있다니."

그는 소리 내어 말하고는 크게 기지개를 켜며 목과 손, 발가락을 풀었다. 그리고 기대감에 키득키득 웃으며, 파도 속으로 몸을 던졌다.

한때 그는 평범한 고블린이었다. 다른 고블린처럼 비좁고 청결하지 않은 빈민가 판자촌에서 불쾌한 자들을 위해 불쾌한 일들을 하며 지냈다. 케잔에서 살 때는 그래도 나쁘지 않았지만, 그 섬이…… 섬답지 않게 폭발해 버린 후 빌지워터 무역회사의 피난민들이 아즈샤라로 이주하고 나자 상황이 많이 달라졌다.

우선 그리젝은 아즈샤라가 싫었다. 여름을 좋아하는 그리젝에게 그곳은 가을 색채가 너무 짙은 지역이었다. 온통 주황색과 붉은색, 갈색으로 뒤덮인 땅이었다. 그는 푸르른 하늘과 바다, 하얀 모래사장, 보고 있으면 마음이 푸근해지는 야자수의 흔들거림을 좋아했다. 게다가 벌목기들이 땅을 온통 뒤집어엎기 시작하자, 그리젝은 아즈샤라가 더욱 싫어졌다. 그곳 지형의 일부를 호드의 상징을 본떠 변형시키겠다는 계획은, 산전수전 다 겪은 그리젝이 보기에도 정말이지 시간과 금 낭비였다. 시간은 금이라는 말을 생각해보면, 그야말로 엄청난 낭비가 아닐 수 없었다.

그리고 호드의 다른 종족들도 문제였다. 그들은 고블린을 전혀 이해하지 못하는 것 같았다. 그리젝이 '완전히 죽은 것들'이라고 부르는 포세이큰은 보기만 해도 소름이 끼쳤고, 독극물을 만드는 것 외에는 좋아하는 것이 없는 것 같았다. 오크는 자기들이 그 누구보다 우월한 존재라고 뻐기면서, '최초의 호드'니 뭐니 하는 헛소리만 지껄였다. 타우렌은 정상적인 지성을 갖춘 존재라면 불편함을 느낄 정도로 대지와 지나치게 깊은 사랑에 빠져 있었고, 트롤과 로아에 관한 이야기는 생각만 해도 무시무시했다. 판다렌은 너무…… 음…… 착해 빠졌다. 블러드 엘프는 그래도 함께 맥주 한 잔 나눌 자들이 한두 명 정도는 있었지만, 종족 전체를 보면 지나치게 예뻤다. 그래서인지 블러드 엘프는 예쁜 것들만 좋아했는데, 사실 고블린과 고블린의 문화는 어떤 면에서도 예쁘다고 할 수는 없었다.

하지만 호드에 합류하면서 겪어야 했던 가장 끔찍한 변화는, 재스터 갤리윅스가 비열한 무역왕에서 한 단계 더 나아가 강력하고 비열한 호드 진영의 지도자 자리를 꿰찼다는 사실이었다. 그리고 그렇게 하루하루 살아가던 어느 날, 뭔가 보이지 않는 스위치가 딸칵 켜지기라도 한 듯이, 너무나 갑작스럽게 그리젝은 더는 견딜 수 없다는 생각을 했다.

그는 실험실의 각종 기구들과 오랜 세월 동안 고통스럽게 자세히 기록해온 실험 일지들, 그리고 작은 창고에 가득했던 보급품에 이르기까지, 소유한 물건들을 전부 챙겨서 여기, 타나리스의 인적 없는 해변으로 이사했다.

이글거리는 태양 아래에서 홀로 연구를 하다 보니, 그의 창백한 연두색 피부도 마치 숲과 같은 에메랄드빛으로 변해갔다. 그곳에서 그리젝은 작고 소박한 자택과 작지도 소박하지도 않은 실험실을 만들었다. 그리젝은 자신이 고독 속에서 햇빛을 받으면 힘이 나는 존재임을 깨달았다. 그는 늦은 오후에 자리에서 일어나 수영을 하고, 간단히 끼니를 때우고, 서늘한 저녁부터 한밤중까지 연구에 매진했다. 그리고 몇 년에 걸쳐 로봇과 자명종, 호루라기를 비롯한 각종 경보 장치를 거주지 인근에 빽빽하게 배치하여 물샐틈없는 방어 체계를 구축했다.

그중 가장 좋아하는 장치는 '깃털이'였다. 이 따분한 이름의 로봇 앵무새는 늘 그리젝의 곁에 있어주었다. 깃털이는 하루에 몇 번씩 주위를 돌며 정찰을 했고, 기계 눈을 이용하여 어딘가 수상하다 싶은 것들이 있으면 그 즉시 그리젝에게 문제가 발생했다고 알렸다. 그런 후에는 침입자의 종류에 따라 요란한 경고음이나 그가 늘 곁에 준비해두고 있는 고블린 용화포 마크 II를 적당히 사용하면 상대가 누구든 깨끗하게 제거할 수 있었다.

정말 아름다운 삶이었다. 그리고 그리젝은 아름다운 것들을 만들어냈다. 음…… 아름답다는 말은 어울리지 않을 수도 있다. 아주 휘황찬란하게 다른 것들을 날려버리는 무기와 기계장치, 폭탄 제작 외에도 요리나 청소를 대신해주는 실용적인 장치를 제작했다.

그래서 느긋하게 누워 있던 그리젝의 머리 위로 난데없이 깃털이가 나타나, 시끄러운 목소리로 "서쪽 입구에서 침입자 발견!"이라고 외쳤을 때,

그는 지금의 아름다운 삶이 폭발적인 변화를 맞이하게 되리라는 걸 직감했다.

그리젝은 눈살을 찌푸리며 깃털이의 보고에 귀를 기울였다. 그리고 예상치 못한 이름이 등장하자, 그는 깜짝 놀라 눈을 번쩍 떴다.

그리고 아주 커다란 목소리로 화려한 언변을 십분 발휘하여, 오랫동안 갖은 욕설을 내뱉고는 해변으로 돌아왔다.

*　*　*

"무역왕."

그리젝은 출입문 앞에 서서 몸에 수건만 두른 채 물을 뚝뚝 떨어뜨리며 말했다.

"합의가 됐던 걸로 기억하는데. 내 발명품은 당신이 모두 갖고, 난 필요한 물자와 마음의 평온만 간직한 채 무역회사를 떠나기로 했던 것 말이야."

그리젝의 말에 무역왕 갤리웍스는 빙그레 웃었다. 늘 그렇듯이 화려한 복장은 눈이 부실 지경이었고, 유난히 불룩 튀어나온 뱃살은 갤리웍스보다 두 걸음 정도 앞에 있었다. 경호원도 몇 명 데려왔는데, 그중 한 명은 행동대장인 근육질 드루즈였다.

"안녕, 드루즈."

그리젝이 덧붙였다.

"어이, 그리젝."

드루즈도 대꾸했다.

"옛 친구를 이렇게 대접하는 법이 어디 있나?"

갤리웍스가 우렁찬 목소리로 말했다.

그리젝은 서늘한 눈빛으로 갤리윅스를 바라보고만 있었다.

"고블린의 전통 예법에는 무역왕이 찾아오면 집 안으로 초대해야 한다고 적혀 있지 않나?"

"아니, 그렇지 않아. 그런 얘긴 없다고. 어차피 난 예법 같은 걸 챙기는 고블린이 아니기도 하고."

그리젝이 날카롭게 쏘아붙였다. 드루즈는 문간에 기대서서 칼로 손톱 밑을 정리하기 시작했다. 드루즈의 손톱 밑에 낀 때로 뒤범벅된 칼에 찔린다니, 생각만 해도 끔찍했다.

갤리윅스의 웃음은 흔들리지 않았다.

"힘 좋은 고블린 열두 명이 나와 함께 왔다. 지금 네게 총을 겨누고 있는 녀석들도 많아. 자, 그 정도면 무역왕이 아니라 그 누구라도 집 안으로 초대해야 하지 않겠어?"

그리젝은 어깨를 늘어뜨리며 한숨을 푹 내쉬었다.

"알았어, 알았다고. 대체 무슨 일이야, 갤리윅스?"

그리젝이 칭호 따위는 무시한 채 불쑥 물었다.

"내가 늘 얘기하는 거 있잖아?"

"창조적인 표현의 자유나 지적인 자극, 아니면 평화로운 밤잠 같은 거?"

"그럴 리가 없지! 사업 얘기를 하러 왔다. 이렇게 말해도 될지 모르겠지만, '황금 같은' 기회가 있어서 말이야."

갤리윅스가 지팡이를 흔들었다.

그리젝의 시선이 지팡이 위쪽에 붙어 있는 보주로 향했다. 수천 번이나 보아온 그 빨간색 보주는—

그리젝이 두 눈을 깜빡였다.

"금색이네."

"정확히 '황금'의 금색은 아니지만, 맞아."

"아, 조금 전 한 말이 말장난이었나봐?"

그리젝의 말에 갤리윅스의 웃음이 조금 흐릿해졌다. 그리젝은 무역왕의 신경을 긁는 데 성공했다는 사실을 눈치채고 일단 기분이 좋아졌다.

"그래, 그 말을 하고 싶었다."

"전에는 빨간색이었던 것 같은데."

갤리윅스는 눈살을 찌푸렸다. 기분이 상해서인지 턱살이 덜렁거렸다.

"그래. 같은 장식이지만 색깔이 달라졌지. 자, 그리젝, 그 정도쯤 알아챘다면 뭔가 관심을 보여야 하는 거 아닌가?"

망할 고블린 녀석 같으니. 그리젝은 이미 엄청난 관심을 보이고 있었다. 늘 그렇듯 호기심이 이성을 제압했다. 게다가 보급품을 보충할 때가 다가오고 있기도 했다.

'후회하게 될 거야.'

그리젝은 그렇게 생각하면서도 문을 열어 갤리윅스를 맞아들였다.

"당신만이야. 의자가 하나뿐이라서 말이지."

그리젝은 안으로 들어서려던 드루즈를 보며 말했다.

"괜찮아. 난 서 있을 거니까."

드루즈가 대꾸했다.

고블린 세 명이 들어서니 주방으로 사용하던 공간이 꽉 들어찼다. 정말로 의자는 하나뿐이었다. 갤리윅스가 커다란 엉덩이를 조심스럽게 의자에 걸치는 사이, 그리젝은 잠시 자리를 피해 바지와 리넨 셔츠를 입고 돌아와 갤리윅스의 이야기를 들었다. 갤리윅스는 케잔에서 너무 깊은 곳까지 땅을 파들어 갔던 일, 황금빛 물질의 광맥 하나를 발견했지만 곧 소멸했던 일, 그 물질에서 엄청난 힘이 방출되었던 일, 또 시간이 지남에 따라 힘이 약해지면서 따뜻한 꿀처럼 보이던 색상이 핏방울처럼 붉은색으로 변했던 일까지 차근차근 늘어놓았다.

그리젝의 눈이 처음에는 무역왕을 주시하고 있었지만, 이야기가 점점 더 수수께끼 속으로 빠져들면서 자기도 모르게 지팡이를 바라보는 일이 잦아졌다.

갤리웍스가 말을 이었다.

"바로 그때, 거대한 티탄이 검을 꺼내서 실리더스 깊숙이 꽂아 넣었지. 대지가 갈라지고, 그 물질과 광맥이 꿀이 흐르는 강처럼 흘러나오기 시작한 거야. 물론 오직 나만이 그 물질의 본질을 이해할 수 있었고, 그래서 내가 가장 먼저 그곳으로 뛰어갔지. 이미 많은 고블린들이 현장에서 땅을 파며 그 물질이 '적절한' 이들에게만 전달될 수 있도록 통제하고 있어."

"무역왕, 당신이 생각하는 것만큼 경이로운 효능이 있을 것 같지는 않은데."

그리젝은 드루즈를 흘긋 바라보며 이런 얘기를 믿을 수 있겠냐는 눈빛을 던졌다. 왜인지는 몰라도 그리젝은 예전에 갤리웍스의 행동대장인 드루즈와 비교적 잘 어울려 지냈었다. 하지만 드루즈는 커다란 어깨를 으쓱해 보일 뿐 별다른 말이 없었다.

갤리웍스의 못생긴 얼굴에 더 큰 웃음이 번졌다. 작디작은 눈동자가 반짝거렸다.

"증거는 푸딩에 있다."

그리젝이 두 눈을 끔뻑거렸다.

"그게 대체 무슨 소리야?"

"아, 나도 몰라. 그냥 왠지 있어 보여서 말이지. 이것 봐, 거래를 하나 하자고. 이 지팡이의 보주를 만져봐. 그리고 무슨 일이 일어나는지 보자고.

이 물질과 관련된 일에 관여하고 싶지 않다면, 그냥 그렇다고 얘기해. 그러면 네 머리카락처럼 사라져줄 테니까."

"대머리라고 놀리는 거야?"

"말하자면 그렇다는 얘기지."

"조금 더 세부적인 이야기까지 해보는 게 어때? 정말 내 도움이 필요하다면, 어떻게 연구를 하고, 뭘 만들어내고, 또 어떻게 사용할지 모두 내가 결정하겠어."

갤리웍스는 그 말을 쉽게 받아들이지 못했다. 성난 냉기 마법사의 심기를 건드리기라도 한 듯, 중산모 아래 갤리웍스의 얼굴에서 웃음기가 사라지고 서늘한 표정만 남았다.

"이 세상에 기계공학자가 너 하나만 있는 건 아니라고."

"그건 그래. 하지만 내 도움이 진짜로 필요한 게 아니라면, 이제 와서 여기까지 찾아오진 않았겠지."

그리젝의 대꾸에 갤리웍스는 한숨을 쉬며 말했다.

"그리젝, 너는 지나치게 똑똑해서 문제라니까."

그리젝은 팔짱을 낀 채 잠자코 기다렸다.

"알았어, 알았다고. 하지만 수익 배분은 내가 결정한다."

고블린의 지도자 갤리웍스는 언짢은 목소리로 말했다.

"일단 참여할지 말지 결정하고 난 후에 내 시급과 복지를 협상하겠어."

그리젝의 말이 끝나자마자 갤리웍스가 지팡이를 내밀었다. 그리젝은 지팡이를 받아들고서 위쪽의 보주를 움켜잡았다.

갑자기 방 안의 모든 것이 또렷하게 눈에 들어왔다. 색상이 증폭됐다. 모든 선이 날카롭게 뻗어 나갔다. 바다에서 들려오는 소리가 겹겹의 층위로 나뉘어져 전달되었다. 새소리의 진동이 피부에 느껴지는 듯했다.

그리고 그리젝의 정신은—

순식간에 사방으로 날뛰면서 세상 모든 것을 분석하고 계산했다. 자신의 손에서 몇 퍼센트가 지금 보주와 접촉하고 있는지, 갑자기 축축해진 손바닥의 굳은살과 땀이 얼마만큼 보주와의 접촉을 차단하고 있는지, 또 이걸 어디에 활용할 수 있을지…… 그리젝은 화상을 입기라도 한 듯 황급히 손을 뗐다. 황홀했다. 지나칠 정도로.

"맙소사."

그리젝이 중얼거렸다.

"봤지?"

몸이 계속해서 후들거렸고, 심장이 정신없이 뛰었으며, 두 손은 부들부들 떨려왔다. 그는 자신이 뛰어난 두뇌의 소유자라는 걸 알고 있었다. 천재가 분명했다. 그래서 갤리웍스도 그를 찾아온 것이다. 그리고 갤리웍스의 판단은 옳았다. 이 물질만 있다면 정말이지 상상도 못한 것들을 만들어낼 수 있을 것이다.

"난, 어…… 좋아. 하겠어. 몇 가지 실험을 하고 시제품을 만들어보겠다고."

갤리웍스는 잔혹할 만큼 행복한 미소를 지었다.

"그럴 줄 알았어."

"내 요구 사항은 그대로야. 이번 연구는 전적으로 내 자율로 하고 싶다고."

그리젝은 고집을 꺾지 않았다. 앞서 보였던 반응으로 이미 마음 상태가 들통났겠지만, 뭐라도 얻어내야 했다. 당황했었던 마음을 애써 다스리며, 그는 최선을 다해 포커페이스를 끌어냈다.

"솔직히 지금 죽을 만큼 연구해보고 싶잖아."

그리젝은 어깨를 으쓱하며 드루즈의 무관심한 태도를 흉내내보려 했다.

"알았다. 하지만 이제부터는 내 친구들도 몇 명쯤 이곳에 머물러야 할 거다."

갤리웍스가 씩씩거리며 말했다.

그리젝은 어차피 자신이 이 물질을 두고 멀리 떠날 일은 없으리라는 걸 잘 알았다.

"마음대로 해. 일단 시작하기 전에, 필요한 보급품 목록을 적어주겠어. 그리고 지금 제일 중요한 거, 그 견본은 여기 남겨두고 가."

그리젝은 고갯짓으로 지팡이의 보주를 가리켰다.

"견본은 얼마든지 받을 수 있을 거다. 물론 그걸로 만들어낸 새로운 물건들이 이곳에서 정기적으로 개발된다는 전제하의 얘기겠지만 말이야."

"그럼, 그럼, 그거야 당연하지. 그리고……."

아, 정말이지 하기 싫은 말이었다.

"……요청할 게 하나 더 있어. 이 물질에 대해 제대로 파악하려면 예전에 함께했던 실험 파트너가 있어야 할 것 같아."

"그래, 좋아. 누구든 이름만 얘기하면 바로 붙잡아서 데려오지."

갤리웍스는 원하던 것을 얻어내서인지 한껏 너그러운 태도였다.

그래서 그리젝은 실험 파트너의 이름을 말했다.

그 이름을 듣자마자 갤리웍스는 폭발하다시피 발광하며 15분 정도 소리를 지르고 나서야 가까스로 진정하는 것 같았다.

그리젝은 안도하는 마음과 주저하는 마음을 동시에 느끼며 오두막 문을 닫았다. 그리고는 괜스레 갤리웍스가 앉았던 의자를 박박 문질러 닦은 후, 그 위에 털썩 주저앉았다.

오늘은 그리젝에게 있어 생애 최고의 날이거나…… 최악의 날이었다.

이유는 알 수 없었지만 후자에 가까울 것 같았다.

제 7 장

아이언포지

안두인은 국왕의 의례를 모두 수행했다. 아이언포지의 거대한 관문에 도착하여 환영 행사에 참관하고, 이후 긴 연회에도 참석했다. 술을 마시는 속도도 적당히 조절했다. 드워프들은 먹고 마시는 걸 아주 좋아했고, 안두인이 그들보다 키가 크긴 했지만, 조심하지 않으면 언제 정신을 잃을지 몰랐다.

마그니 브론즈비어드의 딸이자 검은무쇠 드워프의 수장인 모이라 타우릿산은 아이언포지를 지배하는 세 망치단 의회의 구성원 중 한 명이었다. 그녀는 맥주를 좋아하는 다른 드워프들과 달리 포도주를 좋아했으며, 스톰윈드의 국왕에게 아이언포지 최고의 적포도주를 대접해야 한다고 고집을 부렸다. 그들은 그렇게 멧돼지 조림과 육즙을 담뿍 머금은 따뜻한 흑빵, 꿀을 발라 구운 채소로 포식을 하고, 산더미처럼 쌓인 빵으로 식사를 마무리했다.

안두인은 그 즉시 세 망치단 의회와의 회담을 소집하고 싶었지만, 이렇게 배불리 먹은 후에는 소화를 시킬 시간이 필요하다는 얘기는 받아들였다. 누군가의 목숨이 달린 시급한 문제가 아니라면, 먼저 파이프나 브랜디, 추가 디저트 중 한 가지를 선택해야 했다.

모이라는 세 가지 선택지에 대한 안두인의 반응을 보고는 소화를 돕기 위해 한 시간 정도 아이언포지를 산책하자고 제안했고, 안두인은 기꺼이 받아들였다. 그리고 벨렌에게도 함께 가자고 이야기했지만, 그는 정중히 사양하며 말했다.

"분명히 둘이서 논의할 이야기가 아주 많을 걸세. 나는 여기 남아 무라딘과 폴스타트와 함께 잠시 세상사에 대해 이야기나 나누겠네."

브론즈비어드 가문의 둘째인 무라딘은 세 망치단 의회에서 브론즈비어드 부족을 대표했다. (가장 유명한 막내 브란 브론즈비어드는 탐험가 연맹을 창설했고, 방랑벽이 너무 심해 아이언포지에 머물 수 없었다) 세 망치단 의회의 세 번째 축이자 그 유명한 와일드해머 부족의 수장인 폴스타트 와일드해머가 벨렌을 향해 맥주잔을 치켜들었다.

"파이프와 브랜디, 디저트 중 어떤 게 필요하신가요?"

안두인이 벨렌에게 물었다.

"디저트가 좋을 것 같네. 가장 무해한 선택지일 것 같아서 말이지."

"제 몫을 드세요. 한 입이라도 더 먹었다가는 배가 터져버릴 것 같아요."

"다른 이들과 함께해도 되겠소?"

자리에서 일어나 탁자를 떠나려 할 때, 모이라가 물었다.

"물론이죠. 누구든 괜찮습니다."

모이라 여왕이 작은 목소리로 경비병 중 한 명에게 뭔가를 지시하자 경비병은 고개를 끄덕인 후 자리를 떴다. 몇 분 후, 경비병은 아주 어린 드워프 소년을 데리고 돌아왔다. 소년의 피부는 특이하지만 따뜻해 보이는 매력적인 회색이었다. 커다란 눈은 초록빛을 띠었는데, 검은무쇠 드워프에게서 흔히 보이는 붉은색 기운이 돌지 않았다. 머리카락은 흰색이었다. 안두인은 아이가 누군지 곧바로 알아챘다. 마그니 브론즈비어드의 손자이자 모이라의 아들인, 왕좌의 계승자 다그란 왕자였다.

"전에 만나 뵌 것으로 알고 있습니다만, 폐하, 아쉽게도 기억이 나지 않습니다."

어린 왕자는 완벽하게 정중하고 드워프 사투리의 흔적이 거의 없는 말투로 말했다. 몇 살이나 되었을까? 여섯 살? 일곱 살? 안두인은 자신도 이 아이보다 더 어렸을 때부터 왕의 아들에게 어울리는 예의와 예법을 배웠다는 사실을 떠올렸다.

"그때 일을 기억했다면 나는 아마 깜짝 놀랐을 거야. 이번이 우리의 첫 만남이라고 생각하자꾸나."

안두인은 허리를 숙인 채 정중한 태도로 손을 내밀었고, 아이는 엄숙한 태도로 악수를 했다.

"오늘 이렇게 함께 산책을 할 수 있다니 정말 기쁘구나. 그래…… 아이언포지에서 네가 가장 좋아하는 곳은 어디니?"

다그란의 눈빛에 생기가 돌았다.

"탐험가의 전당이요!"

안두인은 미소를 지으며 모이라를 바라본 후 다그란에게 말했다.

"나도 그렇단다. 어서 가보자!"

일단 전당에 도착하여 이곳저곳을 둘러본 후에, 안두인은 모이라에게 폴스타트와 무라딘, 그리고 벨렌을 불러달라고 부탁할 생각이었다. 그리고 그곳에서 아이언포지를 찾아온 두 번째 용건을 밝힐 작정이었다.

그들은 목적지를 향해 느긋하게 걸었다. 인간과 드워프 경비병들이 지도자들을 방해하지 않으면서도 언제든 지킬 수 있는 거리에서 따라오고 있었다. 안두인은 추억에 잠겼다. 이 거대한 도시의 상징과도 같은 대용광로 곁을 지나가려 하자 뜨거운 열기가 밀려들었다. 녹아내린 금속의 독특한 냄새를 맡으니, 몇 년 전 아이언포지를 찾아왔던 때가 떠올랐다.

"여긴 정말 오랜만이네요."

안두인의 말에 모이라는 초록색 눈으로 어린 아들을 바라보며 대답했다.

"그래, 그렇소. 왠지 생각보다 세월이 더 빨리 흐르는 것 같소."

어머니와 인간 국왕을 뿌리치고 앞으로 달려 나가고 싶은 마음을 애써 참고 있는 게 분명한 어린 다그란을 바라보며, 안두인은 다시 모이라를 향해 말했다.

"세 망치단 의회에서도 스톰윈드를 방문해주셨죠. 저희 아버지를 추모하는 자리를 빛내주셔서 정말 감사합니다. 지난번에 이곳에 왔을 때는 아버지께서 당신을 해치려고까지 했었는데 말이죠."

그 말에 모이라가 킥킥거리며 웃었다.

"아, 그때 일은 벌써 오래전에 아버님과 화해했다는 거 알잖소. 이미 우리 둘 다 서로를 존중했었소. 아버님은 내가 그대를 이곳에 붙잡아뒀다고 화가 나셨던 거요. 그대의 안전을 우려하셨던 거지. 다그란이 자라는 모습을 보고 있노라면…… 이 아이는 매일 조금씩 내게 점점 더 소중한 존재가 되어 가고 있소. 바리안 린처럼 나보다 훨씬 큰 상대라도 내 아들에게 해코지를 한다면 내가 맨손으로 찢어버릴 거요."

무시무시한 표정이 모이라의 얼굴을 스쳤다.

"그럴 거라고 믿습니다. 드워프는 투사니까요."

안두인은 정말 그렇게 믿었다.

"바리안은 그대를 자랑스러워하셨소. 그대를 이해하지 못할 때조차도. 그분이 말년에만 그대를 사랑했다고 오해하지 마시오."

모이라는 나직한 목소리로 말했다.

"저도 잘 알고 있습니다. 그리고 부디 그냥 안두인이라고 불러주세요. 이곳에는 스톰윈드의 국왕보다는 친구로서 온 거니까요. 제가 처음 이곳에 왔을 때, 아버님께서는 제게 '마그니 삼촌'이라 부르게 하셨어요. 애린은 절 '꼬마 사자'라고 불렀고요."

"애린?"

"여성 중 처음으로 아버님의 호위병에 발탁됐던 전사죠. 당신이라면 아주 좋아했을 거예요. 제게 검과 방패 쓰는 법을 가르쳐주려고 했는데, 카라노스에서 목숨을 잃었어요."

모이라는 호기심 가득한 시선으로 안두인을 바라봤다.

"아, 처음 사귄 친구를 잃었군. 그거 참 유감이오."

그녀가 애써 밝아진 표정으로 말했다.

"그래도 내가 들은 이야기에 비추어보면, 그분의 가르침이 쓸모가 있었던 모양이오. 그대는 아직 아버님과 비교할 수는 없지만 검술에 부족함이 없다고들 하더군. 아버님이 워낙 뛰어나셨던 것이니, 그분에 비해 부족하더라도 부끄러워할 일은 아니오."

모이라의 말에 안두인은 씁쓸한 미소를 지어 보였다.

"다들 놀란 모양이군요."

"뭐, 조금 그런 것 같소."

안두인이 키득거리며 웃었다.

"전 분명 아버지 같은 전사는 아닙니다. 그렇게 될 수도 없습니다. 그런 건 어느 누구도 불가능하죠."

안두인은 아버지가 세상을 떠난 그곳을 찾아갔을 때 이렇게 말했었다.

'난 아버지 같은 영웅이 될 수 없어요. 아버지 같은 왕도요.'

안두인은 모이라를 향해 돌아서며 모든 걸 털어놓기로 결심했다.

"그거 하나는 말씀드려야겠군요. 애린을 만나기 전에는 무거운 무기로 훈련하는 걸 아주 싫어했어요. 가능한 한 그런 훈련은 피했고, 늘 창의적인 핑계를 늘어놓았죠. 하지만 그녀가 전사한 후에는 전력을 다해 훈련에 임하기 시작했어요. 더는 훈련을 피하지 않았고요. 아주 뛰어난 검투사는 될 수 없다 해도, 쓸 만한 수준은 되고 싶었죠. 빛은 제게 다른 재능을 주셨어요. 제 손에 무기가 들려 있지 않더라도, 빛이 절 도와주실 거라고 믿어요. 애린은 제게 '드워프 같은 성질머리'를 가르쳐주겠다고 했는데, 그 목표는 이루고 떠난 것 같아요."

그 말에 모이라는 웃음을 터뜨렸다.

"그거 정말 훌륭한 표현이군. 드워프 같은 성질머리라고? 뭐, 그대는 정말이지 모두의 귀감이 되는 사람이오, 안두인 린. 내 동족이 그대를 지금의 모습으로 만드는 데 일조했다니 정말 자랑스럽군."

"감사합니다. 전 드워프 여러분과 개인적으로나마 이렇게 긴밀한 우정을 유지하고 있다는 사실에 감사하고 있어요."

안두인은 잠시 주저한 후 말을 이었다.

"그래도 다들 잘 지내시는 것 같군요."

모이라는 어깨를 으쓱했다.

"우리는 드워프요. 늘 시끌벅적하게 떠들어대지. 가끔은 맥주잔이 날아다니기도 하고. 물론 잔에 맥주가 차 있으면 그렇게 날아가는 일은 없겠지만. 소중한 선물을 보내줘서 다들 정말 고마워하고 있소."

"그런 것 같더군요."

안두인이 몇 시간 전 아이언포지를 공식 방문했을 때, 세 망치단 의회와 의장대가 그를 환영했다. 그들은 스톰윈드의 국왕으로 이곳을 처음 방문하는 안두인을 따뜻하게 맞아주었다. 순수한 마음으로 자신을 환영하고 있다는 것을 안두인도 분명히 알 수 있었다.

하지만 스톰윈드의 선물이 담긴 마차 열 대가 도착하고, 첫 번째 마차에서 덮개를 벗기자, 천둥 같은 환호성이 울려 퍼졌다.

선물은 물론 보리였다. 단언컨대 아이언포지의 수출품 중에서 가장 많은 사랑을 받고 있는 물품의 핵심 재료였다.

"스톰윈드를 도와주신 데 대한 보답이자, 아이언포지의 평화를 유지하기 위한 원료라고 생각해주세요."

안두인이 말했다.

"이번 여정을 마치면 서둘러 이곳으로 돌아오시오. 첫 번째 완성품을 맛보여줄 테니까."

모이라가 약속했다.

"참, 양조사들이 그 술을 '안두인의 호박색 에일 맥주'라고 부르기로 했다고 들었소."

그 말에 안두인은 진심으로 웃음을 터뜨렸다. 모이라도 뒤이어 호탕하게 웃었다.

"이렇게 웃어본 것이 언제였는지도 모르겠네요. 정말…… 기분이 좋습니다."

"그럼, 그렇지. 맥주에 대한 이야기 때문에 대화가 엉뚱한 곳으로 흐른 것 같소. 그대가 했던 질문에 답해보자면, 세 망치단 의회는 지금 여러 가지 문제를 극복해가는 과정에 있소."

"그렇다면…… 아버님은 좀 어떠신가요?"

"뭐, 그분은 다이아몬드가 됐잖소. 하루하루 어떻게 살아가는지는 빛만
이 알고 있을 거요. 그분이 계셨던 곳을 직접 보고 싶소?"

"네, 보고 싶습니다."

다그란이 잠시 멈춰 섰다. 앞쪽에는 탐험가의 전당을 장식한 아치 너머
로, 눈에 익은 날개 달린 뼈 형상이 남아 있었다. 아이는 애잔한 마음으로
뼈 형상을 바라보며 말했다.

"프테라돈을 보러 돌아올 거라고 약속해주세요!"

* * *

마그니는 왕좌 아래 깊은 곳에 있는 구 아이언포지에서 대지와 하나가
되었다. 세 명은 그 아래로 내려갔고, 안두인은 수없이 많은 바위와 흙으
로 이루어진 머리 위 구조물의 압력이 느껴지는 듯했다. 드워프는 항상 더
깊은 곳으로 이끌리는 종족이라 그런 불안한 기분을 느낄 리 없겠지만.

안두인은 마그니가 다이아몬드로 변해버린 단상이 텅 비어 있을 거라고
생각했다. 그렇게 알고 있었다. 하지만 실제로 본 모습은 충격적이었다.

그는 마그니 브론즈비어드 국왕이 고대의 의식을 수행하던 자리에도 참
석했었다. 지금은 다그란이 어머니와 인간 지도자보다 먼저 계단을 내려
가, 한때 다이아몬드 국왕을 감싸고 있던 반투명의 푸른색 덩어리 같은 껍
질을 지나쳐 가는 모습을 아무 말 없이 바라봤다. 아이는 유리 뒤에 안전
하게 보관된 두루마리로 달려가 거기에 적힌 글을 소리 내어 읽기 시작했
다. 한때 조언자 벨그룸이 했던 말을, 마그니 국왕의 어린 손자가 떨리는
목소리로 읽고 있는 소리를 들으려니, 안두인은 왠지 등골이 서늘해지는
기분이었다.

"다시금 산과 하나가 되는 방법과 그 이유가 여기에 있도다. 볼지어다,
우리는 토석인이요, 땅에서 난 자들이기에, 그 영혼은 우리 것이며 그 고
통 또한 우리 것이다. 그 심장 고동은 우리의 고동이로다. 우리는 땅의 노
래를 부르며 땅의 아름다움을 위해 흐느끼노라. 그 누가 고향으로 돌아가
기를 원치 않겠는가? 이것이 이유이니라. 오, 땅의 자식들이여."

다그란이 고개를 들었다.

"계속 읽을까요?"

"괜찮다, 얘야."

모이라가 말했다.

안두인은 허리를 숙여 조각 하나를 집어 들었다.

"정말 끔찍한 광경이었습니다. 모든 일이 너무 빠르고 완전하게 일어났
죠. 저는 그분이 돌아가신 줄 알았어요."

안두인은 손 위의 다이아몬드 조각을 이리저리 돌리며 나직한 목소리로
말했다.

"왜 아니겠소? 우리 드워프들도 그렇게 생각했는데."

"그분이 깨어났을 때는 다들 엄청난 충격을 받았었겠죠."

"충격이라는 말로는 그때의 느낌을 표현할 수 없지. 드워프의 심장이 바
위만큼 강인해서 정말 다행이었소."

안두인은 잠시 주저했다.

"정말 다행입니다. 저와 그분의 우정 때문만이 아니라, 당신 때문에 드
리는 말씀이에요. 저도 한때는 아버지와 제가 진짜 가족이 될 수는 없을
거라고 생각했지만, 그래도 결국 우리는 한 가족이 될 수 있었어요."

모이라는 잠시 동안 아무 말도 하지 않았다. 총명하고 책을 좋아하는 그
녀의 아들은 또 다른 고서를 붙잡고 초록색 눈동자를 반짝이며 고대의 어

휘들을 눈에 담고 있었다. 마침내 모이라가 입을 열었을 때, 그녀의 목소리는 아주 작았다.

"저 아이 때문에 나도 그런 관계를 원하고 있소. 솔직히…… 풀어야 할 일이 너무 많긴 하오, 안두인. 하지만 그분은 한번 시도해보고 싶다고 하셨소."

"당신도 그럴 생각인가요?"

안두인도 아이에게는 들리지 않을 만큼 작은 목소리로 물었다.

"내 동족과 내 아들도 아제로스와 직접 대화하는 존재와 좋은 관계를 유지하면 어떻게든 도움이 되겠지."

분위기를 바꿔보려고 한 말이었겠지만, 효과는 그리 좋지 않았다.

"당신은 어떠신데요?"

모이라는 또 한 번 침묵에 잠겼다. 그녀가 무어라 말하려 할 때, 누군가의 목소리가 끼어들었다.

"폐하, 어서 함께 가셔야겠습니다!"

주로 왕좌 주변에서 근무하는 경비병 중 한 명이었다. 그는 얼굴이 벌게진 채 가쁜 숨을 몰아쉬고 있었다.

"무슨 일이지?"

모이라가 물었다.

"아버님이십니다! 아버님께서 돌아오셨습니다! 지금 즉시 만나자고 하십니다!"

제 8 장

아이언포지

마그니 브론즈비어드는 탐험가의 전당에서 그들을 기다리고 있었다.

드워프의 국왕이 고통스럽게 다이아몬드로 변해가는 과정을 속수무책으로 지켜봐야 했던 안두인은 자신이 다시 깨어난 마그니를 만날 준비가 되어 있으리라고 생각했었다.

하지만 그렇지 않았다.

마그니는 프테라돈 뼈 아래, 입구를 등지고 서서 벨렌과 선임탐험가 무닌 마겔라스와 대화를 나누고 있었다. 폴스타트와 무라딘은 그 옆에 서서 걱정스러운 표정으로 두툼한 눈썹이 서로 붙을 만큼 미간을 모은 채 열심히 귀를 기울이고 있었다.

늘 명랑한 태도로 깊고 진중한 지혜를 감추고 있는 하얀 수염의 노움 지도자, 땜장이왕 멕카토크도 그 자리에 참석해 있었다. 안두인은 다음 날에 그와 만날 일정도 따로 마련해두었었다. 노움은 군단을 상대할 때 아주 큰 활약을 했고, 체구는 가장 작을지 몰라도 지적으로는 가장 위대한 얼라이언스의 구성원에게 따로 감사하는 자리를 마련하고 싶었다. 땜장이왕의 조언자로, 검은 안대가 오랜 전장에서의 경험을 상징적으로 보여주는 무뚝뚝한 전사 트레드 스파크노즐 대장이 함께인 것을 보면, 단순히 외교적 방문을 하러온 것은 아닌 게 분명했다.

반짝이는 형상이 안두인을 향해 돌아서자, 젊은 국왕은 배를 얻어맞은 듯한 기분을 느꼈다. 광물로 만들어진 형상이 그렇게 우아하게 움직일 수는 없었다. 다이아몬드로 이루어진 수염이 그렇게 흔들거려서는 안 되는 거였다. 마그니는 이제 드워프도, 조각상도 아니었다. 두 가지 다이면서, 또 둘 다 아니었다. 그와 같은 모순이 안두인의 이성을 괴롭혔다. 하지만 잠시 시간이 지나고, 마그니의 말 한마디에 감사와 기쁨이 안두인에게로 밀려들었다.

"안두인! 이런, 정말 많이 컸구나!"

모든 아이가 싫어하는 그 말에 대한 인상은 옛 추억과 가혹하게 찾아온 성인식의 여파로 달라져 있었다. 하지만 너무나도 평범한 한마디 말이 한 없이 친근하게 다가왔다. 그래서 내가 알던 마그니가 아니라는 생각은, 마치 마그니의 다이아몬드 감옥이 부서져 내린 것처럼 산산이 깨어졌다. 그 목소리는 분명 온기를 가진 살아 있는 마그니의 것이었다. 안두인은 자신에게 지금 다가오는 존재에게 손을 대보면, 마그니의 다이아몬드 '육체'가 과연 따뜻할지 궁금했다. 하지만 드워프의 형상을 한 이 기이한 존재의 온몸에 삐죽삐죽하게 돌출되어 있는 다이아몬드 조각들 때문에, 예전의 마그니가 즐겨하던 열정적인 악수와 뼈가 으스러질 듯한 포옹은 도저히 할 수가 없었다.

모이라와 다그란은 달리 방법을 찾았을까? 아니, 마그니는 육체와 피가 있던 시절에 즐겨하던 행동을 지금 이 순간 자식과 손자에게 똑같이 하고 싶은 마음이 있을까? 그들 모두를 위해, 안두인은 그랬으면 좋겠다고 생각했다. 모이라는 벨그룸에게 잠시 다그란을 데리고 있어 달라 부탁했지만, 다그란은 할아버지를 만나고 싶다며 고집을 부렸다.

"조만간 만나 뵐 수 있을 거야."

모이라는 그렇게만 말했다. 엄한 표정이 아니라, 걱정하는 표정이었다.

"마그니 님, 이렇게 다시 뵈니 정말 반갑습니다."

안두인이 말했다.

"그대도, 우리 딸도 이렇게 보니 정말 반갑군."

마그니는 바위 같은 눈동자를 모이라에게로 향했다.

"이번 일이 끝나면 우리 손자를 좀 보고 싶구나. 하지만 안타깝게도 지금은 그럴 여유가 없다."

물론 그럴 수밖에 없었다. 마그니는 이제 아제로스를 대변하는 존재였고, 아주 중차대하고 숭고한 의무를 수행하고 있었다. 안두인의 시선이 벨렌에게로 향했다. 예언자는 감상적인 드레나이가 아니었다. 따뜻한 미소를 자주 짓고 가끔은 소리 내어 웃기도 했지만, 벨렌은 지금까지 너무나도 큰 고통을 겪어왔고, 그 고대의 얼굴에 끌로 새긴 듯한 수많은 주름 때문에 어느새 음울한 얼굴이 되어 있었다.

마그니는 모이라와 안두인, 벨렌을 심각한 표정으로 바라봤다.

"여기에 모인 세 명을 찾아온 건 각 종족의 지도자이기 때문만은 아니라오. 그대들이 사제이기 때문이오."

모이라와 안두인은 깜짝 놀라 시선을 교환했다. 안두인은 세 명의 공통점을 알고 있긴 했지만, 지금까지 그게 의미가 있을 거라고는 생각하지 않았다.

"아제로스가 끔찍한 고통을 겪고 있소."

겉보기에는 단단해 보이는 마그니의 다이아몬드 얼굴이 고통으로 일그러졌다. 과거의 그 의식을 겪으면서 마그니가 말 그대로 아제로스의 고통을 직접 느낄 수 있도록 변화된 것인지 안두인은 궁금했다. 안두인은 파괴된 실리더스와 그곳 대지 위로 우뚝 치솟은 가늠할 수 없을 만큼 커다란 칼을 떠올렸다. 아제로스를 파괴하려던 살게라스의 마지막 발버둥이 성공에 가까워지고 있다면, 그야말로 끔찍한 일이었다.

"아제로스를 치유해야 하오. 그게 바로 사제들의 임무가 아니겠소. 모두가 힘을 합쳐 치유하지 않으면, 모든 것이 소멸할 거라고 아제로스는 말했소."

벨렌과 모이라는 서로를 바라봤다.

"아버님의 말씀이 사실인 것 같소. 우리들이 모두 나서서 상처 입은 이 세계를 치유하지 않으면, 틀림없이 우리 모두 소멸하고 말 거요. 다른 사람에게도 이 이야기를 전해야 하오."

모이라가 망설임 없이 대답했다.

"그렇소. 아무래도 이제는 다른 이들을 만나야 할 때가 된 것 같소."

그리고 둘은 함께 고개를 돌려 안두인을 똑바로 바라봤다.

안두인은 당황스러웠다.

"다른 이들이라니, 누구 말씀이신가요?"

"다른 사제들 말이오. 예언자님과 내가 오래전부터 함께 일해 오던 분들이 있는데, 아무래도 만나야 할 때가 지난 것 같군."

그제야 안두인도 그 말의 의미를 이해했다.

"비밀결사 말씀이시군요. 황천빛 사원에 계신 분들 말입니다."

황천빛 사원은 원래 공허의 군주이자 타락한 나루인 사라카를 가둬둔

감옥으로, 뒤틀린 황천의 한가운데에 있는 장소였지만, 그 이름만 들어도 안두인의 영혼이 차분해지는 느낌이었다. 영겁의 세월 동안 드레나이들은 사라카를 연구해왔지만, 최근에 이르러서야 그 존재를 정화하는 법을 알아냈다. 이제 원래의 모습인 사아라로 돌아간 그 나루는 황천빛 사원에 그대로 남아, 한때 감옥이었던 그곳을 성역으로 바꾸고 모든 이들을 포용했다.

안두인은 군단의 침공 초기에 일어났던 투쟁에 대해 들은 바가 있었다. 또한 그 신성한 전당을 오가는 이들 중에는 나루처럼 어둠의 힘으로 빠져들었다가 다시 빛으로 돌아온 이들이 많이 있다는 사실도 알고 있었다. 비밀결사로 알려진 이 사제들은 아제로스의 다른 이들과 힘을 합쳐 군단의 침공에 맞섰다. 그때의 위협은 이제 사라졌지만, 비밀결사는 그대로 남아 빛의 길을 찾는 이들에게 연민과 도움의 손길을 내밀고 있었다.

"비밀결사가 해왔고 지금도 계속하고 있는 그 일은 아주 중요해요."

전쟁이 계속되던 때, 비밀결사는 아제로스를 누비며 사제들을 규합하여 군단의 침공에 맞서 최전선에 선 이들을 보살폈다. 그들은 여전히 그 용맹한 투사들을 보살피고 있었다. 그들의 육체와 정신, 그리고 영혼에 아직 아물지 않은 상처가 남아 있기 때문이었다. 흉터란 육체에만 남는 게 아니었다.

"저도 전쟁에서 그분들을 도울 수 있었다면 얼마나 좋았을까요."

안두인의 말에 벨렌이 답했다.

"안두인, 자네는 언제나 필요한 곳에 있었네. 우리에겐 우리의 길이, 우리의 투쟁이 있었어. 내 아들의 운명은 모두 내 몫이네. 모이라의 길은 편견을 극복하고 자신을 믿는 검은무쇠 드워프를 이끄는 것이었지. 자네의 길은 위대한 왕을 계승하고 자네가 태어났을 때부터 자네를 사랑해온 사람들을 이끄는 것이었고. 이제 후회는 버려야 할 때가 왔네. 황천빛 사원에는 후회가 머물 곳이 없으니까. 그곳은 오직 빛이 이끄는 길을 따르고 빛의 축복이 필요한 짙은 어둠을 밝히겠다는 희망과 결의만으로 가득 찬 장소라네."

"늘 그렇지만 예언자님의 말이 정확하오. 어쨌거나 드디어 그곳을 소개할 수 있어 정말 다행이군. 상황이 다소 시급하긴 하지만, 그래도 그곳에 서라면 그대의 영혼을 조금이나마 치유할 수 있을 거요, 틀림없이."

모이라는 그와 같은 치유를 경험한 사람처럼 말했다. 안두인은 주머니 속에 안전하게 들어 있는 기이한 물질에 대해 생각했다. 조금 전까지만 해도 산책이 끝난 뒤, 세 망치단 의회에 그 돌을 보여줄 생각이었다. 하지만 지금 생각해보니, 그 돌의 본질에 대해 대지와 하나가 된 마그니보다 더 잘 알고 있는 이는 없을 것 같았다.

"황천빛 사원으로 가봐야겠네요. 하지만 아직은 안 돼요. 우선 중요한 전갈을 전해주셔서 감사합니다, 마그니 님. 그런데…… 보여드려야 할 게 하나 있습니다. 사실 여기 계신 모든 분들께 보여드리고 싶습니다."

안두인은 호박석 색의 그 물질에 대해 아는 것을 간단히 요약해서 말해주었다. 그러고 보니 그 물질에 대해 아는 것이 거의 없다는 사실을 새삼 깨달았다.

"지금까지 저희가 알아낸 건 별로 없습니다. 하지만 당신이라면 조금 더 자세한 말씀을 해주실 수 있지 않을까요?"

안두인은 손수건을 꺼내 펼쳤다. 작은 보석이 따뜻한 노란빛과 푸른빛을 내뿜었다.

마그니의 두 눈에 다이아몬드 눈물이 고였고, 그는 한숨을 내쉬듯 말했다.

"아제라이트군."

'아제라이트.'

이제야 광물의 이름이 밝혀졌다.

"그게 뭐지요?"

모이라의 물음에 마그니는 슬픔에 잠긴 부드러운 목소리로 대답했다.

"아제로스가 고통받고 있다고 말했었지. 지금 그 증거를 보고 있는 거란다. 이건…… 아제로스의 '일부'야. 그러니까…… 이거야 원, 말로 표현하려니 쉽지 않구나. 아제로스의 정수라고 해야 할 것 같다. 그리고 이것들이 점점 더 많이 지표면으로 올라오고 있어."

"아제로스가 스스로를 치유할 수는 없는 거요?"

멕카토크가 물었다.

"아, 아제로스는 스스로를 치유할 수 있고, 이미 그러기도 했지. 대격변을 벌써 잊은 건 아니겠지? 하지만 이번에는 그 지옥의 망할 자식이 아제로스를……."

마그니가 고개를 절레절레 저었다. 사랑하는 이를 잃어가는 사람처럼 보였다. 아마도 그게 적절한 표현일 것이다.

"최선을 다해 노력해왔지만, 실패할 수밖에 없을 거요. 아제로스 혼자 힘으로는 할 수 없소. 이번엔 그럴 수 없소. 그래서 우리의 도움을 구하고 있는 거요!"

그제야 모든 상황을 이해할 수 있었다. 완벽하지만 끔찍한 결론이었다. 안두인은 작은 아제라이트 표본을 모이라에게 건넸다. 모두가 그러했듯이, 그녀는 경이로운 경험을 하며 두 눈이 휘둥그레졌다.

"무슨 말씀이신지 알겠어요. 저희가 할 수 있는 일을 할게요. 하지만 무엇보다 이…… 아제라이트를 호드가 사용하지 못하도록 해야 해요."

안두인은 마그니의 다이아몬드로 된 두 눈을 들여다보며 말했다.

아제라이트 조각은 지금 무라딘의 손에 들려 있었다. 그는 도끼눈을 한 채 그 물질을 노려봤다.

"이런 게 충분히 있다면, 도시 하나를 통째로 무너뜨릴 수도 있겠소."

"이런 물질이 충분히 있다면, 호드를 박살 낼 수 있겠지."

폴스타트가 말했다.

"지금은 전시가 아니에요. 우선 지금 해야 할 일은 두 가지예요. 아주 자명한 일들이죠. 아제로스를 치유하고, 이 물질을 호드로부터 지켜야 해요."

안두인은 아제라이트를 받아들며 멕카토크를 바라봤다.

"더 의미 있는 곳에 사용할 수 있도록 이…… 아제로스의 정수를 연구해야 한다면, 노움보다 나은 후보는 없겠죠. 마그니 님은 아제로스가 이 물질을 점점 더 많이 만들어내고 있노라 말씀하셨어요. 아제라이트라는 이 물질을 추가로 확보하게 되면 표본을 보내드릴게요."

안두인의 말에 노움 지도자 멕카토크가 고개를 끄덕였다.

"최고의 연구원들을 투입하겠네. 적당한 노움이 있을 것 같군."

"전 탐험가 연맹의 다른 구성원들과 협의해서 실리단으로 조사단을 파견하겠습니다."

탐험가 마겔라스가 말했다.

"다들 고맙소."

마그니는 여전히 슬픔에 잠긴 채 고개를 가로저으며 말했다. 그리고 안두인을 바라보며 덧붙였다.

"이 모든 일에 꽤나 충격을 받았으리라는 걸 잘 알고 있다. 일단은 세 명 모두 이곳을 떠나야 해. 사제의 연맹 전당으로 가서, 이 세계가 죽어가고 있다는 사실을 알려다오."

마그니는 헛기침을 하고는 몸을 똑바로 폈다.

"자, 그럼 내 일은 끝났군. 이제 가봐야겠어."

"아버지, 지금…… 아제로스가 부르고 있는 게 아니라면, 잠시만 머물러주세요."

모이라는 깊이 숨을 들이쉬고는 말을 이었다.

"할아버지가 보고 싶다고 고집을 부리는 꼬마가 하나 있어요."

황천빛 사원

안두인은 차원문을 통과하여 경이로운 장소에 도달했다. 그곳은 너무나 아름답고 빛으로 충만하여, 황홀감으로 부풀어 오른 가슴이 터져버릴 것만 같았다.

그는 엑소다르에서 오랜 시간을 보냈던 터라, 마음을 푸근하게 하는 보랏빛과 사방을 떠도는 평화로운 기운에는 익숙했다. 하지만 이 장소에는 엑소다르의 정수가 가득하면서도, 어딘가 느낌이 조금 달랐다.

방문객의 머리 위로 치솟은 거대한 드레나이 석상은 보통 꽤나 위협적으로 보일 것 같았다. 하지만 이곳에서는 자애로운 보호의 상징 같았다. 안두인이 걸어 내려가는 경사로 양쪽으로 아름다운 음악 소리처럼 물이 졸졸 흘렀다. 희미한 물보라로 만들어진 듯한 같은 빛의 불꽃이 부드럽게 떠올랐다.

안두인은 깨끗하고 달콤한 공기를 가슴 깊이 들이쉬었다. 그토록 깊은 숨을 들이쉰 것이 정말 오랜만인 것 같았다. 길고 완만한 경사로를 따라 사원 안쪽으로 들어서자 수많은 사람들이 모여 있었다. 안두인은 그들이 누군지, 아니 무엇을 대표하는지 잘 알고 있었고 기대감에 기분까지 좋아졌다.

벨렌은 지난 몇 년간 여러 차례 그래 왔듯이 젊은 국왕의 어깨에 손을 얹으며 미소를 지었다.

"그래, 모두 이곳에 있네."

벨렌은 안두인이 입 밖으로 꺼내지 않은 질문에 답을 했다.

"사제라고 말씀하셨는데, 그렇다면……."

"우리와 같은 사제들이오."

모이라가 주위로 모여드는 사람들을 가리켰다. 그중에는 스톰윈드의 빛의 대성당에 잘 어울릴 것 같은 인간과 노움, 드워프, 드레나이, 늑대인간뿐 아니라, 달의 여신 엘룬을 숭배하는 나이트 엘프와 태양신 안쉐를 따르는 타우렌도 있었고…….

"포세이큰."

두 팔과 목덜미의 털이 곤두서는 것을 느끼며, 안두인은 낮게 속삭였다.

포세이큰 중 한 명이 굽은 등을 안두인에게로 향한 채 드레나이, 드워프 일행과 유쾌하게 이야기를 나누고 있었다. 또 한 무리는 고서 더미를 잔뜩 들고서 전당의 벽감 쪽으로 가고 있었다. 그곳에는 포세이큰과 나이트 엘프, 늑대인간이 섞여 있었다.

아무 말도 나오지 않았다. 안두인은 눈이라도 깜빡였다간 모든 것이 꿈처럼 사라질까봐, 멍하니 바라보기만 했다. 아제로스에서라면 이들은 서로를 죽이려고 달려들 것이다. 아니, 적어도 서로를 의심하고, 증오하고, 두려워할 것이다. 나이트 엘프의 음악 같은 웃음소리가 들려왔다.

벨렌은 아주 만족스러운 표정이었지만, 모이라는 조심스럽게 안두인의 눈치를 살폈다.

"괜찮소, 안두인?"

그는 고개를 끄덕이며 거친 목소리로 말했다.

"네, 솔직히 이보다 기분 좋았던 적이 없어요. 이 모든 건……."

안두인은 미소를 지으며 고개를 가로저었다.

"……제가 평생 꿈꿔온 광경입니다."

그때 남성적이고, 따뜻하고, 쾌활한 목소리가 들려왔다.

"우리는 다른 누구이기 이전에 사제니까."

그런데 어딘가 조금 이상한 구석이 있었다. 안두인은 빛의 사제인 인간이겠거니 생각하며 돌아섰다.

그의 눈앞에 포세이큰이 서 있었다.

어릴 때부터 감정을 드러내선 안 된다는 교육을 받아온 안두인은 애써 아무렇지 않은 척했지만, 현기증을 느끼고 있었다.

"그런 것 같군요. 정말 기쁩니다."

자기도 모르게 놀란 기색이 목소리에 묻어 나왔다.

벨렌이 안두인을 보며 말했다.

"안두인, 알론서스 파올 대주교를 소개하겠네."

포세이큰의 두 눈이 스산한 노란빛을 내뿜었다. 살아 있는 사람처럼 즐거운 기분에 눈을 반짝일 수는 없을 것 같았지만, 어째서인지 포세이큰의 두 눈이 반짝이고 있었다.

"나를 알아보지 못했다고 안절부절못할 필요는 없네. 초상화와는 많이 다른 모습이라는 걸 나도 아니까. 보다시피 턱수염도 사라졌고, 조금 많이 야위었을 걸세."

대주교는 뼈만 남은 손가락을 들어 올리더니 턱을 문지르며 말했다.

그렇다. 언데드의 두 눈은 반짝이고 있나.

안두인은 위엄 있게 행동해야 한다는 결심을 모두 버렸다. '우리는 다른 누구이기 이전에 사제'라고 이 언데드는 말했다. 게다가 안두인은 일시적으로나마 국왕의 짐을 벗어던질 수 있어서 오히려 마음이 놓였다. 그는 미소를 지으며 허리 숙여 인사했다.

"역사의 산 증인이시군요. 대주교님께서는 은빛 성기사단을 창설하셨죠? 빛의 수호자 우서가 대주교님의 첫 번째 제자였고요. 대주교님의 노력이 없었다면, 오늘날 스톰윈드는 존재하지 않았을 겁니다. 만나 뵙게 되어 영광이라는 말로는 지금의 제 기분을 표현할 수 없을 거예요. 당신은 제 영웅이셨…… 아니, 여전히 영웅이시니까요."

안두인은 경외감에 가득 찬 목소리로 대주교에게 말했다.

안두인의 말은 진심이었다. 그는 자애로운 겨울 할아버지 같은 사제 파올에 관한 두꺼운 고서들을 모조리 탐독했다. 책에서 본 파올은 잘 웃지만 바위처럼 굳건한 사람이었다. 보통은 건조한 사실만을 꼼꼼히 기록하는 것으로 만족하는 역사학자들도 파올의 따뜻하고 친절한 심성에 대해서는 온갖 미사여구를 늘어놓았다. 초상화를 보면 파올은 땅딸막하고 통통한 체구에, 흰 수염을 덥수룩하게 기른 인물이었다. 하지만 지금 스톰윈드의 국왕 앞에 서 있는 언데드는 평균보다 조금 작은 키를 제외하면 다른 특징은 알아볼 수가 없었다. 수염도 사라졌다. 자른 걸까? 썩어버린 걸까? 머리카락은 말라붙은 피와 체액 때문에 검게 변해 있었다. 낡은 양피지처럼 퀴퀴하지만 불쾌하지 않은 냄새가 났다. 파올은 안두인이 어린 시절에 세상을 떠났으므로, 지금껏 만나볼 기회가 없었다.

파올은 한숨을 내쉬었다.

"그래, 자네가 얘기한 그런 일들을 한 건 사실이야. 하지만 한때 이성을 잃고 스컬지의 하수인 노릇을 하기도 했네. 하지만 이곳에서 유일하게 중요한 건, 내가 사제라는 사실뿐이지."

파올은 앙상한 손가락을 들어 영광의 사원과 그곳을 보살피는 사람들을 가리켰다. 그 모습을 지켜보고 있던 모이라가 입을 열었다.

"나는 대주교님과 꽤 오랫동안 협력해왔소. 나와 검은무쇠 드워프를 도와 사제들을 규합하는 데 도움을 주고 계시지. 군단에 맞서려면 그래야만 했소. 이제 위기는 끝났지만 그래도 가끔씩 여길 찾아오는데, 대주교님께서 좋은 말동무가 되어주신다오. 어쨌든…… 삶의 구속에 얽매이지 않은 분이시니까."

안두인은 쿡쿡 웃었다. 사방을 둘러보며 사원 구석구석을 보고 있자니 가슴 깊은 곳에서 익숙한 온기가 느껴졌다. 미래의 모습이 이렇게 바뀔 수 있을까? 노움과 타우렌, 인간과 블러드 엘프, 포세이큰과 드워프가 공동의 목표를 위해 결속하는 지금 이 모습을 아제로스 전체가 실현할 수도 있을 것 같았다.

하지만 사제들은 비록 각자 세상을 바라보는 방식은 달라도, 모두가 합의할 수 있는 '빛'이라는 공통의 대의가 존재했다.

파올이 안두인을 바라보며 말했다.

"소개해주고 싶은 사람이 한 명 더 있네. 그녀도 로데론 출신이지. 하지만 너무 걱정하지는 말게. 빼어난 용기와 빛의 도움으로 수많은 위험을 극복한 덕분에 아직 살아 있는 사람이니까. 이리 와보게."

그는 미소를 띤 금발의 여성을 애틋한 목소리로 불렀다. 그녀는 앞으로 다가와 바싹 말라버린 대주교의 손을 거리낌 없이 붙잡고는 안두인을 향해 돌아섰다.

"안녕하세요, 폐하."

세이나보다 조금 나이가 많아 보이는 그녀는 훤칠한 키에 날씬한 몸매, 긴 금발 머리와 매혹적인 청록색 눈동자가 돋보였다. 안두인과는 분명 처음 만나는 사이였지만, 어딘가 낯이 익었다.

"아버님께서 돌아가신 일은 정말 유감이에요. 스톰윈드와 얼라이언스가 정말 위대한 분을 잃었죠. 폐하의 가족은 제게 많은 친절을 베풀어주셨는데, 그분의 추모식에서 예를 표하지 못한 것이 정말 안타깝네요."

"감사합니다."

안두인은 그녀가 누구인지 떠올리려고 애를 써봤지만 기억이 나지 않았다.

"정말 죄송합니다만…… 전에 뵌 적이 있었던가요?"

그녀는 조금 슬퍼 보이는 미소를 지었다.

"아니, 그렇지 않아요. 하지만 저를 닮은 초상화를 본 적이 있을 거예요. 그러니까…… 전 칼리아 메네실이라고 해요. 아서스가 제 동생이죠."

제 9 장

황천빛 사원

칼리아 메네실. 파올과 더불어 역사책에서 튀어나온 이름이었다. 칼리아는 대주교와 마찬가지로 오래전 잊힌 이름이었다. 끔찍한 운명을 맞아야 했던 아서스 메네실의 누나인 그녀는 리치 왕의 하수인이 되어버린 로데론의 계승자 아서스가 왕좌로 쳐들어가 냉혹하게 아버지를 살해하고 언데드 스컬지를 그 도시에 풀어놓았던 그날, 사망한 것으로 알려졌었다. 하지만 칼리아는 살아남았고, 지금 이렇게 황천빛 사원에 머물고 있었다. 빛이 그녀를 찾아낸 것이다.

말로 설명할 수 없는 감동을 받은 안두인은 성큼성큼 단 세 걸음 만에 칼리아에게 나가 말없이 손을 내밀었다.

칼리아는 잠시 주저하다가 그 손을 맞잡았다. 안두인은 그녀의 손을 꼭 쥐며 미소를 지었다.

"살아계신 모습을 보게 되어 말로 표현할 수 없이 기쁘군요. 너무 오랫동안 소식이 들리지 않아, 다들 최악의 상황을 가정했었습니다."

"감사합니다. 사실은 정말 최악의 상황을 맞이한 건 아닐까 생각하던 때도 있었어요."

"무슨 일이 있었던 거죠?"

"얘기하자면…… 아주 길어요."

칼리아는 이야기하고 싶지 않은 눈치였다.

"오늘은 그렇게 긴 이야기를 할 시간이 없네."

벨렌의 말이었다. 안두인은 파올 대주교와 사실상 로데론의 여왕이라 할 수 있는 칼리아에게 물어보고 싶은 게 산더미였지만, 벨렌의 말이 옳았다. 오늘은 워낙 놀라운 경험을 하기도 했지만 안두인과 모이라, 벨렌이 여기까지 온 이유는 아주 중요한 일을 논의하기 위해서였다.

안두인은 칼리아를 향해 미소를 지으며 그녀의 손을 놓았다. 그리고 모여든 사제들을 향해 돌아섰다.

정말 많은 이들이 모여 있었다. 파올이 안두인의 마음을 읽기라도 한 듯 말했다.

"아주 많은 이들이 모인 것 같지? 하지만 우리와 함께할 수 있는 모든 사제들의 수에 비하면, 이건 한 줌에 불과하다네. 아직도 빈자리가 많거든."

안두인은 믿을 수가 없었다.

"정말 놀라운 일을 해내셨군요. 모든 분들께서 이런 목표를 위해 노력하고 계시다는 건 알았지만, 제 두 눈으로 이런 모습을 목격하는 건 역시 차원이 다른 일이네요. 이번 일이 그저 제가 소망하던 장소를 방문한 것이라면 좋았겠지만, 사실은 중대한 소식을 들었습니다."

안두인은 모이라를 향해 고개를 끄덕였다. 그녀는 아제로스의 경고를 전해준 '대변자' 마그니의 딸이었다. 게다가 이곳을 처음 방문한 안두인과 달리 황천빛 전당에서 인정받는 존재였다. 안두인이 스톰윈드의 국왕이 긴 했지만, 이곳은 그런 지위나 권위 따위를 인정하지 않는 곳이었다. 드 워프의 여왕 모이라가 어깨를 똑바로 펴고 모두를 향해 말했다.

"우리 모두는 빛을 섬기지만 아제로스에서 살아가오. 그리고 우리 아버 지께서는 지금 이 세계의 대변자가 되셨소. 그분이 아이언포지를 찾아오셔 서, 마침 방문한 예언자와 스톰윈드의 국왕에게 끔찍한 소식을 전했소."

모이라의 직설적이고 차분한 목소리가 조금 떨렸다. 그 순간 안두인은 모이라의 얼굴에서 어린 소녀가 길을 잃고 방황하는 모습을 발견했다. 하 지만 그녀는 빠르게 감정을 추스르고 말을 이었다.

"여러분…… 우리의 세계가 심각한 부상을 입었고, 곤경에 처했소. 끔 찍한 고통을 느끼고 있소. 아버지께서는 아제로스를 치유해야 한다고 말 씀하셨소. 이 세계가 스스로 치유할 수 있는 수준은 이미 넘어섰다는 말씀 도 함께."

모여든 사제들 사이에서 크게 놀라 숨을 들이쉬는 소리가 번져갔다.

"그 끔찍한 검 때문입니다!"

한 타우렌이 거친 목소리로 말했다. 안두인은 낮게 울리는 그의 목소리를 들으며 타우렌의 대부족장이자 그의 친구인 바인 블러드후프를 떠올렸다.

"이 세계를 어떻게 치유할 수 있겠습니까?"

한 드레나이가 물었다. 희미하게 어린 절망의 감정이 음악과도 같은 목 소리를 갈라지게 했다.

좋은 질문이었나. 어떻게 그럴 수 있단 말인가? 사제에게는 치유의 능력 이 있었다. 하지만 그 대상은 육신이 있는 존재여야 했다. 사제는 상처를 치 유하고, 질병과 저주를 제거하고, 때로는 빛의 의지에 따라 망자의 생명을 되찾았다. 하지만 이 세계가 입은 상처는 어떻게 해야 한단 말인가?

안두인은 어디에서부터 시작해야 할지 알고 있었다. 외투 주머니 속에서, 작지만 소중한 아제라이트 조각을 넣어둔 곳에서 그 답이 느껴지는 것만 같았다. 자신을 향해 돌아서는 포세이큰과 트롤, 타우렌의 얼굴을 보며, 안두인은 잠시 머뭇거렸다. 호드의 얼굴들이었다. 저들을 정말 믿을 수 있을까?

안두인은 빛을 향해 질문을 던졌다. 그리고 자신을 향해 물었다.

판다리아에서 가로쉬 헬스크림이 천상의 종이라는 거대한 유물을 안두인에게 떨어뜨렸을 때, 그는 심각한 부상을 입었었다. 그 일이 있은 후부터, 그가 잘못된 길을 가려 할 때면 항상 뼈마디가 아파왔다. 잔혹한 행위를 하거나, 배려하는 마음을 잃거나, 위험을 자초할 때도 그랬다.

하지만 지금은 아픈 곳이 없었다. 사실 최근 그 어느 때보다 기운이 솟았다. 이렇게 마음이 차분한 건 지금 이곳이 황천빛 사원이기 때문일까, 아니면 아제라이트 조각을 갖고 있기 때문일까?

안두인은 그 이유를 알지 못했다. 하지만 두 가지 다 영향을 주고 있는 것이 분명했다.

무엇보다도 아제로스가 직접 도움을 요청하지 않았는가.

안두인은 앞으로 나섰다. 그리고 손을 들어 불안과 두려움으로 술렁이는 사제들을 진정시켰다.

"형제자매 여러분, 제 말을 들어주세요!"

말소리가 잦아들고, 모두의 얼굴이 안두인에게로 향했다. 외모는 서로 너무나 달랐지만, 지금의 사태를 우려하며 어떻게든 돕고 싶다는 열정으로 가득한 표정만큼은 모두 똑같이 아름다웠다. 그래서 안두인은 호드에 속한 이들까지 모두 믿기로 했다. 그래서 그들에게 아제라이트를 쥐어보라고 권하며, 모두의 반응을 살폈다.

"마그니 님은 한때 드워프였고, 사제의 아버지이기도 하셨죠."

사제들이 번갈아 가며 그 작은 돌을 쥐어보는 동안 안두인이 차근차근 말을 꺼냈다.

"그분이 우리 연맹을 먼저 찾아오신 것도 당연한 일이에요. 조만간 우리가 할 수 있는 일이 생기리라 확신하지만, 우선은 연구가 필요해요. 질문해야 합니다. 그러는 동안, 다른 치유사들에게도 도움을 청해야 해요. 주술사나 드루이드들이요. 우리보다도 이 대지는 물론 살아 있는 존재들과 더 긴밀한 관계를 맺고 있는 이들이죠."

안두인은 잠시 말을 멈추고 거대한 전당을 돌아봤다. 그는 드루이드나 주술사의 전당은 어떤 모습일지 생각했다. 이 사원이 비밀결사에 꼭 알맞은 것처럼, 그들의 전당도 아름답고 그들의 책무와 잘 어울릴 터였다.

"저는 조만간 텔드랏실을 찾아갈 겁니다. 아니, 내일이라도 당장 찾아가야겠어요."

안두인은 아이언포지에서 조금 더 시간을 보내고 싶었다. 멕카토크와 노움들을 만나, 끔찍할 만큼 강력했던 적을 격퇴할 수 있도록 도움을 준 노움의 두뇌와 기술에 감사를 표하고 싶었다. 하지만 지금 벌어지고 있는 이 일이 그 어떤 것보다 우선했다. 멕카토크도 이해해줄 것이다.

스톰윈드의 국왕 안두인이 말을 이었다.

"여러분 모두 세상 밖으로 나가 동료 사제들을 찾고 계셨습니다. 이제 조금 더 급해졌어요. 지금 즉시 도움을 줄 수 있는 이들까지 범위를 넓혀야 해요. 쉬운 일은 아니겠죠. 그러니 지금 이 자리에 참석해주신 모든 분들께서는, 각자의 진영에서 드루이드나 주술사들과도 접촉해주실 것을 부탁드립니다."

다들 고개를 끄덕이기 시작했다. 차분해진 모습을 보니 안두인은 그제야 자신이 주제넘은 행동을 했다는 것을 깨달았다. 이 전당에 초대받은 손님, 곧 비밀결사가 해야 할 일을 안두인 자신이 지시한 것이다.

안두인은 당황하며 파올을 향해 돌아섰다.

"죄송해요, 대주교님. 저에게 이런 말을 떠들어댈 자격은 없는데 말이죠."

"이들은 모두 빛을 섬기는 사제들이네. 자네 또한 마찬가지고."

언데드 사제가 새삼 그 사실을 강조했다. 그리고 고개를 한쪽으로 기울이며 희미한 미소를 지었다.

"자네를 보니 칼리아의 동생, 아서스의 옛 모습이 생각나는군. 아직 빛을 따르던 시절 말이야. 젊은 친구여, 자네에게는 사람들을 이끄는 재능이 있네. 자네가 이끄는 곳이라면 백성들은 어디든 따라갈 걸세."

안두인은 아서스와의 비교가 칭찬이라는 것을 알았다. 전에도 그런 말을 들어본 적이 있었다. 특히 가로쉬 헬스크림이 했던 말이 기억에 남았다.

호드의 옛 대족장 가로쉬 헬스크림이 재판을 받으며 백호사 지하에 수감되어 있던 그때, 헬스크림은 안두인에게 면회를 와달라고 요청했었다. 헬스크림은 안두인이 리치 왕이 된 남자의 망령이라고 했다. 안두인 외에도 또 한 명의 사랑받는 금발 머리 왕자가 있었다고…… 그는 성기사였지만, 빛으로부터 등을 돌렸다고 말해주었다.

두 사람이 외적으로도 닮은 곳이 많다는 점을 생각하면 예상 범위를 크게 벗어나는 말은 아니었지만, 그래도 불편하기는 마찬가지였다. 안두인은 자기도 모르게 칼리아의 눈치를 살폈다. 파올의 말에 동의하는 듯 미소를 띤 그녀의 얼굴은 향수에 젖어 때 이른 주름이 깊어지고 있었다. 제이나조차도 아서스를 생각할 때는 웃지 못했다. 아서스를 순진무구한 어린아이로 기억하는 극소수의 사람들 외에는 어느 누구도 그러지 못했다.

"감사합니다. 하지만 비밀결사와 그 지도부를 존중하는 의미에서, 다시는 이렇게 끼어들지 않겠습니다."

안두인의 말에 파올은 어깨를 으쓱했다. 미라화된 살점 조각이 떨어져 나와 하늘거리며 바닥으로 내려앉았다. 거북한 광경일 수도 있었지만, 안두인은 깃털로 장식한 망토에서 깃털 하나가 떨어져 내리는 모습을 보는 것처럼 그 광경을 인식했다. 이제야 육체가 아니라 인물을 보는 법을 배워 가기 시작하는 것 같았다.

'우리 모두 껍질에 갇혀 있는 건 마찬가지야. 그저 저분들의 껍질이 조금 다른 방식으로 결합되어 있을 뿐.'

"이곳에서는 누구나 목소리를 낼 수 있네. 가장 어린 수행사제라 해도 도움이 될 수 있는 법이지. 자네의 목소리도 이곳에서는 언제든 환영받을 걸세, 안두인 린 국왕. 언제든 이곳을 찾아와도 좋아."

"조만간 다시 오고 싶어요."

안두인은 그렇게 말하며 칼리아와 파올을 바라봤다.

"이곳에서는 배울 게 아주 많을 것 같거든요."

'그리고 저는 배워야 할 게 많아요.'

안두인은 그 생각을 입 밖으로 내놓지 않았다. 위험하고, 대담하고, 예상치 못했던 아이디어가 형성되기 시작했다. 조만간 쇼와 이야기를 해야 할 것 같았다.

파올이 쿡쿡거리며 웃었다. 거칠지만 불쾌하지 않은 음성이었다.

"자신이 무엇을 모르는지 인정하는 것이야말로 지혜의 시작이라네. 그러니 당연히 그렇겠지. 언제든 찾아와도 좋네, 사제여."

그는 고개를 숙였다. 안두인은 모이라와 벨렌을 바라봤다.

"이제 스톰윈드로 돌아가서 여행 준비를 해야겠어요. 다급한 일이 좀 생겼거든요."

그는 모이라에게 아제라이트 표본을 건넸다.

"저 대신 이걸 멕카토크 님께 전해주실 수 있으신가요? 직접 가져다드리지 못해 죄송하다고 말씀 좀 전해주세요."

"그러지. 그리고 그가 알아내는 건 모두 전해주겠소. 우리 아버지께서도 우리에게 해줄 말이 있겠지."

"분명히 그럴 거예요."

안두인은 자신의 심장과 정신에 놓인 과제 때문에 이 장소의 평화로움과 칼리아와 포세이큰에 대한 호기심까지 모두 사라져버렸다.

제 10 장

달라란

예전 푸른용군단의 위상으로, 현재 키린 토 6인의 의회 구성원이기도 한 칼렉고스는 불안한 마음이 들 때면 말없이 제2의 고향 거리를 거닐었다. 낮에는 각종 걱정거리와 문제점들을 안정적이고 책임감 있게 처리했다. 특히 골치 아픈 문제를 해결하거나, 현대의 의회가 알지 못하는 고대의 방법론을 직접 제시하는 등 그가 필요한 장소를 찾아갔다. 하지만 오후 시간이 되면 칼렉고스는 사적인 걱정거리를 안고서 걷고 또 걸었다.

용들은 종종 어린 종족의 구성원 같은 형태로 모습을 바꿨다. 생명의 어머니 알렉스트라자는 하이 엘프로, 시간을 수호하는 청동용 중 가장 중요한 존재인 크로노르무는 '크로미'라는 이름의 노움으로 변신하는 걸 좋아했다. 칼렉고스는 아주 오래전부터 반인 반엘프의 모습에 정착했다. 정확히 그 이유가 무엇인지는 알 수 없었다. 눈에 띄기 싫었다면 그런 모습을 택하지는 않았을 것이다. 반엘프는 워낙 많지 않은 존재였으니까.

칼렉고스는 그 모습이 두 개의 세계가 융합되는 것을 상징하기 때문에 끌리는 것이라고 결론을 내렸다. '칼렉'은 자신이 용과 인간이라는 두 개의 세계를 하나로 만드는 존재라고 느꼈기 때문이었다.

칼렉은 늘 어린 종족들에게 이끌렸고, 그들을 보호하고 싶어 했다. 자신의 목숨을 바쳐 다른 이들을 구한 거대한 붉은용 코리알스트라즈처럼, 그도 인간을 좋아했다. 하지만 마지막 숨을 내쉬는 순간까지 사랑하는 알렉스트라자만을 바라봤던 코리알스트라즈와는 달리, 칼렉은 인간을 사랑했다.

사실은 두 명의 인간을 사랑했다. 강인하고, 친절하고, 용감한 두 명의 여성이었다. 그들을 사랑하고, 또 그들을 모두 잃었다. 그중 한 명은 안비나 티그였다. 사실 그녀는 진정한 인간이라고는 할 수 없었지만 최후의 순간, 끔찍하리만치 강력한 악마가 아제로스에 발을 들이는 것을 막기 위해 자신을 희생했다. 또 한 명은 제이나 프라우드무어였다. 지금은 그녀도 그의 곁을 떠났다. 제이나를 검은 구덩이 속으로 점점 더 깊이 잡아끄는 고통과 증오가 언젠가는 제이나를 완전히 집어삼키지 않을까, 칼렉은 걱정하고 있었다.

예전에는 제이나와 함께 달라란을 산책하곤 했다. 두 사람은 손을 맞잡고 함께 걷다가, 가끔씩 멈춰 서서 윈들 스파크샤인이 밤 아홉 시 정각에 달라란의 가로등에 불을 켜는 모습을 지켜보았다. 윈들의 딸 킨디는 한때 제이나의 제자였으며, 가로쉬 헬스크림의 끔찍한 공격으로 목숨을 잃은 수많은 희생자 중 한 명이었다. 아니, '공격'이라는 말보다는 '테라모어 파괴'라는 말이 조금 더 정확할 것 같았다. 윈들은 밤마다 어렸던 딸을 추억하며 그 형상을 황금빛 마법 불빛으로 만들어낼 수 있게 허락을 받았다. 그리고 윈들이 마법봉을 사용할 때마다, 그런 딸의 모습이 각각의 가로등에 나타나곤 했다.

하지만 제이나는 분노와 절망을 망토처럼 온몸에 두른 채 떠나갔다. 키린 토라 불리는 마법사 조직과 그 조직의 지도자라는 지위를 뒤로한 채 모습을 감췄다. 분노의 말 몇 마디만을 남겨놓은 채 칼렉의 곁도 떠나갔다. 더는 견딜 수 없는 고통에 내몰린 끝에 제이나는 결국 사라져버렸다.

칼렉은 그녀를 따라갈 수도 있었다. 제이나를 마주 보며, 왜 그렇게까지 갑작스럽게 떠나야 했는지 물어볼 수도 있었다. 하지만 그렇게 하지 않았다. 그는 제이나를 사랑했고, 그만큼 존중하기도 했다. 하루가 지날 때마다 그녀가 돌아올 가능성이 점점 더 줄어드는 지금도, 칼렉은 여전히 희망을 버리지 않았다.

그리고 제이나가 떠나면서 남긴 빈자리는 칼렉이 채워야 했다. 키린 토는 군단과의 전쟁을 치르는 동안 눈코 뜰 새 없이 바삐 움직였다. 그에게는 목표가 있었다. 친구가 있었다. 칼렉은 이 세계에 받아들여지고 있는 중이었다.

칼렉은 가시덤불 골짜기에 자리 잡은 좋은 친구 키리고사를 찾아가 볼까도 생각했다. 일생을 겨울만 존재하는 지역에서 살았던 키리고사는 지금 영원한 여름을 만끽하고 있었다. 잠시 동안 그녀와 함께하는 것도 좋을 것 같았다. 하지만 왜인지 그럴 수 없었다. 혹시라도 제이나가 그를 찾아온다면, 그녀가 찾을 곳은 바로 여기였다. 그래서 그는 계속 기다렸다.

오늘은 달라란에서 가장 위대했던 마법사이자 제이나의 스승이었던 안토니다스의 석상으로 발걸음을 옮겼다. 그 석상을 세운 것은 제이나였고, 주문 덕분에 석상은 초록색 풀 위로 조금 떠올라 있었다. 석상에 명문을 새긴 것 역시 제이나였다.

대마법사 안토니다스, 키린 토의 대학자

*가장 위대한 자가 보여준 불굴의 의지에 대한 증거로서
달라란이 다시 한 번 일어서다.*

그대의 희생은 헛되지 않을 겁니다, 소중한 친구여.

*사랑과 존경의 마음을 담아,
제이나 프라우드무어*

칼렉과 제이나가 끔찍한 논쟁을 했던 곳도 여기였다. 자신의 도시가 잔혹한 방식으로 소멸하고 말았다는 사실에 이성을 잃은 제이나는 복수를 원했다. 키린 토가 호드를 공격하겠다는 그녀를 돕지 않겠다고 하자, 제이나는 칼렉에게 도움을 청했다. 처음에는 애원했지만 이내 자신의 상처에 의해 촉발된 분노가 섞여 들어간 그녀의 말은 아직까지도 칼렉의 기억 속에 남아 있었다.

'당신은 언젠가 저를 위해 싸워주겠다고 말했지요. 테라모어의 여군주를 위해서요. 테라모어는 사라졌지만, 난 아직 여기 있어요. 도와줘요. 부탁할게요. 호드를 무너뜨려야 해요.'

칼렉은 제이나의 부탁을 거절했다.

'이 뼈아픈…… 증오는 제이나, 당신이 아닙니다.'

'틀렸어요. 이게 저예요. 호드가 만들어낸 저라고요.'

모든 면에서 제이나 또한 킨디처럼 테라모어의 희생자였다. 호드를 다시 받아들이기로 한 건 키린 토의 결정이었다. 아제로스가 군단의 손에 의

해 몹시 취약해진 상태라 더는 도움의 손길을 거부할 수 없었기 때문이었다. 칼렉은 제이나와 대화하고 싶었지만, 그녀는 아무 말도 없이 사라져버렸다.

이런저런 상념들에 빠져 있던 그 순간, 칼렉은 털이 곤두서는 것 같은 느낌이 들었다. 갑자기 무언가가 느껴졌다.

제이나가 달라란에 돌아왔다. 칼렉은 그녀의 존재를 느꼈고, 그녀는 지금 바로―

"여기에서라면 당신을 찾을 수 있을 거라고 생각했어요."

등 뒤에서 부드러운 목소리가 들려왔다.

심장이 걷잡을 수 없이 뛰기 시작했다. 칼렉이 휙 돌아섰다.

망토 두건을 벗는 그녀의 모습은 칼렉이 기억하던 모습 그대로 아름다웠다. 한 줌의 금발만 남기고 하얗게 세어버린 그녀의 머리카락에 달빛이 비쳤고, 그래서인지 반짝이는 은빛 왕관을 쓰고 있는 것 같았다. 머리 모양은 조금 달랐다. 한 가닥으로 땋은 모습이었다. 얼굴은 창백하고, 두 눈에는 어둠이 가득 차 있었다.

"제이나. 난…… 정말 미안합니다. 그래도 그대가 무사해서 정말 다행입니다. 이렇게 만나니 정말 반갑군요."

"소문을 듣자 하니, 당신이 이제 6인의 의회 구성원이 되었다고 하더군요. 축하해요."

제이나는 미소를 지었다.

"맞습니다. 그리고 감사합니다. 하지만 당신이 돌아와 주기만 한다면, 기꺼이 물러나겠습니다."

그녀의 얼굴에서 웃음기가 사라지고 슬픔이 어렸다.

"아니에요."

칼렉은 고개를 끄덕였다. 달라진 것이 없었다. 가슴이 아파왔지만 굳이 그런 말을 할 필요는 없었다. 그녀도 알고 있었으니까.

"어디로 갈 겁니까?"

칼렉은 그저 이렇게만 물었다.

달빛을 받은 제이나의 얼굴에서, 눈썹 사이에 패인 그녀만의 독특한 주름이 눈에 띄었다. 그 주름이 그녀의 웃음보다 더 칼렉을 아프게 했다.

"사실은 모르겠어요. 하지만 이젠 이곳에 남아 있을 수가 없어요."

분노가 차오르는 듯 제이나의 목소리가 조금씩 날카로워졌다.

"나는 도저히……."

그녀는 깊이 숨을 들이쉬며 마음을 가라앉혔다.

"키린 토의 결정에 동의할 수 없어요."

'호드가 만들어낸 저예요.'

둘은 오랫동안 서로를 바라봤다. 그리고 놀랍게도 제이나가 한 걸음 다가와 칼렉의 손을 붙잡았다. 달콤하도록 익숙한 그 손길은 예상보다 훨씬 더 강렬했다.

"하지만 당신이 옳았어요. 그 점을 알려주고 싶었어요."

"무슨 말입니까?"

칼렉은 애써 차분한 목소리로 물었다.

"증오가 얼마나 위험한지, 또 얼마나 큰 피해를 주는지에 대한 당신의 말이 옳았어요. 제가 겪어야 했던 일들을 받아들일 수는 없지만, 이제 와서 과거를 바꿀 수도 없어요. 제가 무엇을 상대해야 하는지 잘 알아요. 무엇이 절 분노하게 하는지 알아요. 제가 무엇을 증오하고, 무엇을 원치 않는지도 알아요. 하지만 무엇이 제 마음을 가라앉히는지, 또 제가 무엇을 사랑하고 싶은지, 그건 모르겠어요."

낮게 가라앉은 제이나의 목소리는 감정이 북받쳐 떨리고 있었다. 칼렉은 그녀의 손을 꼭 잡았다.

"테라모어 사건 이후로 제가 느끼고 행동한 것은 모두 무언가에 대한 반발이었어요. 전 지금 깊은 구덩이 속에 빠져 있는 것 같아요. 기어오르려 할 때마다 그저 떨어져 내리기만 하는 그런 구덩이요."

"압니다. 그대가 그렇게 힘겨워하는 모습을 오랫동안 지켜봤습니다. 도울 수가 없었기 때문이죠."

칼렉은 부드러운 목소리로 말했다. 맞잡은 손이 무척이나 따뜻했다. 놓고 싶지 않았다.

"그 누구도 도울 수는 없어요. 제가 혼자서 해내야 할 일이에요."

그는 고개를 숙인 채 엄지로 그녀의 손가락을 더듬었다.

"저도 압니다."

"그 투표 때문에 떠나려는 건 아니에요."

제이나의 말에 칼렉은 깜짝 놀라 고개를 들었다.

"아니라고요?"

"이번에는 아니에요. 누구나 자기 본성에 충실해야 해요. 저도 그렇고요."

그녀는 자조적으로 희미하게 웃으며 말을 이었다.

"전 그저…… 제 본성이라는 게 무엇인지 알아내야 할 것 같지만."

"알게 될 겁니다. 추악하거나 잔인한 것과는 거리가 멀 거라고 믿습니다."

제이나는 묘한 눈빛으로 칼렉을 바라봤다.

"그렇게 확신할 수 있을지 전 모르겠어요."

"저는 믿습니다. 그리고 당신을…… 동경합니다. 이런 일과 맞설 수 있는 용기를 갖고 있으니까요."

"이해해주실 줄 알았어요. 늘 그랬으니까요."

"평화는 이 세계의 고귀한 목표입니다. 하지만 개인에게도 고귀한 목표이지요."

칼렉은 인간의 모습을 한 가슴이 무척이나 아파왔지만 미소를 지었다.

"제이나, 당신이라면 길을 찾을 수 있을 겁니다. 당신을 믿습니다."

칼렉의 말에 제이나가 비꼬듯 대답했다.

"그렇게 생각하는 사람은 아마 이 세상에 당신뿐일 거예요."

칼렉은 제이나의 손을 들어 양쪽에 각각 입을 맞췄다.

"안전한 여행이 되길. 잊지 마세요. 도움이 필요하면 그곳이 어디든 달려가겠습니다."

제이나는 고개를 들어 잠시 그를 바라봤다. 그리고 가까이 다가섰다. 그녀의 두 눈에 비친 달빛을 볼 수 있었다. 칼렉은 제이나가 그리웠다. 앞으로도 그럴 것이다. 그녀를 다시는 볼 수 없으리라는 끔찍한 생각이 들었다. 그 생각이 틀렸기만을 바랐다.

제이나는 칼렉의 손을 놓고 두 손으로 칼렉의 얼굴을 감쌌다. 그녀는 까치발을 하고, 그는 허리를 숙였다. 둘의 입술이 만났다. 너무나 익숙하고, 너무나 달콤한 그 입맞춤이 칼렉을 뼛속까지 뒤흔들었다.

'제이나⋯⋯.'

칼렉은 그 입맞춤이 영원하기만을 바랐다. 하지만 그 온기는 너무 빨리 사라졌다. 그는 침을 꿀꺽 삼켰다.

"안녕, 칼렉."

속삭이는 제이나의 두 눈에서 눈물을 볼 수 있었다.

"안녕히, 제이나. 당신이 원하는 것을 찾길 바랍니다."

제이나는 칼렉에게 떨리는 미소를 지어 보인 후 몇 걸음 물러났다. 그녀가 차원문을 소환하자 마법이 주변 공간을 일그러뜨렸다. 제이나가 차원문 안으로 들어서자 그대로 사라졌다.

'안녕, 내 사랑.'

칼렉은 아주 오랫동안 그 자리에 서 있었다. 위대한 대마법사의 석상만이 그의 곁을 지켰다.

제 11 장

스톰윈드

아이언포지로의 여정은 짧게 끝났고, 윌은 안두인의 다음 여행을 준비하느라 서두르고 있었다. 안두인의 오랜 설득 끝에, 윌은 스톰윈드에 남아 필요한 휴식을 취하기로 했다.

윌이 방을 떠나자, 안두인은 탁자 위에 놓인 가지촛대를 향해 손을 뻗었다. 그리고 세 개의 초 중 하나에 불을 붙인 후 창가에 올려놓았다. 그 후에는 아주 늦은 저녁 식사를 하러 식당으로 향했다. 오늘 밤 가지촛대는 불을 밝히는 것 이외의 용도로 사용되고 있었다.

안두인은 통닭과 야채, 아삭한 달라란 사과를 봐도 입맛이 전혀 없었다. 쇼와 마그니가 전해온 소식 때문에 마음이 너무 불안했다. 즉시 텔드랏실을 향해 떠나고 싶었지만, 준비를 하는 데 시간이 너무 오래 걸렸다. 아침이 더디게 오는 것만 같았다.

"뭐든 먹게. 사제든 국왕이든 먹어야 살지."

무뚝뚝한 목소리가 들려왔다.

안두인은 이마를 탁, 하고 쳤다.

"겐, 죄송해요. 함께 앉으시죠. 제가 떠나기 전에 마무리해야 할 일이 있지 않나요?"

"식사가 먼저지."

겐은 의자를 끌어와 앉은 후 통닭을 뜯었다.

"월과 공모해서 절 몰아내기로 하신 모양이군요. 슬프지만 정말 감사한 일이에요."

안두인은 한숨을 쉬며 말했다.

안두인이 접시를 채우는 모습을 지켜보던 겐이 헛기침을 했다. 왠지 즐거워 보였다.

"서류를 준비해뒀네."

"처리해주셔서 감사합니다. 지금 바로 서명할게요."

"먼저 한 번 읽어보게. 누가 썼는지는 상관없어. 공짜로 얻는 조언이라고 생각해도 되겠지."

안두인은 지친 눈빛으로 미소를 지었다.

"요즘 공짜 조언을 참 많이 해주시네요."

"개중에는 자네가 고마워할 만한 것도 있지 않던가."

"전부 다 감사하고 있어요. 동의하지 않고 외면하는 것들까지 전부 다요."

"아, 이제야 현명한 국왕답게 이야기하는군."

겐이 와인 병을 들고 잔을 채웠다.

"그러면 쿠데타는 안 하시는 건가요?"

안두인은 자기도 모르게 다시 한 번 통닭에 손을 뻗었다. 정신은 다른 곳에 팔려 있어도 육체는 굶주렸던 모양이다.

"이번엔 하지 않겠네."

"잘됐군요. 체제 전복은 다음 기회로 미뤄주세요."

"떠나기 전에 논의해야 할 게 하나 있네."

겐이 사뭇 진지한 표정으로 말했다. 그의 몸짓에서 뭔지 모를 긴장감이 느껴져, 안두인은 칼과 포크를 내려놓고 겐을 바라봤다.

"말씀해보세요."

안두인이 걱정스러운 목소리로 말했다.

스톰윈드 국왕의 시선을 한 몸에 받은 겐도 조금 불편한 기색을 드러냈다. 그는 포도주를 한 잔 마시고 안두인을 똑바로 바라봤다.

"나를 믿어줘서 정말 고맙네. 만에 하나라도 자네에게 무슨 일이 생기면, 최선을 다해 자네 백성들을 보살피겠네."

"그러시리라는 걸 알고 있습니다."

안두인은 단호하게 말했다.

"하지만 나도 이미 많이 늙었네. 영원히 이렇게 남아 있을 수는 없어."

안두인은 한숨을 쉬었다. 대화가 어디로 흘러갈지 알 수 있었다.

"아주 길고 힘든 하루였어요. 지금은 너무 피곤해서 그런 얘기라면 하고 싶지 않은데요."

"내가 그 이야기를 꺼낼 때면 항상 이런저런 핑계를 대면서 피하지 않았나."

겐이 지적했다. 안두인도 알고 있었기에, 괜히 음식을 쿡쿡 찌르며 애써 외면했다.

"내일이면 자네는 여러 대륙을 방문하는 긴 여정에 오를 걸세. 지금 이 시간에도 새로운 위험이 생겨나고 있어. 대체 언제가 좋은 때란 말인가? 귀족들이 떼로 몰려와 자기네 권리를 주장하는 꼴은 보고 싶지 않다네."

그 모습을 상상하다가 안두인은 자기도 모르게 웃음이 나왔다. 하지만 겐의 다음 말을 듣고 웃음기는 이내 사라졌다.

"이건 장난이 아니네. 바람직하지 않은 사람에게 왕국이 넘어간다면, 스톰윈드는 그야말로 절박한 상황에 처하게 될 걸세. 자네 어머니는 귀족들이 백성을 대하는 모습에 분노한 군중의 손에 희생되었네. 그리고 자네도 이제 나이가 찼으니, 자네 아버지가 실종되었을 때 이 도시가 얼마나 불안정했는지 기억하고 있지 않은가."

안두인은 기억하고 있었다. 아버지가 실종된 사이 그는 명목상의 국왕이었다. 하지만 곁에서 조언해줄 볼바르 폴드라곤이 있었다. 바리안이 실종되자 검은용 오닉시아가 사기꾼을 그 자리에 앉히고, 그 꼭두각시를 통해 왕국을 지배했다. 스톰윈드는 불안정해지고 소란스러워졌지만, 오닉시아가 죽고 진짜 바리안 린이 왕좌에 앉으면서 상황이 나아졌다.

안두인은 포도주를 한 모금 마시며 조용한 목소리로 말했다.

"기억하고 있어요, 겐."

겐은 먹다 만 식사를 내려다보며, 부드럽지만 강렬한 목소리로 말했다.

"아들을 잃었을 때, 나는 내 영혼의 일부를 잃었네. 난 리암을 사랑하기만 했던 게 아니야. 그 아이를 동경하고 또 존중했네. 그 아이라면 아주 훌륭한 국왕이 되었을 거야."

안두인은 귀를 기울였다.

"그 아이가 쓰러졌을 때, 그 비정한 언데드 밴시가 날 노린 화살로 그 아이를 살해했을 때, 너무 많은 것이 아들과 함께 죽었네. 난 절대로 회복할 수 없을 것 같았지. 사실…… 완전히 회복하지는 못했어. 하지만 내게는 아내 미아가 있었네. 리암만큼이나 강하고 지혜로운 딸 테스도 있었고."

안두인은 연로한 늑대인간의 말을 끊지 않았다. 겐이 이렇게 솔직한 이야기를 하는 건 처음이었다. 몰락한 길니아스의 국왕은 고개를 들어 그 푸른 눈으로 안두인을 바라봤다. 촛불에 눈빛이 일렁였고, 그의 목소리는 감정에 북받쳐 거칠어졌다.

"나는 앞으로 나아갔지만, 내 가슴속 아들이 있던 곳에는 구멍이 뚫렸네. 내가 실바나스 윈드러너에 대한 증오로 채우려 했던 구멍이지."

"그런 구멍은 증오로 채울 수 없어요."

"그래, 그럴 수 없더군. 하지만 나는 리암처럼 백성을 사랑하는 젊은이를 다시 만났네. 이 세상에 선하고, 정의롭고, 진실한 것들이 존재한다고 믿는 젊은이였지. 바로 자네를 만난 걸세, 안두인. 자네가 나의 리암이네. 그래서일까, 나도 모르게 자네를 가르치려 할 때가 많아."

안두인은 겐의 말에 깊은 감동을 받았다.

"겐, 이미 알고 계시겠지만 당신이 제 아버지를 대신할 수는 없을 거예요. 하지만 당신은 국왕이자 아버지, 그 두 가지 역할을 모두 이해하고 계시죠. 제겐 그게 도움이 돼요."

겐은 헛기침을 했다. 그에게도 감정이라는 것이 낯설지는 않았다. 안두인도 알고 있었다. 하지만 겐에게 익숙한 감정이란 뜨겁고 격렬한 분노와 관련된 것들이었다. 늑대인간 저주의 영향도 물론 있겠지만, 겐 자신에게 내재된 것이기도 했다. 겐은 부드러운 감정에는 익숙지 않았고, 그런 감정을 느낄 때면 꼭 지금처럼 억지로 쫓아버리려 했다.

"리암이 지금 이 자리에 있었다면 그 아이에게도 똑같은 말을 했을 걸세. 인생은 너무 짧아. 예측할 수 없고. 이 세상을 살아가는 사람, 특히 국왕에게는 더더욱 그렇지. 자네가 스톰윈드를 사랑한다면, 이 도시를 아낄 줄 아는 사람에게 맡겨야 하네."

겐이 잠시 말을 멈추자 안두인은 생각했다.

'이제부터가 시작이군.'

"안두인, 혹시 왕비로 점찍어둔 사람은 없나? 자네가 혹시라도 전투에서 쓰러진다면 자네를 대신하여 스톰윈드를 다스리고, 린 왕가의 혈통을 이어갈 아이의 어머니 말일세."

안두인은 갑자기 눈앞의 음식에 큰 관심을 나타내기 시작했다.

젠은 한숨을 내쉬었지만, 그 소리는 으르렁거리는 소리에 가까웠다.

"이 세상에서 평화로운 시기란 아주 귀한 걸세. 그리고 항상 너무 짧지. 이 시기를 이용해 왕비가 되어줄 상대를 찾아봐야 하네. 당분간 이곳저곳을 방문하는 김에, 공식 무도회에 참석하거나 공연장이라도 찾아가 보는 건 어떤가?"

"믿기 힘드시겠지만, 저도 그래야 한다는 건 알고 있어요."

안두인은 솔직히 인정했다. 하지만 젠은 안두인이 티핀 여왕의 반지가 담긴 작은 상자를 늘 품에 지니고 있다는 사실을 알지 못했고, 안두인도 그걸 자진해서 밝힐 생각은 없었다.

"하지만 마음에 담아둔 사람이 없어요. 그런 감정을 느낄 수 있는 사람을 만나지 못했거든요. 아직 시간이 있을 거예요. 전 이제 열여덟 살이니까요."

"왕가의 약혼식이란 신랑 신부가 요람에 누워 있을 때 이루어지는 경우도 왕왕 있네. 난 스톰윈드의 사교 무대는 경험해본 적이 없지만, 틀림없이 적당한 신붓감이 적힌 목록을 작성해줄 사람은 있지 않겠나."

젠은 고집을 꺾지 않았다.

젠이 나쁜 의도로 이런 말을 하는 게 아니라는 걸 안두인도 잘 알고 있었다. 하지만 지금은 지치고 걱정스러운 마음이 너무 컸고, 상처 입은 이 세계를 치유하는 것에만 신경을 쓰느라, 결혼 같은 일에는 신경 쓸 여력이 없었다.

"겐, 걱정해주셔서 감사해요."

안두인은 조심스럽게 말을 골랐다.

"결혼은 분명 중요한 문제예요. 그 점은 저도 이해하고 있다고 말씀드렸죠. 하지만 중매결혼이라는 개념, 그러니까 결혼을 해야 한다는 생각을 하기 전에는 알지도 못했던 누군가와 평생을 함께한다는 건 솔직히 제게 너무 불편한 일이에요. 게다가 겐 당신도 중매결혼을 하지는 않았잖아요."

안두인의 말에 겐이 콧방귀를 뀌었다.

"내가 선택하지 않은 길이라고 해서 옳지 않은 길이라는 법은 없지. 분명 낭만적인 방식은 아닐 테지만, 그렇다고 해서 꼭 낯선 사람을 만날 필요는 없네. 예를 들면 내 딸 테스도 자네와 나이가 비슷하니까 그 아이도 충분히……."

안두인이 겐의 말을 잘랐다.

"테스가 지금 이 자리에 있었다면 아마 한마디 했을 거예요. 테스가 아주 멋진 여성이라는 건 분명해요. 하지만 테스에게도 자신이 바라는 인생이 있을 텐데, 제 생각에 스톰윈드의 왕비가 되는 건 테스가 바라는 인생 목록 중 순위가 상당히 낮을 것 같네요."

안두인보다 나이가 몇 살 많은 테스 그레이메인은 어느 모로 보나 의지가 강인한 여성이었다. 그녀에 대한 소문이 여러 가지 있었는데, 그중에는 테스가 쇼의 뒤를 따라 첩자로 활동하고 있다는 소문도 있었다. 안두인은 그 소문의 진위를 겐에게 물어본 적은 없었는데, 이렇게 자기 딸을 왕비 후보로 제안하는 것을 보니, 더더욱 물어보기가 힘들 것 같았다.

겐이 잔뜩 눈살을 찌푸리자 하얀 눈썹이 하나로 이어졌다.

"안두인—"

"이 이야기는 나중에 다시 하기로 해요. 약속할게요. 지금은 논의가 필요한 일이 따로 있어요."

겐은 자기도 모르게 쿡쿡 웃었다.

"국왕, 자네와의 논의라면 언제든 환영이지."

"네, 이번 문제는 더 그럴 거예요. 마그니 님을 만난 후, 전 모이라와 벨렌 님과 함께 황천빛 사원으로 갔어요. 아마 놀랄 일은 아니겠지만 그곳은……."

안두인이 고개를 가로저었다.

"솔직히 어떻게 표현해야 할지 모르겠네요. 아주 고요하고 아름다운 장소였어요. 그리고 그곳에 있는 것만으로도 평화로운 기분을 느낄 수 있었죠. 집중력도 높아지고요."

"놀라운 건 자네가 그 사원을 찾아가기까지 이렇게 오랜 시간이 걸렸다는 것뿐이네. 하지만 사실 국왕이란 고요함과 평화를 누릴 시간이 거의 없는 법이지."

"황천빛 사원에 갔을 때, 깜짝 놀랄 만한 상대를 두 명 만났어요."

안두인은 깊이 숨을 들이쉬며 생각했다.

'자, 시작해볼까.'

"한 명은 칼리아 메네실이에요."

겐은 뚫어져라 안두인을 바라봤다.

"확실한가? 혹시 사기꾼은 아니었을까?"

"동생을 꼭 닮았더군요. 그리고 사원의 사제들이 그녀의 주장이 사실이라는 것 정도는 확인했을 테고요."

"그 사제들이 선의를 갖고 있다고 지나치게 믿고 있군."

겐의 말에 안두인은 미소를 지었다.

"네, 맞아요."

"자, 솔직히 말해보게. 뭘 알아냈나? 칼리아가 어떻게 빠져나온 거지? 지금도 로데론의 왕좌에 대한 권리를 주장하고 있나? 물론 그 전에 그 성을 차지하고 있는 썩은 시체들을 몰아내야겠지만 말이야."

안두인은 조금 유감스러운 표정으로 웃음을 지었다.

"자세한 건 묻지 않았어요. 나중에 사원으로 다시 돌아가서 이야기를 나눠볼 생각이에요. 그다지 하고 싶은 이야기는 아닐 테지만."

"하고 싶지 않은 이야기라는 건 빛도 알고 계시지. 참으로 불쌍한 가문이야. 그 아이는 얼마나 끔찍한 일들을 겪어야 했을까. 아마 가까스로 그 악마들의 손아귀에서 빠져나올 수 있었겠지. 그런 일이 있었으니 언데드를 얼마나 증오하겠나!"

"사실은 그래서…… 할 이야기가 또 있어요. 황천빛 사원은 아제로스의 사제들을 위한 전당이에요. '모든' 사제들이죠. 호드도 포함되고……."

안두인은 잠시 말을 멈췄다.

"……포세이큰도 포함돼요."

안두인은 거센 분노의 포효에 대비했다. 하지만 겐은 그저 차분하게 포크를 내려놓고 조심스러운 목소리로 말했다.

"안두인. 자네가 모든 사람의 장점만 보려 한다는 건 이해하네."

"그런 게 아니에—"

겐은 한 손을 들어 올렸다.

"아니, 국왕, 내 말을 좀 들어주게."

안두인은 눈살을 찌푸렸지만 고개를 끄덕였다.

"그건 분명히 존경할 만한 자질이네. 특히 지도자라면 더욱 그렇지. 하지만 지도자란 바보 취급을 당하지 않도록 조심해야 하네. 자네가 스랄을 만났고 그를 존중한다는 건 알고 있네. 그리고 바인을 친구라고 생각한다는 것도, 그 타우렌이 명예롭게 행동한다는 것도 알고 있어. 아버지께서도 로르테마르 테론과 협상을 하고, 볼진을 아주 높게 평가하셨지. 하지만 포세이큰은…… 다르네. 그들은 이제 우리와 같은 감정을 느끼지 않아. 그저…… 괴물일 뿐이야."

"현재 비밀결사의 지도자는 파올 대주교님이세요."

겐은 결국 외마디 욕설을 거칠게 내뱉으며 자리에서 벌떡 일어섰다. 식기가 짤랑거리며 바닥으로 떨어졌다.

"말도 안 돼!"

그의 얼굴은 벌겋게 상기되었고, 목덜미에는 핏줄이 튀어나왔다.

"그건 그 무엇보다도 끔찍한 일이야. 신성모독이라고! 어떻게 그런 일을 감당할 수 있는 건가, 안두인? 역겹지도 않던가?"

안두인은 파올의 장난스러운 농담을 떠올렸다. 그의 친절한 모습과 걱정하던 표정을 떠올렸다.

'우리는 다른 누구이기 이전에 사제니까.'

그는 사제였다.

안두인은 빙긋 웃으며 말했다.

"아니요, 사실은 정반대예요. 그들이 황천빛 사원에 모여 있는 모습을 보고…… 전 희망을 얻었어요, 겐. 포세이큰은 자아를 잃은 스컬지가 아니에요. 그들도 사람이에요. 자유의지가 있어요. 네, 물론 그들 중에는 더 악한 존재로 변해버린 자들도 있죠. 그들은 그렇게 증오와 공포를 앞세운 새로운 존재가 되었어요. 하지만 전부 그런 건 아니에요. 전 포세이큰 사제들이 타우렌이나 트롤뿐 아니라 드워프와 드레나이와도 대화하는 모습을 봤어요. 그들에게는 선한 의지가 남아 있었어요. 모이라는 지금까지 파올

님과 함께—"

겐은 다시 한 번 욕설을 내뱉었다.

"모이라도? 드워프는 생각이 있는 줄 알았는데! 더는 듣고 싶지 않네."

겐은 그대로 돌아서서 식사 자리를 박차고 나가려 했다.

"아니요, 아직 끝나지 않았어요."

안두인의 목소리는 부드러웠지만 거역할 수 없는 힘이 담겨 있었다. 그는 손을 뻗어 빈 의자를 가리켰다.

"제 이야기를 더 들어주세요."

겐은 당황하며 안두인을 바라봤다. 그는 주저하는 기색이 역력했지만, 고개를 끄덕이며 다시 자리에 앉았고 마음을 가라앉히고자 깊이 숨을 들이쉬었다.

"그러지. 마음에 드는 얘기는 아니겠지만."

안두인은 잔뜩 집중하며 몸을 앞쪽으로 기울였다.

"우리가 용기를 낸다면, 지금 기회를 잡을 수 있을 거예요. 실바나스는 포세이큰에게 생명을 주었죠. 그러니까 그들은 당연히 실바나스를 따르겠죠. 하지만 얼라이언스는 그들에게 등을 돌렸어요. '시체들', '썩은 괴물들'이라고 욕하기만 했죠. 우리는 그들을 볼 때 공포를 느꼈어요. 역겨움을 느꼈죠. 그들도 사람이라는 생각은 애초부터 해본 적이 없는 거예요."

"그들은 '한때' 사람이었던 걸세. 이제는 아니고."

"우리가 그냥 그렇게 생각했던 거예요."

겐은 전술을 변경하기로 했다. 그는 의자 등받이에 기댄 채 눈을 가늘게 떴다.

"좋아. 자네가 썩 괜찮은 포세이큰을 만나봤다는 건 알겠네. 물론 그들은 빙산의 일각일 뿐이고, 우연인지는 몰라도 다들 사제라는 것 아닌가?

좋아, 그런데 다른 포세이큰 중에서 그런 이들을 만나본 적이 있나?"

안두인의 기억에 사제가 아닌 포세이큰이 있었다. 헬스크림의 재판이 진행되던 그때, 청동용들은 시간의 환영이라는 유물을 사용하여 기소하는 측과 변호하는 측 모두에게 과거의 장면을 다시 볼 수 있도록 해주었다. 그렇게 다시 보았던 과거의 장면 중에서, 포세이큰과 블러드 엘프가 주점에서 대화를 나누던 중, 헬스크림의 부하들로 인해 주점이 파괴되는 모습이 있었다.

그 두 명의 병사들은 헬스크림이 보여준 폭력과 잔혹성에 반대했었다. 그리고 그러한 생각 때문에 죽고 말았다. 아, 이름이 뭐였더라…… 'ㅍ'으로 시작했던 것 같은데…….

"팔레이, 프란디스 팔레이도 그랬어요."

"누구?"

"헬스크림을 거역했던 포세이큰 대장이에요. 그는 테라모어에서의 폭력 행위 때문에 크게 분노했었죠. 살아생전에는 여기 스톰윈드에서 살았고요."

겐은 안두인이 한 말을 이해할 수 없었다.

"팔레이는 사제가 아니었어요. 평범한 전사였는데, 악한 행위를 보면 끔찍하다고 느낄 만큼의 인간성이 그자에게는 남아 있었어요."

이야기를 하면 할수록 안두인은 확신을 느꼈다.

"이례적인 자들이겠지."

"전 그렇게 생각하지 않아요."

겐의 말에 안두인은 몸을 더욱 앞으로 숙였다.

"우리는 언더시티의 평범한 시민들이 어떤 생각을 하고 어떤 감정을 느끼는지 전혀 몰라요. 그리고 아마 이것 하나만큼은 반박하지 못하실 텐데,

실바나스는 분명 자기 백성들을 아끼고 있어요. 백성들이 그녀에겐 중요한 의미가 있는 거죠. 그리고 그 사실을 우리가 이용할 수 있을 거예요."

"실바나스를 쓰러뜨릴 수 있다는 건가?"

"협상이 이루어지는 장소로 그녀를 불러낼 수 있다는 거죠."

두 사람은 서로를 응시했다. 안두인은 차분히 집중하는 모습이었지만, 겐은 분노를 억누르느라 애를 쓰고 있었다.

"실바나스의 목표는 우리를 포세이큰으로 만드는 걸세."

"그녀의 목표는 자기 백성들을 보호하는 거예요."

안두인은 완강했다.

"우리가 그런 의도를 이해하고 있다는 것을 보여준다면, 또 이미 존재하는 포세이큰이 얼라이언스에게 위협받을 일이 없다는 것을 보여준다면, 실바나스가 아제라이트를 사용해서 무기를 만들어 우릴 공격할 가능성은 크게 감소해요. 어쩌면 호드와 함께 양 진영이 모두 살아가야 하는 이 세계를 구원할 수도 있을 거예요."

겐은 오랫동안 아무 말 없이 안두인을 응시하다가 입을 열었다.

"아이언포지에서 무슨 병이라도 걸린 건 아닌가?"

안두인은 손을 들어 겐을 진정시켰다.

"미친 소리 같다는 건 알아요. 하지만 우리는 지금까지 포세이큰을 진정으로 이해해보려고 노력한 적이 없어요. 지금이 완벽한 기회일 수도 있잖아요. 파올 대주교님과 다른 사제들이 협상의 문을 열어줄 수도 있고요. 지금 양 진영에는 상대 진영이 원하는 것이 있으니까요."

"포세이큰이 우리에게 원하는 게 뭐가 있겠나? 그리고 우리가 원하는 것 중에서 포세이큰에게 있는 건 또 뭐고?"

안두인은 온화하게 웃었다. 그리고 가슴 깊은 곳에서 북받치는 감정을 느끼며 대답했다.

"가족이죠."

＊　　＊　　＊

안두인은 달빛 외에 달리 불빛이 없어 캄캄한 방으로 들어섰다.

"제 연락을 받으셨군요."

안두인은 촛불 하나를 켜고 주위를 둘러보며 말했다.

방은 텅 빈 것 같았지만, 사실 그렇지 않았다. 조금 전까지 완벽하게 평범해 보였던 그림자가 아른거리더니, 익숙한 형체가 희미한 불빛 안으로 들어섰다.

"나야 늘 그렇지."

발리라 생귀나르가 대꾸했다.

"대체 어떻게 들어오시는 건지 언제 한번 알려주세요."

그녀는 빙긋 웃기만 했다.

"넌 너무 무거워서 어려울 것 같은데."

안두인은 쿡쿡 웃었다. 그는 주위에 신뢰할 수 있는 사람이 많다는 것을 행운이라 여겼다. 모든 국왕이 그런 행운을 누리는 건 아니었으니까. 하지만 발리라는 벨렌이나 겐과는 다른 차원의 동반자였다. 발리라와 바리안은 검투사의 투기장에서 함께 싸웠고, 안두인과도 오래전에 친분을 쌓았다. 그녀는 안두인과 바리안의 목숨을 몇 번이나 구해준 바 있었으며, 린 왕가에 충성을 바치기로 맹세했다. 그뿐 아니라 그녀는 안두인과 그의 조언자들이 만날 수 없는 자들 곁에도 접근할 수 있다는 사실이 아주 중요했다.

발리라는 블러드 엘프였으며, 스톰윈드 국왕의 개인 첩자였다.

그녀는 바리안이 스톰윈드를 통치하는 동안에도 같은 역할을 했다. 그리고 왕자였던 안두인이 아버지에게도 비밀로 해야 하는 전갈을 보내야 할 때, 그녀가 도움을 주었다. 첩보단장 쇼는 언제나 이 왕국에 최선인 길을 택할 테지만, 그가 국왕에게도 최선인 길을 택할 것인지는 확신할 수 없었다. 쇼였다면 분명 지난 몇 년간 안두인이 '그자'와 서신을 주고받은 것을 반대했을 터였다.

"아제라이트에 대해서는 알고 계시겠죠."

발리라는 자리에 앉으라는 권유 같은 건 기다리지도 않고 어느새 의자에 앉아 고개를 끄덕였다.

"그래. 왕국을 건설할 수도 있고, 무너뜨릴 수도 있고, 이 세계를 파멸로 몰아넣을 수도 있다고 하던데."

"전부 사실이에요."

안두인은 포도주를 두 잔 따라 하나를 발리라에게 건넸다.

"저는 호드와 얼라이언스가 언제까지나 서로 싸우기만 할 거라고는 생각하지 않아요. 그리고 지금이야말로, 그 어느 때보다 양측의 협력이 필요한 때가 왔어요. 이 새로운 물질은……."

그는 고개를 절레절레 젓고는 말을 이었다.

"적의 손에 들어가기라도 했다간 걷잡을 수 없이 위험한 사태가 발생할 거예요. 그리고 적을 붕괴시키는 가장 좋은 방법은, 그 적을 친구로 만드는 거죠."

발리라는 포도주를 한 모금 마셨다.

"나는 널 믿어, 안두인 국왕. 그리고 난 언제까지나 네 친구로 남아 있을 거야. 나도 네가 바라는 그런 세상에서 살고 싶어. 하지만 그런 세상이 가능할 것 같진 않아. 불가능하다고."

"분명 어렵겠지만, 전 가능할 거라고 생각해요. 또 그런 생각을 갖고 있는 게 저뿐만은 아니라는 걸, 누구보다 잘 알고 계시잖아요."

안두인은 발리라에게 편지를 건넸다. 그 편지는 극소수의 사람만이 읽을 수 있는 암호로 적혀 있었다. 발리라는 편지를 받아든 다음 곧장 읽어 내려갔다. 그녀는 시큰둥한 표정을 짓긴 했지만, 고개를 끄덕이며 편지를 접어 가슴께 주머니에 집어넣었다. 늘 그렇듯 편지가 소실되거나 파손되더라도 그녀는 내용을 기억하고 있을 것이다.

"그의 대행자에게 꼭 전해줄게."

발리라는 약속했지만, 표정은 별로 밝지 않았다.

"조심하는 게 좋을 거야. 이런 일에 도움을 받기는 쉽지 않을 테니까. 이건 실패할 수밖에 없어."

발리라는 그렇게 덧붙였다.

"하지만 만약 성공한다면요?"

안두인은 고집을 꺾지 않았다.

발리라는 잔 속의 루비색 액체를 뚫어져라 바라봤다. 그리고 빛나는 눈을 들어 안두인과 시선을 맞추며, 천천히 내키지 않는 목소리로 말했다.

"성공한다면 더는 '불가능'이라는 말을 쓸 수 없겠지."

제 12 장

썬더 블러프

실바나스는 정기의 봉우리에서 무두질한 가죽으로 세운 거대한 천막에 편안하게 기대섰다. 나타노스는 옆에 앉아 있었다. 바닥에 책상다리를 하고 있느라 불편해 보이긴 했지만, 실바나스가 의자에 앉을 수 없다면 나타노스도 그럴 수 없었다. 상황이 너무 지루해지거나 비상사태가 발생했을 경우 빠르게 그 자리를 피할 수 있도록, 블러드 엘프 마법사 아란디스 선파이어가 그 자리에 함께했다. 그는 두 포세이큰 왼쪽에 뻣뻣하게 선 채로, 여기가 지금 이 세상에서 가장 있기 싫은 곳이라는 표정을 짓고 있었다. 실바나스의 오른쪽에는 어둠 순찰자 중 한 명인 신디아가 서 있었는데, 어찌나 미동도 없이 서 있었는지 아란디스의 뻣뻣함이 오히려 활기차 보일 정도였다.

실바나스는 나타노스를 향해 몸을 기울이며 귓속말로 이야기했다.

"북소리는 정말 지긋지긋하다."

그녀에게 북소리란 '옛 호드', 즉 오크와 트롤, 타우렌을 하나로 묶는 공통의 소리였다. 그들은 시도 때도 없이 북을 두드렸다. 그나마 오크의 시끄러운 전쟁 북이 아닌 건 다행이었다. 지금은 대드루이드 하뮬 룬토템이 '실리더스의 비극'에 대해 중얼거리며 끊임없이 북을 두드리고 있을 뿐이었다.

실바나스가 생각하기에는 그곳에서 일어난 일 중에 '비극'적인 요소는 전혀 없었다. 미친 티탄이 이 세계에 내리꽂은 검은 오히려 선물이었다. 그녀는 갤리윅스가 발견한 물질로 호드가 최대한의 이익을 얻을 수 있는 방법을 찾아내기 전까지는 어느 누구에게도 자세한 이야기를 하지 않을 생각이었다. 갤리윅스는 그 문제에도 '이미 손을 써놨다'고 말했다.

게다가 어차피 실리더스에 있는 거라곤 거대한 벌레들과 황혼의 이교도뿐이었으며, 둘 다 사라지는 쪽이 오히려 이 세계에 도움이 되는 것들이었다. 하지만 호드 최초의 드루이드가 되었던 타우렌은 세나리온 의회의 구성원 몇 명을 잃었고, 그렇게 세상을 떠난 이들을 기리며 크게 슬퍼하고 있었다.

실바나스는 고통받는 영혼을 기리고 달래는 지루한 의식을 우아하게 견뎌냈다. 그리고 지금은 주술사와 드루이드를 실리더스에 추가로 보내서 그곳 상황을 조사한다는 계획을 보고받고 승인해야 했다. 그게 전부 하뮬 룬토템이 끔찍한 꿈을 꿨다는 이유만으로 실행해야 하는 일이었다.

"영혼들이 울부짖고 있소. 그들은 이 땅을 지키려다 죽었고, 이제 그 장수에 남은 건 죽음과 고통뿐이오. 대지모신을 거역해서는 안 되오. 우리는 세나리온 요새를 재건해야 하오."

바인은 실바나스를 뚫어져라 바라보고 있었다. 가끔씩 실바나스는 바인이 상처 입은 여린 마음이 가리키는 길을 따라, 타우렌을 모두 이끌고 얼라이언스에 투항해주면 좋겠다고 생각했다. 하지만 온순한 타우렌을 외면하고 싶은 마음보다는 그 종족이 필요하다는 생각이 더 컸다. 지금까지 그러했듯 바인이 충성을 바치는 한, 대부족장과 타우렌을 호드의 이익을 위해 활용하는 일은 계속될 예정이었다.

바인과 함께 트롤 대표로 장로 가드린이 그 자리에 참석했는데, 그와의 대화도 별로 내키지 않았다. 지금은 가뜩이나 혼란스러운 종족 트롤의 지도부에 커다란 권력 공백이 생겨난 상태였다. 실바나스는 이제 와서야 볼진이 얼마나 차분하고 무게감 있는 지도자였는지 깨달았다. 그가 얼마나 자연스럽게 호드를 이끌었는지도 전에는 미처 알지 못했다. 트롤도 지금은 대족장의 방문을 요청하고, 호드의 지도자에게 나름의 요구를 할 기회만 기다리고 있을 게 분명했다.

하뮬 룬토템이 제안을 마쳤다. 모두들 털이 북슬북슬하고 뿔이 솟아난 얼굴을 돌려 실바나스를 바라봤다.

뭐라고 답을 할까 생각하는 사이, 바인의 먼길잡이 중 한 명인 페리스 스톰후프가 천막 안으로 뛰어 들어왔다. 그는 숨을 헐떡이며 대부족장 바인의 귀에 무언가를 속삭였다. 바인은 두 눈이 휘둥그레지며 꼬리를 휘둘렀다. 그는 타우렌어로 질문을 했고, 먼길잡이는 고개를 끄덕였다. 이제 모두의 시선이 타우렌의 지도자에게로 향했다.

바인은 엄숙한 표정으로 자리에서 일어나 말했다.

"곧 손님이 도착할 거라는 전갈을 받았소. 지금 실리더스에서 일어난 일에 관하여 그대와 대화하고 싶다고 하오, 대족장."

실바나스는 다소 긴장했지만 겉으로는 아무 내색도 하지 않았다.

"누가 찾아온다는 거지?"

바인은 잠시 뜸을 들이다가 대답했다.

"마그니 브론즈비어드. 아제로스의 대변자요. 그가 마법사를 보내달라고 했소. 너무 무거워서 승강기로는 올라올 수 없을 거라고 하는군."

실바나스를 제외한 모두가 한꺼번에 말을 쏟아내기 시작했다. 그녀는 나타노스와 시선을 교환했다. 머릿속으로는 수천 가지 계산을 하는 중이었다. 마그니가 지금 할 만한 이야기 중, 호드의 구성원이라면 좋아할 만한 이야기가 하나도 없을 것이다. 그는 이 세계의 용사이며, 지금은 그 세계에 뚫린 깊은 균열 사이에서 아주 환상적인 보물이 쏟아져 나오는 중이었다. 어떻게든 이 만남을 중단시켜야 했다. 대체 어떻게 해야 할까?

지금은 피해를 최소화시키기만 하면 되는 것이었다. 실바나스가 입을 열었다.

"마그니 브론즈비어드는 이제 드워프가 아니오. 하지만 한때는 분명 드워프였소. 그리고 대부족장 당신이라면 얼라이언스 종족의 옛 지도자를 손님으로 맞아들이는 일이 불쾌하고, 그자가 혐오스럽기까지 하겠지. 그를 환영하는 부담은 내가 혼자 지겠소. 나는 호드의 대족장이고, 마그니가 대화를 요청한다면 뭐든 들어봐야 할 의무가 있으니까."

실바나스의 말에 바인이 콧구멍을 벌름거렸다.

"다른 누구도 아닌 당신이라면 육체적 변화에 따라 관점이 이렇게 달라지는지 이해하리라고 생각했소, 대족장. 그대도 한때는 얼라이언스의 구성원이었지만, 지금은 호드를 이끌고 있지 않소? 마그니는 이제 육신조차 남아 있지 않은 상태요."

바인이 실바나스를 모욕하려는 의노는 없었겠지만 분명히 어딘가 마음을 불편하게 하는 구석이 있었다. 어쨌든 그 논리에는 반박할 수가 없었다.

"좋소. 문제가 없을 거라고 생각한다면 함께 참석하시오, 대부족장."

타우렌과 트롤들은 여전히 그녀를 바라보고 있었고, 그제야 실바나스는 그들이, 무거운 다이아몬드 왕을 위해 마법사를 보내주길 기다리고 있다는 걸 깨달았다. 그녀는 아란디스를 향해 고개를 돌렸다.

"페리스와 함께 대변자가 기다리는 곳으로 가주겠나?"

"물론입니다, 대족장님."

아란디스는 즉시 대답했다. 차원문의 윙윙거리는 소리가 들리기까지 그 어색한 시간 동안, 실바나스는 당면한 대화를 어떻게 풀어가야 할지 고민했다.

마그니는 온몸을 뒤덮은 다이아몬드로 불빛을 어지러이 반사했고, 바인은 찬란한 빛을 내뿜는 아제로스의 대변자를 따뜻하게 맞이했다.

"이렇게 와줘서 영광이오, 대변자."

그때 실바나스가 즉시 끼어들었다.

"나를 만나고 싶어 했다고 들었는데."

마그니는 바인을 향해 고개를 끄덕여 환대에 감사한 후, 어깨를 펴고 실바나스를 바라봤다. 그리고 다이아몬드로 이루어진 집게손가락으로 그녀를 가리켰다.

"그랬지. 할 얘기가 아주 많소. 먼저 그 초록색 꼬마들을 물러나게 하시오. 그자들이 상황을 악화시키고 있소."

예상했던 말이었다. 실바나스는 차분하고 부드러운 목소리를 유지하며 대답했다.

"그들은 그 지역을 조사하고 있을 뿐이오."

"아니, 그렇지 않아. 그자들이 이곳저곳 찔러대는 통에 아제로스가 불편해하고 있소. 이 세계는 지금 당장 치유되지 못하면 죽고 말 것이오."

그 자리에 모인 이들 모두 마그니의 이야기에 귀를 기울였다. 대변자는 아제로스가 끔찍한 고통을 겪고 있으며, 그 고통이 서서히 이 세계를 파괴하고 있다고 말했다. 그리고 아제로스의 정수가 지표면으로 새어 나오고 있으며, 이 정수에는 상상하는 것 이상의 강력한 힘이 있다고도 설명했다.

뒷부분은 실바나스도 이미 알고 있는 내용이었다. 하지만 첫 번째 부분이 우려스러웠다.

"우리가 아제로스를 도와야 하오."

마그니는 거칠어진 목소리로 말했다. 이번에는 실바나스도 반대하지 않았다.

새롭게 드러난 이번 일의 실체 때문에 모든 것이 달라질 수 있었다.

"물론 그래야 하오. 이 이야기를 얼라이언스에도 전했겠지?"

"이미 전했소. 안두인과 탐험가 연맹, 세나리온 의회, 대지 고리회까지 모두 실리더스로 대책반을 파견할 거요."

마그니는 실바나스를 안심시키려는 듯 말했다. 하지만 한때 아이언포지를 지배했던 마그니 브론즈비어드였다면 지금 아제로스의 대변자로서 말한 정보는 절대로 밝히지 않았을 것이다. 이건 귀중한 정보였으니까.

"좋소. 우리도 대책반을 보내겠소."

바인이 말했다.

그가 대족장보다 먼저 말을 하는 일은 없어야 했다. 하지만 그 덕분에 실바나스에게 좋은 생각이 떠올랐다.

"바인 대부족장이 우리 모두의 생각을 대변해줬군. 이렇게 중차대한 소식을 전해줘서 정말 고맙소, 대변자. 우리도 도울 수 있는 방법을 찾겠소. 사실, 대책반을 꾸리는 일은 타우렌 쪽에 부탁하고 싶소."

바인은 커다란 눈을 두 번 깜빡였지만, 그 외에는 당황한 심경을 전혀 드러내지 않았다.

"명예롭게 최선을 다하겠소."

바인은 주먹을 심장 위에 얹어 경례를 했다.

"경고해줘서 고맙소, 대변자. 우리 모두는 이 소중한 세계 위에서 공존하고 있소. 또한 최근 있었던 사건들 때문에 다들 느꼈겠지만, 이 세계가 파괴되더라도 우리가 물러설 곳은 그다지 많지 않소."

"그거…… 참으로 지각 있는 혜안이군."

마그니는 새삼 놀란 눈치였다.

"잘됐군. 하지만 내 일이 끝난 건 아니오. 호드와 얼라이언스의 구성원들도 두 진영만이 이 세계의 전부는 아니라는 사실을 잘 알고 있겠지. 아직도 경고해줘야 할 종족이 많이 남아 있소. 대족장 당신도 이야기했듯이, 우리 모두는 이 소중한 세계 위해서 공존하고 있으니까. 고블린들을 물러나게 해주시오. 그렇지 않으면, 새로운 고향을 찾아 떠나야 할 거요."

실바나스는 약속하겠다는 말 대신 그저 미소만 지었다.

"우리가 시간을 절약해주겠소. 아란디스가 어디로 통하는 문을 열어주면 되겠소?"

"잊혀진 땅이 좋을 것 같군. 켄타우로스에게도 이 소식을 전해야 하니까. 고맙소, 친구."

실바나스는 그 스스럼없는 호칭에 분노가 끓어올랐지만, 인자한 미소를 거두지 않았다. 모두가 침묵을 지키는 사이 아란디스가 그 황폐하고 흉측한 땅으로 통하는 차원문을 열었고, 마그니는 그 안으로 들어가 곧 사라졌다.

하뮬이 깊은 한숨을 내쉬었다.

"생각했던 것보다 더 심각한 상황이군. 가능한 한 빨리 움직여야 하오. 대부족장, 예전에 얼라이언스와 함께한 경험이 있는 이들을 모두—"

"안 돼."

실바나스의 목소리가 적의 목을 치는 칼날처럼 대화를 끊었다.

"대족장, 우리 모두 대변자의 말을 듣지 않았소? 아제로스가 심각한 부상을 입었소. 대격변의 교훈을 벌써 잊어버린 거요?"

바인은 차분하게 말했다.

타우렌들이 꼬리를 세차게 흔들고, 쫑긋거리는 귀를 머리에 붙였다. 트롤들은 시선을 내리깐 채 고개를 절레절레 저었다. 모두에게 대격변의 기억은 생생했다.

"그와 같은 일이 또다시 일어나게 해서는 안 되오."

'아주 오래전에 했어야 할 일이야.'

잠시 생각에 잠겨 있던 실바나스는 바인을 향해 다가가 매혹적인 목소리로 말했다.

"잠깐 둘이서 할 얘기가 있소, 대부족장. 함께 갑시다."

바인의 귀가 잠시 머리에 달라붙었다. 곧이어 고개를 끄덕인 후 천막을 나와 계단을 따라서 봉우리를 올라가기 시작했다.

정기의 봉우리와 장로의 봉우리, 수렵의 봉우리 등 썬더 블러프의 세 봉우리는 모두 줄다리로 중앙 봉우리와 연결되어 있었다. 실바나스는 봉우리들을 연결한 기술에 소리 없이 감탄했다. 삐걱거리는 줄다리는 금방이라도 끊어질 것 같았지만, 여러 명의 타우렌이 한 번에 건너가는 무게를 견뎌낼 수 있었다.

실바나스는 주저하지 않고 다리 중앙으로 걸어갔다. 줄다리가 조금씩 흔들렸다. 예언의 웅덩이가 있는 동굴에서 희미한 빛이 흘러나왔다. 썬더 블러프를 떠나기 전에 그곳에도 들러볼 생각이었다. 타우렌의 수도에서 포세이큰이 모여 있는 곳은 그곳뿐이었다. 실바나스는 집으로, 또 언더시티로 돌아가야 했다. 황폐의 의회를 만나봐야 했다. 그들이 자신을 위협하는 존재인지, 그렇지 않은지 판단해야 했다.

"내게 하고 싶은 말이 뭐요, 대족장?"

바인이 물었다.

"이곳에 있는 내 백성들은 행복하오?"

실바나스의 물음에 바인이 당황한 듯 고개를 갸웃거렸다.

"그럴 거라고 생각하오. 요청하는 것은 모두 들어줬고, 그들도 나름 만
족하는 것 같으니까."

"얼라이언스가 포세이큰을 거부했을 때, 타우렌이 우리와 친구가 되어
주었소. 그 때문이라도 나는 언제까지나 감사할 거요."

지금은 다소 성가신 존재가 되어버리긴 했지만, 하뮬은 당시 포세이큰
이 실수를 만회할 수 있다고 주장하며 열과 성을 다해 다른 종족을 설득했
다. 포세이큰은 리치 왕의 노예가 되어 지독한 악행을 저질렀지만, 자유의
지를 갖게 된 이상 속죄할 수 있다고 부르짖었다. 그리하여 '괴물'이라고
불리는 심정을 이해하던 당시의 대족장 스랄은 설득되었고, 결국 포세이
큰은 호드에 합류할 수 있었다.

실바나스도 그것만큼은 잊을 수 없었다. 그녀는 바인을 향해 돌아서서
그의 얼굴을 올려다봤다.

"그리고 바로 그 이유 때문에, 당신이 어떤 인간과 교류하는 것도 애써
외면했소."

"내가 제이나 프라우드무어와 연락을 해왔다는 사실은 이미 오래전부
터 알려져 있었소. 헬스크림의 재판에서 모두 공개되었으니 말이오. 제이
나는 그림토템 부족이 타우렌 종족에 대한 반란을 모의할 때, 날 도와줬
소. 그게 왜 이제 와서 문제가 되는 거요?"

"그건 문제가 아니지. 내가 우려하는 건, 당신이 안두인 린과 계속 서신

을 교환하고 있다는 거요. 그 사실을 부인할 수 있소?"

바인은 입을 다물었지만, 좌우로 흔들리는 꼬리가 그의 심정을 드러냈다. 타우렌은 거짓말에 소질이 없었다. 한참이 지나서야 그가 입을 열었다.

"직접적으로든 암묵적으로든 호드에 해가 될 말은 절대로 하지 않았소."

"그럴 거라 믿고 있소. 그래서 아직까지 관여하지 않은 거요. 하지만 안두인 왕자는 이제 안두인 국왕이 되었소. 더는 무능한 몽상가가 아니란 말이오. 그는 이제 얼라이언스의 정책을 수립할 수 있고, 전쟁을 시작할 수도 있소. 당신이 내 입장이었다면, 얼라이언스의 국왕에게 비밀 전갈을 보내는 행위를 용납할 수 있겠소?"

"날 어떻게 할 거요?"

바인은 놀랄 만큼 차분한 목소리로 물었다.

"아무것도 하지 않을 거요. 안두인과 관계를 끊기만 하면. 누군가는 이번 일에 충분히 반역이라는 꼬리표를 붙일 수도 있겠지만, 나는 아무런 유감이 없소. 그리고 그 사실을 증명하기 위해, 아제로스를 치유할 대책반을 당신에게 부탁하려는 거요. 사실……."

실바나스는 아래쪽 동굴 입구를 향해 손짓하며 말을 이었다.

"이곳에 거주하는 포세이큰을 찾아가 예언의 웅덩이를 활용할 방법은 없는지 확인하겠소. 그리고 우리 순찰자 신디아가 여기 남아 앞으로의 일을 내게 보고할 거요."

실바나스는 바인을 향해 등을 돌렸다. 대부족장 바인은 타우렌 석상이 되기라도 한 듯 미동도 없이 서 있었다. 꼬리도 흔들거리지 않았다.

"무슨 말인지 알겠소?"

"잘 알겠소, 대족장. 그게 전부요?"

"그렇소. 지금의 대화가 타우렌과 포세이큰 사이에 새로운 협력 관계가 시작되는 계기가 되었으면 좋겠군."

바인은 침묵에 잠긴 채 실바나스의 뒤를 따라 천막으로 돌아왔다. 그녀는 예언의 웅덩이의 포세이큰들에게 타우렌과 함께 이 세계를 치유할 방법을 찾으라고 지시하겠다는 말을 했다. 하뮬이 실리더스에 있는 새로운 세나리온 요새에 대해 이야기하자, 트롤 중 한 명이 입을 열었다.

"고블린은 어떻게 합니까? 파리 떼처럼 모여 있는 모양이던데요. 대변자가 말한 대로 실리더스에서 철수시킬 겁니까?"

"고블린은 호드의 그 어떤 구성원보다 이 세계의 지하에 대해 많은 것을 알고 있소. 그 문제는 이미 갤리윅스와 의견을 나눴고, 그는 고블린들이 최선을 다해 탐사하고 있음을 분명히 밝혔소."

몇몇 참석자가 이 말에 반박하려 하자, 실바나스는 재빨리 모두의 입을 막았다.

"갤리윅스는 내게 직접 보고하고 있소. 그리고 때가 되면 지금까지 알아낸 것을 호드 전체와 공유하겠소."

"얼라이언스에게는 알리지 않겠다는 거요?"

하뮬의 물음에 실바나스는 대답을 하면서도 의도적으로 바인을 바라보지 않았다.

"마그니가 이미 얼라이언스에게 이 사실을 알렸다고 했소. 난 안두인이 자기들이 알아낸 사실을 전해주겠다며 오그리마로 전령을 보낼 일은 없을 거라고 확신하오. 나만 그렇게 해줘야 할 이유가 있소?"

"이 세계는 우리 모두의 것이기 때문이오."

하뮬이 나직한 목소리로 말했다.

실바나스는 미소를 지었다.

"조만간 '우리 모두'라는 말이 '호드'를 의미하게 될 거요. 그때까지는 타우라조 야영지를 파괴한 얼라이언스 따위보다는 내 백성의 이익을 우선시하겠소. 여러분 또한 그렇게 해주면 고맙겠군."

"하지만—"

대드루이드가 입을 열려 하자 실바나스는 하뮬을 향해 돌아섰다. 얼굴은 차갑고도 차분했지만, 두 눈에는 뜨거운 분노의 불길이 타오르고 있었다.

"또 한 번 말대꾸를 했다간 참고만 있지 않겠소. 볼진과 그의 로아가 나를 호드의 대족장으로 지명했소. 그리고 호드의 대족장으로서, 중요한 문제를 언제 누구에게 공개하느냐 하는 것 또한 내가 결정할 일이오. 알겠소?"

하뮬은 귀를 머리에 바싹 붙인 채, 차분한 목소리로 대답했다.

"알겠소, 대족장."

언더시티

파쿠알 핀탈라스는 살아 있던 시절 역사가였다. 그는 로데론에 대한 모든 것을 알았고, 아내 미나와 딸 필리아와 함께 소박하지만 편안한 거처에서 살아가던 때를 아직도 애틋한 추억으로 간직하고 있었다. 퀴퀴한 냄새를 풍기는 고서의 내용을 옮겨 적는 동안 풍기던 잉크 냄새와 양피지 냄새, 작업실로 새어 들어오던 황금빛 햇살을 지금도 기억했다. 밤늦게까지 촛불 곁에서 일할 때면 타닥거리며 타오르던 화롯불의 따뜻하고 포근한 열기를 기억했다. 가끔씩 고서에 너무 몰두하여 식사조차 못할 때면, 미나가 필리아를 보내 저녁 식사를 가져다주곤 했다. 그럴 때면 딸아이를 안아 올려 무릎에 앉히기도 했고, 딸이 자란 후에는 나란히 책상에 앉아 아이가 높다랗게 쌓인 책 더미에서 책을 골라 보는 사이 아내의 맛 좋은 요리를 허겁지겁 먹기도 했다.

하지만 이곳 언더시티에는 타닥거리며 타오르는 화롯불이 없었다. 양피지와 잉크 냄새도, 따뜻하고 지혜로운 평생의 반려자가 사랑으로 요리한 맛있는 음식도 없었다. 끝도 없이 질문하고 반짝이는 눈빛으로 대답을 기다리는 딸아이도 없었다. 오직 으슬으슬한 냉기와 눅눅한 습기, 역겨운 부패의 냄새와 으스스한 초록빛을 내뿜으며 죽음의 요새 지하에 흐르는 오염된 강물뿐이었다.

그 기억들은 너무나 선명해서 고통스럽기만 했다. 포세이큰은 살아생전에 사랑하던 장소를 다시 찾아가는 일이 금기시되었다. 그들의 집은 이제 로데론이 아니라 언더시티였다. 이제 잠이 필요 없어진 거주민들처럼 밤과 낮의 구분이 없어진 장소였다.

한두 번 정도 파쿠알은 예전 숙소에 몰래 들어가 책을 훔쳐 나오기도 했다. 하지만 결국엔 붙잡혀서 심한 꾸지람을 받았고 그의 책도 압수되었다.

'이제 인간의 역사를 기억할 필요는 없다. 앞으로 의미가 있는 건 오직 언더시티의 역사뿐이다.'

시간이 지나면서 파쿠알은 모험가들을 이용하여 책들을 끄집어냈다. 한 권, 한 권이 다 그에겐 소중한 책이었다. 하지만 골드나 명성을 쫓는 모험가들을 아무리 이용한다고 해도, 떠나간 것들을 돌이킬 수는 없었다. 아내 미나는 죽었거나 횡설수설하는 괴물이 되어 있을 것이다. 똑똑하고 아름다웠던 딸 필리아는 아직 인간으로 남아 있을 것이다. 하지만 그렇기 때문에 사랑하던 아빠의 변해버린 모습을 보면 더더욱 끔찍한 공포에 사로잡힐 터였다.

아주 오랫동안 파쿠알은 이렇게 과거를 그리워하는 것이 자기 혼자뿐일 거라고 생각하며 살았다. 하지만 그때 어둠의 여왕이 자리를 비운 사이, 이 도시를 운영하기 위해 벨신다가 황폐의 의회를 설립했다. 처음에는 그저 필요에 의해 생겨난 조직일 뿐이었지만, 적어도 파쿠알에게는 그보다 훨씬 중요한 의미가 되었다. 황폐의 의회는 그에게 동지애를 느끼게 해주었고, 그와 더불어 모든 포세이큰이 아무런 고민 없이 명령을 따르는 존재가 아니라는 걸 깨닫게 해주었다. 포세이큰은 비록 살아 있는 존재는 아니었지만, 충족되지 못한 나름의 필요와 욕구, 감정이 있었다.

벨신다는 실바나스가 조만간 돌아와 황폐의 의회의 이야기를 들어줄 거라고 믿었다.

파쿠알은 진심으로 그녀의 생각이 맞기를 바랐지만, 정말 그러리라고는 기대하지 않았다. 실바나스는 언데드로서의 삶을 원하지 않는 이들에게 강제적으로 망자로서 살아갈 것을 강요하지 않아야 했다. 모두가 예전의 삶뿐 아니라 언데드의 최후를 받아들일 수 있도록 허락해주어야 했다.

역사적으로 보면 권력을 소유한 자는 피치 못할 사정에 처하지 않는 한 절대로 그런 힘을 포기하지 않았다.

그리고 인간으로서, 또 언데드로서 긴 세월을 살아오는 동안 파쿠알은 역사의 교훈이 틀리는 경우를 별로 본 적이 없었다.

제 13 장

다르나서스

   나이트 엘프의 수도는 안두인이 자주 방문하지는 못했지만 아주 좋아하는 장소 중 하나였다. 칼도레이는 아름다운 종족이었고, 거대한 세계수 위에 자리 잡은 그들의 도시 텔드랏실 또한 그러했다.

   안두인은 지금 달의 신전에서 대여사제 티란데 위스퍼윈드와 그녀의 연인 대드루이드 말퓨리온 스톰레이지 곁에 서 있었다. 사원의 관리자들이 우아하고 단호한 모습으로 이리저리 오가는 것을 제외하면, 사원은 고요 속에 감싸여 있었다. 부드럽게 찰랑거리는 리드미컬한 물소리는 마음을 진정시켜줬고, 달샘의 빛나는 물이 흘러내리는 그릇을 들고 있는 하이든 석상은 바라보기만 해도 마음이 차분히 가라앉았다.

   안두인의 마음은 다시 황천빛 사원으로 향했다.

   '빛이 우리 모두를 찾아주신다. 우리의 이야기를, 얼굴을, 이름을, 모두에게 가장 많은 반향을 일으킬 노래를 선택해주신다. 엘룬이라 칭하든, 안

쉬라 칭하든, 그저 빛이라 칭하든 아무 상관이 없다. 원한다면 고개를 돌려 외면할 수도 있겠지만, 빛은 언제나 그곳에 남아 계시리라.'

안두인은 티란데가 희미한 미소를 지으며 자신을 바라보고 있는 것을 눈치챘다. 그녀는 이해하고 있었다.

"이렇게 아름다운 도시에 더 많이 찾아오지 못한 것이 후회스럽습니다."

"전쟁은 본질적으로 영혼이 성장할 장소로부터 우리를 멀어지게 합니다."

안두인의 말에 티란데가 답했다.

안두인은 한숨을 내쉬며 조각상으로부터 고개를 돌려 두 명의 나이트 엘프 지도자를 바라봤다.

"제가 보낸 편지에서 저희가 당면한 전쟁의 본질을 간단히 말씀드렸습니다. 우리 세계를 치유하기 위한 전투입니다. 마그니 님이 혹시 이곳에도 오셨었나요?"

"아직 오지 않았네. 이 세계는 워낙 드넓은 곳이고, 마그니는 그 세계의 대변자인 만큼, 찾아가 봐야 할 곳도 많겠지. 우리는 이미 세나리온 의회의 구성원들을 실리더스로 파견했네. 그…… 비극이 있었던 후에 말이야. 피해 상황을 파악하고 싶었네."

'계속 주시하겠다'고 쇼도 이야기했었다.

"이번이 처음은 아니고 분명히 마지막도 아닐 테지만, 우리 두 종족이 강한 유대 관계를 맺고 있다는 사실에 감사하고 있습니다. 세나리온 의회에서 달리 알아낸 건 없나요?"

안두인이 물었다.

두 나이트 엘프가 시선을 교환한 후, 말퓨리온이 입을 열었다.

"자, 같이 가보세."

안두인은 그들과 함께 사원의 폭신폭신한 풀밭을 지나 아치형의 문 밖으로 나섰다. 이 도시를 지키는 용맹한 파수꾼 두 명이 밤호랑이 세 마리와 함께 그들을 기다리고 있었다.

"어떻게 타는지는 아시나요?"

티란데는 미소를 지으며 물었다.

"그리핀과 히포그리프, 말까지는 몰아봤습니다만, 밤호랑이는 처음입니다."

"그리핀하고 비슷하지만 걸음걸이가 조금 더 부드럽다고 생각하시면 될 것 같아요. 아마 마음에 드실 겁니다."

한 마리는 검은 점박이, 또 다른 한 마리는 은은한 회색, 그리고 세 번째는 판다리아에서 만났던 백호 쉬엔을 떠올리게 하는, 흰털에 검은 줄무늬가 있는 밤호랑이였다. 세 번째 밤호랑이는 쉬엔과 너무 많이 닮아서, 올라탄다는 생각만으로도 왠지 불경한 기분이 들었다. 안두인은 은은한 회색의 밤호랑이를 택하고 안장 위로 올라탔다. 거대한 짐승은 그를 한 번 돌아보더니 으르렁 소리와 함께 고개를 흔들고, 티란데가 말했던 것처럼 편안한 걸음으로 리드미컬하게 달리기 시작했다.

"대변자가 이야기한 것처럼 상당히 음울한 상황이라고 생각되오."

셋이 경사로를 내려가 하얀 대리석 길을 따라가며 신전에서 멀어지는 사이, 말퓨리온이 조용한 목소리로 말했다.

"세나리온 요새와 인근 지역의 모든 이들이 한꺼번에 살해당했소."

"그 소식을 듣자마자 사제들을 보냈어요."

티란데는 거기까지만 이야기했다. 안두인은 온화한 엘룬의 자매들이 얼마나 끔찍한 광경을 목도해야 했을지 생각했다. 살게라스의 손에 온 세계가 입은 상처보다도 더욱 처참했을 것이다. 유일하게 위안이 되는 점은, 그 광기 어린 티탄이 너무 오랫동안 온 우주를 고통과 파괴의 손아귀로 뒤흔든 끝에, 마침내 수감되었다는 것이다.

"우리가 처음 생각해낸 방안은 드루이드와 사제를 여럿 보내서 달샘을 만드는 것이었네."

말퓨리온이 말을 이었다.

좋은 생각이었다. 달샘은 상처를 회복시키고 마력과 활력을 복원해주는 신성한 물을 담고 있었으며, 타락한 지역을 정화하는 데도 빈번하게 사용되었으니까. 이번 경우처럼 상처 입은 대지를 회복시키는 데도 사용할 수 있으리라.

"계획대로 되었나요?"

안두인이 물었다.

"아직 판단하기는 이르네. 현지로 간 이들이 미처 달샘을 만들지 못했으니까. 고블린들이 열심히 아제로스를 약탈하고 있네."

늘 온화했던 말퓨리온의 목소리가 상처 입은 분노로 우르릉거리는 것만 같았다.

"약탈할 것이 많기도 하겠지. 마그니도 이야기했지만, 이 세계의 정수가 지표면으로 대량 분출되고 있네. 우리도 광맥을 하나 찾아낼 수 있었어."

광맥. 아제로스의 핏줄. 안두인은 살아 있는 생물의 몸속에 복잡하게 얽혀 뻗어 있는 핏줄을 떠올렸다. 아제로스가 잠자고 있는 티탄이라는 사실을 어느 누구도 알지 못했던 오래전부터, 이 세계의 모든 존재는 전 세계에 뻗어 있는 광맥을 통해 아제로스의 피를 이용하고 있었던 것이다.

말퓨리온은 검은 줄무늬 밤호랑이를 오른쪽으로 몰아 전사의 정원으로 향했다. 다르나서스의 시민들 곁을 지날 때는 많은 이들이 고개를 돌려 스톰윈드의 젊은 국왕을 바라봤고, 고개를 숙이거나 손을 흔들어 인사하기도 했다. 비록 그들의 지도자와는 매우 암울한 논의를 나누고 있었지만,

안두인은 미소를 지으며 손을 흔들어 시민들의 환대에 답했다.

"연구에 사용할 수 있는 표본을 일부 확보했네. 그건……."

안두인이 알고 있는 것만 해도 말퓨리온은 일만 년이 넘는 생을 살아왔지만, 그런 대드루이드조차 그 물질을 어떻게 설명해야 할지 난감해하고 있었다. 한순간 말퓨리온은 그 물질의 힘에 압도당한 듯한 표정이었다.

바로 뒤에서 남편과 완벽하게 하나가 된 듯 밤호랑이를 몰고 달리던 티란데가 손을 뻗어 아무 말 없이 말퓨리온의 팔을 부드럽게 잡았다.

안두인은 공감하는 마음으로 말퓨리온을 바라보며 조용한 목소리로 말했다.

"저도 그 물질을 손에 쥐어보았습니다. 제게도 엄청난 영향을 주었지요. 하물며 자연과 대지와 깊은 관계를 맺고 계신 분들이니…… 얼마나 큰 충격을 받았을지는 정말 상상조차 할 수 없군요."

"그 물질의 막대한 영향력이나 선할 수도 혹은 악할 수도 있는 힘을 거부할 길은 없네. 티란데와 나, 아니 모든 칼도레이는 그 물질이 남용되는 사태를 막기 위해 무슨 일이든 하겠네."

앞쪽에 전사의 정원이 나타났다. 그 꼭대기에는 다섯 명의 파수꾼이 차려 자세로 그들을 기다리고 있었다. 그들의 지휘관은 검푸른 머리카락을 하나로 묶은 엘프였다. 창백한 피부는 붉은 기가 도는 보라색이었고, 얼굴에 그려진 전통적인 문양은 마치 발톱 자국 같았다. 자매들과 마찬가지로 그녀 역시 강인하고 유연했으며 흉포했다. 하지만 안두인이 지금까지 만나본 많은 파수꾼들과는 달리, 표정이 딱딱하게 굳어 있지 않았다. 티란데는 밤호랑이에서 내려와 파수꾼에게 따뜻한 인사를 건넸다. 안두인과 말퓨리온도 밤호랑이에서 내렸다.

파수꾼의 어깨에 한 손을 얹은 티란데는 안두인을 향해 돌아섰다.

"안두인 린 국왕님, 코드레사 브라이어보우 파수대장을 소개해드릴게요."

국왕이라는 호칭이 익숙해지기까지는 참 오랜 시간이 걸릴 것 같았다.

티란데가 소개한 파수대장은 안두인을 향해 고개 숙여 인사했다.

"영광입니다."

"반가워요, 파수대장님. 판다리아에서 재판이 있었을 때 뵈었죠."

그녀는 미소를 지었다.

"기억해주시다니 영광입니다."

티란데가 두 눈을 반짝이며 말을 이었다.

"저희는 탐험가 연맹과 접촉하고 있습니다. 평상시 같으면 자기 몸 정도는 지킬 수 있을 테지만, 실리더스의 현재 상황을 고려해서 코드레사의 파수대를 보낼 생각이에요. 고블린은 만만히 볼 상대가 아닙니다. 게다가 그들의 수가 워낙 많으니, 실리더스 지역이 상당히 위험한 상황이라고 예상해야 할 겁니다."

"지혜로운 결정이군요. 몇 차례의 원정이 필요하리라 생각합니다. 저희쪽 부대도 파견해서 현장의 탐험가 연맹 대표단을 지키겠습니다."

안두인은 전쟁을 좋아하지 않았지만, 군병은 전투를 통해서 성장하는 조직이라는 걸 잘 알고 있었다. 이번 파견은 좋은 훈련의 기회가 될 수 있을 터였다.

"드루이드와 주술사는 자신들의 안위 정도는 충분히 지킬 수 있네. 하지만 탐험가 연맹의 구성원들은 대부분 고고학자나 과학자가 많지. 게다가 그들은 지금 막중한 임무를 수행하고 있는 상황이네."

그때 옆에서 차원문이 열리는 독특한 소리와 함께 부드럽게 하얀 소용돌이가 생겨나 모두의 시선을 끌었다. 잠시 후, 얼굴이 온통 눈썹과 수염으로 가득한 노움이 차원문을 빠져나왔다. 보라색 휘장에 황금색으로 수를 놓은 천리안 문양은 키린 토의 상징이었다.

안두인은 아제로스 최강의 마법사들이 티란데와 말퓨리온에게서 원하는 게 무엇일지 잠시 생각했다. 하지만 그 노움이 자신을 향해 타박타박 다가오자, 그제야 키린 토의 구성원이 만나러온 건 다르나서스의 지도자들이 아니라는 것을 깨달았다.

"반갑습니다, 대여사제님, 대드루이드님."

노움은 자신보다 훌쩍 키가 큰 두 나이트 엘프를 향해 인사를 하고는 말을 이었다.

"안두인 국왕님, 당신에게 온 전갈입니다."

"수고하셨습니다."

'빛이여, 나쁜 소식은 아니게 해주소서. 애처로운 우리 세계는 또 다른 참사를 감당할 여력이 없습니다.'

안두인은 봉인을 뜯고 모두가 지켜보는 가운데 전갈을 읽었다.

키린 토의 칼렉고스가 스톰윈드의 국왕 안두인 린 님께.

폐하께 이 전갈이 무사히 전해지기를 기원합니다. 끔찍한 전쟁에서 승리하는 데 기여해준 얼라이언스의 구성원들에게 감사드리고자 각 지역을 방문하고 계시다는 소식을 들었습니다. 물론 그대라면 충분히 그러리라 예상했습니다. 이번 여정이 아무 일 없이 무사히 마무리되기를 기원합니다, 친구여.

우리 공동의 친구가 조금 전 절 찾아왔었습니다. 전혀 예상치 못한 일이었죠. 우리가 가까운 시일 내에 그녀를 다시 만날 수는 없을 듯싶지만, 언젠가는 꼭 돌아올 겁니다. 이 세계를 잠시 떠나 있음으로써 그녀가 마음의 안정을 되찾고, 세상을 명확히 보게 되리라 확신합니다. 상처가 끊임없이 벌어지고 갈라지면 부상에서 회복되기가 더욱 어려운 법이니까요.

그녀가 지금 어디에 있는지는 알 수 없지만, 이런 소식이라도 듣고 싶으셨으리라 생각했습니다.

칼렉

"괜찮은 건가, 국왕?"

말퓨리온이 나직한 목소리로 물었다.

사실 아주 좋은 소식이었다. 하지만 한편으로는 제이나가 아직도 길을 잃고 헤매는 것 같아 안타까운 마음이 들었다. 안두인도 칼렉처럼 제이나가 마음의 평온을 되찾길 바랐다.

"네, 개인적인 소식이었습니다. 심각한 건 아니에요."

"답장을 전해드릴까요?"

노움 전령이 물었다.

"칼렉고스 님께는 전갈을 잘 받았고, 저도 함께 기원하겠다고 전해주세요. 고맙습니다."

노움이 고개를 끄덕였다.

"모두들 즐거운 하루 되시길!"

마법사의 작은 손이 안두인의 눈이 따라갈 수도 없을 만큼 빠르게 움직였고, 전령 앞의 허공이 아른거렸다. 한순간 아름다운 공중 도시 달라란의 모습이 안두인의 눈에 들어왔고, 노움이 차원문 안으로 들어서자 그 모습은 이내 사라졌다.

안두인은 말퓨리온과 티란데를 향해 돌아섰다.

"제이나 소식이었어요. 그녀가 무사하다고 칼렉고스가 소식을 전해왔어요."

"정말 다행이군요. 하지만 제이나가 부서진 해변에서의 전투 이후로 군단과의 전쟁에 왜 참여하지 않았는지는 여전히 궁금하네요. 제이나가 조만간 돌아올까요?"

티란데의 물음에 안두인은 고개를 가로저었다.

"당분간은 어려울 것 같아요. 하지만 언젠가는 돌아오겠죠."

"어서 그날이 오길. 이 세계에는 모든 용사의 힘이 필요하니까."

말퓨리온이 말했다.

"맞습니다."

안두인은 깊은 생각에 잠긴 채 천천히 대꾸했다. 원래 그는 엑소다르에서 벨렌을 만날 생각이었다. 몇 년 전에 꽤 많은 시간을 보냈던 장소인 만큼, 엑소다르는 안두인에게 '두 번째 집' 같은 장소였다. 어서 그 수정 전당을 다시 한 번 거닐며 온화하고 친절한 드레나이들과 대화하고 싶다는 생각이 들었다.

하지만 마그니가 아이언포지에서 전한 소식을 벨렌이 이미 드레나이들에게 알렸을 것이다. 아마 가장 어린 아이까지도 바쁘게 움직이고 있을 것이다. 따라서 엑소다르와 벨렌에게는 안두인이 필요하지 않았다. 그의 임무는 이 소식을 다른 이들에게 전하고, 그들이 움직일 수 있도록 돕는 것이었다. 그 일은 혼자서 할 수 없는 일이었다.

안두인은 결정을 내렸다. 지금 엑소다르로 갈 수는 없었다. 잠시 스톰윈드로 돌아갔다가 '집'이라고 부를 수 있는 세 번째 장소인 황천빛 사원으로 갈 생각이었다.

제 14 장

스톰윈드

안두인이 텔드랏실에서 돌아왔을 때는 너무 늦은 시간이었다. 그는 누구의 잠도 깨우지 않으려고 귀환석을 사용했다. 윌도 이미 잠들어 있었고, 아직은 겐과 대화하고 싶은 기분이 들지 않았다. 지금 대화하고 싶은 사람은 따로 있었다. 그리고 황천빛 사원으로 떠나기 전에, 그녀가 새로운 소식을 들고 돌아갈 수 있길 바랐다.

안두인은 아버지와 함께 식사를 하고, 논쟁을 하고, 토론을 했던 방으로 들어섰다. 희미한 미소가 입술에 번졌고 동시에 상실의 아픔이 느껴졌다. 그는 하나의 초에만 불을 붙인 후 촛대를 창가에 놓아두었다. 그런 다음 꼬르륵 소리가 나는 배 속을 재우기 시작했다. 그는 침묵에 잠겨 있는 주방으로 내려가 빵과 달라란의 톡쏘는 치즈, 황금빛 사과를 접시 위에 가득 쌓았다. 방으로 돌아온 안두인은 방문을 닫으며 말했다.

"지금 혼잣말을 하는 거라면 왠지 바보가 된 기분이 들겠죠."

"혼잣말이 아니야."

방 안에는 발리라가 와 있었다. 안두인이 미소를 지으려던 순간, 그녀 얼굴에 어린 표정을 보았다. 순식간에 식욕이 사라졌다.

"뭔가 잘못됐군요."

발리라가 그 말을 부인하지 않자, 안두인은 심장이 철렁 내려앉는 기분 이었다.

"자세히 말씀해주세요."

발리라는 두 눈을 감은 채 아무 말 없이 편지를 건넸다. 안두인은 읽고 싶지 않았다. 무능하게 아무것도 모르는 상태로 계속 머물고 싶었다. 하지 만 국왕에게 그런 특권은 허락되지 않았고, 백성들의 좋은 지도자가 되고 자 하는 자라면 도저히 그럴 수 없었다.

안두인은 침을 꿀꺽 삼켰다.

"그는 무사한가요?"

"지금은."

발리라는 고갯짓으로 편지를 가리켰다.

'아직 최악의 사태가 일어나진 않았군.'

안두인은 어째서인지 서신의 내용이 무엇인지 알 수 있을 것 같았다.

무겁게 가라앉은 마음으로 편지를 펼쳤다. 두 지도자가 합의한 암호로 짧게 적혀 있었다. 그는 암호를 해독하며 편지를 읽었다.

짧지 않은 시간 동안, 나는 우리의 우정을 소중히 간직했소.

여전히 그러하지만 이제 어쩔 수 없이,

또 내가 지켜줘야 할 이들을 위해서,

지금의 관계를 단절해야 할 때가 된 것 같소.

안두인은 심장이 죄어오는 듯했다.

'실바나스가 알아챘구나.'

그는 편지의 내용을 마저 읽었다.

내 백성들도, 그대도

더는 위험에 처하도록 놔둘 수 없소.

나는 여전히 언젠가는 백성 모두의 지지를 받아

우리가 자유롭게 대화할 수 있는 날이 오리라 믿고 있소.

하지만 그날은 아직 오지 않았소.

대지모신의 가호가 함께하길.

안두인은 실바나스가 호드의 지도자가 되던 순간부터 이런 일이 일어나리라 예상했었다. 그렇다 해도 막상 편지를 읽고 나니 한 대 얻어맞은 듯한 충격에 빠졌다. 바인과 제이나가 대화를 하고 있던 곳에 실수로 순간이동해 나타났던 순간부터 지금까지 안두인은 타우렌의 지도자 바인을 좋아했다. 바인처럼 안두인도 그들을 친구라고 생각했다. 하지만 갑작스럽게 그 사실에 의문이 생겼다.

바인은 바리안의 죽음에 연민을 느끼며, 안두인에게 자신도 아버지를 잃었다고 말했었다. 겐과 다른 이들이 최초로 보고해온 이야기를 종합해 보면, 모든 건 실바나스의 배신 때문이었다. 그녀가 바리안과 얼라이언스의 모든 병사들을 죽게 내버려두고, 아무런 경고 없이 부서진 해변에서 후퇴해버렸기 때문이었다. 하지만 그때 그 자리에 있었던 바인은 전혀 다른 이야기를 해주었다. 또 다른 악마들이 호드를 덮쳤고, 볼진이 죽어가면서 실바나스에게 퇴각 명령을 내렸다고 말했다.

바인이 거짓말을 했던 걸까?

아니었다. 가슴은 아팠지만, 한때 조각났던 뼈들이 위험이나 기만을 경고하지 않았다. 바인은 자신이 알고 있던 사실을 이야기한 모양이었다. 하지만 아무래도 볼진에게 직접 명령을 받은 건 실바나스뿐인 것 같았다.

'바인에 대한 믿음을 실바나스가 더럽히게 하지는 않겠어.'

안두인은 결심했다. 길게 한숨을 내쉬며, 그는 자리에서 일어나 편지를 불 속에 던졌다. 불길이 타오르고, 양피지는 꿈틀거리며 검게 그을린 구체가 됐다가 곧 잿가루로 변했다.

"먼길잡이 페리스가 제 편지를 받았나요?"

안두인이 애써 차분한 목소리로 물었다.

"아니, 그랬다가는 대부족장이 위험해질 거라고 했어. 지켜보는 눈이 많다고."

발리라의 대답에 그는 또 한 대 얻어맞은 기분이었다.

"페리스는 아주 현명하죠."

안두인이 대꾸했다.

"하지만 바인에게 편지의 내용은 알려주겠다고 했어."

"바인이 제 계획을 지지해주기를 바랐어요."

"아직은 그럴지도 모르지."

"아니면 불충한 일로 비칠 수 있는 행동은 전혀 하지 않을지도 모르죠. 바인을 탓할 순 없어요. 저라도 그럴 테니까요. 지도자가 백성을 위험에 빠트린다면, 그건 지도자 자격이 없는 거예요."

안두인의 시선은 불길에 고정되어 있었다.

발리라가 그의 곁으로 다가서며 말했다.

"한 가지 더 있어. 바인이 이걸 받아달라고 하던데."

안두인을 향해 뻗은 발리라의 장갑 낀 손 위에는 손톱만 한 크기의 작은 뼛조각 같은 것이 놓여 있었다. 잠시 후, 그게 무엇인지 깨달은 순간 숨이 턱 막혔다.

그건 바인이 자신의 뿔에서 잘라낸 조각이었다. 존경과 우정의 뜻이 담긴 타우렌의 증표였다.

안두인이 조심스럽게 뿔 조각을 감싸 쥐었다.

"안타깝게 됐어, 안두인. 실망스러운 일이라는 거 알아."

발리라도 잘 알고 있었다. 안두인은 슬픈 미소를 지으며 발리라를 내려 다봤다. 불과 얼마 전까지만 해도 그녀의 키가 한참 더 컸던 시절이 떠올랐다.

"알아요. 그래서 정말 감사해요. 지금껏 해주신 일 전부 다요. 그렇지만…… 하루하루가 지날 때마다 의지할 수 있는 사람이 한 명씩 줄어드는 것 같군요."

"나 하나는 언제까지나 믿어도 좋아."

"그건 의심해본 적도 없어요."

안두인이 말했다.

발리라의 눈이 잠시 안두인의 시선을 좇았다.

"넌 친절해, 안두인. 그래서 천성적으로 모든 사람의 좋은 면을 보는 거야. 하지만 넌 국왕이니까, 지혜롭지 못하게 무턱대고 남을 믿어서는 안 돼."

발리라는 조용한 목소리로 말했다.

"네, 그래선 안 되죠."

안두인도 슬픈 목소리로 동의했다.

둘은 아주 오랫동안 불길을 바라보며 조용히 서 있었다.

실리더스

오늘은 두 개의 달이 떠 있었다. 하루 종일 먼 거리를 이동하고 야영지를 세운 후, '새피'라는 애칭을 가진 사프로네타 플리버스는 하늘을 올려다보며 동행에게 말했다.

"있잖아요, 달들이 정말 아름답네요."

그 말에 나이트 엘프 파수꾼 코드레사 브라이어보우가 물었다.

"저 달들의 이름을 알고 있습니까?"

노움의 둥그스름한 얼굴이 발갛게 달아올랐다.

"음…… 하나는 파란색…… 뭐였던 것 같은데……."

나이트 엘프가 소리 죽여 키득거리자, 새피의 얼굴은 더욱 빨개졌다. 전 남편은 그녀의 얼굴이 빨개지면 얼마나 귀여운지 모른다고 말하곤 했지만, 그럴 때면 분노로 얼굴이 더욱 벌겋게 달아올랐다. 그러면 남편은 더 좋아했다.

"미안해요. 보시다시피 저는 평생을 지하 실험실에서 보냈어요. 그래서 바깥세상에 대해서는 아는 게 별로 없어요."

"그대는 제가 이해할 수조차 없는 많은 것들을 알고 있습니다, 사프로네타. 어느 누구도 세상 모든 것을 알 수는 없어요."

코드레사가 상냥한 목소리로 말했다.

"전남편에게도 그 얘기 좀 해주세요."

그 말에 코드레사는 또 한 번 숨죽여 키득거렸다.

"두 달은 각각 '푸른 아이'와 아이의 어머니인 '빛의 여왕'이라 부릅니다. 빛의 여왕은 몇 가지 다른 이름이 있지요. 제 동족은 엘룬이라고 부릅니다. 타우렌은 무샤라고 부르고요. 430년에 한 번씩, 두 달이 한 줄로 나란히 이어지면 잠시 동안 빛의 여왕이 푸른 아이를 품에 안고 있는 듯한 경이로운 장관이 연출됩니다. 이 세계는 푸른빛과 흰빛에 감싸이고, 열린 마음으로 두 달을 바라보면 시간이 멈춰버린 듯한 기분이 듭니다."

아름다운 두 구체를 바라보며, 새피는 감탄사를 내뱉었다.

"마지막으로 그 일이 있었던 게 언제죠?"

그녀는 그 흥미로운 현상을 직접 목격할 수 있을지 궁금해하며 물었다.

"오 년 전입니다."

새피의 얼굴에 실망하는 표정이 어렸다.

"아, 다음번에는 제가 이 세상에 남아 있지도 않겠군요."

워낙 장수하는 종족이라 아마도 그때까지 살아남아 그 경이로운 광경을 볼 수 있을 엘프 코드레사는 그 말에 직접적인 대답을 하지 않았다.

"그래도 지금, 사막의 아름답고 깨끗한 하늘에 떠 있는 두 개의 달을 보고 있지 않습니까."

새피의 기억에, 실리더스와 관련된 것을 설명하면서 '아름답다'는 표현이 사용된 것은 아마도 그때가 처음인 것 같았다. 거대한 검이 꽂히기 전에도 실리더스는 모든 면에서 끔찍한 장소였다. 새피의 시선은 거대한 위용으로 우뚝 서 있는 검으로 향했다. 도저히 눈에 띄지 않을 수가 없었다. 가늠할 수 없을 만큼 거대할 뿐 아니라, 으스스한 붉은색 오라로 뒤덮여 있기 때문이었다. 그래서 밤이건 낮이건 검을 바라만 봐도 눈이 아플 정도였다. 그 거대한 검은 무기는 지면에 절반 정도 박혀 있었다. 그리고 박혀 있는 검 주변으로 증기가 피어오르는 균열과 함께 수수께끼의 아제라이트가 두 가지 형태로 나타났다. 한 가지는 액체, 또 한 가지는 딱딱하게 굳은 금빛 덩어리였다. 새피는 멕카토크와 브란 브론즈비어드의 지시를 받고 연구단에 파견되었지만, 아직까지 그 물질을 직접 만져볼 기회가 없었다는 사실에 적잖이 실망했다. 그들의 일지가 도움이 되기는 했지만, 그 물질에 손을 대는 순간을 도저히 참고 기다릴 수만은 없었다.

그리고 그 검을 둘러싼 뜨거운 사막은 온갖 종류의 벌레들과 이교도, 폐허 속에 도사린 수수께끼 같은 존재들로 가득 차 있었다. 그런 곳이 '아름답다'고?

그래, 새피는 하늘이 아름답다는 말에는 동의할 수밖에 없었다. 옆을 흘긋 보자, 코드레사는 하늘을 올려다보며 희미한 미소를 지은 채 온몸으로 달빛을 만끽하고 있었다. 탐험가 연맹의 다른 구성원들도 잠시 멈춰 서서 한 쌍의 달을 바라보는 중이었다. 다시 한 번 새피는 고개를 들어 두 달을 올려다봤다. 푸른 아이와 빛의 여왕은 어떻게 저리도 고고할 수 있을까? 고요하게 밤하늘에 떠 있으면서도…….

"하늘 아래 세계에 저렇게 거대한 검이 꽂혀 있다는 사실도 모르고 있다니!"

그제야 새피는 자기가 그 생각을 입 밖으로 소리 내어 말했다는 걸 깨달았다. 그녀는 황급히 손으로 입을 막았다. 사적인 감정을 갑작스럽게 폭발시킨 행동 때문에 웃음거리가 되거나 비난을 받을 거라고 예상했지만, 놀랍게도 코드레사는 허리까지 숙이며 새피의 어깨에 상냥한 손길을 얹었다.

"우리 모두 같은 생각을 하고 있습니다. 저들이 누리는 평화는 부러울 정도지요. 하지만 그게 전부가 아닙니다. 저는 오히려 세나리온 의회의 드루이드와 대지 고리회의 주술사가 부럽습니다. 그들은 아제로스를 직접 도울 수 있는 방법을 찾고 있으니까요. 아마 그게 더욱 보람찬 일이겠지요."

이번은 새피가 코드레사를 달래줄 차례였다.

"탐험가 연맹도 이곳에서 할 일이 있어요. 지난번에 이 지역에서 문제가 발생한 건, 어떤 고대의 존재가 괴팍하게 성질을 부렸기 때문이거든요."

새피는 손가락으로 거대한 검을 가리켰다.

"마그니는 아제로스가 고통받고 있다고 했어요. 하지만 사실 우리는 저 검이 얼마나 깊이 들어가 있는지도 몰라요. 살게라스가 무언가를 깨워서, 그게 아제로스를 괴롭히고 있는지도 몰라요. 그리고 우리는 위험할 게 분명한 지역으로 진입해 들어가고 있다고요. 티란데 대여사제님과 당신이 지금 이렇게 우리를 지켜주는 것, 그게 바로 아제로스를 돕는 일이기도 해요."

우리.

새피가 탐험가의 전당에서 자문 위원으로 활동한 지는 꽤 되었지만, 현장으로 원정을 떠나는 건 이번이 처음이었다. 모든 것이 정말 흥분되는 일이었지만, 너무 많은 고블린들이 인근에서 활동하고 있는 탓에 괜히 성질이 났다.

코드레사는 새피를 내려다보며 미소를 지었다.

"저는 지금까지 그대의 동족과 일한 경험이 많지 않습니다. 하지만 노움이 대부분 당신 같다면, 앞으로는 달라져야 할 것 같군요."

새피는 다시 얼굴이 발그레해졌다.

"다들 그저 할 수 있는 일을 열심히 하는 거죠."

새피는 광물학을 전공한 저명한 지질학자라는 이유로 이번 원정에 선발되었다. 팀 내의 고고학자들은 고대 신이나 고대 파멸의 기술 같은 늘 그렇고 그런 것들을 찾을 테지만, 새피는 아제라이트만을 연구하기 위한 목적으로 이번 원정단에 합류했다.

물론 그러려면 먼저 아제라이트를 손에 넣어야 했다. 이 증오스러운 고블린들은 눈에 띄는 아제라이트 융기는 모조리 차지하고 앉아, 채광을 하겠다며 눈꼴사납게 난리법석을 떨고 있었다. 지난 이틀 동안 탐험가 연맹의 구성원들은 안전한 거리를 유지한 채, 멕카토크가 제공한 망원경과 다양한 기계장치들로 고블린의 모습을 관찰하고 있었다.

답답하고 조악한 방식이었지만, 관찰 결과 새피는 이미 많은 것을 알아낼 수 있었다. 먼저 아제라이트는 대지 밖으로 흘러나올 때는 액체였지만, 이후 공기에 노출되면서 고체로 변했다. 아주 흥미로웠다!

또 한 가지는 검 주위의 대지가 낮뿐 아니라 하루 종일 온기를 띤다는 점이었다. 사막은 보통 기온이 크게 등락을 반복했다. 낮에는 타는 듯이 뜨겁다가도, 밤이 되면 상당히 기온이 낮아져야 정상이었다. 하지만 실리더스는 지금 그렇지 않았다.

새피는 어서 그 물질을 손에 넣고 싶어 좀이 쑤실 지경이었다. 그녀는 스톰윈드의 국왕이 아이언포지를 방문해, 연구에 사용해달라며 아주 작은 조각 하나만 남기고 간 그 이후 팀에 합류했다. 이제 해야 할 일은 정찰대를 보내 다양한 지역으로부터 아제라이트 표본을 더 많이 확보하는 것이었다. 그러면 새피도 좋아하는 일을 시작할 수 있었다. 분석하고, 연구하고, 알아내는 일 말이다.

이 소중한 물질을 고블린들이 마구 헤집어놓고 있다는 생각만으로도, 몸이 아플 지경이었다. 고블린에게 아제라이트의 가치는 황금빛 액체를 어떻게 동전으로 '변환'하느냐 하는 것뿐이었다. 고블린들이란! 대체 어떻게 저런 작자들과 거래를 할 수 있는 걸까? 더러운 것들. 그들은 과학이 아니라 온통 폭탄과 섬광과 시끄러운 소음 외에는 관심이 없었다.

"행복하지 않은 생각이 머릿속을 채우고 있군요, 사프로네타."

코드레사가 말했다. 새피는 아직 두 달을 올려다보고 있었지만, 자기도 모르게 인상을 쓴 모양이었다.

"자, 뭐든 먹읍시다. 그러고 나면 자매 파수꾼 몇 명이 당신이 잠든 동안 불침번을 서며 지켜줄 겁니다."

"몇 명이라고요?"

코드레사는 미소를 지었다. 어둠 속에서 그녀의 눈은 두 달처럼 환하게 빛났다.

"몇 명은 당신을 지키고, 또 몇 명은 첫 번째 정찰 임무에 나설 겁니다."

말이 되는 얘기였다. 칼도레이가 '밤의 엘프'라는 뜻의 나이트 엘프로 불리는 건, 피부색과 머리색이 황혼의 색과 비슷하기 때문만은 아니었다. 그들은 원래 밤 시간에 주로 사냥을 했다.

새피는 잔뜩 흥분했다.

"돌아오실 때 연구에 쓸 만한 표본을 갖고 오실 수도 있겠네요!"

"그럴지도 모르지요. 하지만 아무래도 표본은 나중에 입수해야 할 것 같습니다. 조금만 기다려주세요. 아무래도 오늘은 적의 인원과 위치를 파악하는 것이 주된 목적이 될 겁니다. 물론 적의 계획도 알아내면 좋겠지요."

코드레사는 장난기 어린 미소를 지으며 긴 보라색 귀를 두드렸다.

"우리는 시력뿐 아니라 청력도 좋거든요."

코드레사의 말에 새피는 웃음을 지었다.

드워프가 끼어 있을 때면 으레 그렇듯, 저녁 식사는 엄청나게 많은 음식을 꾸역꾸역 욱여넣고 대량의 맥주로 씻어내려야 했다. 새피는 사막에서 무슨 고기로 맥주 양념을 했는지 알고 싶지 않았다. 파수꾼 중 하나가 끈적끈적한 거미 다리가 아주 맛있다고 이야기하는 걸 들은 것만으로도 충분했다.

식사를 마친 후 코드레사를 비롯한 두 명의 파수꾼이 따뜻한 밤공기 속으로 조용히 빠져나갔다. 원정대의 대장인 개빈 스타우트암이 탐험가 연맹의 다섯 명을 한자리에 모아 연설을 했다.

"우린 아주 긴밀한 유대를 맺고 있는 팀이다. 물론 나이트 엘프와 함께 일하는 건 아직 익숙하지 않지만 말이야."

탐험가 연맹은 얼라이언스의 모든 종족에게 문호를 개방했지만, 구성원은 대부분 인간과 드워프였으며, 아주 가끔씩 특별한 노움과 늑대인간이 합류하곤 했다. 나이트 엘프를 보는 일은 흔치 않았다. 나이트 엘프는 대개의 경우 땅에 파묻힌 유물을 파내고자 대지를 훼손하는 일에 반대했기 때문이었다.

"그래도 다들 잘 어울리고 있는 것 같아서 정말 다행이야. 우리 모두 이 불쌍한 세계를 돕기 위해 최선을 다하자. 지금까지 우릴 지켜줬던 다른 경호원들을 욕하려는 건 아니지만, 오늘은 왠지 편안하게 잠을 청할 수 있을 것 같다."

"그래, 개빈. 맥주를 3리터나 마셨으니 잠도 잘 자겠지!"

왁자지껄한 웃음소리가 밤공기를 채웠다. 목을 제대로 축인 것만은 분명한 개빈이 가장 크게 웃으며 말했다.

"이제 다들 침낭으로 들어가."

탐사대장 개빈의 말이 마음을 달래주었지만, 새피는 쉽게 잠들지 못했다. 그녀는 침낭에서 이리저리 뒤척이다가 너무 더워서 침낭 밖으로 나왔다. 하지만 밖은 벌레와 모래를 피할 수 없다는 사실을 깨닫고는 다시 침낭 안으로 기어들어 갔다.

새피는 무더위에 시달리며 웅크린 채 잠을 청했다. 드워프 네 명이 시체도 깨울 만큼 커다랗게 코를 고는 소리가 끊이지 않고 들려왔다. 파수꾼들이 경비를 서고 있어서 정말 다행이었다. 그들이 없었다면 개빈의 요란한 코골이를 참지 못한 고블린들이 떼로 몰려왔을 것 같았다.

새피는 자신이 생각했던 것보다 더 피곤한 모양이었다. 코골이와 벌레소리와 열기와 모래바람 속에서도, 결국 스르르 잠이 들었다.

그녀는 고블린의 끔찍한 고함과 총소리, 강철과 강철이 부딪치는 소리에 놀라 잠에서 깨어났다. 버둥거리며 침낭에서 나오려 하다가, 새피는 베개 아래에 감춰두었던 권총을 꺼내 들고 벌떡 일어났다. 심장이 정신없이 쿵쾅거리는 가운데 황급히 주위를 둘러봤지만, 눈앞에서 펼쳐지는 장면을 이해할 수 없었다.

잠들기 전까지만 해도 그토록 포근하고 차분하던 달빛이 지금은 차갑고 잔인하게 두 구의 파수꾼 시체를 비추고 있었다. 창백한 푸른빛 아래에서 그들의 피는 검은색으로 보였고, 두 눈의 반짝이는 생기를 잃은 시체는 검은 그림자로만 보였다. 또 다른 시체도 있었지만, 새피는 차마 바라볼 수가 없었다. 그 시체를 똑바로 보기라도 했다간, 지금 머리 뒤쪽을 갉아먹고 있는 공포가 그녀의 사고 기능을 정지시켜버릴 것만 같았다.

'생각해, 새피, 생각하라고.'

그녀의 전남편은 항상 무기를 소지해야 한다고 주장했다. 새피는 무기보다는 연구실을 택하겠다고 말했었지만, 이제야 무기 사용법을 연습해두지 않은 게 후회스러웠다. 왜 번개 작렬 3000을 가져오지 않았을까? 마침 정상적으로 작동하도록 고쳐됐는데—

새피는 작고 떨리는 손으로 권총을 꽉 쥐고, 눈앞에서 펼쳐지는 끔찍한 공포를 향해 이리저리 휘둘렀다. 큰 소리로 맹렬하게 욕을 해대는 드워프의 목소리가 들려오자 그녀의 두 눈에 안도와 기쁨의 눈물이 흘렀다. 적어도 개빈은 아직 살아남아 발길질을 하고, 주먹질을 하며 적을 물어뜯는 중이었나. 화가 난 개빈이 고래고래 소리를 질러댔다.

새피는 자그마한 입을 앙다물었다. 그녀는 손이 떨리는 것을 애써 억누르며 끔찍한 소리들을 외면했다. 친구들이 온 힘을 다해 싸우고 있었다.

'다들 죽어가고 있잖아, 새피. 죽어가고 있다고.'

그녀는 지평선의 별들을 가리며 나타난 땅딸막하고 귀가 커다란 형체를 향해 권총을 겨눴다. 새피는 그대로 방아쇠를 당겼다. 만족스럽게도 적은 고통의 비명을 질렀다. 권총의 엄청난 반동에 뒤로 나가떨어진 그녀는 재빨리 자리에서 일어났다. 하지만 끔찍하게도 고블린은 쓰러지지 않았고, 그저 화가 잔뜩 났을 뿐이었다.

"이 망할 꼬맹이가—"

새피는 다시 한 번 총을 발사했지만, 이번에는 고블린이 손을 뻗어 그녀의 팔을 붙잡는 바람에 총알이 완전히 빗나갔다. 상대가 새피의 팔을 꽉 붙잡자, 그녀는 공포와 분노에 찬 비명을 지르며 총을 떨어뜨리고 말았다.

"이봐! 케직, 그거 노움 여자잖아!"

그러자 새피를 공격한 상대가 주먹을 쥔 채 손을 들어 올리며 대답했다.

"그래, 내가 이 망할 녀석을—!"

불현듯 주먹이 공중에서 우뚝 멈췄다.

"아마 이 여자가 아닐 거야."

"인상착의가 정확히 일치한다고. 너도 규칙이 뭔지 알잖아."

"그래, 그래, 망할 놈의 규칙 같으니."

케직이라는 고블린이 투덜거리며 주먹을 내렸다. 새피는 그 기회를 틈타 몸부림을 쳤고 동시에 고블린의 근육질 팔을 물어뜯으며 빠져나가려 했다.

케직은 고통으로 소리를 빽 질렀지만 그녀를 놔주지는 않았다.

"좋아, 말썽장이 아가씨, 잠깐 눈 좀 붙여."

새피의 눈에 마지막으로 보인 것은, 너무나도 차분하고 냉정한 밤하늘 위로 검게 드리운 거대한 주먹이었다.

제 15 장

황천빛 사원

황천빛 사원으로 들어서는 안두인에게 평온한 감정이 밀려들었다. 그 감정은 발리라가 전해온 바인의 소식 때문에 상처 입은 마음을 따뜻하게 치유해주었다. 추위에 떨고 있는 그에게 누군가 두툼하고 따뜻한 담요를 덮어준 것만 같았다. 그는 부드러운 미소를 지으며 다시 한 번 마음을 안정시켜주는 빛의 힘에 탄복했다.

파올 대주교는 읽고 있던 고서에서 눈을 떼고 다가오는 안두인을 바라봤다. 빛나던 망자의 눈이 기쁨으로 조금 커지고, 입술은 조금 비틀어진 채 미소를 지었다.

"안두인!"

파올은 묘하게 따뜻한 목소리로 외쳤다. 스톰윈드의 국왕이 공식 호칭을 사용하지 말아달라고 부탁했던 것을 기억하는 게 틀림없었다.

"이렇게 빨리 만나게 될 줄은 몰랐네. 자, 어서 앉게, 앉아!"

그는 옆에 놓인 의자를 가리켰다.

안두인은 포세이큰을 향해 마주 웃으며 의자에 앉았지만, 실은 머릿속으로 고개를 절레절레 젓고 있었다. 포세이큰 옆에 편안히 앉을 수 있다니. 그런 일이 가능하리라고는 단 한 번도 생각해보지 않았다.

'모든 이들이 황천빛 사원의 평화를 경험할 수만 있다면 얼마나 좋을까. 모두가 서로를 죽이려 하는 일은 일어나지 않을 텐데.'

안두인은 생각했다.

파올의 거친 웃음소리는 양피지 두 장을 비비는 소리 같았다.

"텔드랏실에 갔던 이야기를 들려주게."

블러드 엘프 사제가 과일 감로주와 유리잔을 들고 다가왔다. 안두인은 그에게 감사 인사를 한 후, 감로주를 따르며 말했다.

"나이트 엘프에게라면 언제든 이 세계를 돌보는 일을 맡길 수 있죠. 제가 다르나서스에 도착했을 때, 그들은 이미 사제와 드루이드를 실리더스로 보내 달샘을 만들고자 했더군요."

"아, 달샘. 살아생전에는 한 번도 본 적이 없었지. 물론 요즘은 물에 젖는 일을 피하고 있네. 어쨌거나 얘기만 들어봐도 굉장한 장관이라고 하더군."

"맞아요. 칼도레이가 성공한다면, 아제로스에 큰 도움이 될 거예요. 그리고 다르나서스에서 파수꾼들을 보내 탐험가 연맹을 비롯한 비군사 조직에 도움을 주겠노라 약속했어요."

"아주 좋은 소식 같은데."

"네, 그래요. 하지만 그보다도 더 많은 일을 할 수 있을 것 같아요. 저도 나이트 엘프처럼 스톰윈드의 최정예 병사들을 보낼 계획입니다. 이 세계에 일어나고 있는 일들…… 그 해결책을 찾아낼 수 있는 이들을 잃고 싶지 않아요. 제가 오늘 이곳에 온 이유는 사제 여러분께서 이 소식을 다른 이들에게 전파하는 일이 어떻게 진행되고 있는지 확인하고 싶어서 돌아온 거예요.”

“그래, 그렇지! 먼저 자랑스럽게도 우리 모두가 그 도전에 응했다는 사실을 말해주고 싶군.”

파올이 고개를 들고 어딘가를 향해 손짓했다.

“칼리아, 잠깐 여기로 와주지 않겠나?”

칼리아가 다가오는 사이에 파올은 말을 이었다.

“칼리아도 무척 돕고 싶다고 하더군. 그래서 내가 그녀를 얼라이언스 종족과의 연락 담당으로 임명했네. 나는 지금껏 호드의 구성원들을 방문하며 아제로스의 새로운 지역들을 구석구석 살펴봤고. 아주 많은 걸 깨달을 수 있었네!”

칼리아는 안두인 곁에 서서 그와 파올을 번갈아 바라보고 있었다.

“다시 만나 반가워요, 안두인.”

“우리 젊은 친구는 지금 막 텔드랏실에서 돌아오는 길이네. 나이트 엘프들이 벌써 바삐 움직이고 있다고 하더군. 우리도 맡은 바 소임을 게을리하지 않았다고 이야기해줬네.”

“정말 반가운 소식이군요. 사실 제가 여길 찾아온 건, 두 분과 다른 주제에 관해 이야기를 나누고 싶어서예요. 혹시 지금 시간 좀 괜찮으세요?”

칼리아가 안두인 옆에 놓인 의자에 우아하게 앉자, 파올은 기쁜 듯이 말했다.

“하! 사아라가 질투하겠군. 보통은 사아라를 보러 여길 찾아오는데 말이지. 시간이라면 걱정 말게. 남는 게 시간뿐이니까. 여기 사원에만 틀어박혀 있는 게 아니라 다시 세상 밖으로 나가는 일이 우리 비밀결사에도 긍정적인 영향을 주고 있네. 자, 자네는 아이언포지와 텔드랏실도 방문하지 않았나. 얘기를 들어보니 양쪽 다 즉각적인 대응을 시작한 모양인데."

이후 몇 분 동안 칼리아와 파올은 안두인에게 그들이 찾아갔던 곳과 다른 사제들을 파견했던 곳을 간단히 설명해주었다.

"우리는 소식을 들게 될 대상을 고려해서 사절들을 선택하고 있어요. 예를 들어 메아리 섬으로 간다고 하면 트롤 사제를 보내죠. 트랜퀼리엔이라면 블러드 엘프를 보내고요."

칼리아가 말했다.

"일부 지역에서는 벌써 결과를 전해왔어요. 아쉽게도 일부 지역에서는 아제로스를 돕는 일보다는 아제라이트를 채굴하는 쪽에 더 큰 관심을 보이더군요."

안두인은 고개를 끄덕이며 한숨을 내쉬었다.

"무척 안타깝지만 충분히 예상할 수 있는 일이었죠. 우리가 할 수 있는 일은 모두 한 것 같군요. 이제 최선을 다해 아제라이트를 지키고, 호드가 너무 많은 수량을 차지하는 것만 막으면 되겠어요."

그렇게 말하면서도 안두인은 그 생각이 그저 소망에 불과하다는 걸 알고 있었다. 이유는 알 수 없었지만 고블린들이 아제라이트에 대해 먼저 알아냈다. 고블린들은 떼를 지어 실리더스로 몰려들었고, 첩보단장 쇼가 안두인에게 보고하기도 전에 광산과 처리 시설을 건설했다. 얼라이언스는 이미 경쟁에서 패했을 수도 있었다. 그 생각이 안두인의 마음을 아프게 했다.

하지만 호드와 싸우지 않으면서도 그들을 몰아낼 방법이 있을지도 몰랐다. 안두인은 바인이 반대쪽에서 조용히 활동하고 있기만을 바랐지만, 그렇게 하기엔 쉽지 않은 상황이었다. 이 생각의 성공 여부는 모두 안두인에게 달려 있었다.

안두인은 깍지를 낀 채 칼리아와 파올을 번갈아 바라봤다.

"포세이큰에 대해 이야기를 하고 싶어요. 혹시라도 제가 무지하거나 무례한 말을 할 수도 있으니 미리 사과드릴게요."

안두인의 말에 파올이 손을 내저었다.

"사과할 필요 없네. 우리는 질문을 하면서 배우는 법이고, 또 마침 내가 답을 좀 알고 있으니 말이야."

파올의 너그러운 대꾸에도 안두인은 자신의 말이 무례하게 들릴 거라고 확신했다. 그래서 지금은 양해를 구하고 그 자리를 떠나야 할 때가 아닐까 하는 생각도 들었다.

"전에도 포세이큰이라면 만난 적이 있어요. 그래서 대주교님을 포함한 많은 포세이큰이 이성을 잃고 광기에 사로잡힌 스컬지가 아니라는 건 알고 있었죠. 또한 포세이큰의 본성이 악한 건 아니라고 생각하고요."

"하지만 우리가 악한 행위를 할 수도 있으리라 생각하는군. 걱정하지 말게. 그건 관찰력이 뛰어난 거니까. 포세이큰이 끔찍한 일을 저질렀다는 건 솔직히 인정하겠네. 하지만 그건 인간도 마찬가지야. 설령 타우렌이라고 해도 감춰둔 비밀이 한두 가지는 있는 법이지."

안두인은 파올이 자신의 마음을 이해해준다는 사실에 기뻐하며 말을 이었다.

"저는 포세이큰이…… 다른 호드 종족보다 관계를 맺는 게 더 어렵다고 느꼈어요. 어쩌면 그들이 한때 인간이었기 때문인지도 모르겠어요. 얼라이언스가 그들을 거부했으니까요. 살아생전에 알고 지냈던 사람들, 심지어 사랑했던 사람들이 거부했으니까요."

"공포는 아주 강력한 감정이에요."

칼리아가 조용한 목소리로 말했다. 그녀의 목소리와 태도로 미루어보면, 칼리아가 지금껏 견뎌내야 했던 삶의 무게는 안두인이 이해할 수 있는 범위를 훌쩍 넘어설 만큼 잔혹했으리라. 무릎 위에 놓인 그녀의 손은 주먹을 꽉 쥔 채 조금씩 떨리고 있었다.

"칼리아, 어떻게 살아남을 수 있었던 건가요?"

안두인은 자기도 모르게 입 밖으로 질문을 던지고 말았다.

칼리아는 바다 빛 눈을 들어 안두인의 눈을 바라봤다. 긴 만남을 가진 적은 없었지만 익숙함이 느껴지는 걸 보면, 그녀가 아서스의 누나라는 사실이 새삼 실감 났다. 칼리아는 슬픈 미소를 지었다.

"운명과 빛의 자비 덕분이죠. 언젠가 당신에게도 말씀드릴 수 있는 때가 오겠죠. 하지만 아직은…… 너무 일러요. 지금까지의 삶이 그렇다는 건 아니지만…… 전 사랑하는 사람을 모두 잃었어요."

안두인은 고개를 끄덕였다.

"그렇죠. 아버님과 동생분을 잃으셨죠."

고통스럽고 추악한 이야기였다. 아서스는 서리한의 힘에 타락하고 리치 왕의 속삭임에 이끌려 빛의 길에서 멀어졌다. 그리고 로데론의 주민들을 괴물로 변화시킨 것만이 전부가 아니었다. 아서스는 왕위 계승자를 환영하는 행사를 틈타 왕좌에 앉아 있던 아버지 테레나스를 살해했다. 불현듯 칼리아가 그 끔찍한 광경을 직접 목격했을지도 모른다는 깨달음이 찾아왔다. 아니, 확신이 들었다. 그녀가 그곳에서 탈출할 수 있었다는 사실이 새삼 놀라웠다.

"그들만이 아니었어요. 제가 사랑하던 다른 사람들까지 전부 다……."

칼리아의 말에 안두인의 눈이 휘둥그레졌다. 혹시 그녀에게 우리가 알지 못하는 또 다른 가족이 있었던 걸까?

"알겠습니다. 제가 불편하게 했다면 정말 죄송합니다."

안두인은 입술을 깨문 채 계속 말을 이어야 할지 고민했다. 칼리아가 그의 마음을 느꼈는지, 가슴을 펴며 지친 미소를 지었다.

"말씀하세요. 필요한 게 있다면 뭐든 물어보세요. 꼭 대답하겠다고 약속할 수는 없지만, 가능한 한 대답을 해볼 테니까요."

"당신은 언데드 때문에 아주 끔찍한 경험을 하셨어요. 그런데 어떻게 파올 대주교님과는 이토록 가깝게 지내실 수 있는 건가요?"

칼리아는 긴장을 풀고 오랜 친구를 향해 미소를 지어 보였다.

"대주교님께서 절 구해주셨어요. 제가 대주교님을 기억하고 있는 거죠. 온갖 끔찍한 일들이 벌어지던 그때, 제가 사랑하던 많은 사람들이 이성을 잃고 의지를 빼앗긴 가운데 그들에게서 도망쳐야 했을 때…… 아직도 예전의 정신을 유지하고 있던 누군가를 만난다는 건—"

칼리아는 잠시 말을 멈추고 고개를 가로저었다. 당시의 경외감을 상기하는 듯했다.

"희망 그 자체가 검이 되어 절 꿰뚫어버린 듯한 기분이었어요. 그 검은 제게 상처 대신, 충격과 고통을 넘어서 치유받을 수 있게 해줬어요. 그러니까 적어도 제게 포세이큰은 괴물이 아니었어요. 친구였죠. 괴물이 된 건 제 친구들의 얼굴을 한 채 이리저리 비척거리고 어기적거리는 스컬지였죠."

파올은 칼리아의 말에 진심으로 감동한 듯했다. 안두인도 처음 듣는 이야기였다. 파올은 칼리아의 손을 붙잡고서 미라 같은 앙상한 손으로 그녀의 건강한 손을 상냥하게 두드렸다.

"얘야, 사랑하는 아이야. 살아 있는 널 발견했을 때의 내 기쁨이 훨씬 더 컸단다."

대주교는 눈물을 애써 참고 있기라도 한 듯 목이 멘 목소리였다. 포세이큰도 눈물을 흘릴 수 있을까? 안두인은 알지 못했다. 포세이큰에 대해 모르는 것이 너무 많았다.

안두인은 황천빛 사원에 오길 잘했다고 생각했다. 의심할 여지없이 옳은 선택이었다.

"제가 하고 싶은 일이 한 가지 있어요. 두 분이 도와주셨으면 합니다."

"우리가 할 수 있는 일이라면 돕겠네."

파올이 대답했다.

"끔찍한 전쟁이 끝났어요. 호드와 얼라이언스 모두에게 상처를 준 전쟁이었죠. 수만 명이 목숨을 잃었어요. 볼진과 저희 아버지도 포함해서요. 이제 우리가 사는 이 땅, 이 세계까지 전쟁으로 희생될 수 있다는 이야기가 들려오면서, 적대적인 세력에게 빼앗길 수 없는 귀중한 물질이 나타났어요. 고블린들은 분명 이미 알고 있을 테고, 실바나스도 그 물질로 우릴 공격할 방법을 찾고 있을 거예요. 하지만 아직은 그런 일이 일어나지 않았습니다. 지금 우리가 진정으로 힘을 합치면, 대지 고리회와 세나리온 의회가 하는 일을 더욱 큰 규모로 실행할 수 있을 거예요. 이 사원이 하고 있는 일 말입니다."

둘은 가만히 듣고 있었다. 그들은 열정적으로 평화를 외치는 안두인의 말에 겐처럼 코웃음을 치거나 발리라처럼 회의적인 연민을 품지도 않았다. 용기를 얻은 안두인이 말을 이었다.

"실바나스일지 다른 진영일지 그건 모르지만, 누군가 이 세계의 상처에 대해 알아내려던 무고한 사람들을 해쳤어요. 그런 사태를 막을 수 있는 방법이 하나 있습니다. 하지만 그 방법을 직접 실행에 옮길 수는 없어요. 아직은 안 됩니다."

안두인은 잠시 말을 멈췄다. 시간이 지나면 지금 하고 싶은 말이 조금이나마 쉬워질 줄 알았지만 그렇지 않았다.

"많은 이들이 부서진 해변에서 실바나스가 고의적으로 저희 아버지와 얼라이언스를 배신했다고 믿고 있어요. 우리 쪽에서는 뭔가 대가를 얻어내지 않고는 평화 협정을 제안할 수 없을 거예요."

파올은 신중한 눈빛으로 안두인을 바라보다가 차분한 목소리로 물었다.

"실바나스가 바리안 국왕을 배신했다고 믿나?"

안두인은 당시의 사건에 대한 바인의 설명을 떠올렸다. 한동안 생각에 잠겨 있던 안두인이 입을 열었다.

"어떤 말을 믿어야 할지 모르겠어요. 하지만 저의 조언자들과 얼라이언스 대부분이 실바나스를 어떻게 생각하는지는 알아요. 그녀는 우리의 적이죠. 하지만 다른 건 몰라도 실바나스가 자기 백성을 아끼는 능력까지 상실한 건 아니에요."

칼리아는 다소 혼란스러운 표정이었다. 하지만 파올은 안두인의 말을 이해한 듯 두 눈이 환하게 빛났다.

"무슨 말을 하고 싶어 하는지 알겠네."

"실바나스는 포세이큰을 아끼고 있어요. 백성들을 마치 자식처럼 생각하고 있습니다. 그리고 얼라이언스도 세상을 떠난 사랑했던 사람들을 추억하고 있죠."

파올의 반짝이는 두 눈이 휘둥그레졌다. 하지만 먼저 말을 꺼낸 건 칼리아였다.

"로데론이 붕괴된 후 얼라이언스가 절망에 빠진 이유는 사랑하는 사람들이 너무나도 많이 죽었고, 또 그들이 스컬지가 되었기 때문이라는 얘기죠. 개인적인 상실감 때문이었다고요."

그녀는 잠시 말을 멈췄다.

"저처럼 말이에요."

안두인은 고개를 끄덕이며 나직한 목소리로 말했다.

"네. 그래서 그들은 포세이큰이 되살아난 괴물들이라고 믿게 된 거예요. 많은 인간들에게는 포세이큰이 스컬지와 다를 게 없었던 거죠. 하지만 당신은 진실을 알고 있잖아요. 당신은 살아 있을 때도 친구였고 지금도 친구인 포세이큰에게서 희망을 찾고 도움을 받았어요."

하지만 파올은 고개를 가로저었다.

"자네와 칼리아는 정말 놀라운 사람들이네. 하지만 평범한 사람들이 두 사람 같은 믿음을 품을 수 있을지는 잘 모르겠군."

파올의 회의적인 태도에도 안두인은 주장을 굽히지 않았다.

"그건 그저 기회가 없었기 때문이에요. 칼리아는 신뢰하는 이에게 구조되었어요. 그녀를 실망시키지 않은 상대였죠. 헬스크림의 재판에서, 시간의 환영은 제게 또 한 명의 용감한 포세이큰, 프란디스 팔레이의 모습을 보여줬어요. 황금골의 여관 주인 이름은 프레드릭 팔레이라고 해요. 그들이 가족 관계일 수도 있어요. 프란디스가 잔인하고 부정한 지도자에게 저항하다가 죽어갔다는 소식을 프레드릭이 알고 싶어 할지는 확신할 수 없지만, 아마 그럴 거예요."

안두인은 앞으로 몸을 기울여 마음을 담아 말했다.

"너무 많은 이야기가 쓰이지 못한 채 남아 있어요, 파올. 정말 너무 많은 이야기가요. 로데론과 스톰윈드는 단순히 정치적 동맹 관계가 아니었어요. 친구였죠. 사람들은 자유롭게 두 왕국을 오갔어요. 스톰윈드에 남아 있는 가족들은 사랑하는 이들의 죽음에 슬퍼하고 있지만, 사실은—"

젊은 국왕은 잠시 말을 멈췄다. 지금 자신이 무슨 말을 하고 있는지 뒤늦게 깨달음이 찾아왔기 때문이었다. 파올은 슬픈 미소를 지었다.

"살아 있다고?"

파올은 고개를 가로저었다.

"그들이 죽었다고 생각하는 쪽이 나을 걸세. 편견을 떨치고 우리의 진짜 모습을 알아볼 수 있는 사람은 많지 않아."

"시도라도 해봐야 하지 않을까요?"

안두인은 앉은 자리에서 몸을 더 앞쪽으로 기울였다.

"열린 마음을 갖고 있는 사람이 있다면 어떨까요? 사랑하는 사람이 조금…… 달라졌지만, 여전히 예전과 같은 존재라면 만나고 싶어 하는 사람이 있지 않을까요? 그것이 정말로 죽은 것보다는 낫지 않겠어요?"

"대다수의 사람들에게는 그렇지 않을 수도 있네."

"지금 대다수가 필요한 건 아니에요. 칼리아를 보세요. 절 보세요. 그저 몇몇 사람이 필요할 뿐이에요. 이해의 불씨가, 수용의 불씨가 필요한 것뿐이라고요. 그게 전부예요. 작은 불씨 하나면 돼요."

그 말을 하는 안두인의 목소리가 떨려왔고, 그는 달콤하고 따뜻한 빛이 온몸을 스치고 지나가는 것을 느꼈다. 그는 자신이 위대한 진실을 이야기하고 있다는 것을 잘 알았다. 많은 노력과 보살핌이 필요하겠지만, 그 작은 불씨는 타오르는 불길이 되어 온 세계를 밝힐 수 있었다.

그리고 그런 일이 일어난다면, 모든 것이 달라질 것이다.

"안두인 국왕의 말이 맞는 것 같아요."

칼리아의 목소리는 대화를 처음 시작했을 때보다 강인해져 있었다. 두 볼에는 홍조가 피어오르고, 얼굴에 열정이 넘쳤다. 숨 막힐 듯 대담한 '희망'의 발언에 칼리아의 내면에도 안두인처럼 환한 빛이 퍼져 나가고 있었다.

칼리아는 오랜 친구를 향해 돌아섰다.

"저는 길을 잃었었어요, 파올 님. 감정적으로, 육체적으로, 또 정신적으로도요. 당신이 그 어둠의 골짜기에서 절 꺼내주셨죠. 그렇게 경이로운 일이 다시 일어날 수는 없을까요? 포세이큰과 인간 모두에게서 말이에요."

"나는 아주 많은 어둠을 보았네."

지금 파올에게선 따뜻하고 유쾌한 모습을 찾아볼 수 없었다. 그는 진지했고, 두 눈도 다른 색조로 빛났다.

"너무 많은 어둠이었지. 이 세계에는 악이 존재하네, 젊은 친구들이여. 그런 악은 외부의 타락이 있어야만 번성할 수 있어. 때론 그런 것과는 조금도 어울리지 않는 사람들의 마음속에서 악이 피어나기도 하네. 아주 작은 분노나 공포의 씨앗이 비옥한 토양을 만나면, 무언가 끔찍한 것으로 피어나는 것이지."

"하지만 그 반대도 가능하지 않을까요? 아주 작은 희망과 친절함의 씨앗이 비옥한 토양을 찾을 수 있지 않을까요?"

안두인은 고집을 꺾지 않았다.

"물론 그럴 수도 있네. 하지만 지금 자네는 작은 씨앗 이야기를 하는 게 아니지 않은가. 먼저 자네 생각을 지지하는 포세이큰은 나와 여기 비밀결사의 몇 명뿐이네. 우리와 같은 생각을 하는 포세이큰이 많지 않을 걸세. 그리고 설사 그런 이들이 있다고 하더라도, 자네는 호드의 지도자와 협력해야 하네. 밴시 여왕 말일세. 그녀는 자기 백성들이 살아 있던 시기를 추억하는 걸 원치 않을 수도 있네. 마지막으로, 칼리아를 제외한 인간 중에서 여전히 존재하는 가족이나 친구를 만나고 싶어 하는 사람이 있던가?"

안두인이 의기소침해하는 모습을 보며, 파올은 말을 이었다.

"자네의 뜻을 꺾는 것 같아 미안하군. 하지만 지도자라면, 설령 사제라 해도 앞길을 가로막으려는 장애물이 있다면 그것들을 모두 파악하고 있어야 하네. 자네는 지금 옳은 일을 원하고 있어, 안두인. 나도 자네의 생각이 결실을 맺길 열렬히 바라고 있네. 하지만 아직은 때가 아닐지도 몰라."

안두인은 주저앉지는 않았지만 당장이라도 주저앉고 싶었다. 그는 머리를 쓸어 넘기고 한숨을 쉬었다.

"대주교님 말씀이 옳을지도 몰라요. 하지만 가족들을 다시 만나게 할 수 있는 기회예요. 우리 모두가 힘을 합치고, 서로를 해치려 하는 행위를 끝낼 수 있는 기회라고요. 아제로스가 상처 입지 않게 할 수 있는 기회예요. 모든 면에서 더없이 중요한 일이란 말입니다!"

"그 뜻에 동의하지 않는다는 건 아니야."

파올은 잠시 동안 조용히 생각에 잠겼다.

"이렇게 하지. 내가 다른 포세이큰 사제들의 의견을 물어보겠네. 이 일의 토대를 구축해보자고."

젊은 국왕의 표정이 환하게 밝아졌다.

"네, 지금은 그렇게 하는 게 좋을 것 같아요. 얼라이언스와 호드 사이의 무력 충돌이 소강상태에 들어가는 건 흔한 일이 아니니까, 이 기회를 최대한 이용해—"

"폐하!"

안두인이 고개를 돌려보니 로레나 대여사제가 서 있었다. 친근한 그녀의 얼굴에는 근심이 가득했고, 목소리는 심각했다.

안두인의 뱃속이 순식간에 얼어붙듯 차갑게 식어버렸다.

"무슨 일이죠?"

"윌 때문이에요. 어서 돌아가 보시는 게 좋겠어요. 시간이 없어요."

제 16 장

스톰윈드

차원문을 통과해 나오는 안두인과 로레나를 겐이 기다리고 있었다. 노인의 두 눈에 담긴 표정이 차가운 손처럼 안두인의 심장을 움켜쥐었다.

"안두인."

겐이 입을 열었다.

"혹시……?"

"아니, 아니야. 아직은 아니네. 내가 치유사는 아니네만, 시간이 많이 남은 것 같진 않아."

안두인은 고개를 가로저었다. 안 돼. 아직 시간이 있었다. 빛이 그와 함께했다.

"그럴 수는 없어요."

안두인은 나직이 뇌까리고는 시종의 숙소를 향해 달리기 시작했다.

"안두인!"

겐은 달려가는 안두인을 불렀지만, 젊은 국왕은 들으려 하지 않았다. 애린, 볼바르, 아버지까지…… 사랑하는 이들을 너무 많이 잃었다. 그는 윌을 잃을 준비가 되어 있지 않았다. 오늘은 그럴 수 없었다.

가족에게 사랑받고 존경받는 사람답게, 윌의 방은 꽤 큰 편이었다. 그리고 윌 자신처럼 흠잡을 데 없이 정갈했다. 방에는 티끌 하나 없는 대야와 거울, 면도 도구가 놓인 세면대와 옷장, 여행용 가방, 독서할 때 앉는 편안한 의자가 놓여 있었다. 의자 옆 탁자 위에는 찻잔과 차갑게 조리한 곡물 그릇이 놓여 있었다.

침대가 완벽하게 정리되지 않은 유일한 이유는 거기에 윌이 누워 있기 때문이었다. 안두인의 심장이 고통 속에서 요동쳤다. 윌은 자신의 나이를 이야기하는 법이 없었지만, 그는 어린 시절의 바리안 린을 보살피기도 했고, 안두인의 할아버지 레인 린 국왕이 젊었을 때도 그 곁에서 보좌했었다는 이야기를 넌지시 한 적이 있었다. 하지만 안두인의 마음속 윌은 나이가 들지 않았다.

안두인이 기억하는 윌은 언제나 나이 든 모습이었지만, 항상 젊은 국왕을 보필할 수 있는 에너지가 있었다. 하지만 지금 침대에 누운 그의 모습을 보니, 그 긴긴 세월이 한꺼번에 윌을 덮쳐온 듯했다. 평상시 혈색 좋던 얼굴은 창백해졌고, 늘 기품 있어 보이던 높은 광대뼈가 이제는 푹 꺼진 볼을 두드러지게 할 뿐이었다. 안두인은 아이언포지에 가기 전부터 윌의 체중이 줄고 있었던 것이 생각났다. 그때만 해도 별일 아니라고 생각했지만, 어느새 훤칠했던 윌의 체중이 눈 녹듯이 사라진 듯했다. 연로한 시종은 작게 쪼그라든 모습이었다. 급격히 약해져 있었다. 안두인은 갑작스럽게 수치스러운 마음과 함께 끔찍한 죄책감을 느꼈다.

"윌."

안두인의 목소리가 갈라졌다.

월이 종이처럼 얇아 푸른 핏줄이 보이는 눈꺼풀을 부들거리며 떴다.

"아, 폐하. 제가 일어나지 못하더라도 부디 용서해주십시오. 절대로 폐하를 귀찮게 하지 말라고 얘기했었건만……."

월이 쉰 목소리로 말했다.

안두인은 침대 옆에 의자를 끌어다 앉은 후 잔뜩 곱은 월의 손을 붙잡았다.

"말도 안 돼요. 제게 소식을 전해줘서 얼마나 고마운지 몰라요. 깨끗이 낫게 해드릴 테니 잠깐만 기다리세요. 월, 당신은 제가 기억하는 한 평생을 제 곁에 있어줬어요. 제가 원하고 제게 필요한 걸 마치 마법처럼 미리 아셨죠. 당신은 평생 절 보살펴주셨어요. 이제 제가 보살펴드릴게요."

안두인은 숨을 깊이 들이쉬고 빛의 구원을 청했다. 즉시 그의 손이 따뜻해지기 시작했다.

하지만 놀랍게도 월은 거부의 뜻을 표하며 손을 빼냈다.

"폐하…… 아닙니다. 그러실 필요 없습니다."

안두인은 당황하며 월을 바라봤다.

"월, 제가 치유해드릴게요. 빛은—"

"사랑스럽고 아름다운 존재입니다. 그런 빛이 당신을 사랑합니다. 아버지께서 그러셨던 것처럼요. 제가 그러한 것처럼. 하지만 전 이제 떠날 때가 된 것 같습니다."

안두인의 뱃속이 옥죄어왔다. 연로한 시종의 젊음을 되찾아줄 수는 없었다. 그건 빛의 힘을 넘어선 것이었다. 설사 그런 일이 가능하다 해도, 사제뿐 아니라 빛의 힘으로 대상을 치유하는 모든 이들에게 결코 허락되지 않았다. 하지만 안두인은 지금 오랜 친구의 생명을 앗아가고 있는 질병을 치유할 수는 있었다. 고통과 먹먹함을 제거해줄 수 있었다. 윌은 과거에도 마지못해 그런 치유를 허락했던 적이 있었다. 왜 하필 지금 이 순간에 그런 도움을 거절하려는 걸까? 그 어느 때보다 중요한 이런 시기에?

"부탁해요. 저는…… 당신이 필요해요, 윌."

안두인의 말은 이기적이었지만 사실이었다.

"아니요, 그렇지 않습니다, 폐하. 멋지게 성장하여 아주 비범한 청년이 되셨잖습니까. 이제 당신에게 필요한 건 아이를 돌보는 시종이 아니라 유능한 보좌관입니다. 제가 추천할 만한 친구들의 목록을 적어두었습니다."

윌은 어느새 머리가 하얗게 세어버린 머리를 돌려 떨리는 손가락으로 어딘가를 가리켰다. 작은 탁자 위 책 옆에는 말아놓은 두루마리가 하나 놓여 있었다. 책의 4분의 3 지점에 책갈피를 꽂아둔 것이 눈에 띄었다. 안두인이 다시 입을 열었다.

"하지만 저 책의 이야기가…… 아직 끝나지 않았잖아요."

윌은 숨을 몰아쉬는 중에도 키들키들 웃으며 힘겹게 입을 열었다.

"아, 아쉽지만 제 이야기는 전부 끝났습니다. 이렇게 말해도 될지 모르겠지만, 아주 멋진 이야기였죠. 세 분의 훌륭한 국왕을 섬길 수 있었으니까요. 정말이지 뛰어난 분들이셨습니다. 물론 조금쯤 도움이 필요하셨지만. 걱정하지 마십시오, 안두인 님, 당신 이야기는 아닙니다. 제게는 사명이 있었고, 진정한 사랑이 있었고, 삶이 지루하지 않도록 해줄 적당한 위험도 있었습니다."

윌은 촉촉하게 젖은 눈길로 안두인을 비라봤다.

"하지만 이제는 저도 지쳤습니다, 폐하. 너무나 지쳤습니다. 충분히 긴 시간 살아온 것 같습니다. 오랫동안 풍요로운 삶을 살았던 괴팍한 노인네를 치유하는 것 말고도, 빛은 해야 할 일이 많을 겁니다."

'아니, 아니에요. 전 그렇게 생각하지 않아요.'

"도와드릴게요. 전 이제 막 국왕이 되었는데, 벌써 너무 많은 사람을 잃었어요. 정말 너무 많은 친구를 잃었다고요."

안두인은 마지막으로 애원했다.

"전 모두를 잃었습니다."

월은 담담하게 이야기했다. 안두인은 오랜 친구가 자신을 비난하려는 게 아니라는 걸 알았지만, 그럼에도 얼굴이 뜨겁게 달아오르는 것은 어쩔 수 없었다.

"폐하의 조부모님과 부모님, 제 형제자매와 조카들, 옛 친구들과 사랑하던 엘시까지…… 다들 저를 기다리고 있습니다. 아직은 보이지 않지만, 곧 만날 수 있을 것 같군요. 솔직히 아무 데도 아픈 곳 없이 움직이는 것도 정말 기대됩니다. 하지만 모든 짐을 내려놓고 사랑했던 사람들과 다시 함께한다는 것이 가장 기다려집니다."

안두인은 아무 말도 할 수 없었다. 지금 월을 빼앗아가는 것의 정체가 무엇일까 궁금해졌다. 질병일까? 그건 정화할 수 있었다. 심장이 약해지거나 장기가 망가진 걸까? 그건 고칠 수 있었다.

할 수 있었지만 허락을 받지 못했다. 두 눈이 따가워졌다.

월은 부드럽게 안두인의 팔에 손을 얹었다.

"괜찮습니다. 당신은 아주 훌륭한 국왕이 될 겁니다, 안두인 레인 린. 역사책에 남을 위인이 되시겠지요."

안두인은 월의 손에 자신의 손을 얹었다. 빛을 부르지는 않았다. 평생 린 가문을 위해 성실하게 봉사해온 사람의 뜻을 존중해주고 싶었다.

"월, 당신이 제 머리 위에 왕관을 똑바로 씌워주셔야 좋은 국왕이 될 수 있을 것 같아요."

안두인은 몇 년 전 아이언포지를 찾아갔던 일을 떠올리며 말했다. 그때 월은 안두인 왕자의 머리 장식을 씌우느라 15분 동안 공을 들였다.

"아, 이제 그 정도는 혼자서도 하실 수 있을 겁니다."

"적어도 고통을 덜어드리는 것 정도는 허락해주세요."

안두인이 부드러운 목소리로 말했다.

연로한 시종, 아니 오랜 친구는 고개를 끄덕였다. 작은 일이나마 도울 수 있게 되어 감사했고, 월이 지금껏 해준 모든 일에 보답할 수 있는 기회가 생겨 감사했다. 안두인은 오직 고통만을 덜어달라고 기원했다. 부드러운 광휘가 그의 손을 감쌌다. 그 빛은 월의 손으로 옮겨간 후, 잠시 동안 그의 온몸을 오가며 찬란하게 타오르고는 서서히 사라졌다.

"아, 훨씬 낫군요."

월은 훨씬 편안해 보였다. 창백한 얼굴색도 조금 나아졌고, 가슴이 규칙적으로 오르내리면서 호흡도 조금이나마 편해진 것 같았다. 하지만 안두인의 가슴은 슬픔으로 먹먹해져왔다.

"제가 또 뭘 해드릴 수 있을까요? 뭐라도 좀 드시겠어요? 주방장이 아주 맛 좋은 빵을 만들었다고 하던데요."

월은 여섯 살 아이처럼 달콤한 빵이라면 사족을 못 썼다.

"아니요, 괜찮습니다. 이제 그런 것도 충분히 먹은 것 같습니다. 말씀만이라도 감사합니다, 폐하."

"안두인. 전 그냥 안두인이에요."

그의 목소리가 갈라졌다.

"이런 노인네에게 정말 다정하십니다, 안두인. 마냥 기다리시게 할 수만은 없겠군요. 너무 자책하지 마십시오. 이제부터 제가 겪을 일은 지극히 당연한 자연의 섭리니까요."

"당신만 괜찮으시다면 저도 그냥 여기 있고 싶어요."

"꼭 필요치 않은 고통을 드리고 싶진 않습니다."

월의 말에 안두인은 고개를 가로저었다.

"아니, 그렇지 않아요."

거짓말은 아니었다. 완전한 거짓말은 아니었다. 월을 잃게 되는 건 안두인이 여기에 있든 그렇지 않든 끔찍하게 고통스러울 터였다. 하지만 적어도 오랜 친구가 마지막 숨을 내쉴 때 곁에 있어줘야 도리를 다했다고 할 수 있으리라. 안두인은 아버지가 돌아가실 때 곁을 지킬 수 있는 기회를 박탈당했다. 아버지가 전선으로 떠나갈 때 포옹을 했고, 다정한 말을 함께 나누기도 했지만, 바리안은 악마들에게 둘러싸인 채 쓸쓸히 쓰러졌고, 유해조차 수습할 수 없었다.

월이라면 마지막 순간에 누군가와 함께할 만한 자격이 있었다. 그래야 마땅했다.

"내가 책의 나머지 부분을 읽어드리면 어떨까요?"

안두인이 물었다.

"그거 아주 좋은 생각입니다. 글 읽는 법을 가르쳐드린 게 저라는 거, 기억하십니까?"

안두인은 기억하고 있었다. 그 추억이 젊은 국왕을 미소 짓게 했다.

"제 발음을 고쳐주실 때면 전 잔뜩 화를 내곤 했지요."

"아닙니다. 당신은 꽤나 순한 아이였어요. 그저 조금 심통이 났던 겁니다. 충분히 그럴 수 있는 일이죠."

뭔가 딱딱한 것이 안두인의 목을 틀어막았다. 그는 책을 읽고 싶었다. 월에게 그 정도는 해줘야 했다.

"좋아요. 같이 읽어요. 제가 물을 좀 갖다 드릴게요."

안두인은 사람을 부르러 방 밖으로 나갔다가 복도를 서성거리고 있는 겐을 만났다.

"윌은 좀 어떤가?"

겐이 조용한 목소리로 물었다.

안두인은 잠시 말을 잇지 못하다가 애써 감정을 추슬렀다.

"죽어가고 있어요. 그런데도 제가 돕는 걸 원치 않아요."

"내가 로레나 대여사제를 불렀을 때도 같은 말을 했네."

"네? 겐, 왜 제게 말씀해주시지 않은 거예요?"

겐은 차분한 눈빛으로 안두인을 바라봤다.

"그랬다면 뭐가 달라졌을까?"

안두인의 어깨가 축 처졌다.

"달라지는 건 없겠지만 그래도 제가 도울 수 있게 해달라고 부탁했을 거예요."

겐이 손을 뻗어 안두인의 어깨를 감쌌다.

"도움이 되진 않겠지만, 나도 정말 안타깝게 생각하네. 하지만 모든 건 윌의 선택이야. 자네라도 모든 이들을 구할 수는 없네."

"모든 이들은커녕 아무도 구하지 못하는 것 같아요."

"그게 어떤 기분인지 나도 잘 아네."

겐이 말했다. 안두인은 선대의 국왕들이 견뎌온 일들을 잘 알았기에, 그 말이 사실이라는 것도 잘 알고 있었다. 소수의 피난민만 길니아스를 탈출할 수 있었고, 나이트 엘프의 도움을 받은 덕분에 그니미도 살아남을 수 있었다.

안두인이 고개를 끄덕였다. 그의 심장이 납덩이처럼 무거워졌다. 그는 깊이 숨을 들이쉬었다.

"잠시 윌에게 책을 읽어주려고요. 사람을 시켜 물과 잔을 좀 가져다주시겠어요?"

겐은 뭔가 말하려는 것 같았지만, 말없이 고개만 끄덕였다.

"그러지. 누군가 같이 있어야 하지 않겠나?"

"아니요, 전 괜찮아요. 혹시나 급한 일이 생기면 절 찾아주세요. 오래…… 걸리진 않을 것 같아요."

겐은 이해한다는 표정으로 고개를 끄덕였다.

"혹시 모르니 방 밖에 사람을 세워두겠네. 지금 옳은 일을 하고 있는 걸세."

"저도 그렇게 생각할 수 있으면 좋겠어요."

"자네도 윌이나 내 나이가 되면, 이해하게 될 거야."

이후 몇 시간은 스치듯 지나갔다. 윌은 조금이나마 기운을 차리고 물을 마셨지만, 안두인에게 호들갑을 떨 필요는 없다고 했다. 그는 용의 위상에 대한 역사서에 귀를 기울였고, 처음에는 한두 마디씩 거들기도 했다. 하지만 말수가 점점 더 줄어들었고, 안두인은 그가 잠이 들었다고 생각했다.

아니, 어쩌면 그는—

안두인이 몸을 기울여 윌의 가슴이 움직이고 있는지 확인하려던 순간, 윌이 눈을 떴다. 젊은 국왕은 자신이 지금 보지 못하는 것을 윌이 보고 있음을 깨달았다.

"아빠, 엄마……."

윌이 나직이 중얼거렸다.

안두인은 책을 내려놓고 윌의 손을 잡았다. 피부는 무척이나 얇고, 손가락은 나무뿌리처럼 구불구불 뒤틀려 있었다. 하지만 불과 며칠 전까지만 해도 월은 자신의 소임을 다했다. 안두인이 직접 해도 될 만한 일들을 월이 이렇게 지친 손으로 힘겹게 해냈으리라는 걸 생각하니 두 눈이 다시 시려왔다.

왜 여태껏 아무것도 몰랐을까?

'정말 미안해요, 월. 전 현실을 직시하고 싶지 않았던 것 같아요.'

그때, 갑자기 월이 불평하듯 중얼거렸다.

"그런데…… 엘시는 어디 있지? 여보, 당신도 이미 세상을 떠났을 텐데. 혹시라도 스컬지에게서 살아남았다면, 왜 날 찾아오지 않은 거야? 엘시, 지금 어디 있어?"

월이 보이지 않는 아내를 향해 손을 뻗었다.

"당신이 없다면 어디로 가야 할지 알 수가 없어!"

안두인은 가슴이 부서지는 듯했다. 그는 부드럽게 빛을 불러냈고, 어느새 축축해진 월의 이마에 환히 빛나는 손을 얹은 후, 부드러운 목소리로 말했다.

"쉬, 진정하세요. 곧 서로를 만나게 될 거예요. 때가 되면 반드시. 지금은 편히 쉬세요."

월은 빠르게 눈을 깜빡이며 눈살을 찌푸렸다. 안두인을 향해 시선을 돌린 월은 젊은 국왕을 알아보는 눈빛이었다.

"안두인? 당신도 이곳에 있는 겁니까?"

"네, 저예요. 제가 여기 있어요. 당신 곁을 떠나지 않을게요."

그제야 월은 진정이 된 듯 다시 눈을 감았다.

"당신은 정말 착한 아이였습니다. 함께해서 정말 즐거웠……."

월은 말을 마치지 못했다. 안두인은 아랫입술을 깨물었다.

월은 잠시 기운을 차리는 듯했다.

"그녀에게 내가 늘 사랑했다고 전해주십시오. 불꽃처럼 붉은 머리로 환하게 웃던 그녀를. 그녀를 만나거든, 먼저 가서 기다리고 있겠노라고 전해주십시오."

안두인의 두 눈에 눈물이 고였다.

"그렇게 전할게요. 약속해요."

안두인은 마른침을 삼켰다.

"이제 쉬세요."

"그래야겠습니다. 정말 아름답군요."

윌은 긴 한숨을 내쉬었다.

"절 보내주셔서 감사합니다."

안두인은 뭔가 말하려 했지만 입을 다물었다. 윌의 맥박이 느려지고…… 조금 더 느려지는 것을 느낄 수 있었다. 침상에서 나직한 숨소리가 들려왔다.

맥박도 숨도 그렇게 조금씩 천천히…… 점점 더 느려졌다.

그리고…… 윌의 모든 것이 멈췄다.

제 17 장

겐은 문 밖에서 안두인을 기다리고 있었다. 안두인이 나타났을 때, 겐은 깊은 슬픔이 담긴 눈으로 국왕을 바라봤다.

"전 괜찮아요."

안두인의 말이 사실이라고는 할 수 없었지만, 그에게는 이제 목표가 생겼고 그 사실이 그나마 도움이 되었다.

"저를 위해 해주셔야 할 일이 있어요."

"물론이지. 뭐가 필요한가?"

"로레나 대여사제에게 윌의 장례식 준비를 주관해달라고 전해주세요. 린 욍가의 진정한 친구에게 어울리는 장례식을 준비해달라고요. 그리고 조언자들을 두 시간 내로 지도실에 소집해주세요. 투랄리온 대총독과 알레리아 윈드러너에게도 참석해달라고 요청해주시고요."

그 말에 겐은 숱 많은 눈썹을 치켜세우며 의아한 표정을 지었지만, 이유는 묻지 않았다.

"지금은 그렇게까지 뭔가를 하려고 하지 말게. 아직은 머리가—"

"맑아졌어요. 그래도 걱정해주셔서 감사해요. 제 방에서 회의 준비를 하고 있을게요."

안두인은 겐이 더 이야기하기 전에 돌아서서 자리를 떠났다. 그는 윌이 세상을 떠난 후 그 방에서 한 시간 정도 고통을 달랜 후에야 밖으로 나왔다. 덕분에 처음의 슬픔은 조금이나마 누그러진 상태였다. 지금은 집중해야 할 때였다.

안두인은 회의가 시작되기 전 몇 시간 동안 다양한 고서를 참조하여 치열하게 글을 썼고 잠시 기도를 하며 마음을 누그러뜨린 후, 조언자들을 만나러 지도실로 향했다.

지도실에는 이미 왕의 조언자들이 모두 모여 있었다. 겐 그레이메인, 마티아스 쇼, 캐서린 로저스, 알레리아 윈드러너, 투랄리온까지. 벨렌도 엑소다르를 떠나 그 자리에 참석했다. 안두인이 자신의 계획을 설명했을 때, 오직 벨렌만이 그의 의견에 동의했다.

예상했던 대로 로저스는 잔뜩 흥분한 채 언성을 높였다.

"최근 남녘해안이라도 다녀오셨습니까? 지금 협상을 하자고 말씀하신 그자들은 의도적으로 얼라이언스 마을에 역병을 풀었습니다! 그곳에는 제 가족과 친구들도 살고 있었습니다. 이제는 포세이큰만 남아 있지만요."

"포세이큰은 스컬지가 아니에요. 그들 중 일부는 이성을 유지하고 있고, 살아 있는 가족들을 그리워하고 있어요."

안두인은 그녀에게 그 사실을 상기시켜줘야 했다.

"그 작자들이 이성을 유지하고 가족들을 그리워한다고 했습니까? 전 그렇게 생각할 수 없습니다."

로저스는 콧방귀를 뀌었다.

안두인은 쇼를 향해 차분한 목소리로 물었다.

"첩보단장님?"

"폐하의 말씀이 옳습니다. 얼마 전에 폐하의 명을 받들어 요원 몇을 언더시티로 보냈습니다. 실바나스가 자리를 비운 가운데 새로운 자치단체가 생겨났더군요. 자칭 '황폐의 의회'라고 합니다. 이들은 국왕 폐하께서 제안하신 상봉 행사에 대단히 긍정적인 반응을 보일 것으로 예상됩니다. 하지만 그들이 대다수의 포세이큰을 대변하는 것은 결코 아닙니다."

로저스는 충격을 받은 표정이었다. 안두인은 그녀에게 한 걸음 다가가 애원하듯 말했다.

"로저스, 당신의 가족과 친구들이…… 그 의회의 일원일 수도 있어요."

안두인은 한순간, 하늘 제독 로저스의 얼굴빛에 누그러지는 표정이 스치는 것을 보았다. 그러나 이내 그녀는 입을 굳게 다문 채 그 어느 때보다 굳은 얼굴로 변했다.

"그들은 죽었습니다. 아니, 죽음보다 끔찍한 괴물이 되었습니다. 어떻게 제가 그런 상태의 그들을 보고 싶어 할 거라고 생각하실 수 있습니까?"

로저스는 날 선 말을 쏟아냈다.

"하늘 제독, 지금 국왕과 대화하고 있다는 걸 잊지 마세요."

안두인은 여전히 상냥한 목소리로 말했지만, 로저스의 얼굴이 창백해지더니 즉시 허리를 숙였다.

"언짢게 해드렸다면 정말 죄송합니다, 폐하. 하지만 제가 사랑하던 이들의 유해가 어기적거리는 모습은 절대로 보고 싶지 않습니다. 저는 예전 모습만 기억하고 싶습니다. 건강하게 살아 있었고 행복했던 모습…… 그리고 인간이었던 모습만 말입니다."

"언짢지 않습니다, 제독. 그리고 하고 싶은 말이 무엇인지 잘 알겠어요. 겐 그레이메인 국왕?"

"포세이큰에 대한 내 생각은 이미 잘 알고 있겠지."

겐은 으르렁거리듯 말했다. 목소리가 워낙 거칠고 낮아서, 연로한 국왕이 어느새 늑대인간의 모습으로 돌아간 것만 같았다.

"나도 제독의 말에 동의하네. 그자들은 괴물이야. 포세이큰이 된 가족을 진심으로 사랑한다면, 그들이 진정한 죽음을 맞이할 수 있도록 도와줘야 하네. 그들의 달라진 모습을 포용할 것이 아니라."

모인 이들의 의견을 들을 때마다 안두인의 심장은 점점 더 깊은 곳으로 곤두박질쳤다. 잠자코 있던 알레리아가 입을 열었다.

"재회한다고 해도 사람들이 실망할 수 있어요. 아직 모르시겠지만, 베리사와 전 최근 실바나스를 만났는데…… 일이 잘 풀리지 않았어요."

"아, 그건 몰랐습니다."

안두인의 목소리에 조금씩 중압감이 더해졌다. 그는 발리라에게 했던 말을 떠올렸다.

'하루하루가 지날 때마다 의지할 수 있는 사람이 줄어드는 것 같군요.'

"자세한 말씀을 해주실 수 있을까요?"

"우리 세 자매가 만났지만, 가족의 연결 고리가 거의 사라졌다는 것만 확인할 수 있었어요. 원하신다면 자세히 말씀드릴 수도 있지만, 우선 저라면 제 동생 실바나스를 믿지 않겠어요, 안두인. 실바나스는 너무 오랫동안 어둠 속에 머물렀어요. 그리고 그 어둠이 제가 그토록 사랑했던 자매를 송두리째 집어삼켜 버렸고요."

알레리아의 목소리는 단호했지만 희미하게 떨리고 있었다. 그녀에게는 정말 많은 일들이 있었고, 우려할 만큼 공허에 친숙했지만, 그녀가 아직 깊은 사랑을 할 수 있다는 것만은 분명해 보였다. 그녀는 여전히 알레리아였다. 세 자매의 재결합이 실패로 돌아가면서 그녀에게 아픈 상처를 남겼다. 그 사실이 가족 간의 유대를 강조하여 조언자들을 설득하려는 안두인의 계획을 방해하고 있었다.

알레리아가 계속 말을 이었다.

"그리고 예전에 사랑했던 이들을 만난다고 해도, 포세이큰의 썩어버린 두뇌가 적과 친구를 구별할 수 있을 거라고는 생각하지 않아요. 이 길은 택하지 않는 게 좋겠어요."

"나 또한 그렇게 생각합니다."

투랄리온의 말에 안두인은 또다시 당혹감을 느꼈다. 일반적인 사람들에 비해 성기사는 빛의 힘을 잘 알았고, 그 힘이 정신과 마음을 어떻게 바꿔놓을 수 있는지도 잘 알았다. 게다가 그는 빛의 힘이 주입된 악마와 친구가 되고 함께 싸우기까지 했었다.

"전략적인 측면에서 묻겠습니다. 진심으로 위험마저 감수하기를 원하십니까? 전쟁이 발발하게 될지도 모릅니다. 포세이큰 한 명이 이성을 잃고 얼라이언스의 구성원을 해치기라도 한다면―"

"흥, 누군가 재채기라도 했다가는 전쟁이 일어나고 말 걸세. 너무 위험한 일이야, 안두인."

언성을 높이며 의견을 피력한 겐은 잠시 감정을 추스른 후 진정된 목소리로 말했다.

"자네 마음이 옳은 곳으로 향하고 있나는 건 빛이 일고 있을 길세. 나 같은 자와는 비교할 수도 없을 만큼 자애로운 마음에서 출발한 계획이겠지. 하지만 자네는 좋은 사람이기 이전에 좋은 국왕이 되어야 하네."

발리라도 비슷한 말을 했었다. 안두인은 그 말이 사실이라는 걸 알았지만, 자기 자신에게도 솔직해야 했다. 겐이 말을 이었다.

"고블린과 아제라이트, 또 이 상처 입은 세상을 치유하는 문제만으로도 눈코 뜰 새 없이 분주하고 밤에 잠조차 제대로 이루기 힘든 상황이네. 고작 수십여 명의 사람들 때문에 끔찍한 전쟁을 시작할 수는 없지 않은가? 얻는 건 너무 적고, 잃을 건 너무 크다네."

"평화를 얻을 수 있지."

벨렌의 나지막한 목소리가 들려왔다.

"수십여 명의…… 사람이 평화를 결정지을 수는 없습니다."

로저스는 '사람'이라고 말할 때 어딘가 목이 메는 듯했다.

안두인이 말했다.

"그래요. 지금은 그럴 수 없을지도 모르죠. 하지만 시간이 지나고, 또 이번 일이 잘 진행된다면—"

"만에 하나 잘 진행된다면 그렇겠지."

겐의 말에 안두인은 그에게 매서운 눈빛을 던졌다.

"전 분명히 그럴 거라고 생각해요. 어쨌든 이번 일이 잘 진행되면 평화의 씨앗을 심을 수 있어요. 수십여 명의 사람들이 같은 생각을 할 수 있다면, 백 명, 천 명, 아니 만 명이라고 해서 안 될 이유가 있겠어요?"

부정적인 감정이 팽배하여 다른 모든 요인이 뒤덮일 것 같다는 생각에, 안두인은 전술적인 측면을 강조하기로 했다.

"실바나스가 무슨 이유로 공공연히 전쟁을 시작하겠어요? 잃을 건 너무 많고 얻을 건 거의 없는데요. 호드도 현재 얼라이언스와 같은 고민을 하고 있어요. 군단과의 전쟁으로 피폐해진 삶을 회복하는 게 급선무일 겁니다. 아제로스를 치유하고, 아제라이트가 상대방의 손에 들어가지 않게 막는 것도 그렇고요. 정말 그런 모든 일들을 앞두고서 전면전을 시작할까요?"

"그 밴시는 항상 꿍꿍이를 감춰두고 있네. 늘 우리보다 몇 걸음 앞서 있다니까."

겐이 말했다.

"그러면 우리도 그렇게 몇 걸음 앞서 나가야죠. 어떤 측면을 봐도, 전쟁이 일어나는 건 호드와 얼라이언스 어느 쪽에도 득이 될 수 없어요."

"그건 우리도 알고 있어요. 하지만 이 자리에 모인 어떤 분도 실바나스의 생각을 알고 계신 분은 없어요."

알레리아가 말했다.

"그녀가 과연 포세이큰이 상처 입는 길을 택할 거라고 생각하는 분 계신가요?"

안두인의 도전적인 질문에 지도실에 모인 모두가 입을 다물었다.

"포세이큰은 실바나스의 백성이에요. 그녀의 창조물이죠. 어떤 면에서는 그녀의 자식들이라고도 할 수 있어요. 실바나스가 포세이큰을 구원하려 한다는 것, 그들이 더 오랫동안 존재할 수 있도록 만들 방법을 찾고 있다는 증거를 우리는 수도 없이 접했잖아요."

"전에도 이야기했지만, 실바나스는 '우리'를 해쳐서 '그들'을 더 만들어 내려 하네. 혹시라도 이번에 만남의 장소에 나올 인간들이 포세이큰이 되어 영원히 사랑하는 사람과 함께 있게 된다면 더욱 고분고분한 부하가 될 거라고 그녀가 생각한다면 무슨 일이 벌어지겠나?"

"그러면 우리 백성들을 해쳐서 몇 십 명 정도 새로운 포세이큰을 확보한 후에, 즉각 전쟁에 돌입하겠죠. 그거 참 굉장한 전술이네요."

안두인은 최대한 애를 썼지만 비꼬는 말투를 감추지는 못했다.

겐은 불만스러운 듯 입을 다물었다. 안두인은 모든 이들을 한 명씩 둘러봤다.

"역효과가 발생할 수 있다는 건 알고 있어요. 포세이큰이 살아 있는 사람들에게 질투를 느낄 수도 있죠. 그러면 온건했던 이들도 전쟁의 열기에 휘말릴지 몰라요. 얼라이언스 쪽을 봐도 그건 마찬가지예요. 한때 사랑했던 이들에게서 거부감을 느끼고, 포세이큰을 없애야 한다는 결의가 더욱 단단해질 수도 있잖아요. 하지만 그들에게 자신의 마음을 알아볼 기회 정도는 줘야 한다고 생각해요. 인간과 포세이큰 모두요."

전쟁이 발발할 것이라 주장하던 이들 모두 팔짱을 낀 채 입을 굳게 다물었다. 다들 안두인이 마음을 정했다는 사실을 절감하고 있었다. 어느 쪽도 택하지 않으려는 듯한 쇼를 제외하면 4 대 2로 안두인의 의견에 반대하는 이들이 많았지만, 지금의 논의가 어떻게 흘러갈지는 모두에게 분명해 보였다.

겐이 마지막으로 한 번 더 안두인을 설득하려 했다.

"내가 아는 것을 다른 이들에게도 알려주는 게 좋겠군. 불과 몇 시간 전에 자네가 가장 오랜 친구를 떠나보냈다는 사실 말이야. 윌은 로데론에서 죽은 아내를 보고 싶어 했다고 하지 않았나. 이 일도 실은 그를 위해서 하려는 거겠지? 자네의 마음은 충분히 이해하지만, 자네 기분을 만족시키고자 무고한 백성의 목숨을 위험에 빠뜨린다는 건 있을 수 없는 일이네."

겐의 말에 안두인은 나직한 목소리로 대답했다.

"절반 정도만 맞는 말씀이에요, 겐. 윌과 엘시가 다시 한 번 만날 수 있는 기회가 있었으면 좋겠다고 생각한 건 사실이에요. 물론 윌은 너무 늦었지만, 다른 사람들은 아직 기회가 있어요."

안두인은 지도가 놓인 탁자 위에 손을 얹고 몸을 앞으로 기울였다.

"실바나스가 제가 수용할 수 있는 조건을 제시해온다면, 그러니까 스톰윈드의 시민을 적절히 보호할 수 있는 방안을 제시한다면, 이 회담을 반드시 개최하겠어요. 여러분도 모두 그 사실을 받아들이고, 이제부터 제 명령에 따라 본격적인 준비를 하는 데 초점을 맞춰주세요. 다들 무슨 말인지 아시겠죠?"

조언자들은 고개를 끄덕였고, "네, 폐하"라는 말이 탁자 주위에서 들려왔다.

"좋아요. 이제 준비를 시작해보자고요."

제 18 장

타나리스

새피는 끔찍한 고통에 눈을 떴다.

온몸에 멍이 들어 곳곳이 쑤셨다. 손과 발도 단단히 묶여 있었다. 묶인 손발을 이리저리 움직여 아직 피가 통하고 있다는 걸 확인한 후, 그녀는 현재 상황을 파악하기 시작했다.

전망이 좋지 않았다. 그녀는 뭔가 따뜻한 것 위에 엎드려 있었다. 그녀의 몸 아래에서 근육이 수축하고 이완하는 것이 느껴졌고, 펄럭이는 날갯짓 소리도 들렸다. 그리핀일까? 아니, 깃털이 있는 날개가 펄럭일 때 들리는 소리가 아니었다. 이건 와이번이었다.

새피는 자기 팀이 목표라는 걸 이미 알고 있었다. 그래서 경비를 강화한 것이기도 했다. 친구들, 그리고 그들을 경호하라는 임무를 맡은 파수꾼들을 생각하니 가슴이 아파왔다.

공격을 받았다는 사실은 놀랄 일이 아니었다. 하지만 어째서 그녀는 살아남을 수 있었던 걸까? 호드는 얼라이언스 종족 모두를 좋아하지 않았지만, 그중에서도 특히 노움은 쓸모가 없다고 생각했다. 그런데도 노움 새피는 이렇게 살아 있었다. 정확히 말하면 목숨을 건졌다기보다는 붙잡힌 상태였다. 납치당했다!

새피는 정신을 잃기 직전에 들었던 말을 정확히 떠올려봤다.

'케직, 그거 노움 여자잖아!'

'그래, 내가 이 망할 녀석을—! 아, 아마 이 여자가 아닐 거야.'

'인상착의가 정확히 일치한다고. 너도 규칙이 뭔지 알잖아.'

'그래, 그래, 망할 놈의 규칙 같으니.'

고블린들이 탐험가 연맹의 구성원과 그들을 지키는 이들을 해치려 했다는 건 분명했다. 그들이 새피를 찾고 있었던 건 아니지만, 그녀와 비슷한 누군가를 찾고 있었다. 그리고 그 '노움 여자'만큼은 생포할 생각이었다. 그들이 쫓는 게 누군지만 알 수 있다면, 놈들을 잘 구슬려 안전을 보장받고 탈출할 기회를 잡을 수도 있었다.

커다란 공구용 허리띠의 익숙하고 편안한 감촉이 느껴지지 않았다. 고블린들이 빼앗아간 게 분명했다. 사슬이 아니라 밧줄에 묶여 있다는 사실이 조금 아쉬웠다. 머리핀을 빼앗기지 않았다는 건 확실했으니까. 무기로 쓸 수 있는 건 아무것도 없었고, 이렇게 고생해가며 납치한 노움이 비행 중에 떨어지는 일이 없게 하려면, 누군가 가까이 앉아 그녀를 지키고 있을 것이 분명했다.

우엑! 일리 있는 생각이었다. 새피는 조금씩 꿈틀거리는 것도 멈추고 가만히 엎드린 채 필사적으로 머리를 굴렸다. 어쨌든 착륙은 해야 할 테고, 어쨌든 그녀를 자루에서 꺼내야 할 것이다. 놈들이 찾던 게 그녀인지 아니면 다른 노움인지는 몰라도, 뭔가 원하는 게 있는 건 분명했다. 하지만 그게 무엇인지는 상상도 할 수 없었다.

아니, 잠깐. 그래, 상상할 수 있었다. 분명히 짐작되는 점이 있었다. 그들은 실리더스에 있었고, 고블린들이 대규모로 동원되었다는 건 이미 알려진 사실이었다. 고블린이 움직인다는 건 돈이 걸려 있거나, 아니면 기술이 걸려 있다는 뜻이었다. 돈이나 기술, 아니면 채광이 걸려 있을 수도 있었다. 돈, 기술, 채광, 폭력 행위 중 한 가지가 걸려 있는 게 분명했다.

그리고 고블린이라면…….

'정신 차려, 새피. 이 세상에 고블린이 얼마나 많은데. 지금 네가 생각하는 일이 일어날 확률은 5,233,482분의 1이야. 누군가 네 위치를 알아야 하고, 또―'

아, 맙소사. 그들이 새피의 위치를 알아야 할 필요는 없었다. 그냥 인상착의가 일치하는 '노움 여성'을 모조리 납치하면 되는 것이었다.

쿵 하는 충격과 함께 와이번이 착륙했다. 새피는 옆으로 미끄러져 내리기 시작했고, 당황하며 헉하고 숨을 들이쉴 수밖에 없었다. 그때 누군가 그녀가 담긴 자루를 거칠게 들어 올려 뼈가 툭 불거져 나온 어깨에 얹었다. 새피는 다시 '악!' 하고 비명을 질렀다.

웅웅거리는 소리, 윙윙거리는 소리, 뻑뻑거리는 소리, 예상했던 대로 고블린어로 이루어진 소리 죽인 대화가 들려왔다. 새피가 그 언어를 익힌 건 아주 오래전, 젊고 순진하고―

'멍청했던 때였지. 인정해, 새피. 멍청했다고.'

납치범들이 하는 얘기를 다 알아들을 수는 없었지만, 어느 정도는 귀에 들어왔다.

'……죽여버렸어야…… 붙잡으라고…… 그럴 가치가 있어야 할…… 어떻게 해야 할지 알겠지.'

심장이 점점 더 빨리 뛰었다. 아니, 그럴 수는 없었다. 그럴 가능성은—

잠시 후 새피는 인정사정없이 바닥으로 내동댕이쳐졌다.

"여자는 무사하겠지."

새피의 과거로부터 난데없이 나타난 목소리가 들려왔다. 온몸으로 경멸하는 고블린의 입에서 나오는 목소리였다. 남은 평생 다시는 보고 싶지 않았던 고블린이었다.

입을 다물고 있어야 했다. 그에게 만족감을 주고 싶지 않았다. 그가 꾸미는 악랄하고 야비한 계략에 협조하는 척만 할 것이다.

자루가 열리고, 새피는 눈부신 빛에 놀라 두 눈을 깜빡였다. 거친 손길이 그녀의 팔을 붙잡고 손을 결박한 밧줄을 잘라낸 후, 그녀를 벌떡 일으켜 세웠다.

혐오스러운 그 목소리가 다시 들려왔다.

"이봐, 이봐, 대체 무슨 짓을 한 거야? 얼굴이 온통—"

오랜 세월 동안 부글부글 끓어오른 분노가 폭발했다. 새피는 놀라운 힘으로 양쪽의 덩치에게 붙잡힌 손을 비틀어 빼내고, 붉은 머리카락을 휘날리며 꼬마 로켓처럼 최악의 적을 향해 몸을 날렸다.

고통과 좌절, 분노의 상징물을 향해 몸을 던진 것이다.

만족스럽게도 그의 작은 눈이 충격과 공포에 휩싸인 채 휘둥그레졌다. 우둘투둘하고 커다란 손이 얼굴을 가렸다.

"이 거짓말쟁이에 비열하고 게으르고 끔찍하고 쓸모없는 더러운 개자식아!"

새피는 우렁차게 소리치며 상대의 눈알이라도 뽑아버릴 듯한 기세로 발톱 모양으로 구부린 손가락을 세차게 내뻗었다.

안타깝게도 그 추악한 초록색 얼굴에 여덟 갈래의 고랑을 파기 직전에 덩치 둘이 새피를 붙잡았다. 정체를 알 수 없는 물질로 뒤덮인 헝겊 조각이 입에 쑤셔 넣어진 채로, 그녀는 다시 꽁꽁 묶였다. 언제쯤 이런 성질을 다스리는 법을 배울 수 있을까? 아직까지는 그러지 못한 게 분명했다. 하지만 곰곰이 생각해보면, 상대는 그리잭이었다. 손에 잡히는 거라면 뭐든 집어던질 만한 상대였다. 그를 떠올리기만 해도 제대로 표출하지 못한 분노 때문에 온몸이 부들부들 떨려왔다.

"혹시 마음이 바뀌었으면 우리가 처리해주지."

가장 덩치가 큰 고블린이 말했다.

"그럴 필요 없어. 다들 꺼져. 이젠 내가 알아서 할 테니까."

경멸스러운 검쟁이가 말했다.

그리잭이 덩치들을 내보내는 동안 새피는 쉬지 않고 꿈틀거렸다.

"안녕, 새피! 안녕, 새피!"

예상치 못한 일이었다. 새피가 완성한 아름답고도 정교한 앵무새가 그곳에 있었다. 아, 딱 2분 동안만 풀려날 수 있다면—

"저놈들이 널 아프게 했다면 정말 미안해. 원래 그러면 안 되는데 말이야."

"읍읍 읍읍읍 으?"

새피는 같은 말을 웅얼거리다가 이내 구수하지만 알아듣기 힘든 욕설을 마구 퍼부어댔다.

"웃기는 게 뭔지 알아? 사실 저 녀석들은 당신을 찾는 게 아니었어. 당신 친구를 쫓고 있었지. 아, 그 일은 정말 미안하게 됐어."

'날 납치한 건 미안하지도 않다는 거야?'

새피는 그렇게 말하려고 했지만 천으로 틀어막은 입에서는 웅얼거리는 소리만 나올 뿐이었다.

"그래, 그건 미안하지 않아. 게다가……."

그리젝이 고개를 절레절레 젓자 그 크고 못생긴 귀가 양쪽으로 펄럭거렸다.

"……미친 소리 같겠지만, 이번 일이 끝나고 나면 당신도 미안해할 필요 없었다고 생각하게 될 거야."

그녀가 거칠게 거부 반응을 보이자 이번에는 그리젝도 얼굴을 찌푸렸다.

"계속 그러다가는 아예 목소리를 낼 수 없게 될 텐데. 흠, 가만히 생각해 보면 그것도 나쁘진 않겠어."

새피는 끔찍한 맛이 나는 천을 힘껏 깨물며 날카로운 시선으로 그를 베어버릴 듯 노려봤다. 숨소리가 다소 차분해지자, 그리젝이 다가와 재갈을 풀어주었다. 그의 커다란 손가락이 신중하게 새피의 날카로운 이빨을 피했다.

둘은 서로를 노려보았다.

"아, 새피. 솔직히 말해서 다시 만나 정말 반가워."

"그건 네 생각이고."

새피는 단칼에 잘라 말했다.

"나 보고 싶었지?"

"그래. 여러 번 그랬지. 너도 기억하겠지만 번개 작렬 3000은 조준할 때마다 고장이 나더라고."

"그 쓰레기는 안 된다고 했잖아."

"난 네가 증오스러워. 말이 나와서 말인데, 당장 날 풀어주고, 음식과 물을 주고, 내 앵무새를 돌려줘. 그러면 당장 여길 떠나고 관계 낭국에는 신고하지 않을게."

물론 신고는 할 것이다. 가젯잔에서 일을 처리하듯 나가는 즉시 신고할 예정이었다. 지금 이곳이 어딘지는 몰라도, '관계 당국'이라는 것이 있기만 하다면 반드시 그럴 것이다.

"그럴 수는 없어, 애호박. 그리고 저건 당신 앵무새가 아니야."

그리젝은 고개를 가로저으며 말했다.

"내 앵무새라고!"

"아니야, 같이 만들었잖아. 다 알면서 왜 이래. 첫 번째 기념일에 서로에게 준 선물이잖아."

그는 상처를 받기라도 한 듯한 표정을 지었다.

그날은 둘의 마지막 기념일이기도 했다. 새피는 저 초록색 난봉꾼과 미친 사랑에 빠져 있던 시절이라면 떠올리는 것조차 싫었다.

'그냥 미쳐 있었던 거야.'

"일단 진정하고 여기 있다 보면 다 이해하게 될 거야."

"네 깡패들이 내 모자를 가져갔어!"

새피는 방 밖으로 나가는 그리젝을 향해 소리쳤다. 이번 임무를 위해 특별히 지급받은 아름다운 피스 헬멧이었는데.

"내 깡패들이 아니야. 내 깡패였다면 당신을 다치게 하지도 않았겠지. 당신 친구도 그렇고. 내가 그런 식으로 일하지 않는 거 잘 알잖아, 애호박."

"그렇게 부르지 마!"

그녀는 밧줄에 묶인 작은 체구에서 온 힘을 짜내 버둥거렸지만, 매듭은 조금도 느슨해지지 않았다. 당연히 그럴 수밖에 없었다. 이곳은 바다에 접해 있는 타나리스였고, 이곳에선 누구나 선원이었다. 깡패들도 마찬가지였다.

목이 말랐다. 배가 고팠다. 새피는 너무 더웠고, 햇볕에 탄 얼굴이 따가웠다. 그녀는 기진맥진한 채로 축 늘어졌다.

"자."

그리젝이 상냥한 목소리로 그녀를 달래며 등 뒤로 묶인 손 한쪽을 풀어주었다. 새피는 잔뜩 화가 나서 꿈틀거렸지만, 그리젝이 뭔가를 그녀의 손에 쥐어주었다.

새피는 헉하고 숨을 들이쉬었다. 햇볕에 타고 잔뜩 멍이 든 얼굴 통증이 스르르 사라졌다. 입이 바싹 마른 갈증도, 배가 꼬르륵거리는 허기도 사라졌다. 그녀는 강인하고, 예리하고, 영민해진 기분을 느꼈다. 그녀의 시선이 앵무새에게로 향했다.

"저기 깃털이 말이야, 개선할 점이 다섯 개 정도 있어. 만능 스패너와 나사 세트 세 개, 좋은 드라이버 하나만 갖다 줘."

새피는 이렇게 선언하고 두 눈을 깜빡였다.

대체 이런 걸 어떻게 알았을까?

그리젝이 그녀의 손을 풀어주었다. 새피의 손이 무언가를 꽉 쥐고 있었다. 그리젝이 손바닥 위에 놓아준 물체였다.

그는 새피 뒤로 돌아가서 의자에 앉아 그녀의 반응을 살폈다.

"정말 굉장하지?"

그리젝의 부드러운 목소리에는 경외심이 가득했다.

"그래."

새피도 그리젝처럼 경이로운 기분을 느꼈다.

둘 사이에 침묵이 흘렀다. 새피는 한참이 지나서야 물었다.

"이게 뭐지?"

"대장은 그걸 아세라이트라고 불렀어."

아세라이트! 그녀가 이 사막까지 불려온 것도 바로 이 물질을 연구하기 위해서였다. 이제야 그 이유를 알 수 있었다. 그녀의 두뇌는 환하게 불타올랐지만, 흥분하지 않고 침착했다. 이 물질은 정말 놀라웠다.

"사실 대장은 '내가 아제로스의 지배자가 되고 내 모습을 본뜬 수많은 조각상이 세워지게 할 물건'이라고도 불렀지."

새피는 자신이 괴성을 지르며 발버둥 쳤을 때 그리젝이 했던 말을 떠올렸다.

'내 깡패들이 아니야.'

그건 곧 그자들이 다른 누군가의 깡패라는 뜻이었다. 그렇다면……

"그리젝! 패션 감각이 엉망진창인 그 못생긴 초록색 괴물과 다시 손을 잡은 건 아니겠지?"

그녀는 잠시 말을 멈추고 생각했다.

"아니, 잠시만. 고블린은 죄다 그렇잖아. 그러니까 내가 말한 건—"

"무슨 말인지 알아. 아니, 누구 얘긴지 알아. 그리고 그래, 네 생각이 맞아."

그리젝은 고개를 숙인 채 그녀의 시선을 피하며 대답했다.

"재스터 갤리윅스?"

그는 비참한 표정으로 고개를 끄덕였다.

"지금보다 당신이 실망스러웠던 적은 없었어. 정말로 엄청 끔찍하게 실망했다는 얘기야."

"이봐, 그자가 이 물질을 들고 날 찾아왔어. 이 아제라이트라는 물질이 어떤 일을 할 수 있는지는 너도 지금 경험했잖아. 그자는 그걸로 뭘 할지, 뭘 만들지, 그리고 그걸 어떻게 사용할지 전부 내가 결정하도록 해주겠다고 약속했어. 그리고 그 물질을 분석하고, 정제하고, 놀랍고도 환상적인 발명품을 만드는 데 필요한 것들을 지금까지 전부 다 제공해주고 있다고."

"전부 다? 그래, 이제야 내가 왜 납치됐는지도 알겠네."

"애호박, 난—"

그리젝의 말이 끝나기도 전에 새피는 고개를 가로저었다.

"아니, 나도 알아…… 나라도 똑같이 했을 거야. 아마 그랬겠지. 아닐 수도 있지만. 하지만 아마 그랬을 거야."

그녀는 침을 꿀꺽 삼키며 자존심은 잠시 치워버렸다.

두 눈이 휘둥그레진 그리젝은 고마워하는 눈빛으로 새피를 바라봤다. 마음이 놓인 듯, 두 귀도 조금 처졌다.

"그러면…… 날 도와줄래?"

"도와줄게."

"와우, 애호박. 예전에 우리는 정말 멋진 한 팀이었잖아."

새피는 미소를 지었다.

"그래, 그랬지. 결혼을 하는 바람에 그걸 다 망쳐버렸다는 사실이 너무 안타깝다고."

"뭐, 지금은 결혼한 상태가 아니니까 괜찮겠지. 그러니까 어서 시작해 볼까?"

"일단 날 풀어줘야지."

"아? 그래, 맞아. 그렇지."

그리젝은 미끄러지듯 의자에서 내려와 칼을 든 채로 서둘러 그녀의 뒤쪽으로 다가왔다. 그날 아침에만 두 번이나 새피를 묶었던 밧줄이 풀어졌다.

그리젝은 뒤늦게 우뚝 멈춰 섰다.

"당신…… 진심인 거지? 날 기절시키고 깃털이를 빼앗아서 달아나려는 건 아니겠지?"

새피는 솔직히 그럴 생각도 했었다는 얘기는 굳이 하지 않았다. 그녀는 장기적인 안목으로 이번 일에 뛰어들 생각이었다. 이 아제라이트로 무언가를 만들어낼 수 있다면 그 일에 그녀도 참여하고 싶었다. 이 물질이 있으면 과연 어떤 탈것과 재미있는 기계장치, 특별한 장신구를 만들어낼 수 있을까!

"걱정 마. 그러진 않을 테니까."

그녀는 장시간 삼베 자루에 담겨 대륙을 가로질러 온 것치고는 너무 쉽게 일어섰다.

"하지만 조건이 하나 있어."

"뭐든 말만 해!"

"이번 일이 끝나면 깃털이는 내 거야."

그리젝은 눈살을 찌푸렸지만, 이내 손을 내밀었다. 새피는 작은 분홍빛 손을 펼쳐 손바닥 위에서 희미하게 푸르른 황금빛을 내뿜는 아제라이트를 바라봤다. 그리고 고블린과 노움은 아제라이트를 사이에 두고 손을 맞잡았다.

제 19 장

언더시티

벨신다는 잠이 그립진 않았다.

그녀는 죽고 나서야 살아생전 눈을 감고 누운 채 얼마나 많은 시간을 허비해 왔는지 깨달았다. 옛말에 '잠은 무덤에서 충분히 잘 수 있다'고 했지만, 현실은 정반대였다. 살아 있을 때 잠을 너무 많이 잤다. 인생의 3분의 1을 잠을 자며 보냈다니, 정말 끔찍한 시간 낭비였다. 인간이었을 때 워낙 느긋한 낙천주의자였던 그녀의 입장에서는 이렇게 포세이큰으로 다시 태어난 것이 두 번째 기회라고 확신했다. 그래서 온 힘을 다해 최대한 누리고 싶었다.

벨신다는 평생을 히녀로 살다가 죽었다. 그래서 포세이큰으로 '깨어났을' 때, 새로운 정체성에 조금씩 익숙해져 가면서 가장 먼저 한 일은 봉사하는 것이었다. 가장 자신 있는 일이 그것이었다. 공포에 질려 이성을 상실한 채 깨어난 이들을 친절하고 참을성 있게 보살피고, 실바나스 여군주의 어둠의 선물을 거부한 이들은 다시 묻어주는 일이었다.

　벨신다는 포세이큰의 삶을 거부한 이들의 심정을 이해했다. 자기 피부가 썩어가는 모습을 지켜보면서 혼란에 휩싸이고 공포에 질리지 않을 사람이 누가 있을까? 두뇌가 절반이라도 남아 있다면 지극히 당연한 반응이었다. 물론 가여운 이들 중에는 두뇌의 절반도 남아 있지 않은 경우가 적지 않았다.

　벨신다는 운이 좋은 편이었는지, 고맙게도 온전한 정신을 유지한 채 깨어났다. 그래서 그녀는 그 온전한 정신을 옳은 일에 사용하겠다고 굳게 결심했다.

　그녀는 남편이 그리웠다. 그래서 깨어나자마자 남편을 찾아가고 싶었다. 이야기의 시작은 이러했다. 벨신다의 남편은 스톰윈드에 남아 있었고, 벨신다는 로데론의 가족들을 만나러 왔다가 변을 당했다. 아서스가 돌아왔을 때 그녀는 성 안에 있었다. 모두에게 사랑받는 성기사가 성대하게 환영받는 모습을 먼발치에서라도 보고 싶었지만, 휘날리는 장미 꽃잎 속에서 그가 왕실로 찾아가고 있을 때 그녀는 주방에 틀어박혀 있었다. 하지만 아서스가 부정한 검을 휘둘러 존속살해와 국왕 시해를 저지른 직후 벌어진 끔찍한 사건의 여파 속에는 벨신다도 포함되어 있었다.

　사랑하던 남편이 그런 운명을 피했다는 사실은 분명 기뻤다. 다른 이들은 남편에게 연락해봐야 둘 다 상처만 받게 될 뿐이라고 말했다. 남편은 그녀가 죽었다고 믿었고, 벨신다도 그 편이 나으리라 생각했다. 그는 선하고 친절한 남자였다. 살아 있는 여자와 사랑하는 편이 나았다.

　벨신다의 친구이자 동료 자치 의원인 파쿠알을 비롯한 많은 포세이큰들도 그녀처럼 인간이었을 때 사랑했던 이들을 그리워하고 있었다. 일부는 그냥 뜨뜻미지근한 태도를 보이기도 했고, 또 일부는 아예 그런 사람들에게 신경도 쓰지 않았다. 그리고 심지어 일부는…… 사악한 존재가 되어 버리기도 했다. 그녀와 다른 이들에게 대체 무슨 일이 일어났기에, 이렇게 서로 다른 인격과 상반된 정신 상태가 부여된 걸까? 그건 포세이큰과 관련된 여러 가지 수수께끼 중 하나에 불과했다.

벨신다에게는 이성을 잃어버렸던 시절의 기억은 없었다. 그나마 다행이었다.

하지만 시간이 지남에 따라, 벨신다는 아무 생각 없이 남들을 돕기만 하는 일에 지쳐갔다. 그녀의 두뇌는 예전처럼 영민했기에 무언가를 배우고 이루어내고 싶었다.

벨신다는 애정이 많은 본성을 십분 발휘하여, 살아 움직이고 지성이 있는 시체로 살아가야 하는 이들이 겪는 '독특한' 어려움을 보살피기로 했다. 예를 들면 포세이큰이 부상을 입는 것은 그런 어려움 중 하나였다.

"조심하렴. 포세이큰의 육체는 스스로 치유되지 않으니까!"

그녀는 부상을 당한 이들에게 늘 이렇게 말했다. 포세이큰이 다치면 상처를 소독하고 붕대를 감아 육체가 스스로 회복하길 기다리는 게 아니라 상처를 꿰매고, 근육과 힘줄, 피부를 접붙이고, 마법 물약을 사용해야 했다.

언데드의 육신을 치유하는 데는 물리적으로 긴 시간이 필요했고, 벨신다는 연금술을 배우고 싶다는 욕구가 생겨났다. 실바나스의 직속 연금술사는 대부분 독을 만드는 데 투입되었지만, 벨신다는 포세이큰을 정신적, 육체적으로 활동적이고 건강하게 만드는 방법을 연구했다.

그녀는 부상을 낭한 포세이큰 중 일부가 살아 있을 때보나 시금 죽는 걸 더 두려워하고 있다는 사실을 깨달았다. 한 번은 녹아내린 강철에 원래의 오른손을 잃고, 그 자리에 붙여준 새로운 손이 발작을 일으켜 벨신다를 찾아온 대장장이가 이렇게 말했었다.

"여기에 올 때는 항상 긴장되더라고요."

"어째서 그렇지?"

벨신다는 죽음을 맞이했을 때 나이가 그렇게 많은 편이 아니었다. 늘 젊은 예순 살이라고 말하며 다녔다.

"핼시 박사님에 비하면 난 무섭지도 않잖아."

대장장이 테반 윗필드는 새된 소리로 웃었다.

"그건 사실입니다. 제가 하려던 말은…… 정작 살아 있을 때, 제가 불멸의 존재라고 생각했어요. 몸 생각을 안 했죠. 아주 무모했어요. 그런데 이젠 사실상 불멸의 존재가 되었잖습니까? 그런데 이 몸은 아주 작은 상처 하나 때문에도 문제가 생길 수 있어요. 그런 생각을 하다 보니, 갑자기 제 육신이 얼마나 연약한 것인지 새삼 실감하게 된 거죠."

"육체는 늘 연약했지."

벨신다는 그의 손을 살펴봤다. 처음 손을 교체할 때 바느질이 아주 잘된 편이었다. 굳은살도 없고, 근육도 그리 강하진 않았다. 지금 대장장이 테반의 몸에 붙어 있는 손의 예전 주인은 아마 예술가나 연극배우였을 것 같았다.

그녀는 집게손가락 뼈로 테반의 손에 살이 남아 있는 손바닥을 톡톡 두드렸다.

"이거 느껴지니?"

"네."

"좋아. 이 손은 전에 쓰던 것처럼 강하지 않아. 그걸 잊으면 안 돼."

벨신다가 차분하게 대장장이를 바라보며 말했다.

"몇 주만 망치질을 하다 보면 강해질 텐데요, 뭐."

벨신다는 안타까운 눈빛으로 그를 바라보며 부드럽게 말했다.

"아니란다. 이제는 근육이 자라지 않거든."

테반의 표정이 어두워졌다. 실제로 검은색으로 변한 건 아니었다. 얼굴이 그렇게까지 썩어 있지는 않았다. 테반은 사실 포세이큰치고 비교적 잘생긴 축에 속했다.

"손을 제대로 쓰지 못하겠거든 돌아오렴. 그것보다는 조금 더 강한 손을 찾을 수 있을지도 모르니까."

벨신다는 그의 등을 토닥였다.

"아시겠죠? 제가 두렵다고 하는 게 바로 그거예요. 시간이 지나면, 우린 그냥…… 이렇게 남은 몸을 소진해버리고 말겠죠."

"그건 살아 있을 때도 마찬가지잖니. 어차피 우리는 불멸에 가까운 엘프들처럼 예쁘게 살아갈 수는 없어. 그러니까 지금의 우리 모습을 받아들이고, 그것에 감사해야 하는 거란다. 너와 나, 이곳에 함께 사는 모두가 다 마찬가지야. 얼마나 좋은 일이니. 영원한 건 없어. 우리가 다시 죽고 이번에는 돌아오지 못하더라도, 우리는 두 번째 기회를 누렸던 셈이야. 그리고 그런 기회는 아무나 누릴 수 있는 특권이 아니라고."

벨신다는 쾌활한 목소리로 대장장이를 타일렀다.

테반은 미소를 지었다. 비교적 온전한 그 얼굴에 웃음이 피어오르는 건 상당히 기분 좋은 광경이었다. 벨신다는 자기 얼굴이 얼마나 흉측한지 잘 알고 있었다. 무덤 속에서 너무 오랫동안 게으름을 피웠기 때문이었다. 그녀의 외모는 살아 있는 인간이었을 때도 평범한 수준이었다. 그래도 남편이 자기 눈에는 아내인 벨신다가 가장 아름답다고 말해줬고, 그녀는 그 말을 믿었다.

그런 게 사랑이 아니었던가? 눈이 아닌 마음으로 보고 그 모습에서 아름다움을 찾아내는 것.

"그 말씀이 맞습니다. 한 번도 그렇게 생각해보지는 못했네요. 전 그냥 그런 선물을 받아들이기로 했었죠. 그렇지 않은 이들도 있다는 걸 알고 있습니다. 그때만 해도 그들을 바보라고 생각했었죠. 하지만 이제 와 생각해보면 잘 모르겠더라고요. 실바나스 여군주님이 우리를 계속해서 존재할 수 있도록 해줄 방법을 찾으셨다는 건 알아요. 하지만 그런 게 자연의 섭리가 아니라면 어떻게 되는 걸까요? 그저 계속 존재하기 위해서, 우리는 대체 어떤 일까지 해야 하는 걸까요?"

그는 굳은살 하나 없는 섬세한 손으로 크게 손짓했다.

벨신다는 미소를 지었다.

"맙소사, 대장장이치고는 참 철학적인 생각을 하는구나."

"새 손 때문에 그런 건지도 모르겠어요."

테반은 벨신다와 이런 이야기를 함께한 첫 번째 포세이큰이었지만, 마지막이 아니라는 건 분명했다. 일단 그런 생각이 머릿속에 들어오자, 벨신다는 한순간도 그가 한 말을 잊지 못했다.

대장장이와 그런 대화를 한 지 몇 달이 지난 지금, 황폐의 의회 지도자가 된 그녀는 언더시티의 왕실에 서 있었다. 실바나스가 호드의 대족장이 되어 떠나기 전까지 그토록 오랫동안 머물렀던 바로 그 자리였다. 단상 가장 높은 곳, 벨신다 옆에는 자치 의회의 다른 구성원 네 명이 함께 자리했으며, 이들은 자치 의원이라고 불렸다. 그 아래 단상에는 자치 의원들이 수립한 정책을 실행에 옮기는 장관 일곱 명이 있었다. 가장 아래쪽에는 벨신다가 의회에서 가장 중요한 구성원이라고 생각하는 청취자 열 명이 서 있었다. 이들은 매일, 포세이큰 중에서 자치단체의 활동에 대한 질문이나 의견, 불만 사항이 있는 이들을 만나 대화하는 역할을 했다. 이들은 자치 의원들에게 직접 보고했다. 언더시티의 주민이라면 누구나 자치 의장인 벨신다를 비롯한 어떤 자치 의원도 불러내 대화할 수 있었지만, 다들 청취자와의 대화를 선호했다.

지금까지는 모든 일이 순조롭게 흘러갔다. 벨신다는 왕실을 가득 채우고 밖에까지 줄 서 있는 이들을 바라봤다. 아주 기분이 좋았다. 오늘은 어둠의 여왕님이 돌아오실 때까지 힘을 합쳐 함께 일하며, 그 어느 때보다 더 나은 삶을 위해 노력해야 할 때였다.

오늘은 불타는 군단이라는 끔찍한 악에 맞서 싸우다 '마지막 죽음'을 경험한 포세이큰을 위한 추모식이 열리는 날이었다. 벨신다는 어둠의 여왕을 대신하여 언더시티를 찾아온 나타노스를 만나, 실바나스에게 언더시티로 돌아와 달라는 부탁을 전했다.

"그분이 많은 책임을 지고 계시다는 건 알아요. 하지만 단 몇 시간이라도 저희와 함께 보내주실 수 있지 않을까요. 부디 호드의 깃발 아래에서 죽음을 받아들인 이들을 위해 기도하는 자리에 참석해주시길 바라요. 업무가 바쁘시면 오래 계실 필요는 없어요. 그래도 여왕님이 와주신다면 정말이지 큰 힘이 될 거예요."

나타노스는 벨신다의 이야기를 전해주겠다고 말했었다. 하지만 실바나스가 찾아올 기미는 보이지 않았다.

벨신다는 혹시나 하는 마음에 조금 더 기다렸다. 모여든 포세이큰 또한 늘 그렇듯 참을성 있게 기다렸다. 마침내 그들의 지도자가 한숨을 내쉬었다.

"다들 제가 뭔가 이야기하기를 기다리고 있겠죠. 그러니까 무슨 이야기든 해볼게요. 제가 헛기침을 몇 번 하더라도 양해해주세요. 봄이 바싹 마르면 목이 얼마나 근질근질해지는지 다들 잘 아시잖아요!"

그 말에 여기저기서 왁자지껄하게 새된 웃음이 터져 나왔다. 벨신다가 말을 이었다.

"먼저 오늘 여기까지 와주신 친구들에게 감사의 뜻을 표하고 싶네요. 블러드 엘프와 트롤, 오크, 고블린과 판다렌도 보이는군요. 얼마 남지 않은 우리 포세이큰 중 이번 전쟁에 쓰러진 이들을 기리는 자리에 이렇게 함께해주셔서 감사합니다. 특히 타우렌 여러분께 감사드리고 싶어요. 여러분이 없었다면, 우린 모두 멸종해버리고 말았을 테니까요."

모든 호드 종족의 대표들이 그 자리에 참석해 있었지만, 특히 타우렌의 수가 많았다. 타우렌 덕분에 포세이큰은 호드에 편입될 수 있었다. 그리고 그렇게 호드의 보호를 받지 못했더라면 포세이큰이 어떻게 되었을지 생각만 해도 벨신다의 온몸이 부들부들 떨렸다.

"그렇다고 해도 이 자리에서 우리와 함께해준 친절한 친구들을 제외하면, 살아 있는 많은 이들이 아직 우리를 받아들이지 않고 있는 것이 사실이에요. 그건 그들이 우리가 이미 죽은 존재이고, 우리의 삶이나 지금 이렇게 존재하는 행위에 대해 아무런 감정도 느끼지 못하고, 생각도 할 줄 모르고, 신경도 쓰지 않는다고 치부하기 때문이겠죠. 그들은 우리의 동족들이 소멸했을 때, 우리가 고통받지 않는다고 생각하는 모양이에요. 네, 그건 전적으로 잘못된 생각이죠. 우리는 동족을 아껴요. 그들의 비극에 슬픔을 느낀다고요.

우리 여왕님께서는 망자를 되살려 우리 동족의 수를 증가시킬 방법을 찾아 오랫동안 골몰하고 계세요. 포세이큰을 더 많이 만들어내려는 거지요. 하지만 지금 이 자리에 모인 우리들이 정말 알고 싶은 건, 여왕님께서 지금의 포세이큰을 얼마나 중요하게 생각하느냐 하는 거예요. 우리가 그분의 백성이라는 사실을 차치하더라도, 단순히 백성으로서가 아니라 포세이큰 개개인으로서 어떤 의미냐는 거죠. 우리 중 일부는 두 번째 기회를 얻은 것에 만족하지만, 세 번째나 네 번째 기회를 얻는 대신 '마지막 죽음'

을 원할 수도 있다는 사실을 받아들여주시길 바라는 것이고요.

우리는 그렇게 마지막 죽음을 경험한 이들을 생각하며 오늘 이 자리에 모였어요. 그들은 완전히 사라졌죠. 그들의 피가 자식들을 거쳐 다음 세대로 이어지는 일은 없을 거예요. 적어도 이곳에서 우리와 함께 살아갈 세대와는 무관한 일이겠죠. 그들 포세이큰은 세상을 떠났지만 평화를 찾았어요. 마침내 생전에 사랑하던 이들과 다시 만났겠죠. 그들을 기리는 의미에서 우리 모두 그들의 이름을 기억합시다. 그들이 누구였는지, 또 그들이 무슨 일을 했는지도 말이에요."

벨신다는 마음을 단단히 먹었다.

"제가 먼저 시작할게요. 저는 테반 윗필드를 기억해요. 그는 대장장이였고, 언젠가 제게 살아 있던 때보다 포세이큰이 된 지금, 죽음이 더 두렵다고 이야기하기도 했죠. 그런데도 그는 호드의 부름을 받았을 때 기꺼이 응했어요. 그는 다른 병사들이 적과 맞설 수 있도록 무기를 만들었죠. 우리가 손상된 육신을 복원하듯이, 손상된 방어구를 수리했어요. 그는 가장 두려워하던 일에 당당히 맞섰지만, 이번에는 지고 말았죠. 테반, 널 언제까지나 기억할 거야. 넌 늘 좋은 친구였어."

벨신다는 옆에 서 있는 파쿠알을 향해 고개를 끄덕였다. 그는 헛기침을 한 후 살아 있을 때와 언데드였을 때, 지옥절단기의 손에 산산이 조각날 때까지 언제나 전사로 살았던 한 여성에 대해 이야기했다. 추모 의식은 연못에 이는 파문처럼 번져갔다. 단상에 서 있던 이들에게서 장관들에게로, 그리고 다시 정취자들에게로, 그리고 마지막에는 보여든 군중이 차례로 자신만의 이야기를 시작했다.

오래전, 아서스가 돌아왔던 그 끔찍했던 날, 너무 많은 이들이 가족을 잃었고, 그래서 온전한 가족 구성원을 보는 일은 무척이나 드물었다. 대부분의 포세이큰은 새로운 가족을 구성했다. 살아생전에는 전혀 알지 못했지만, 지금은 서로에게서 의미를 찾은 이들의 결합이었다.

대장장이 테반을 떠올리며 모두의 이야기를 듣고 있으려니, 벨신다는 슬프면서도 만족스러운 기분이 들었다. 모두가 떠나간 이들을 애도했지만, 아무도 울지 않았다. 어느 누구도 이 부당한 사태에 대해 불만을 표하지 않았다. 하지만 그보다 중요한 건, 화를 내는 이들이 없다는 사실이었다. 그녀는 분노가 포세이큰에게 좋지 않다는 사실을 알게 되었다. 거의 모든 이들의 두뇌가 정도의 차이는 있을지언정 조금씩이나마 썩어 들어간 상태라, 이성적인 생각을 하지 못하는 포세이큰도 적지 않았다. 벨신다가 생각하기에, 분노는 물을 온통 더럽혀 그 안에서 헤엄치는 이들이 앞을 보지 못하게 할 뿐이었다.

언더시티에도 황폐의 의회가 구성되어 도시를 통솔하려는 데 대해 불만을 표하는 이들이 있었지만, 벨신다는 의회가 임시방편일 뿐이라는 생각을 고수하고 있었다. 보급품을 들여와야 했다. 수족을 교체해야 했다.

한 번은 벨신다가 한 공청회에서 이렇게 말했다.

"친애하는 실바나스 여왕님께서 저 문으로 들어오시면, 기꺼이 이렇게 말씀드릴 거예요. '안녕하세요, 어둠의 여왕님. 정말 보고 싶었답니다. 어서 이 위대한 도시를 다스리는 일을 맡아주세요. 그간 정말 힘들었답니다!'라고요."

하녀로 살아갈 때 그녀는 식사를 준비하고, 병자를 돌보고, 욕조를 닦고, 요강을 비웠다. 그저 필요한 일을 할 뿐이었고, 다른 이들을 다스리는 일에 소질이 있는 누군가가 나선다면, 언제든 한 걸음 뒤로 물러설 생각이었다. 마지막으로 멍하니 앉아 초록색 하수가 흐르는 수로를 차분하게 바라보던 때가 언제였는지 기억도 나지 않을 정도였다.

그녀는 현실로 돌아왔다. 부질없는 생각을 하는 자신을 꾸짖었다. 마지막 포세이큰이 이야기를 마쳤을 때, 벨신다는 모여든 군중을 바라보며 말했다.

"이런, 여러분 모두가 정말이지 자랑스럽네요. 호드를 위해 모든 걸 바친 분들도 그렇고요. 참석해주셔서 정말 감사합니다."

그게 끝이었다. 참석했던 인원은 뿔뿔이 흩어졌고, 벨신다는 그들이 물러나는 모습을 바라봤다. 실바나스가 초대에 응하지 않은 것은 조금 실망스러웠지만, 예상하지 못한 일은 아니었다.

"벨신다 자치 의장."

차분한 목소리가 들려왔다. 깜짝 놀라 돌아선 그녀가 상대를 반겼다.

"이런, 블라이트콜러 용사님, 와주셔서 정말 고마워요. 저, 그러면 혹시……?"

그는 고개를 가로저었다.

"아니, 여왕님께서는 급히 처리하셔야 할 일이 있었네. 그래서 자리를 비우신 동안 일어나고 있는 일들에 대해 더 자세히 알아보고자 나를 보내셨지. 조만간 언더시티를 찾아가겠노라 전해달라고 하셨네. 오늘 이 자리에 참석하지 못해 유감이라는 뜻도 전하셨고."

"아, 정말 친절하시네요! 그 말씀을 들으니 정말 기뻐요."

벨신다는 나타노스의 팔을 토닥였다.

"저는 행간을 읽어낼 수 있을 만큼의 나이를 먹었답니다. 실바나스 여왕님께서는 또 다른 뷰트리스가 나타날까봐 걱정하고 계신 거겠죠. 하지만 그렇게 초조해하지 마세요. 우린 그저 걱정하는 마음이 앞선 시민들일 뿐이에요. 일종의 임시 관리자라고 할까요? 여주인께서 잠시 자리를 비우신 사이에 집을 지키고 있는 거예요. 오늘 오후에 잠시 들러주시지 그래요?

우리가 하려는 일을 말씀드리고 싶군요. 차라도 한잔하시겠어요?"

벨신다는 실제로 차를 마시지는 않았지만, 차를 내려 그 향기를 맡고, 찻잔의 온기를 두 손으로 느끼는 걸 좋아했다.

나타노스가 조금은 당황한 표정으로 뭔가 대답하려 입을 여는 순간, 다른 목소리가 들려왔다.

"아, 내가 찾아 헤맨 사람이 여기 있었군. 정확히 그 사람은 아니지만 그래도 비슷하긴 해."

벨신다와 나타노스가 뒤를 돌아보니, 사제복을 입은 땅딸막한 포세이큰 한 명이 서 있었다. 벨신다는 상대가 누구인지 알아보지 못했지만, 놀랄 일은 아니었다. 언더시티가 광활한 도시라고는 할 수 없지만, 정말 많은 포세이큰이 거주하고 있고 이곳을 방문하는 이들도 아주 많았다.

"처음 뵙는 것 같군요."

벨신다의 말에 상대가 고개 숙여 인사했다.

"알론서스 파올 대주교라고 하네."

벨신다는 깜짝 놀랐다. 얼마 전까지만 해도 아주 잘 알려진 이름이었다. 그녀는 대주교가 다른 이들처럼 소멸하지 않았다는 사실에 기뻐했다.

"오, 이런. 만나 뵙게 되어 영광이에요."

나타노스도 대주교에게 정중히 인사했다.

"정말 그렇습니다. 제가 필요한 일이라도 있으십니까, 대주교님?"

"오늘은 편지를 가져왔네. 사실 두 통인데, 하나는 대족장에게 보내는 것이고, 또 하나는 엘시 벤톤이라는 이에게 보내는 것이네."

벨신다가 조금 비틀거렸다. 나타노스가 그녀의 팔을 붙잡으며 걱정스러운 표정으로 바라봤다. 하지만 벨신다는 미소를 지으며 그를 안심시켰다.

"그 이름으로 불려본 것도 정말 오랜만이군요. 저희 가족과 가까운 친구만 그 이름을 알고 있었는데 말이에요."

파올 대주교의 표정이 한결 부드러워졌다.

"그렇다면…… 여기 있네. 자네 편지를 받아주게."

파올은 두 포세이큰에게 돌돌 말은 두루마리를 건넸고, 벨신다는 떨리는 손으로 자신에게 온 편지를 받아들었다. 파란 밀랍 인장을 보고 그녀는 깜짝 놀랐다. 거기엔 스톰윈드 사자가 찍혀 있었다.

그 인장을 보자마자 누가 보낸 편지인지 알 수 있었고, 그건 나타노스도 마찬가지였다.

"스톰윈드의 국왕이 보낸 것이군요. 지금 무슨 짓을 하는 겁니까? 호드의 적과 친구가 되기라도 한 겁니까?"

분노한 나타노스가 붉은 눈동자를 번뜩이며 파올을 향해 말했다.

"나는 호드의 일원이 아니기 때문에 스톰윈드 국왕도 내 적이 아니네."

파올 대주교는 쾌활한 목소리로 말을 이었다.

"나는 빛을 섬기네. 나는 사제이고, 안두인 국왕도 마찬가지지. 이 편지는 자네의 여왕에게 보내는 것이네. 아주 중요한 편지지. 반드시 실바나스에게 전해주게. 하지만…… 시급한 일은 아니니까, 일정대로 하게. 여기 언더시티에서 시간을 보내도 좋아. 곰곰이 생각해본 후에 이 서신을 대족장에게 가져다주게. 그리고……."

파올이 살포시 벨신다의 팔에 손을 얹었다.

"……미안하지만, 이 서신에는 좋지 않은 소식이 담겨 있네. 정말 유감이야."

벨신다는 미리 경고해준 것에 감사하며, 봉인을 뜯고 두루마리를 펼친 후 서신을 읽었다.

엘시 벤톤 님에게,

당신이 아직 존재하는지 저는 알지 못합니다. 그럼에도 파올 대주교님께 언더시티를 방문하는 동안, 당신을 찾아봐 달라고 부탁 드려야 했습니다. 당신이 이 편지를 읽고 있다면, 그분께 부탁드린 일이 성공했다고 할 수 있겠죠.

부군이신 윌 벤톤 씨가 오늘 오후에 유명을 달리하셨다는 소식을 전하게 되어 진심으로 유감입니다. 그분이 쓸쓸히 돌아가시지는 않았다는 사실이 위안이 되었으면 좋겠습니다. 마지막 순간, 제가 그분과 함께 있었습니다.

윌은 오랜 세월 동안 저희 아버지와 저를 보좌해주었습니다. 하지만 가족에 관한 이야기는 하지 않았죠. 그때의 기억을 돌이키고, 그가 예상했던 당신의 운명을 떠올리는 게 무척이나 고통스러웠을 것입니다. 그래도 그는 마지막 순간에 당신의 이름을 부르며, 다시 한번 보고 싶다고 말했습니다.

아시다시피 저는 사제의 길을 걸었습니다. 그래서 그분의 아픔을 치유해드리겠노라 말하기도 했습니다. 하지만 그분은 제 도움을 한사코 거부하셨고, 저도 결국에는 그분 생각을 존중하기로 했습니다.

이번 일을 계기로 저는 최선을 다해 모든 포세이큰 여러분이 인간 친구 및 가족들과 다시 만날 수 있는 기회를 만들어보기로 결심했습니다. 이 세상에는 국왕과 여왕의 정치학, 장군의 정치학을 초월하는 가치가 있다고 믿습니다. 그리고 이를 위해, 또 하나의 서신을 호드의 대족장에게 보냈습니다. 그쪽도 저와 같은 생각이기를 바랍니다.

마지막으로 제 오랜 친구였던 윌과의 약속을 지키고 싶습니다. 그분은 늘 당신을 사랑했고, 먼저 가서 기다리고 있겠노라 전해달라고 하셨습니다.

다시 한 번 심심한 위로의 뜻을 전합니다.

그 밑에는 교양 있고 우아한 필체로 서명이 되어 있었다.

국왕 안두인 레인 린.

벨신다는 떨리는 목소리로 말했다.

"불쌍한 윌…… 대주교님, 절 대신해서 안두인 국왕님께 감사하다는 인사를 전해주세요. 남편이 홀로 세상을 떠나지 않아서 정말 다행이에요. 어느 누구도 홀로 죽어서는 안 돼요. 그리고 국왕께 정말 좋은 계획이라는 말씀도 전해주세요. 우리 대족장님도 그렇게 생각하셨으면 정말 좋겠네요. 제가 만약 윌을 한 번이라도 만날 수 있었다면 정말 기뻐했을 거예요."

"무슨 계획 말인가?"

나타노스가 의심스러운 눈초리로 벨신다와 파올을 번갈아 바라보며 물었다.

"이거예요."

벨신다는 나타노스에게 두루마리를 건넸다. 나타노스가 편지를 읽는 사이, 파올이 말했다.

"스톰윈드의 국왕이 제안하는 계획은 실바나스 대족장에게 보내는 편지에 조금 더 자세히 적혀 있네. 나도 며칠 더 이곳에 머물 계획이니, 자네나 벨신다가 궁금한 점이 있다면 기꺼이 대답해주겠네."

어딘가 불만스러운 표정으로 나타노스는 서신을 돌려줬다. 귀한 두루마리를 꼭 움켜쥐며 황폐의 의회의 자치 의장은 파올의 말을 정정해주었다.

"아니, 엘시라고 불러주세요. 이제 다시 엘시라는 이름을 써야겠어요."

제 20 장

황천빛 사원

루, 라 루, 사랑하는 아이야,
루, 라 루, 루 라 레이,
로데론이 말한다, "잠이 들어라."
아제로스가 말한다, "깊은 꿈을 꾸어라."
루, 라 루, 루 라 레이,
내 품 안에 머물러라.

칼리아는 품에 안긴 꿈꾸는 아이를 향해 부드러운 목소리로 노래를 불러주었다. 이 소중한 아이는 언젠가 로데론의 왕좌에 오를 계승자였다.

아니, 로데론은 이제 없었다. 망자가 오가는 언더시티뿐이었다. 아버지의 왕관은 부서지고 피투성이가 되어 어디론가 사라지고 없었다. 칼리아가 그 왕관을 쓸 일은 이제 없었다. 꾸벅꾸벅 졸고 있는 이 아이가 쓸 일도 없었다. 그게 고통스러웠다. 한 줄기 눈물이 얼굴을 타고 흘러내려, 세상에서 가장 부드러운 장밋빛 볼에 떨어졌다.

왕위의 진정한 계승자로 태어난 아이가 눈을 깜빡이며, 작디작은 입술을 비죽거렸다. 칼리아는 포대기에 싸인 아이를 들어 올려 눈물에 입을 맞췄다. 소금기가 느껴졌다.

아이는 어머니가 불러주는 자장가를 들으며 웃기 시작했다. 고개를 들어 보니 남편이 다가와 아내의 이마에 입을 맞췄다. 그가 칼리아의 어깨에 손을 올리고 지긋이 힘을 주자, 갈퀴 같은 뼈다귀가 점점 더 깊이 파고들었고—

칼리아는 비명을 지르며 벌떡 일어났고, 심장이 방망이질하는 가운데 가쁜 숨을 몰아쉬었다. 끝없이 계속될 것만 같았던 끔찍했던 한순간, 그녀는 자신을 붙잡은 언데드의 손으로부터 고통을 느꼈다. 두 눈을 깜빡이자 공포는 기억 속으로 달아났다.

그녀는 두 손에 얼굴을 묻었다. 얼굴이 눈물로 축축해진 것을 느끼며, 그녀는 떨리는 몸을 진정시키려 애썼다. 모두 기억일 뿐이었다. 현실이 아니었다.

하지만 한때는 현실이었다.

칼리아는 침대에서 내려와 로브를 입고, 맨발로 사아라를 찾아갔다.

시간이 몇 시가 됐든, 황천빛 사원에는 언제나 누군가가 있었다. 누군가 들어오고 누군가 나갔다. 이곳을 고향으로 삼은 이들은 칼리아의 악몽에 대해 이미 알고 있었고, 그녀가 함께 대화할 사람이 필요하면 언세든 시산을 내어줄 준비가 되어 있었다. 하지만 칼리아는 늘 사아라와 이야기하기를 원했다.

언제나 그랬듯이 나루는 이미 그녀를 기다리고 있었다. 보랏빛을 발하는,

수정 같은 나루는 그녀의 머리 위에서 쉬지 않고 은은한 음악을 내보냈다. 사아라는 때로 모든 이들이 들을 수 있게 말을 하기도 했지만, 가끔은 지금 처럼 다른 사람의 가슴과 머리를 통해 개인적으로 소통하기도 했다.

'사랑하는 이여, 꿈이 또 한 번 너를 괴롭혔다니 정말 유감이구나.'

칼리아는 고개를 끄덕이고는 사아라 앞에 주저앉아 어색한 듯 손가락을 놀렸다.

"언젠가는 멈출 거라고 생각했는데 말이에요."

'그리될 것이다. 네가 멈출 준비가 되었을 때.'

상냥한 존재가 그녀를 안심시켰다.

"전에도 그렇게 말씀하셨죠. 그런데 대체 왜 전 지금 준비가 안 되어 있는 걸까요?"

자신이 지금 심통 난 어린아이처럼 말하고 있다는 것을 느끼며, 칼리아는 피식 웃었다.

'그러한 평화가 네게 주어지기 전에 먼저 해야 할 일이 있다. 네가 이해해야 하는 것, 내면에 받아들여야 하는 것이지. 네 도움이 필요한 사람들. 치유를 받기 위해 필요한 것은 언제나 그 사람에게 주어지는 법이다. 그저 그걸 알아보기가 쉽지 않을 뿐. 때로는 가장 아름답고 중요한 선물이 고통과 피에 감싸여 있기도 하다.'

"그런다고 기분이 나아지진 않네요."

'네가 겪어야 했던 모든 일 안에 선물이 숨어 있었다는 걸 이해할 때쯤이면, 그렇게 될 것이다.'

칼리아는 눈을 감았다.

"용서해주세요. 하지만 그렇게 생각하는 게 쉽지 않아요."

사랑하던 동생이 타락하고, 아버지가 살해당하고, 로데론의 수많은 사

람들이 죽었다. 그녀는 공포에 질려 달아나야 했다. 남편과 아이를 잃고, 모든 것을 잃어야 했─

'아니, 모든 것은 아니다. 우리가 관여하는 것으로부터 우리는 혜택을 입을 수 있다. 열병이 나을 때마다, 뼈가 붙을 때마다, 네 삶은 더 나아진다. 그것으로부터 기인하는 즐거움은 네 고통과 다름없이 네 일부다. 즐거움과 고통을 모두 존중하거라, 사랑하는 빛의 아이야. 그 모든 것에 목적이 있다고 말하고 싶지만, 그건 너도 이미 알고 있겠지. 넌 네 노력의 결실을 보았다. 그걸 무시하지도, 폄하하지도 말아라. 맛보아라. 만끽해라. 그건 누구의 것도 아닌 너만의 것이니까.'

칼리아의 마음에 평온이 스며들면서, 갑갑하게 옥죄던 가슴이 조금씩 풀어졌다. 칼리아는 자기도 모르게 주먹을 움켜쥐고 있었다는 걸 깨닫고는 애써 힘을 풀었다. 손톱이 손바닥을 파고든 자리에 붉은 초승달 모양의 자국이 남아 있었다. 그녀는 깊이 숨을 들이쉬고 눈을 감았다.

이번엔 그녀도 탈출하던 순간의 공포를 보지 않았다. 그보다 더 견뎌내기 힘든 딸의 모습을 보지도 않았다. 부드럽고 포근한 어둠만이 보였다. 환한 빛 속에서 견뎌내기 힘들 만큼 가혹하던 일을 어둠이 다정하게 감춰주었다. 날뛰는 생물들로부터 안전한 공간을 제공해주었고, 잠시나마 둘만의 세계를 만들고 싶었던 이들에게는 비밀스러운 공간을 마련해주었다.

칼리아는 사아라의 온기가 마치 깃털처럼 자신을 쓰다듬는 것을 느꼈다.

'이제 자거라, 용감한 아이야. 이제는 싸울 필요도, 공포에 맞설 필요도 없다. 평화와 휴식만이 남아 있을 것이다.'

"고마워요."

칼리아는 고개 숙여 인사했다. 방으로 돌아가는 길에 서늘하고 이상할 정도로 부드러운 육신의 손길이 그녀의 팔을 붙잡아, 그녀는 잠시 멈춰 서야 했다. 칼리아를 멈춰 세운 이는 포세이큰 여사제 중 한 명인 엘리노어였다.

"칼리아?"

칼리아는 잠을 자고 싶었다. 하지만 자신을 필요로 하는 사람이 있으면 언제라도 돕겠노라 맹세했었고, 엘리노어는 지금 불안해 보였다. 그녀의 빛나는 눈동자가 이리저리 흔들렸고, 목소리는 낮게 가라앉아 있었다.

"무슨 일이에요, 엘리노어? 뭐가 잘못되기라도 했어요?"

엘리노어는 고개를 가로저었다.

"아니에요. 사실은 아주 오랜만에 처음으로 뭔가 제대로 되려는 것 같아요. 조용한 곳에서 얘기 좀 할 수 있을까요?"

"물론이죠."

칼리아는 그렇게 대답한 후 엘리노어를 자신의 침실로 데려갔다. 둘은 침대에 함께 앉았다. 둘만의 공간에 들어서자, 엘리노어는 시키지 않아도 하고 싶었던 말을 털어놓았다. 말라붙은 엘리노어의 입술에서 얼마나 빨리 말이 쏟아져 나오던지, 칼리아는 여러 차례 다시 한 번 말해달라고 부탁해야 했다.

엘리노어의 말에 귀를 기울이던 칼리아의 눈이 휘둥그레졌다. 그리고 앞서 나루가 들려준 이야기가 다시 떠올랐다.

'그러한 평화가 네게 주어지기 전에 먼저 해야 할 일이 있다. 네가 이해해야 하는 것, 내면에 받아들여야 하는 것이지. 네 도움이 필요한 사람들. 치유를 받기 위해 필요한 것은 언제나 그 사람에게 주어지는 법이다. 그저 그걸 알아보기가 쉽지 않을 뿐.'

칼리아의 눈에 눈물이 차올랐고, 그녀는 따뜻하게 친구를 안아주었다. 가슴이 벅차올랐고, 로데론이 붕괴된 이후 처음으로 희망이 생겨났다. 마침내 그녀에게도 목표가 생겼다.

치유를 받기 위해 필요한 것이 주어졌다.

아즈샤라 갤리윅스 아방궁

실바나스가 아제로스에서 절대로 찾아가고 싶지 않은 곳이 몇 군데 있었다. 갤리윅스의 역겨운 아방궁은 그 목록의 첫 번째는 아니더라도 충분히 상위에 위치했다.

아즈샤라도 한때는 아름다운 땅이었다. 드넓은 평원이 펼쳐져 있고, 가을의 색채가 바다를 바라보며 흩뿌려져 있었다. 하지만 헬스크림이 지배하던 호드에 고블린이 합류했고, 놈들은 특유의 저속한 취향을 한껏 발휘하여 이 땅을 더럽혔다. 실바나스는 갤리윅스 옆, 푹신한 의자에 앉아 있었다. 이 '아방궁'은 산비탈을 깎아 만든 궁전이었다. 이 산의 급경사면은 갤리윅스의 흉측하고 거대한 두상이 조각되어 있었는데, 엉망진창으로 훼손된 아래의 땅을 음흉한 시선으로 바라보고 있었다.

실바나스의 눈에는 궁전 그 자체가 더더욱 흉측해 보였다. 외부에는 작은 하얀색 공을 이용하여 알 수 없는 운동을 하는 데 쓰는 광활한 초록색 잔디밭이 있었고, 온수가 채워진 거대한 수영장도 있었으며, 갤리윅스를 응대하는 이들을 포함한 많은 바텐더와 웨이트리스가 어슬렁거렸다. 내부도 크게 나을 건 없었다. 탁자 위에는 금방이라도 무너져 내릴 듯이 음식이 쌓여 있었는데, 대부분은 손도 대지 않은 채 쓰레기통으로 처박힐 예정이었다. 기대힌 맥주 통들이 징식품을 대신했다. 위층에는 침실이 있었는데, 무역왕 갤리윅스는 돈더미 위에서 잠을 잔다는 소문이 있었다. 물론 실바나스는 굳이 그 소문을 확인할 생각이 없었다.

갤리윅스는 실바나스의 연락을 받고 기뻤는지 계속해서 음료를 건넸고, 그녀는 매번 거절했다. 갤리윅스가 게걸스레 음식을 먹는 사이, 실바나스는 썬더 블러프에서 있었던 회담에 대해 이야기했다. 물론 바인을 은근히 위협했던 부분은 생략하기로 했다. 갤리윅스에게는 그가 꼭 알아야 하는 정보만 공유할 생각이었다.

"이 세계를 치유한다는 그 활동이 아제라이트를 수집하는 일에 피해를 주지는 않겠지?"

실바나스의 말에 갤리윅스는 툭 불거진 뱃살을 이리저리 흔들며 호탕하게 웃고는 거품이 부글거리는 과일 음료로 입을 축였다. 그는 커다란 초록색 손을 내저으며 실바나스를 안심시켰다.

"아니, 아니죠. 놈들이 원한다면 의식이든 뭐든 마음대로 해도 됩니다. 이미 저희 쪽 활동 영역은 광범위하게 분산되어 있어, 별다른 영향을 받지 않을 겁니다. 대신 놈들이 치유를 하네 어쩌네 하면서 마음을 놓게 되겠죠. 그게 중요한 것 아니겠습니까?"

실바나스는 갤리윅스의 말을 무시했다.

"지금까지의 채굴과 연구에서는 쓸모 있는 결과물이 별로 나오지 않았다."

실바나스는 다시 한 번 갤리윅스에게 그 점을 상기시켰다.

"마음 놓으십시오. 제가 다—"

"손을 써놨겠지. 그래, 그건 알고 있다."

"걱정 마세요. 정말입니다. 제가 알고 있는 최고의 두뇌들을 타나리스의 비밀스러운 장소에 모아두었죠. 그리고 이 황금색 물질을 넉넉히 주면서 마음껏 미친 짓을 해보라고 했습니다."

그는 다시 한 번 음료를 마시고 입맛을 쩝쩝 다셨다.

"그래서?"

"그 친구들이 지금 일을 하고 있죠."

갤리윅스의 시선이 실바나스의 눈길을 피했다.

"정확히 무슨 일을 하고 있는데?"

"음, 마음껏 창의력을 발휘해보라고만 했습니다. 과학자들이 어떤 녀석들인지 아시잖습니까. 대족장님이나 제가 상상할 수도 없는 걸 만들어내지요. 놈들을 써먹으려면 그 방법이 최고입니다."

"난 무기를 원한다, 갤리윅스."

그는 음료를 한 모금 마시고 다시 한 번 손을 내저었다.

"그럼요, 그 친구들이 무기를 만들어줄 겁니다."

"무기에만 집중하도록 해라. 그러지 않으면 내 수하의 포세이큰과 블러드 엘프, 타우렌, 트롤, 오크, 판다렌까지 모조리 투입해서 네 '활동'을 인계받겠다. 알겠나?"

갤리윅스는 뚱한 표정으로 고개를 끄덕였다. 대족장이 부하들을 보내 그들이 만들어내는 무기를 모조리 빼앗아가리라는 걸 이미 알고 있는 게 분명했다. 물론 그는 부수적인 물품들을 만들고 불법적으로 판매하여 적지 않은 수익을 올릴 수도 있었다.

그때 밥통고블린 하나가 어슬렁거리며 방으로 들어와, 갤리윅스만 이해할 수 있는 말을 주절주절 늘어놓았다.

"당연하지, 이 멍청아. 블라이트콜러 용사님을 당장 안으로 모셔와!"

잠시 주의를 돌릴 수 있게 되어 실바나스도 갤리윅스만큼이나 기뻤다. 나타노스는 안으로 들어서며 갤리윅스에는 살짝 고개만 끄덕였고, 여왕을 향해서는 정중히 허리를 숙였다.

"여왕님, 방해해서 죄송합니다. 하지만 즉시 이 서신을 읽어보시는 게 좋겠습니다."

나타노스는 실바나스 앞에 한쪽 무릎을 꿇고 두루마리 하나를 내밀었다. 푸른 밀랍의 봉인 위에는 사자의 머리 모양 인장이 찍혀 있었다.

"오호! 저도 아는 인장이군요!"

갤리윅스가 바나나 칵테일을 마시며 외쳤다. 실바나스도 알고 있었다. 그녀는 두루마리에서 잠시 눈을 떼고는 서늘한 시선으로 고블린을 응시했다.

"잠시 자리를 비워라."

실바나스의 명령에도 갤리윅스는 잠시 미적거렸다. 실바나스가 창백한 금빛 눈썹을 치켜세우며 노려보자, 갤리윅스는 눈살을 찌푸리며 육중한 몸을 의자에서 뗐다.

"느긋하게 보십시오. 저는 온천에서 기다리고 있을 테니, 볼일이 끝나면 오셔도 좋습니다."

그는 넉살 좋은 표정으로 눈을 찡긋한 후 밖으로 나갔다.

"어이, 우리 자기, 파이애플 펀치 한 잔 갖다 주겠어?"

"그럼요, 대장!"

한 여자 고블린이 새된 목소리로 대답했다.

나타노스의 붉은 눈은 갤리윅스의 등 뒤에 고정되어 있었다.

"제가 저 녀석을 죽여 죽여버리겠습니다."

"오, 아니다. 그건 내 몫이다."

실바나스는 자리에서 일어나 나타노스의 손에 들린 두루마리를 내려다 봤다.

"그래, 바리안의 강아지가 보낸 서신인가? 언더시티에서 받았나?"

나타노스는 의미를 알 수 없는 표정을 지었다.

"네, 파올 대주교가 제게 직접 전해줬습니다. 포세이큰이 되었더군요."

그 얘기를 듣고 실바나스가 날카로운 소리로 웃음을 터뜨렸다.

"그자의 빛은 참으로 이상한 방식으로 비춰지는군."

"그런 것 같습니다."

실바나스는 두루마리의 인장을 떼어내고 서신을 읽어 내려가기 시작했다.

안두인 린 국왕이 포세이큰의 어둠의 여왕이자, 호드의 대족장 실바나스 윈드러너 여군주에게.

지금 이 서신을 통해, 군대와 영토와 물자와는 전혀 관계가 없지만 호드와 얼라이언스 모두에게 긍정적인 결과를 가져올 제안을 하고자 한다.

바로 본론으로 들어가겠다. 당신의 일족이 피난처를 찾아 얼라이언스와 접촉했을 때, 우리는 당신들을 거부했다. 그때 우리는 여전히 아서스가 로데론에 불러온 끔찍한 공포에서 회복하는 중이었으며, 포세이큰이 진정으로 다른 존재임은 이해하지 못했다.

나는 근래에 살아생전 큰 존경을 받았던 포세이큰과 대화할 기회가 있었다. 그분은 지금까지 온갖 역경을 겪었음에도 여전히 빛의 길을 따르고 계셨다. 바로 알론서스 파올, 한때 로데론의 대주교였던 분이다. 그런 그분이 직접 산 자와 언데드 양쪽을 돕는 중재자 역할을 하겠노라 자청해주셨다.

이 서신에서는 가족에 대한 이야기를 하고자 한다. 호드와 얼라이언스 때문이 아니라 우리 모두에게 절망과 비탄을 안긴 아서스의 손에 헤어져야 했던 가족에 대한 이야기이다. 부모와 부부, 그리고 그 아이들까지, 너무나 많은 사람들이 갑작스럽게 헤어져야 했다. 처음에는 죽음 때문이었지만, 그 이후에는 공포와 분노 때문이었을 것이다. 지금이라도 우리가 다시 협력 관계를 구축할 수 있다면, 그들도 다시 한 가족이 될 수 있을지 모른다.

실바나스의 온몸이 뻣뻣하게 굳었다. 그녀도 가족의 헤어짐을 직접 경험했다. 사랑하던 이들이 살해당했다. 그녀는 아서스 때문에 모든 것을 잃었다. 친구와 가족, 사랑하던 쿠엘탈라스까지. 심지어 목숨까지 잃고 말았다. 다른 누군가를 진정으로 아끼고 사랑하는 능력과 여러 다른 감정을 느끼는 능력까지 모두 잃어야 했다. 증오와 분노만을 제외하고 말이다.

실바나스 또한 재회를 시도했었다. 언니의 제안을 받아들여 아서스 메네실이 남겨놓은 가족이 다시 하나가 되고, 윈드러너 첨탑을 수복하고, 그 안에 거주하는 어둠의 존재들을 정화하고자 했었다. 그러면서 그들 안에 어둠이 존재하지 않았던 시절을 되살린다면, 어쩌면 자매들에게 드리운 어둠을 정화할 수 있으리라 기대했었다.

하지만 모두 헛수고였다. 어릴 적 자매는 태양과 달이었다. 금발을 빛내며 찬란하게 반짝이던 알레리아와 명랑하게 웃던 리라스. '달의 여왕' 실바나스와 '작은 달님'이던 막내 베리사까지.

베리사는 사랑을 잃었다는 사실 때문에 슬픔에 잠겨 있었다. 테라모어를 파괴한 가로쉬 헬스크림의 마나 폭탄에 남편 로닌이 희생되자 베리사의 정신은 망가졌다. 뼛속 깊이 망가져버린 채 외로움에 길을 잃고, 한 번은 어둠의 자매 실바나스와 함께 계략을 꾸미기까지 했었다. 그렇게 막내 베리사는 하마터면 언더시티에서 실바나스와 함께하게 될 뻔했다.

하지만 가까스로 언데드가 되는 운명에서 벗어났다.

마지막 순간, 작은 달님 베리사는 남편을 잃은 슬픔을, 남아 있는 아이들을 사랑하는 마음으로 극복했다. 그렇게 베리사는 얼라이언스에 남았다. 알레리아는 아주 오랫동안 세상을 떠난 것으로 여겨졌지만, 최근 기적처럼 이 세계로 돌아왔다. 그녀의 내면에는 가늠할 수 없는 공허의 어둠이 도사리고 있었다. 그 공허가 그녀에게 막강한 힘을 주었다. 하지만 그와 함께 외모와 정체성까지 바꿔놓고 말았다. 실바나스는 그러한 힘에 대해 너무나 잘 알고 있었기 때문에, 그 힘의 차가운 손길이 알레리아를 붙잡고 있는 것도 느낄 수 있었다.

실바나스 자신의 어둠은 이미 잘 알고 있었던 터라 굳이 살펴봐야 할 필요도 없었다.

소년 국왕의 계획은 어리석었다. 그는 아직도 사람이 변할 수 있다고 믿고 있었다. 아, 물론 변할 수도 있었다. 알레리아와 실바나스, 베리사가 그 증거였다.

하지만 그런 변화는 더 나은 쪽으로 향하지 않았다. 안두인은 그렇게 생각하지 않겠지만.

왜 이렇게 화가 나는 걸까? 이 새끼 늑대는 아비 늑대보다 더욱 짜증스러운 인간이었다.

실바나스는 다시 집중하여 편지를 읽었다.

우리는 지금 전쟁 중이 아니다. 하지만 그것이 적대감이 남아 있지 않음을 의미한다고는 생각지 않는다. 우리는 최근 이 세계가 격동적인 변화를 겪는 것도 경험했다. 바로 이제로스 그 자체가 느끼는 고통이 외부로 표출된, 아제라이트라는 변화였다. 우리가 힘을 합치면, 우리는 이 물질에 대한 연구를 촉진하여 이 세계를 구원할 수 있다. 따라서 양 진영의 통합을 위한 작지만 중요한 몸짓이 잠재적으로 호드와 얼라이언스 모두의 더 나은 미래를 위한 첫 걸음이 될 것이다.

이에 나는 단 하루의 휴전을 선포하고자 한다. 그리고 그날은 전쟁과 죽음에 의해 갈라졌던 가족들에게 상봉할 기회를 주고자 한다. 참가자는 자원하는 사람 중에서만 선정할 것이다. 얼라이언스 쪽 참가자는 철저히 검증하여 포세이큰에 위해를 가할 수 있다고 짐작되는 이들은 모두 제외할 것이다. 당신에게도 이와 동일한 부탁을 하고 싶다. 정확히 참가 인원을 몇 명으로 제한할지는 추후 결정해도 좋겠다.

이 행사에는 아라시 고원이 적합할 것으로 생각된다. 나는 우리 쪽 인원을 스트롬가드 요새에 집결시키겠다. 소라딘의 성벽은 호드 전초기지에 인접해 있다. 그곳에 인간과 포세이큰의 수장인 우리 두 사람이 합의한 경비 인력을 배치한 후, 이별한 가족들이 상봉하는 자리를 마련하자. 시간은 새벽부터 땅거미가 질 때까지 진행하는 것이 좋겠다. 당신만 합의한다면, 파올 대주교를 비롯한 여러 사제들이 필요에 따라 이 행사를 돕고 참가자를 보살필 것이다.

혹시라도 내 백성이 해를 입는 일이 생긴다면, 나는 주저하지 않고 동일한 방법으로 복수하겠다.

또한 내 백성이 포세이큰을 해하는 일이 생긴다면, 당신도 그와 같이 대응하리라는 것을 이해하는 바이다.

사제의 명예를 걸고, 스톰윈드의 국왕이자 바리안 린의 아들 안두안 린의 이름을 걸고, 나는 최선을 다해 이번 행사에 참여하고자 하는 포세이큰의 안전을 보장하겠다. 이번 휴전이 유익하다고 판단되면, 같은 성격의 행사를 여러 차례 반복할 수도 있겠다.

이건 평화를 제의하는 것이 아니다. 호드도 얼라이언스도 아닌 자의 악행 때문에 잔인하게 찢어진 가족들에게 단 하루 동안이라도 연민을 베풀어주길 제안하는 것이다.

당신과 나도 가족을 잃었다, 대족장. 우리가 그러했던 것처럼, 이별을 선택하지 않은 이들에게 같은 운명을 강요하는 일은 없어야 하지 않겠는가.

진심으로 명예를 담아, 국왕 안두인 레인 린

"내가 제 함정을 꿰뚫어 보지 못할 거라고 생각했다면, 기대했던 것보다 훨씬 더 멍청한 녀석인 것 같구나."

실바나스는 편지를 작게 구기며 말했다.

"네게 편지를 전해준 파올 대주교라는 자는 어땠나?"

"그는 진짜 포세이큰이었습니다. 진실해 보이기는 했으나, 제가 여왕님 및 호드에 충성을 바치라고 말하자 이의를 제기했습니다. 국왕이나 여왕님을 섬기는 것보다는 빛을 섬기는 쪽을 택하겠다고 말했습니다."

"하! 자유의지를 지닐 수 있게 포세이큰을 해방시켜줬더니, 이런 식으로 보답하는 건가. 상관없지. 넌 그자가 해로울 것이 없다고 생각하는 모양이구나."

"그는 아주 강력한 존재입니다, 어둠의 여왕님. 그래도 적은 아닙니다. 그는 황폐의 의회 대표에게도 편지를 가져왔습니다."

실바나스는 긴장했다.

"린 국왕이 의회에 대해서도 알고 있는 걸 보면, 얼라이언스의 첩자들이 바삐 활동하고 있는 모양이군."

린. 그 성은 참으로 오랫동안 바리안을 의미했었다. 왠지 느낌이 이상했다.

"그럴 수도 있습니다. 많은 호드 구성원이 황천빛 사원을 자유로이 활보하고 있다는 걸 잊어서는 안 됩니다. 그런데 국왕이 보낸 편지에는 '의회'가 언급되어 있지 않았습니다. 알고 보니 최근까지 엘시의 가족 중 한 명이 스톰윈드에 살아 있었다고 합니다. 그러니까 그녀의 남편인 윌 벤톤이 바리안과 안두인 린의 시종이었다고 합니다."

"엘시?"

"남편 윌이 벨신다를 그렇게 불렀다고 합니다. 그녀도 다시 그 이름을 쓰겠다고 선언했습니다."

나타노스가 설명했다.

포세이큰은 대부분 새로운 이름과 성을 부여받았다. 그건 포세이큰으로의 부활을 의미했다. 예전의 정체성과 신분을 버리고 단합된 무리의 일원으로 새롭게 소속되는 행위였다. 벨신다가 자신의 포세이큰 이름을 거부했다는 이야기를 듣자, 놀랍게도 실바나스의 가슴이 아파왔다. '벨신다'는 위엄 있는 진중한 이름이었다. 하지만 '엘시'는…… 살아 있던 시절을 떠올리게 했다. 흔하디흔하고 평범한 인간의 이름이었다.

실바나스는 나타노스가 제공한 또 다른 정보에 집중했다. 안두인이 충직했던 시종을 최근 잃었다면, 그의 이번 계획도 전략적인 측면보다는 개인적인 측면이 두드러진 구상이 아닐까 싶었다. 그렇다면 생각했던 것만큼 위협적이지 않을 수도 있었다. 그렇다고 해도…….

"벨신다도 왕실의 하녀였을 수도 있겠군."

실바나스는 자치 의장의 불쾌한 새 이름을 사용하고 싶지 않았다.

"네, 주방에서 일했다고 합니다. 남편이 사망했다는 소식에 슬퍼하는 것 같더군요. 이번 제안에 그녀는 동의했습니다. 가족과의 애틋한 기억을 간직하고 있는 것이 그녀 혼자만은 아니라고 확신하는 것 같았습니다."

실바나스는 고개를 가로저었다.

"이 계획에 따라 휴전을 하는 건 실수하는 것이다. 내 백성들이 결과적으로 고통만 받게 될 테니까. 그들은 인간이 될 수 없다. 따라서 사랑하는 사람들과 다시 만난다는 달콤한 유혹에 매달리다 보면, 지금 자신이 포세이큰이라는 사실이 불만족스러워질 것이다. 결국엔 결코 가질 수 없는 것을 탐하다가 상처를 입고 껍질만 남게 되겠지. 내 백성들이 그런 이유로 고통받는 꼴은 보고 싶지 않다."

실바나스는 다시 한 번 살아 있는 가족과 교류하려다가 잠들어 있던 옛 유령을 깨우기만 했던 자신의 경험을 떠올렸다.

"이 일이 여왕님께 도움이 될 수도 있습니다. 벨신다는 다음 번 죽음이 마지막 죽음이 되기를 바라는 포세이큰이 적지 않다고 말했습니다. 영속해서 존재하는 것을 원치 않는다고요. 그들이 꼽는 가장 큰 이유가 바로 살아 있을 때 사랑하던 이들과 함께하고 싶기 때문이라고 했습니다."

실바나스는 나타노스를 향해 천천히 고개를 돌리며 그의 말을 곰곰이 곱씹어보았다.

"이번에 살아 있던 시절 사랑하던 사람들과 다시 만나는 일을 승인하시고, 그것을 여왕님께서 백성들을 위해 자애로운 마음으로 이루어내신 업적이라고 포장한다면, 그들도 여왕님이 찾고 있는 방안을 거부감 없이 받아들일지도 모릅니다. 그러니까…… 종족으로서의 포세이큰이 멸종하지 않도록 애쓰고 계신 그 방안 말입니다."

"그들이 살아 있는 자들이나 생명 그 자체와 교류하게 내버려두는 건, 적과의 동침이나 마찬가지다."

"그럴지도 모르지요. 설사 그렇다 해도 단 하루만의 일일 뿐입니다. 백성들에게 결코 만나지 못하리라 생각했던 사람들을 다시 만나는 한순간의 희망을 허락해주십시오. 그러면—"

실바나스가 나타노스의 말을 대신 마무리했다.

"그러면, 적어도 그들의 행복을 좌우할 힘을 손에 넣는 셈이겠지. 아니면 그들도 결국엔 살아 있는 자들이 얼마나 증오스러운 존재인지 깨닫고, 어둠의 여왕에게 더욱 충성할 수도 있겠지."

결과가 어느 쪽이든 실바나스의 승리였다.

나타노스가 고개를 끄덕였다.

"결과가 아무리 부정적이라도, 적어도 여왕님께서 백성들의 근심에 귀를 기울이고 있음을 보여줄 기회입니다. 저는 여전히 황폐의 의회가 해롭지는 않으리라 생각합니다. 그들은 급진적인 배신자가 아닙니다. 한 번의 기회를 주십시오. 긍정적인 측면을 먼저 확인하신 후에, 같은 일을 반복해도 괜찮을지 결정하시면 됩니다."

"일리가 있구나."

실바나스는 구겨진 서신을 펼친 후 다시 한 번 읽었다.

"눈앞에 인간들이 그렇게 많이 나타나면, 내 궁수들이 활을 얌전히 쥐고 있는 게 쉽지 않을 것이다."

"그들은 여왕님의 명령을 따를 것입니다."

나타노스의 말은 사실이었다. 어둠 순찰자들은 실바나스의 명령 없이는 절대로 화살을 발사하지 않았다. 그리고 어둠의 여왕은 아직 얼라이언스와의 전쟁을 시작할 준비가 되어 있지 않았다. 적어도 이 문제를 놓고 싸우고 싶지는 않았다.

실바나스는 결정을 내렸다.

"포세이큰을 위하여 이 제안을 받아들이겠다. 언더시티로 돌아가라. 벨신다에게 여왕이 그녀에게 연민을 느끼고 있다고 전해라. 또한 이 가족 상봉 문제를 조금 더 자세히 논의하고자 조만간 언더시티로 찾아가겠노라고 전해라. 그리고 황폐의 의회 의원 중에서 스톰윈드에 살아 있는 가족이 남아 있는 자들의 명단을 취합하라는 말도 일러라. 내가 직접 가족의 이름과 정보를 안두인에게 전달하여, 당사자들이 이번 회동에 참여하고 싶은지 확인하도록 하겠다."

"의원들 외에도 이번 행사에 참여하기를 희망하는 자들이 더 있습니다. 추모 의식에 참석한 많은 포세이큰이 그들에게 공감하고 있었으니까요."

나타노스의 말에 실바나스는 고개를 저었다.

"아니, 내가 상황을 통제할 수 있게 인원을 최소화해야 한다. 의회의 구성원들만 허가하겠다."

"여왕님의 명에 따르겠습니다. 솔직히 말씀드리면, 현명한 결정을 내리셨다고 생각합니다. 이번 일이 조금씩 끓어오르던 불만의 목소리를 잠재워줄 것입니다."

실바나스는 서늘한 미소를 지었다.

"어떻게 해서든 그리될 것이다. 스톰윈드를 차지하기 위한 첫 걸음이 될 수도 있다. 그곳을 손에 넣는 길은 놈들을 공격하는 것뿐이라고 생각했었는데, 어린 국왕이 이토록 우릴 신뢰한다면, 우리도 언젠가 그곳 주민들의 환대를 받으며 그 웅장한 정문을 통과할 수 있을지도 모르지."

실바나스의 생각은 다시 한 번 아제라이트라는 놀라운 물질로 향했다. 그 물질이 어떤 일을 할 수 있을까. 무엇을 만들어낼 수 있을까.

무엇을 파괴할 수 있을까.

제 21 장

타나리스

새피가 마법 같고 경이롭고 기적적인 아제라이트의 잠재력을 캐내는 일을 돕겠다고 말한 직후(그리젝은 "당신이 자유의지에 따라 동의한 거야"라고 거듭 말했다), 갤리윅스는 아제라이트가 가득 들어 있는 커다란 통을 하나 보내며 이런 쪽지를 남겼다.

'고블린과 노움의 미친 창의력을 마음껏 발휘해봐!'

첫 번째는 가장 기본적인 실험이었다. 이 물질의 속성을 확인하고, 다양한 조건에서 시험해보는 것. 햇빛과 달빛에 노출시켜보고, 진공 상태로 봉인하거나 공기에 노출시켜보고, 산성 용액이나 기타 유독한 화학물질에 담그기도 했다. 그리젝이 가장 좋아하는 일이었다.

이런 실험을 수행하던 중, 새피는 아제라이트 표본 덩어리에 타르와 같은 치명적인 독을 문질러 발랐다. 그러자 순식간에 독의 색깔이 변했다.

"이것 봐봐."

새피는 재빨리 해독제 한 병을 집어다가 손이 닿는 곳에 잘 두었다. 그리고 그리젝이 깜짝 놀라 고함을 치기도 전에 손을 뻗어 색깔이 변한 독을 덥석 만졌다.

"새피, 안 돼!"

그리젝이 달려들어 한 손으로는 그녀의 팔을 붙잡고, 다른 손으로는 해독제를 들어 올렸다. 하지만 새피는 침착하게 말했다.

"잠깐 기다려봐. 저 정도 독이면 이미 내 피부가 녹아내리고 있어야 해. 하지만 이것 봐. 아무렇지도 않잖아."

그리젝과 새피는 손에 묻은 맹독을 뚫어져라 쳐다본 후, 다시 서로를 바라봤다.

"모험을 하지 않으면 아무것도 얻지 못해."

새피는 그렇게 중얼거리며, 손가락에 묻은 물질을 핥았다.

그리젝은 목이 졸리는 듯한 비명을 질렀고, 새피는 쩝쩝거리며 입맛을 다셨다.

"굉장해! 치명적인 부식성 맹독에서 해과일과 체리 맛이 나잖아."

"어쩌면 늘 그런 맛이었는지도 몰라."

그리젝은 조금 떨리는 목소리로 말했다.

"아니야. 원래는 아무 맛도 없어야 한다고."

"그래, 알았으니까 그냥…… 그런 건 이제 하지 마, 새피. 알았어?"

그리젝의 얼굴은 새하얗게 질려 있었다. 그는 새피를 걱정하고 있었다. '센장, 실험 파트너를 새로 구해야 하잖아' 같은 걱정이 아니라……

그런 생각에 빠져 있을 때가 아니었다. 지금은 해야 할 일이 있었다. 예전 감정을 되새겨봐야 일에 방해만 될 뿐이었다. 어차피 그들은 부부일 때보다 실험 파트너일 때 죽이 더 잘 맞았다.

새피는 다시 자기 손을 바라봤다.

"이건…… 중요한 정보야, 그리젝. 정말 중요하다고. 장기적으로 봤을 때 이 물질이 어떤 일을 해낼 수 있을지 누가 알겠어? 우린 지금 이 아제라이트가 맹독을 중화시키는 과정을 직접 목격했어. 상처도 치유할 수 있을 거야. 생명을 연장시킬 수도 있고."

그녀는 믿기지 않는다는 표정으로 고개를 절레절레 저었다.

"정말 엄청난 선물이라고! 잘 생각해봐! 우리가 알아내야 할 게 얼마나 많은데!"

액체 형태의 아제라이트로 할 수 있는 모든 실험이 끝나자, 그 다음에 할 일은 딱딱하게 굳은 고체 상태의 아제라이트를 파괴할 수 있을지 확인해야 했다.

그 무엇으로도 고체형의 아제라이트를 파괴할 수 없었다.

검도, 망치도, 고블린 절단기도, 그리젝이 '와지끈 절단기'라고 이름 붙인 괴상한 장치로도 파괴할 수 없었다. 와지끈 절단기는 고블린 절단기를 개조하여 기계적으로 작동하는 두 팔에, 에너지 광선으로 강화된 집게손을 장착한 무시무시한 병기였다.

"기본적으로 에너지 파동이 압력을 증가시키는 거야. 그래서 일반 구조의 손에 비해 악력이 일곱 배 증가했지."

그리젝이 설명했다.

"이상한 홀수잖아."

새피는 당황한 듯 말했다.

"바로 그거야!"

새피는 잠시 말을 잇지 못하다가 다시 심드렁하게 말했다.

"아니, '이상한' 쪽이 중요한 거였어. 왜 열 배나 열다섯 배로 하지 않은 거야?"

그는 어깨를 으쓱했다.

"7은 행운의 숫자니까."

새피는 어이가 없다는 표정을 지었다. 둘은 갤리웍스가 제공해준, 단단히 밀봉된 대형 통에서 원통형 국자로 액체 아제라이트를 한 국자 떠낸 후, 공기와 접촉시켜 굳어지게 했다. 굳어진 아제라이트는 국자에서 쉽게 떨어져 나왔고, 놀랄 만큼 가벼웠다. 유난히 그리젝의 사랑을 받고 있는 와지끈 절단기가 에너지 파동을 이용하여 행운의 일곱 배만큼 강화된 집게손으로 아제라이트 덩어리를 붙잡았다. 그리젝이 스위치를 올리자 와지끈 절단기의 손에 압력이 가해졌다. 그리고 압력은 점점 더, 점점 더 강해졌다.

그러나 와지끈 절단기의 네 손가락이 뚝, 하고 부러졌다. 그리젝이 경악하며 비명을 질렀다.

"손가락이! 와지끈 군! 정말 미안해!"

새피는 공책에 '실험 제345번: 와지끈 절단기'라고 써놓은 문구 위에 길게 줄을 그어 지우고는, '아제라이트 1 vs 와지끈 절단기 0'이라고 적었다.

"우리한테 부족한 게 하나 있어. 마법사야. 아제라이트가 마법의 영향을 받으면 어떻게 될지 궁금하지 않아?"

새피는 조금도 손상되지 않은 원통형의 아제라이트를 보며 말했다.

"정말 필요할 것 같으면 갤리웍스에게 얘기해볼게."

그리젝은 그러고 싶은 생각이 별로 없어 보였다. 새피 역시 갤리웍스를 떠올리는 것만으로도 기분이 불쾌해졌다.

"나중에 하지 뭐. 지금은 우리 둘만 일하니까 분위기가 아주 좋잖아."

자기 입에서 그런 이야기가 나왔다는 사실에 새피는 깜짝 놀랐지만, 그건 부인할 수 없는 사실이었다. 제삼자가 그들의 실험실에 들어오는 건 생각만 해도 뭔가 못마땅했다.

그리젝은 그녀의 말을 듣고 표정이 밝아지는 것 같았다.

"그래, 그건 그렇지."

그는 와지끈 절단기 밖으로 나와 슬픈 표정으로 망가진 팔을 토닥였다.

"내가 고쳐줄게, 친구."

그리젝은 진지하게 약속하고는, 크게 심호흡을 한 후 새피를 향해 돌아섰다.

"마법을 이용하는 건 다음 단계에서 하자고. 일단은 우리의 자원과 상상력을 모두 동원하는 거야. 꼬마 갤리 녀석에게 순수한 과학만으로도 해낼 수 있는 일의 기준을 보여주자고."

그리젝의 말에 새피가 키득거리며 웃었다.

"꼬마 갤리라고?"

그리젝이 커다란 코를 벅벅 긁으며 쿡쿡 웃었다.

"그래, 멍청해 보이는 이름이잖아. 그 녀석이 정말 짜증나서 말이야."

"완벽하게 어울리는 이름이야."

새피의 대답과 동시에 둘의 눈이 마주쳤고, 그리젝은 깜짝 놀란 표정으로 물었다.

"그래? 정말 어울려?"

"그래. 그렇게 잘난 척하는 뚱보 멍청이는 가끔씩 쿡쿡 찔러서 바람을 빼줘야 해. 터지는 것보다야 쪼그라드는 게 나을 테니까."

"그를 위해서야, 아니면 우릴 위해서야?"

"아, 당연히 그 녀석을 위한 거지. 폭발하든 말든 난 상관없으니까."

서로에 대한 증오가 불타오르던 시기가 아니라, 고블린과 노움이 서로를 향한 사랑에 미쳐 있던 짧지만 완벽했던 바로 그 순간처럼, 둘은 함께 웃었다.

'조심해, 새피. 괜히 일을 망치지 마. 이제 와서 수포로 돌리기에는 모든 것이 너무 잘 돌아가고 있으니까.'

새피는 스스로를 타일렀다.

"지금까지는 이 물질이 독립적으로 존재할 때 표출되는 속성의 기준선을 수립해왔어. 일단은 내가 기록했던 걸 정리해서 보고서를 만들게. 이제부터는 이걸 변형시키거나 조작할 때, 아니면 다른 물질과 결합할 때 무슨 일이 발생하는지 확인해야 해."

"아! 몸에 착용할 수 있는 물건으로 만들어보자."

"반지나 목걸이 같은 거 말이야?"

"그래! 꼬마 갤리를 생각하다 보니 좋은 생각이 떠올랐어. 그는 이 물질을 처음 발견했을 때, 지팡이 손잡이의 장식으로 사용했어. 그걸 기반으로 아뮬렛이나 반지, 기타 장신구를 만들 수 있는 방법을 알아내자고. 다른 금속과 혼합할 수 있을 것 같아?"

"방법을 찾아내야지!"

그게 새피의 주특기였다.

"하지만 지금 당장은 실험 기록을 정리해야겠어."

새피의 말에 그리젝이 고개를 가로저었다.

"아니야, 그런 건 나중에 해도 돼. 밖으로 나가서 머리나 좀 식혀."

"실험할 때는 밖에 나가지 않잖아."

"알아. 그래도 그렇게 해. 곧 달들이 떠오를 거야. 어서 나가 봐. 저녁은 내가 할 테니까."

그리젝의 복소리는 친절했다.

"지금도 요리할 때 재료를 몽땅 태워?"

새피가 물었다.

"요즘은 별로 안 그래."

그리젝은 손짓으로 새피를 내보냈다. 그녀는 어깨를 으쓱하고는 밖으로 나가 해변으로 향했다. 물론 혼자는 아니었다. 갤리웍스의 깡패들이 주변에서 어슬렁거렸다. 해변을 정찰하는 녀석들도 있었다. 하지만 다들 충분한 거리를 유지하며 새피나 그리젝을 거슬리게 하지는 않았다.

그리젝이 의자를 가져다 뒀고, 밖에는 탁자도 있었다. 커다란 양산도 펼쳐져 있었지만, 지금 시간에는 필요가 없었다. 새피는 의자에 앉았다. 하늘은 정말이지 경이로울 만큼 아름다웠고, 바다를 비추는 달빛은 놀랍도록 포근했다.

새피는 머리가 빠르게 회전하고 있을 때, 마음을 가라앉히기까지는 시간이 좀 걸리는 편이었다. 뒤쪽에서 뭔가 찰캉거리는 소리가 들려 무심코 뒤를 돌아보니, 한 손에는 위태롭게 쟁반을 들고 다른 한 손으로는 힘겹게 의자를 끌고 오는 그리젝이 보였다. 그는 아무 말 없이 탁자에 쟁반을 내려놓고는, 의자를 끌어다 앉았다.

"포도주를 가져왔네?"

새피는 깜짝 놀라 말했다.

"그래. 한 병 생겨서 말이야. 너 이거 좋아하잖아."

그가 진짜 요리를 한 건 아니었다. 그래서 다행스럽게도 폭발 사고가 없었던 모양이다. 그는 새피가 점심 때 만든 해산물 스튜를 다시 데우고, 빵을 조금 챙겨왔다. 둘은 파도 소리에 귀를 기울이며 말없이 식사를 했다. 새피는 아주 골똘히 생각에 빠져 있었다. 머릿속 구석진 곳에서는 아제라이트가 꿈틀거렸지만, 지금 그녀가 생각하고 있는 건 그 물질이 아니었다.

"그리젝."

"왜?"

"처음 여기에 왔을 때, 당신이 내 별명을 불렀잖아."

사실은 별명 중 하나라고 해야 옳았다. 모든 것이 아름다웠던 잠깐의 시간 동안 둘은 서로를 지칭하는 아주 다양한 별명을 만들어냈으니까.

그들의 결혼 생활은 짧았다. 시작은 실험 파트너였고, 그땐 일이 상당히 잘 풀렸었다. 하지만 어리석게도 둘은 사랑에 빠져버렸다. 처음 한 달은 그야말로 아름다운 시간이었다. 위대한 사랑 이야기 그 자체라 할만했다. 하지만 어느 순간 그들의 관계는 엉성하고 늘 고장 나는 그리젝의 기계장치 중 하나처럼 무너져 내리기 시작했다. 갑자기 상대방의 모든 행동이 견딜 수 없을 만큼 불쾌했다. 둘은 서로를 향해 수많은 물건을 집어 던져 고장 냈고, 한 번은 새피가 어찌나 크게 고함을 질러댔는지, 목소리를 아예 잃어버리고 말았다. 정말이지 끔찍한 하루였다. 그리젝은 마음껏 그녀를 도발했고, 목소리가 나오지 않는 새피는 단 한마디도 반박할 수 없었으니까.

하지만 그 끔찍했던 시간의 기억조차도 지금의 협력 관계를 방해할 수는 없는 것 같았다. 둘은 한 몸이 된 것처럼 일하면서 서로의 말에 귀를 기울이고, 적절한 제안을 하면서 진정한 파트너로 거듭났다. 새피는 결코 인정하고 싶지 않았지만, 그리젝과 함께한 지난 몇 주간의 시간이 나쁘지 않았다. 아니, 사실은 아주 즐거웠다. 그 사실 또한 전남편 그리젝과 함께 연구하고 있는 기이한 불실만큼이나 믿을 수 없이 경이로웠다.

그리젝은 코를 훌쩍거리고 헛기침을 해대며 웅얼거렸다.

"그래, 애호박이라고 불렀던 것 같은데. 미안하게 됐어."

새피는 와인을 홀짝이며 조금 더 생각에 잠겼다.

"아주 괜찮았어. 지난 몇 주의 시간 말이야."

"그래, 그랬지."

"옛날 생각이 나더라고."

그녀는 조심스럽게 말했다.

"나도 그랬어."

그리젝도 나지막한 목소리로 대꾸했다.

새피는 묻고 싶은 게 정말 많았다.

'내가 그리웠어? 왜 이제는 서로가 증오스럽지 않은 걸까? 아제라이트가 서로에 대한 감정에도 영향을 주는 건 아닐까? 우리는 같이 일할 때만 좋은 사이인 거야? 다시 한 번 시도해보면 안 될까?'

하지만 새피는 그저 이렇게만 말했다.

"아제라이트는…… 정말 놀라워. 아주 많은 이들을 도울 수 있을 거야."

"당신은 천재야, 새피. 완벽한 천재라고. 당신이라면 굉장한 것들을 만들 수 있어."

"당신도 그래, 그리젝. 당신의 로봇과 발사기, 그 작은 1인승 비행선들도, 아제라이트의 힘을 이용하면 크게 개선할 수 있어!"

새피의 목소리에는 열기가 가득했다.

"정말 그렇게 생각해?"

"물론이지!"

"새피, 이제부터 온 세계가 당신과 나를 주목하게 만들 거야. 한계란 없어."

심장이 토끼처럼 마구 뛰는 가운데 사프로네타 플리버스, 그러니까 새피의 손이 천천히 탁자를 가로질렀다. 그리젝의 군은살 박인 초록색의 커다란 손이 그녀의 손을 감쌌다. 이 세상에서 가장 소중한 것을 보호하는 듯한 부드러운 손길이었다.

새피는 웃음을 지었다.

새롭게 하나가 된 연인은 입맞춤과 애무로 바쁜 와중에도 놀라운 수준의 연구를 계속했다. 아제라이트를 다양한 금속과 혼합하고, 도료로 사용하기도 했다. 펜던트와 반지, 팔찌, 귀걸이를 만들고, 방어구도 만들었다. 못생긴 고블린식 디자인이었지만 애초에 예쁠 필요는 없었다. 이렇게 만든 방어구는 재설계한 번개 작렬 3000의 3분에 걸친 공격을 거뜬히 견뎌냈다. 방어구에서 유일하게 손상된 부분은 금속 부위가 조금 녹아내린 것뿐이었다.

극소량의 아제라이트만으로도 그런 효과를 낼 수 있었다.

그리고 새피는 노움 연금술사의 진가를 마음껏 발휘했다. 시작은 물약이었다. 한 방울을 그리젝의 초록색 민머리에 떨어뜨렸더니, 윤기가 흐르는 흑발의 풍성한 머리카락이 등까지 치렁치렁 흘러내렸다.

"아아악! 잘라줘! 잘라달라고!"

그리젝이 고래고래 소리쳤다.

가열한 아제라이트에 한 방울의 독을 섞자 결과는 예전에 새피가 치명적인 독을 핥아 먹었을 때와 동일했다. 그 혼합물을 시들어가는 야자나무에 붓자, 나무가 두 배 크기로 자라났다.

"이건 독극물에 비해 아제라이트가 너무 많이 들어간 거야. 비율을 반대로 하면 어떻게 되나 봐야지."

새피는 즐겁게 이야기했다.

"조심해, 애호박. 우리 사이는 이제 다시 시작이라고."

그리젝이 걱정스러운 목소리로 말했다.

새피의 심장이 따뜻하게 달아오르고 가슴속에서 이리저리 팔딱거리다가 곤죽이 되어버렸다. 물론 비유적으로 그랬다는 말이다. 그녀는 그리젝에게 다가가 입을 맞췄다.

"최선을 다해서 조심해줄게."

새피가 독을 준비하는 동안 그리젝은 초조한 듯 배회하다가 직접 아제라이트를 섞어주겠다고 했다.

"아, 그리젝, 정말 고마워. 하지만 정확히 얼마나 넣어야 하는지 아는 건 나뿐이야."

잔뜩 집중하느라 혀를 빼꼼 내민 채, 새피는 정확한 용량의 아제라이트를 독이 든 비커에 부었다. 그녀가 부드럽게 비커를 회전시켜 용액을 섞어봤지만 눈에 띄는 변화는 없었다. 그녀는 깊이 숨을 들이쉰 후, 혼합물 한 방울을 나무에 떨어뜨렸다.

즉각적인 반응이 있었다.

그 나무는 순식간에 기이할 정도로 생생해졌다. 하지만 찬란한 에메랄드빛으로 빛나던 나무는 이내 역겨운 노란색이 되었다가 마지막엔 검게 변했다. 나무는 아래로 축 처지더니 완전히 죽어버렸다.

둘은 그 나무를 멍하니 바라보다가 다시 서로를 바라봤다. 둘 다 아무 말도 하지 않았다. 새피는 그 용액을 다른 나무에도 시험해보았다. 이번에는 독의 효과가 시각적으로 드러나기 전에 가지를 하나 잘라냈다. 두 과학자가 머리를 맞대고 지켜보는 사이, 잘라낸 나뭇가지도 그들의 눈앞에서 썩어 들어갔다. 그 짧은 시간, 나무를 구성하는 모든 요소에 독이 영향을 미친 것 같았다.

새피가 먼저 입을 열었다.

"아제라이트 양을 늘려보자."

그때 깃털이가 방으로 날아들어 머리 위를 빙글빙글 돌았다.

"덩치 크고 못생긴 손님들이다! 덩치 크고 못생긴 손님들이다!"

앵무새가 꽥꽥거리듯 말했다.

새피와 그리젝은 휘둥그레진 눈으로 서로를 쳐다봤다. 그리젝이 말했다.

"갤리웍스는 아니었으면 좋겠는데. 덩치들만 왔을지도 몰라. 내가 처리하지. 곧 돌아올게."

새피의 시선이 떠나는 그의 뒷모습을 좇았다. 그녀는 '덩치들만'이라는 말이 희망적인 의미로 사용되는 건 본 적이 없었지만, 그 반대의 경우는 훨씬 나쁜 상황이었다. 그들은 지금 빌지워터 무역회사 고블린 수장에게 시연할 만한 게 전혀 없었다. 그녀가 방금 본 광경을 '불안하다'고 표현하는 건, 살게라스의 검을 단순히 땅에 꽂힌 칼이라고 표현하는 것만큼 무책임한 표현이었다.

그녀는 잠시 시간을 내서 정확한 비율을 기록했다. 그리고 그 치명적인 혼합물에 아제라이트의 양을 두 배로 증가시켰다. 다시 소량의 액체를 다른 식물에 떨어뜨리자, 거의 동일한 결과가 나타났다. 그때 그리젝이 돌아왔다. 평상시 건강한 에메랄드빛이었던 그의 혈색이 창백한 연녹색으로 변해 있었다.

"얼굴이 별로 좋아 보이지 않는데?"

새피가 작게 중얼거리자 그리젝은 음울한 목소리로 대답했다.

"좋은 소식과 나쁜 소식이 있어. 좋은 소식은 덩치들만 왔다는 거야."

새피는 자기도 모르게 참고 있던 숨을 내쉬며 말했다.

"그나마 다행이네."

"나쁜 소식은, 갤리웍스가 2주일 내로 시연을 하라고 명령했어. 그리고……."

그리젝은 불안한 목소리로 덧붙였다.

"무기를 만드는 데 초점을 맞추래."

제 22 장

언더시티

파쿠알 핀탈라스는 다른 황폐의 의회 의원들과 함께 모여 지금까지 함께한 모든 회의 중에서 가장 생산적일 것으로 기대되는 논의에 돌입했다. 이번에 그는 평상시보다 한 단 낮은 곳에 서 있었고, 그건 다른 의원들도 마찬가지였다.

자치 의장인 벨신다 아니, 엘시 또한 가장 높은 계단이 아니라 하나 아래 단에 서 있었다. 이번에는 의회 회의에 매번 참석해야 했을 누군가가 마침내 그 자리를 차지할 예정이었다. 지난 몇 주간 언더시티를 여러 차례 방문했던 파올 대주교는 지금 엘시 곁에 서 있었다. 둘은 머리를 맞댄 채 조용한 목소리로 이야기를 나누고 있었다.

방에는 포세이큰이 가득 차 있었다. 아직 숨을 쉬는 사람이라면 아마 이곳에서는 제대로 숨을 쉴 수 없었을 것이다. 포세이큰 중 일부는 부패했다기보다는 건조된 쪽에 가까웠지만, 그래도 대부분 썩어가던 중에 되살아

낮기 때문에, 체취가 썩 유쾌하지 않다는 걸 파쿠알도 잘 알고 있었다.

엘시는 웃고 있었다. 지금 이 자리에 모인 이들 대부분이 그랬다. 회의에 참석했다는 사실 자체에 기뻐하고 있었다. 파쿠알도 마찬가지였지만, 최종 결과만큼은 다른 포세이큰처럼 긍정적으로 생각하지 않았다. 그를 비롯한 일부 인원은 참을성 있고 자애로운 엘시에 비해 일이 더 빨리 진행되기를 원했다. 물론 그는 실바나스가 서둘러 움직이리라고는 기대하지 않았지만, 그래도 여왕의 말을 들어보고 싶었다.

갑작스럽게 방 안에 침묵이 내려앉았다. 파쿠알이 고개를 돌려보니 나타노스가 커다란 방으로 이어지는 긴 복도 끝에 서 있는 모습이 보였다.

나타노스는 잠시 기다리다가 모인 이들을 향해 선포했다.

"호드의 대족장이자 포세이큰의 영예로운 어둠의 여왕, 실바나스 윈드러너 님이 들어오십니다."

환호성이 터져 나왔다. 오크의 포효처럼 활기차지도, 블러드 엘프의 외침처럼 달콤하지도 않았지만, 죽은 성대에서 나오는 환호성치고는 가장 순수한 외침이었다. 어둠의 여왕이 그곳에 있었다.

여기, 온 세계에서 자신에게 가장 안전한 장소에서조차 실바나스는 방어구를 벗지 않았다. 파쿠알은 갑자기 궁금해졌다. 혹시 어둠의 여왕은 방어구를 벗는 일이 아예 없는 걸까?

그녀를 흠모하는 많은 포세이큰들과 달리, 실바나스는 곧고 당당하게 서 있었다. 또 죽음과 부활을 거치며 흉측해진 백성들과 달리 여전히 아름다웠다. 그녀는 살짝 고개를 숙여 환호에 답하고, 부드럽고 우아한 걸음으로 포세이큰 여왕을 위해 준비된 자리로 향했다.

"이곳이 정말 그리웠다."

실바나스는 애정 어린 시선으로 주위를 둘러보고, 얼굴을 아는 이들에게는 고개를 끄덕여 인사했다.

"너희가 그리웠다, 나의 백성들이여. 오크와 블러드 엘프, 트롤, 타우렌, 고블린, 판다렌은 호드의 가치 있고 충직한 구성원일지 몰라도, 너희 포세이큰과 나처럼 깊고 특별한 결속력은 지니고 있지 않다."

여왕의 말에 호응하는 의미로 웅성거리는 소리가 울려 퍼졌다. 다른 종족이었다면 박수갈채를 보내거나 발을 굴렀을 것이다. 하지만 포세이큰은 이와 같은 행위로 신체 부위에 과도한 부담을 주는 것이 현명하지 않다는 사실을 오래전에 깨달았다. 손뼉은 손의 건강에 좋지 않았다.

실바나스는 엘시를 내려다봤다.

"자치 의장, 내가 떠나 있는 동안 네가 이곳을 아주 잘 관리했다는 이야기를 나타노스에게 전해 들었다."

엘시는 몸이 허용하는 한 깊이 고개를 숙이며 인사했다.

"여왕님께서 자리를 비우셔서 어쩔 수 없이 했던 일입니다. 이렇게 돌아오셨으니 기꺼이 이 자리를 돌려드리겠습니다."

"아쉽지만 몇 시간밖에 여유가 없다."

실바나스의 목소리에 담긴 아쉬움은 진심처럼 들렸다.

"하지만 이번에는 이곳의 모든 이들을 기쁘게 해줄 몇 가지 결정을 내리고자 한다."

그녀는 다시 한 번 모두를 바라봤다.

"자치 의장도 스톰윈드의 국왕이 보낸 편지를 받았다고 들었다. 그는 하루 동안 아라시 고원에서 휴전을 선포하고, 쏘세이큰과 인산이 만나는 자리를 마련하자고 제안했다. 불과 몇 년 전에 이 도시에서 발생했던 끔찍한 학살 때문에 헤어져야 했던 가족과 친구들이 다시 만나는 자리다."

실바나스의 진홍빛 시선이 파올에게로 향했다.

"파올 대주교, 그대는 황폐의 의회뿐 아니라 스톰윈드의 국왕과도 이야기를 나누어왔소. 이번 일에 대해 어떻게 생각하시오?"

파올은 곧바로 대답하지 않았다. 그는 모여든 이들을 잠시 바라보다가, 다시 실바나스를 바라봤다.

"안두인 국왕의 말은 믿어도 좋아. 위해를 가하려는 게 아니니까. 지금까지 자치 의장과 언더시티의 다른 포세이큰들의 이야기를 들어보니, 오늘 이곳에 모인 이들뿐 아니라 참석하지 못한 이들도 상당수 이번 만남을 지지하고 있는 것으로 보이네. 인간들도 이번 계획을 받아들일지는 지켜봐야겠지만, 만약 그렇다면 나를 비롯한 비밀결사의 사제들이 그곳 현장을 지켜줄 생각일세."

흥분한 청중이 술렁거리는 소리가 전당을 뒤덮었다. 어둠의 여왕은 잠시 앞뒤로 오가며 생각에 잠겼다.

'그냥 생각에 잠긴 척하는 것일 수도 있지. 여왕은 이미 마음의 결정을 했어. 지금 이 자리는 생색을 내려는 것뿐이고.'

파쿠알은 생각했다.

한참이 지나서야 실바나스는 걸음을 멈추고 청중을 향해 말했다.

"허가하겠다."

환호성이 울려 퍼졌다. 단순히 웅얼거리는 소리가 아니라, 순수한 진짜 환호성이었다. 어둠의 여왕을 맞이했을 때보다 더 큰 환호였다. 실바나스는 입술을 뒤틀어 희미하게 미소를 지었고, 한 손을 들어 올려 청중을 조용히 시켰다.

"하지만 나는 그 무엇보다도 사랑하는 포세이큰의 안전을 보장하고 싶다. 따라서 스톰윈드 국왕에게는 이렇게 회신하겠다. 황폐의 의회 구성원은 각각 우선순위에 따라 스톰윈드의 주민 중에서 만나고 싶은 다섯 사람

의 이름을 제출할 것이다. 그리고 대상자가 아직 살아 있다면, 개별적으로
연락해서 참가 의사를 확인할 것이다. 국왕과 여기 대주교가 선정한 사제
의 자격으로, 진심을 가지고 참석할 마음이 있는 이들에게만 자격을 허용
할 것이다. 스톰윈드의 국왕에게는 스트롬가드 요새에 사람들을 집결시
키라고 전하겠다. 그리고 회담이 열리는 날, 우리는 새벽이 되기 전에 소
라딘 성벽으로 날아갈 것이다. 블라이트콜러와 나, 그리고 최정예 궁수 이
백 명이 그곳에서 경비를 서겠다. 혹시라도 인간 국왕이 우리의 신뢰를 저
버리는 일이 있을지도 모르니까."

가능한 일이었다. 하지만 파쿠알이 지금껏 안두인에 대해 들은 이야기
가 절반만 사실이라 해도 그런 일이 일어날 것 같지는 않았다. 그래도 확
신할 수는 없었다. 실바나스의 말은 솔직히 위안이 되었다.

"스물다섯 명의 사제가 박쥐에 올라타 현장을 정찰할 것이다. 혹시라도
공공연한 공격이 이루어질 경우, 어둠 순찰자를 내보내 나의 백성들을 지
키겠다. 물론 국왕에게도 비슷한 숫자의 방어 병력을 준비할 수 있게 허락
할 것이다. 이 의회의 구성원이 먼저 적대 행위를 시작하리라고는 생각지
않지만."

스물두 명의 포세이큰을 지키는 건 쉬운 일이 아니었다. 하지만 파쿠알
은 그 만남에서 가장 중요한 인물이 당연히 안두인과 실바나스라는 걸 충
분히 알 수 있었다.

"일출과 함께 참가자는 호드와 얼라이언스 깃발이 꽂혀 있는 중간 지점
까지 걸어가고, 파올 대주교와 사제들이 그곳에서 참가자들과 함께할 것
이다. 얼라이언스 참가자들도 마찬가지고."

파쿠알은 이와 같은 일에 감정이 동요되는 시기는 지났다고 생각했건
만, 아무래도 그 생각이 틀린 모양이었다.

필리아. 그 아이를 찾을 수 있을까? 아이가 나오고 싶어 할까? 만약 나오게 된다면 무슨 생각을 할까? 파쿠알은 자신의 몸이 얼마나 휘어지고 뒤틀렸는지, 육신에서 어떤 악취가 풍기는지, 또 얼마나 많은 뼈가 노출되어 있는지 새삼 실감했다. 필리아가 공포에 질리지 않을까?

그렇지 않았다. 놀라운 가능성이 현실이 되어가자, 그는 필리아가 혐오감을 느낄 거라고 생각했다는 사실 자체가 아이를 욕보이는 행위라는 것을 깨달았다. 필리아는 그렇지 않을 것이다. 확실했다. 그의 심장이 아직 뛰고 있었다면, 아마도 잔뜩 흥분한 채 마구 두근거렸을 것이다. 어깨에 닿는 부드러운 손길이 느껴져 고개를 돌려보니, 엘시가 파쿠알을 향해 미소 짓고 있었다.

'오, 엘시. 윌이 조금만 더 오래 살았다면 좋았을 텐데.'

하지만 실바나스는 자신의 말이 파쿠알을 비롯한 다른 이들에게 얼마나 큰 영향을 주었는지 인식하지 못하고 계속해서 말을 이었다.

"모든 참가자는 땅거미가 질 때까지 현장에 머물러도 좋다. 그리고 때가 되면 너희는 성벽으로, 인간은 스트롬가드 요새로 돌아갈 것이다."

그녀는 잠시 말을 멈추고 모두를 돌아봤다.

"물론 내가 지금까지 말한 내용은 모든 일이 아무 문제없이 흘러갔을 때의 일이다. 일이 순조롭게 진행되지 않을 가능성도 있다. 내 백성들이여, 너희에게 혹시라도 위험이 닥칠 것 같으면, 나는 그 즉시 퇴각을 명령하겠다. 성곽에 호드의 깃발이 아닌 포세이큰의 깃발을 나부끼며 뿔피리를 불겠다. 얼라이언스도 퇴각을 요청할 경우, 그와 같은 신호를 보낼 것이다. 물론 스트롬가드 요새에 스톰윈드 깃발을 꽂고 자기 진영의 뿔피리를 불겠지만. 어느 쪽이든 뿔피리가 울리면, 너희는 즉시 돌아서서 성벽 쪽으로 달려야 한다."

실바나스의 목소리가 채찍처럼 모두를 때리고, 드넓은 공간에 메아리 쳤다. 청중은 침묵에 잠겼다.

"자, 질문 있나?"

파쿠알은 마음을 진정시키고 손을 들었다. 실바나스의 붉은 시선이 그를 바라봤다.

"말해라."

"뭐든 물건을 교환해도 되겠습니까?"

"물품 교환은 다음과 같은 방식으로만 허용하겠다. 회담이 열리기 전, 상대측에 전달하고자 하는 물품을 미리 검사하겠다. 그리고 너희가 회담 장소에 갈 때는 별도의 자리를 마련하여 그 물건들을 놓아두겠다. 얼라이 언스 역시 그렇게 할 것이다. 회담 중에는 탁자에 놓아둔 것에 손대지 마라. 그날의 회담이 종료되면, 이 물품들을 모두 수거하여 선동적인 것이 담겨 있지는 않은지 확인한 후 개별적으로 나눠주겠다. 얼라이언스도 너희가 보낸 선물에 대해 동일한 조치를 취할 것이라 생각된다."

"어둠의 여왕님, 정말 너그러우십니다."

파쿠알의 말에 실바나스가 고개를 끄덕였다.

"그쪽에 전하고 싶은 물건이 있나 보군."

"그렇습니다."

파쿠알은 필리아가 좋아했던 장난감의 추억을 떠올렸다. 아이는 그 장난감을 여기 남겨둔 채—

"얼라이언스가 그 물건을 버리는 일이 없기를 진심으로 바란다."

실바나스는 부드러운 목소리로 말했지만, 파쿠알은 왠지 그 말이 마음에 들지 않았다.

"또 다른 질문 있나?"

다른 포세이큰이 손을 들었다.

"사랑하던 이들과 접촉해도 괜찮습니까?"

"그래도 좋다. 물론 상대방이 접촉을 허락할지는 모르겠지만."

실바나스가 대답했다.

또 한 번, 상당히 불편한 말이었다. 파쿠알의 마음에서 의혹이 꿈틀거렸지만, 그는 애써 그 생각을 밀어냈다. 필리아는 그럴 리가 없었다. 그는 지도자의 목소리를 들으면 기분이 나아지리라 생각했지만, 여전히 불안하고 불행한 기분이었다. 다른 이들도 그렇게 느끼는 것 같았다. 그제야 파쿠알은 그 이유를 깨달았다.

실바나스는 포세이큰이 그 만남에 참석하지 않기를 바랐다. 하지만 강제적으로 금지시킬 수만은 없었다. 만남을 원하는 포세이큰이 너무 많았다. 그들의 생각이 전염되고 있었다. 어둠의 여왕에게 전적으로 충성하며 실바나스를 한없이 사랑하는 엘시와 같은 이들까지도…… 엘시조차 포세이큰을 다른 방향으로 이끌고자 했다. 그래서 실바나스는 이번 일의 즐거움을 훼손시키려 하고 있었다.

갑작스럽게 파쿠알은 '여왕'의 새로운 면을 보았다. 아주 많은 것들의 새로운 면을 볼 수 있었다.

파쿠알의 마음을 읽기라도 하듯 실바나스가 말했다.

"내가 상당히 비관적인 말을 하고 있다는 것을 잘 알고 있다. 그건 내가 이번 일에 비관적이기 때문이다. 솔직히 털어놓으마. 나는 너희가 이번 만남에 참석하지 않기를 바랐다. 너희가 기쁨을 느끼는 것을 막으려는 게 아니라, 너희가 다치는 모습을 보고 싶지 않기 때문이다. 너희는 살아 있는 가족들을 보듬을 준비가 됐다. 하지만 그들도 같은 마음일까? 그들이 너희를 보고 싶어 하지 않는다면 어떻게 하겠느냐? 그들이 너희를 경이롭고 용감한 포세이큰이 아니라, 괴물이자 흉물일 뿐이라고 생각한다면 어떻게 하겠느냐? 내가 잔인한 것 같다면, 그건 그저 너희에게 연민을 느끼고 있기 때문이다."

"다들 잘 알고 있어요, 여왕님!"

엘시가 외쳤다.

"고맙다, 자치 의장. 또 질문이 있나?"

실바나스가 다시 물었다.

질문은 넘쳐났다. 하지만 어느 누구도 감히 질문하지 못했고, 파쿠알도 또 한 번 주목을 받는 게 부담스러웠다.

"질문이 없다면, 자치 의장, 그대에게 물어볼 것이 있다. 나중에 나를 찾아올 수 있겠나?"

"여왕님의 명에 따르겠습니다."

엘시는 그렇게 말하고 군중을 향해 돌아섰다.

"여러분, 사랑했던 이들과 재회하는 동안 다들 저와 같은 기쁨을 누릴 수 있다면 좋겠어요. 이번 일이 실현될 수 있도록 힘써주신 실바나스 대족장님께 진심으로 감사드립니다. 모든 것이 아무 문제없이 해결되어, 친구와 가족을 앞으로도 지속적으로 만날 수 있게 된다면 좋겠군요. 어둠의 여왕님을 위하여!"

또 한 번의 환호성이 울려 퍼졌고, 실바나스는 기쁜 듯 미소를 지었다. 그녀가 단상에서 내려오자, 그 자리에 모인 포세이큰들은 여왕을 위해 길을 터주었다. 어둠 순찰자 두 명과 함께 긴 복도를 따라 멀어지고 있는 실바나스를 향해, 포세이큰은 환호성을 멈추지 않았다.

파쿠알은 엘시를 향해 고개를 돌렸다.

"울적해 보이는군. 행복해할 줄 알았는데."

"오! 오, 아니에요. 전 행복해요. 솔직히 조금 슬픈 마음도 있지만요. 저도 윌을 만날 수 있었다면 좋았을 거예요. 이렇게 오랜 시간이 흘렀지만 지금까지 결혼반지를 간직하고 있다는 얘기를 해줬어야 했는데 말이죠."

깜짝 놀란 파쿠알은 그녀의 손을 내려다봤다. 엘시는 쿡쿡 웃었다.

"오, 아니죠. 손가락에는 맞지 않아요. 뼈만 남았으니까요. 그래서 반지를 잃어버릴까봐, 여관에 있는 제 방에 안전하게 보관해뒀어요."

파쿠알은 필리아를 떠올렸다.

"엘시, 정말 유감이오."

그녀는 손을 내저었다.

"제 걱정은 하지 마세요. 운 좋게도 어지간한 사람보다 많은 사랑을 받는 삶을 살았으니까요. 윌 덕분에 아주 많은 이들이 놀라운 경험을 하게 될 것 같아요. 그러니 그이와 만나지 못한다고 해도 뭐 어때요? 원하는 걸 모두 가질 수는 없잖아요."

엘시는 음모를 꾸미기라도 하듯 파쿠알에게 가까이 다가와 귓속말을 했다.

"그래도 반지를 목걸이에 걸고 그 회담에 참석할 거예요."

"남편이 지켜보고 있을 거요."

파쿠알의 말은 진심이었다.

제 23 장

스톰윈드

안두인은 솔직히 실바나스가 즉각 거절하거나, 서신을 계속 교환하며 시간을 질질 끌 것으로 예상했다. 하지만 놀랍고 기쁘게도 호드의 지도자는 즉시 그의 제안을 받아들이겠다는 답신을 보내왔다. 실바나스의 추가 요구 사항은 다음과 같았다.

하지만 먼저 소수의 검증된 인원으로 만남을 시작하는 것이 좋겠다. 귀 진영의 일부 명예를 모르는 구성원들이 암살의 기회를 엿보고 있을지도 모르니까.

편지가 한 통 더 있었다. 그 편지는 안두인이 택한 길이 옳다는 믿음에 확신을 주었고, 그의 심장에도 진한 울림을 남겼다.

안두인 국왕께,

사랑했던 윌이 세상을 떠났다는 소식을 알려주셔서 정말 감사합니다. 그이는 린 왕가의 사람들을 끔찍이도 사랑했는데, 남편의 마지막 순간에 어린 시절부터 돌봐왔던 청년이 곁에 있었다고 생각하니 마음이 따스해지는군요.

우리 모두 언젠가는 죽겠죠. 그건 포세이큰이라 해도 다르지 않아요. 그가 마지막 순간에 제 생각을 했다는 사실이 제겐 상상하시는 것 이상의 의미가 있답니다. 저 역시 단 한 번도 그이를 잊은 적이 없었거든요.

파올 대주교님은 요즘 이곳을 자주 찾아주고 계세요. 오늘 제가 이렇게 편지를 쓰는 것은 감사의 마음을 전하고 싶어서만이 아니에요. 황폐의 의회의 의원 스물두 명 모두가 살아 있는 가족이나 친구를 만나게 해주시겠다는 당신의 제안을 기꺼이 받아들이겠다는 말씀을 드리고 싶어서예요. 물론 그들이 우리와 만나고 싶은지가 중요하겠지만.

친애하는 어둠의 여왕께서 황폐의 의원 각각, 다섯 명의 이름을 제안하라고 말씀하셨어요. 그러면 설사 그중에 이미 세상을 떠났거나 우리를 만나고 싶어 하지 않는 사람이 있더라도, 최소한 한 명은 상봉이 성사될 여지가 있을 테니까요.

사실 저는 이제 만날 만한 사람이 남아 있지 않아요. 죽음이 우리 사이를 갈라놨을 때도 이미 윌과 저는 젊은 나이가 아니었고, 우리가 알고 지낸 사람은 대부분 왕실 가족과 하인들뿐이었으니까요.

꼭 한 명을 골라야 한다면, 당신을 직접 만나 감사하다는 말씀을 드리고 싶네요. 하지만 그건 당신에게 너무 위험한 일이겠죠. 이런 상봉의 자리를 제안하는 것만으로도 엄청난 용기가 필요한 일일 테니, 당신이 정말 강인한 분이라는 건 두말할 필요도 없겠지만요.

당신의 편지는 제게 두 번째로 소중한 보물이 되었어요. 첫 번째 보물은 아득할 만큼 오래전에 윌이 주었던 결혼반지랍니다. 우리 두 사람은 젊고 행복했고, 온 세상에 희망이 가득했던 시절이었죠.

비록 단 하루의 일일지라도, 이 세상에 희망을 되찾아주셔서 정말 고맙습니다.

존경을 담아, 엘시 벤튼

안두인은 자기도 모르게 미소를 지었다. 하지만 많은 사람들이 이 두 통의 편지를 보고 깜짝 놀라긴 하겠지만, 달가워하지는 않으리라는 사실에 생각이 미치자 그 미소도 어느새 사라져버렸다.

느닷없이 문을 두드리는 소리에 그는 퍼뜩 정신을 차렸다.

"들어오세요."

조언자 중 한 명이 잔소리를 하러 찾아왔으리라 예상했지만, 놀랍게도 경비병이 연 문으로 들어선 건 칼리아였다.

안두인은 자리에서 일어나 손님을 반갑게 맞이했다.

"칼리아, 이렇게 뵈니 반갑군요. 무슨 일로 여기까지 찾아오셨는지 여쭤봐도 될까요?"

그는 탁자에 의자 하나를 더 끌어다 놓았다.

칼리아는 안두인이 가져온 의자에 털썩 앉았다.

"제가 로레나 님께 연락을 했어요. 친구분이 걱정됐거든요. 정말 유감이에요, 안두인."

아서스의 옛 초상화에서 봤던 그 바다색 눈동자에는 연민이 가득했다.

"윌이 치유하지 말아달라고 부탁했다는 이야기 들었어요. 사제로서 그게 얼마나 힘든 부탁인지 저도 잘 알아요. 특히 상대가 사랑하는 사람이라면 더욱 그렇죠."

"진심어린 위로에 감사드립니다. 윌은 저와 평생을 함께했어요. 저희 아버지와도 그랬지요. 개인적으로는 그분에 대해 아는 게 너무 없다는 사실이 부끄러울 지경이에요. 그분은 제겐 그냥…… 윌이었거든요."

안두인은 잠시 말을 멈췄다.

"칼리아, 당신은 지금까지 죽어가는 이들을 많이 보셨겠지요. 사람들이 세상을 떠날 때, 간혹 사랑하던 이들을 보는 일이 있지 않나요?"

그녀는 금발을 나폴거리며 고개를 끄덕였다.

"네, 그런 일이 아주 많죠."

"최후의 순간에 윌은 아내 엘시를 찾았어요. 그런데 그녀가 지금 로데론에 있어요."

안두인은 강렬한 눈빛으로 칼리아를 바라봤다.

칼리아는 헉하고 숨을 들이쉬었다.

"이런, 그렇다면 무슨 일이 있어도 이번 회담을 성사시키고자 하시겠군요."

"반드시 해낼 거예요. 왕실의 조언자들은…… 탐탁스러워하지 않았지만, 어떻게든 실현시킬 생각입니다."

그는 두 통의 편지를 집어 들었다.

"편지가 두 통 왔어요. 하나는 대족장이 직접 보낸 서신이지요."

칼리아의 얼굴에 미소가 피어올랐다.

"오, 안두인, 정말 잘됐네요! 두 번째 편지는 누가 보낸 거죠?"

"엘시 벤톤이 보낸 거예요. 언더시티 황폐의 의회 의장이자, 다름 아닌 윌의 아내예요. 그분도 이번 상봉이 실현되기를 원하고 있어요."

칼리아가 의자에서 벌떡 일어나 밝게 웃으며 안두인을 포옹했다. 그도 조금은 웃을 수 있었다. 윌이 세상을 떠난 이후로 처음 입술을 스치는 웃음이었다. 안두인도 그녀를 안았다. 칼리아는 제이나와 나이가 비슷하거나 조금 더 많았다. 안두인은 '이모'가 보고 싶었다. 그래서 그녀와 닮은 누군가를 찾아냈다는 사실이 왠지 기뻤다.

칼리아는 갑작스럽게 자신이 무슨 짓을 했는지 깨달은 듯 황급히 뒤로 물러났다.

"죄송해요, 폐하. 너무 기뻐서……."

"사과하실 필요 없어요. 저와…… 비슷한 생각을 하는 사람이 또 있다는 건 언제든 기분 좋은 일이죠. 우린 둘 다 왕실의 자녀로 성장했고, 빛의 부름을 받아 사제가 되었어요. 지금 모이라까지 여기 있다면, 클럽을 만들 수도 있겠어요."

하지만 안두인은 칼리아의 예전 삶에 대해 언급한 것을 후회했다. 그녀는 몸이 뻣뻣하게 굳으며 시선을 떨궜다. 그런 이야기는 하고 싶지 않은 게 분명했다. 상황이 더 어색해지기 전에, 안두인은 화제를 돌렸다.

"황폐의 의회 구성원들이 신청한 사람들의 명단을 실바나스가 보내왔어요. 제가 직접 이 사람들을 만나볼 생각인데, 혹시 도움을 주실 수 있나요?"

황폐의 의회 구성원 중에는 칼리아가 생전의 모습을 기억하는 포세이큰이 있을 수도 있었다. 아니면 의회에서 이름을 보낸 사람들 중, 그녀가 알 만한 사람이 있을 수도 있었다. 그래서 칼리아는 이번 일에 큰 도움이 될 수 있었다. 두 사람 모두 그 사실을 알고 있었지만, 안두인은 굳이 언급하지 않았다.

칼리아는 고개를 끄덕였다.

"물론이죠. 기꺼이 돕겠어요."

"이 사람들을 만나보기 전에, 먼저 만나야 할 사람이 한 명 있어요. 오늘 오후에 이곳으로 올 거예요."

안두인이 칼리아에게 말했다.

"네? 누구죠?"

"그 사람을 보면 다른 사람들이 어떤 반응을 보일지 짐작할 수 있을 거예요. 앞으로의 일을 시험해보는 과정이랄까요."

프레드릭 팔레이는 북적거리는 여관에서 음식과 음료, 여흥을 책임졌다. 또한 그런 것들이 조합된 결과 발생하는 난투극을 뜯어말리는 역할도 했다. 한두 번은 핏자국을 닦아내기도 했고, 지나치게 난폭한 손님들을 사자무리 여관에서 쫓아내는 일도 있었지만, 보통은 그저 사람들을 행복하게 하는 것으로 충분했다. 그곳을 찾아오는 손님들은, 그 지역 주민이든 여관을 스쳐 가는 여행객이든, 왁자지껄 노래를 부르고, 모험담을 늘어놓고, 때로는 따뜻한 불 가에 앉아 말없이 에일 맥주 한 잔을 들이켜는 것을 낙으로 삼았다. 가끔은 상냥하게 귀를 기울여주는 프레드릭이나 그의 아내 베리나에게 마음속 깊이 숨겨두었던 이야기를 털어놓기도 했다.

그랬던 프레드릭에게 스톰윈드의 국왕을 알현한다는 건 끔찍하게 생소한 경험이었다.

소환장을 받아들었을 때 그는 공포에 질렸다. 프레드릭과 아내는 최선을 다해 떳떳하고 정직하게 사자무리 여관을 운영해왔다. 레인 국왕이 통치하던 시절부터 목마른 손님에게 맥주를 건네는 일이 팔레이 가문의 소명이었다. 최근에 손님들과 실랑이를 벌였던 일 때문에 누군가가 신고라도 한 걸까? 맥주에 물을 탔다는 누명을 씌운 건 아닐까?

"젊은 안두인 국왕은 아주 상냥한 사람이라고 들었어요. 그런 사람이 당신을 감옥에 가둔다거나, 우리 여관을 폐쇄시킬 것 같지는 않아요. 우리 여관에서 비공개 연회를 개최하려는 게 아닐까요?"

아내 베리나는 기운을 차리자는 의미에서 최대한 긍정적으로 말했다.

프레드릭은 베리나를 사랑했다. 둘 다 이십 대 초반부터 지금까지 늘 그래왔다. 그리고 지금은 그 어느 때보다도 아내를 사랑했다.

"안두인 린 국왕님이 파티를 열 생각이라면, 저 멋진 왕궁에서 여시겠지."

그는 이렇게 말하며 아내의 이마에 가볍게 입을 맞췄다.

"그래도 혹시 모르지?"

급사가 가져온 편지에는 '개인적인 문제'로 초빙하니 '편한 시간에 가능한 한 빨리' 찾아와 달라고 적혀 있었다. 프레드릭은 당연히 아내와 짧은 대화를 마치자마자 외투와 모자를 집어 들고 전령과 함께 스톰윈드 왕궁으로 출발했다.

프레드릭은 왕궁 접견실로 안내를 받았다. 넓지만 소박한 방이었다. 등불과 촛불로 밝혀진 방 안에는 화려한 자수를 수놓은 두꺼운 양탄자가 깔려 있고, 긴 의자 몇 개와 함께 중앙에는 네 개의 의자가 놓인 작은 탁자가 있었다. 우아하게 손질한 수염과 희끗희끗한 머리를 두 갈래로 길게 땋은 신사 하나가 프레드릭을 맞이했다. 그 남자는 레밍턴 리지웰 백작이라고 자신을 소개했다. 백작은 프레드릭에게 자리에 앉으라고 권했다.

"감사합니나만 괜찮습니나, 음…… 백작님, 괜찮으시년 이대로 서 있겠습니다."

프레드릭은 말을 조금 더듬었다. 대체 백작을 앞에 두고 무슨 말을 해야 하는 걸까?

"나는 아무 상관없네."

백작은 그렇게 말하고는 몇 걸음 뒤로 물러나 뒷짐을 진 채 가만히 기다렸다.

프레드릭은 모자를 벗어 손에 들었다. 그리고 긴장한 듯 대머리를 몇 차례 훔쳤다. 한동안 기다려야 할 것 같았다. 국왕이란 그날그날 처리해야 할 업무가 엄청나게 많을 테니까. 그는 커다란 방을 둘러보며 생각했다.

'정말 크구나! 방이 어찌나 큰지 사자무리 여관이 통째로 들어가고도 남겠어.'

"여관 주인 프레드릭 팔레이 님이신가요?"

쾌활한 젊은이의 목소리가 들려왔다.

프레드릭은 휙 돌아섰다. 시종이 왔을 거라고 생각했지만, 눈앞에 있는 인물은 안두인 린 국왕이었다. 스톰윈드의 지도자는 혼자가 아니었다. 흘러내리는 듯한 하얀 로브를 입고, 국왕보다는 나이가 더 많아 보이는 한 여성이 곁에 있었다. 그리고 국왕 뒤쪽에는 하얗게 센 머리와 점잖게 다듬은 수염, 상대를 꿰뚫어 보는 듯한 푸른색 눈이 돋보이는 근육질의 노인이 서 있었다.

"폐하! 죄송합니다, 저는 그러니까……."

깜짝 놀란 프레드릭의 목소리가 고음으로 갈라졌다.

'정말 어리잖아! 우리 안나의 나이가 더 많겠어. 정말 이렇게 어릴 줄은…….'

놀라울 만큼 젊은 안두인 국왕은 상냥하게 웃으며 의자를 가리켰다.

"자, 편히 앉으세요. 와주셔서 감사합니다."

프레드릭은 의자로 다가가 털썩 주저앉았다. 여전히 모자를 손에 들고 있었다. 국왕은 그의 맞은편에 앉았고, 함께 나타난 여사제와 노인도 그 뒤를 따랐다. 안두인 국왕은 두 손을 모은 채 침착하고 상냥한 표정으로 프레드릭을 바라봤다. 노인은 팔짱을 끼고서 의자에 등을 기댔다. 국왕이나 여사제와 달리 노인은 화가 잔뜩 난 표정이었다. 프레드릭은 그 노인이 왠지 낯이 익다고 생각했지만, 정확히 어떻게 알고 있는지는 꼬집어 말할 수 없었다.

"자세한 사정을 밝히지 않고 이렇게 오시라고 해서 미안합니다. 아무래도 민감한 문제이다 보니, 당신과 직접 이야기를 나누고 싶었습니다."

이 시점에서 프레드릭의 눈은 계란처럼 휘둥그레졌지만 아무것도 할 수 없었고, 그가 할 수 있는 것은 기껏 딸꾹질뿐이었다. 안두인은 곁에 서 있는 신사에게 손짓을 했다.

"팔레이 씨에게 포도주 한 잔 가져다주세요, 리지웰 백작님. 아니면 맥주가 더 나을까요?"

'스톰윈드의 국왕님이 내게 포도주를 먹을지 맥주를 먹을지 물어보고 계셔.'

프레드릭은 생각했다. *세상이 끝장날 모양이야!*

"아, 아무거나 괜찮습니다, 폐하."

"최고급 달라란 적포도주 한 병 주세요."

국왕의 말에 백작은 고개를 끄덕인 후 방을 나섰다. 국왕은 프레드릭에게 시선을 돌렸다.

"여관 주인이시니 제가 고른 포도주에 대해선 잘 알고 계시겠죠."

프레드릭은 그 포도주를 잘 알고 있었다. 하지만 사자무리 여관에서 쉽게 볼 수 있는 술은 아니었다. 일반인들은 접근할 수 없는 가격이었으니까.

"아주 용감한 분을 위해 건배를 하려고 합니다. 그 후에는 당신께도 그렇게 용감한 일을 해주십사 부탁드릴 생각이고요."

프레드릭은 고개를 끄덕였다.

"네, 폐하. 분부만 내려주십시오."

그러자 여사제가 프레드릭의 팔에 부드럽게 손을 얹었다.

"긴장된다는 걸 알아요. 하지만 약속할게요. 원한다면 언제든 여길 나가셔도 돼요. 국왕 폐하는 그저 부탁을 하려는 것이지, 명령을 하시려는 게 아니에요."

프레드릭은 두려웠던 마음이 누그러지는 것을 느꼈다. 왕궁의 전령이 난데없이 사자무리 여관에 나타난 이래로 줄곧 쿵쾅거리던 심장이, 뒤편의 노인이 쏘아보는 와중에도 조금씩 차분해지기 시작했다.

"감사합니다, 사제님."

안두인이 말을 이었다.

"역병 때문에 형제를 잃었다고 들었어요. 먼저 진심으로 유감이라는 말씀을 드리고 싶군요."

이건 프레드릭이 예상하던 것과 거리가 멀었다. 배를 한 대 얻어맞은 기분이었다. 하지만 젊은 국왕의 푸른 눈은 여전히 친절하고 연민으로 가득했기에, 프레드릭은 마음 편히 말할 수 있었다.

"네. 어릴 적에는 아주 친했습니다. 형 프란디스는 늘 검을 갖고 놀기를 좋아했죠. 실력도 좋았습니다. 늘 저보다 나았죠. 어느 날 도둑들로부터 상단을 지키는 일을 구했습니다. 여기서부터 아이언포지까지, 혹은 상단이 가는 곳이라면 어디든 따라갔죠. 그날…… 상단은 로데론으로 갔습니다."

소년(*아니야! 국왕 폐하라고!*)의 시선이 잠시 아래로 향했다.

"프란디스가 죽었다고 생각하시죠?"

프레드릭의 가슴에 갑작스러운 희망이 차올랐다.

"혹시…… 형이 살아 있습니까?"

국왕은 고개를 가로저었다.

"아니요. 하지만 형님은 포세이큰이 되셨어요. 그리고 포세이큰으로서 영웅이 되셨죠. 그분은 당시의 독재자, 호드의 대족장이던 가로쉬 헬스크림에게 저항하다가 돌아가셨어요. 잔인하고 상식 밖의 명령을 거부했기 때문에 돌아가신 겁니다."

리지웰 백작이 앞서 지시한 포도주와 유리잔 네 개가 담긴 쟁반을 들고 돌아왔다. 국왕은 고개를 끄덕여 감사 인사를 하고 잔을 채웠다. 프레드릭은 섬세한 유리잔을 너무 세게 쥐지 않으려고 갖은 애를 썼다. 주점에서 늘 사용하던 투박한 술잔과는 달라도 너무 달랐다.

형 프란디스가 포세이큰이 되었었다니…… 프레드릭은 온몸을 부들부들 떨기 시작했고, 포도주가 아름다운 술잔 밖으로 흘러넘쳤다. 그는 술을 한 모금 마시며 마음을 가라앉힌 후, 그 귀한 포도주의 맛을 음미하지 않은 자신을 탓했다.

"영웅이라고요? 그건 왠지 포세이큰과는 어울리지 않는 말인 것 같습니다만……."

프레드릭은 이것이 혹시 일종의 시험은 아닐까 생각하며 조심스럽게 말했다.

"우리가 일반적으로 생각하는 포세이큰과는 어울리지 않는 말이죠. 맞아요."

여사제가 말했다. 그녀 옆에 앉아 있는 잿빛 머리 노인은 점점 더 짜증이 치미는 표정이었다.

"그러면 프란디스와는 어울린다고 생각하세요?"

젊은 국왕이 물었다.

그러자 프레드릭의 눈에서 눈물이 반짝였다.

"그렇습니다, 어울려요. 형은 아주 좋은 사람이었거든요, 폐하."

"저도 알아요. 그분은 돌아가신 뒤에도 좋은 분이셨어요. 그런…… 변화를 겪은 후에도 이성을 유지하는 포세이큰이 형님 한 분만은 아닙니다. 물론 전부 다 그렇다고는 할 수 없지만, 적어도 일부는 그렇죠."

"그런 건…… 불가능할 것 같습니다."

프레드릭이 중얼거렸다.

"한 가지 묻겠습니다. 먼저, 프란디스가 아직 우리와 함께 있다고 생각해보시죠. 포세이큰이 된 상태로요. 그분이 원래의 인격을 상당 부분 유지하고 있다면, 지금도 여전히 당신의 형이자 선한 분이시라면, 혹시 그분을 만날 의향이 있으신가요?"

프레드릭은 자신의 무릎을 내려다봤다. 크고 강인한 손이 지금껏 모자를 움켜쥐고 뒤틀어대는 통에 모양이 완전히 망가져 있었다.

왜 이런 질문을 하는 걸까! 만날 의향이 있느냐고?

"신중하게 생각하고 답하게. 자네 형이긴 하지만, 그와 동시에 포세이큰이기도 하니까."

노인이 처음으로 입을 열었다. 낮은 목소리가 마치 으르렁거리는 소리처럼 들렸다.

"그는 살아 있지 않네. 썩어가는 중이겠지. 피부 여기저기에 뼈가 튀어나와 있을 걸세. 스컬지의 구성원으로서 아주 끔찍한 짓을 했을지도 모르지. 지금도 밴시 여왕을 섬기고 있을 테고. 그런데도 자네는 '형'을 만나고 싶은가?"

안두인 국왕은 노인의 말에 기분이 썩 좋아 보이지 않았지만, 그의 말을 제지하지는 않았다. 프레드릭은 선명하게 떠오른 형의 모습에 서늘한 거부감을 느꼈다. 그가 만나게 될 사람은…… 무엇일까? 아니, 누구일까?

괴물일까? 형일까?

아무래도 그건 직접 알아내야 하지 않을까?

프레드릭은 마른침을 꿀꺽 삼키고 먼저 국왕의 얼굴을 똑바로 바라봤다. 그 다음에는 상냥한 여사제의 얼굴을, 썩 내키지 않지만 화가 난 듯한 노인의 얼굴을 바라봤다.

프레드릭은 결심한 듯 국왕을 향해 대답했다.

"네, 폐하. 형을 다시 만나고 싶습니다. 형이 정말로 폐하께서 말씀하신 것처럼 선한 존재라면, 사악한 존재를 막아내려 애썼던 사람이라면, 지금도 여전히 제 형일 겁니다."

국왕과 여사제는 서로 기쁨에 찬 눈빛을 교환했다. 국왕은 프레드릭의 잔을 다시 채웠고, 노인은 고개를 절레절레 저으며 한숨을 내쉬었다.

제 24 장

스톰윈드

그 뒤로 며칠 동안 안두인과 칼리아는 실바나스가 보낸 목록 속 사람들에게 모두 편지를 보냈다. 안두인은 편지를 필경사에게 맡기지 않고 직접 썼다. 그리고 칼리아와 함께 '회합'이라고 부르기 시작한 이 행사의 참석 여부는 전적으로 개인의 뜻에 맡긴다고 명시했다.

거절한다 해도 귀하와 귀하의 가족에게는 아무런 불이익이 가해지지 않을 것입니다. 이 회합은 명령이 아니라 초대입니다. 예전과는 모습이 조금 달라졌을 테지만, 사랑하던 이들과 다시 한 번 만날 수 있는 기회를 드리려는 것입니다.

안두인은 서신에 이렇게 적었다.
편지를 배달하는 급사들에게는 반드시 회신을 받아오라는 지시를 내렸다. 목록에 언급된 사람들 중에는 글을 쓸 수 있어 직접 답장을 쓰는 이들도 있었고, 그럴 수 없는 경우에는 급사에게 말로 대답을 전했다. 안두인은 잔뜩 쌓인 답장을 바라보며 한숨을 쉬었다.

"오늘 온 편지들만 보면, 수락하는 것보다 거절하는 경우가 더 많은 것 같군요."

칼리아는 조금 슬프지만 상냥한 표정을 지었다.

"놀랄 일은 아니잖아요."

"네, 놀랄 일은 아니죠."

'그래서 더 마음이 아픈 것이겠죠.'

안두인은 그 생각을 굳이 입 밖으로 말하지 않았다.

"하지만 바로 수락한 사람들도 있어요. 어차피 의회 쪽에서도 다섯 명씩 이름을 보냈잖아요. 거절할 사람이 있으리라는 걸 이미 예상하고 있었겠죠."

칼리아가 안두인을 위로했다.

"맞아요."

그 점을 기억해야 했다. 그들의 일은 이제 겨우 시작에 불과했다. 긍정적인 대답을 보내온 사람들을 모두 만나서 이야기를 나누고, 가족이나 친구를 다시 만나겠다는 말이, 복수와 증오 때문이 아니라 애정과 연민으로부터 기인한 것임을 확인해야 했다. 다른 조언자들도 칼리아와 안두인을 돕겠다고 했지만, 젊은 국왕은 정중히 사양했다. 씁쓸한 생각이었지만, 그들의 관점에 편견이 없는지 확신할 수가 없었다. 안두인은 프레드릭과 대화할 때, 겐이 얼마나 대놓고 불쾌감을 표출했는지 분명히 보았다. 사람들도 만나야 할 상대가 누구인지 정확히 알 필요는 있었지만, 혹시라도 무언의 압력 때문에 만남의 자리를 거부하는 일이 생겨서는 곤란했다.

하지만 국왕의 조언자들만 이번 일에 대해 부정적으로 생각하는 건 아니었다. 경비병들과 쇼의 부하들은 주점과 거리에서 사람들이 수군거리고 있다고 보고해왔다. 그런 수군거림이 폭동에 가까워지거나 지나치게 격렬해질 경우 모든 대화를 중단시키라는 지시가 경비병들에게 내려졌다. 다행히 아직까지는 과격한 사건이 일어나지는 않았다. 시민들이 표출하는 증오는 주로 사랑하는 사람들에게 끔찍한 짓을 저지른 실바나스와 호드를 향한 것이었다. 많은 사람들은 여전히 '괴물'이 되는 것보다는 죽음을 맞이하는 것이 낫다고 생각했다.

안두인 국왕과 밴시 여왕 사이의 대화는 놀라울 만큼 수월하게 이루어졌고, 둘은 양측이 준수해야 할 여러 가지 규칙에 합의했다. 물론 국왕의 조언자들은 안전을 담보할 수 없다며 결사적으로 반대했다. 회담 장소로 선택된 지역, 참가자로 선정된 인원, 각 진영의 병력이 현장에 도착한 이후 따라야 하는 절차, 회합을 마치고 해당 지역을 벗어나는 문제까지 모든 이들이 동의하고 받아들인 건 아니었다.

한 번은 겐이 안두인에게 단도직입적으로 물었다.

"자네 아버님을 배신한 작자와 어찌 그리 협력할 수 있는 건가? 그자가 손에 묻힌 피는 바닷물보다 많네!"

"물론 쉽진 않아요. 그녀의 손에 많은 피가 묻어 있는 것도 사실이고요. 하지만 그건 우리도 마찬가지예요. 겐, 제가 과거를 바꿀 순 없어요. 하지만 이번 일이 잘 성사된다면, 미래는 바꿀 수 있어요. 한 번에 한 명씩, 하나의 인식과 하나의 마음을 바꾸는 거죠. 그러면 아제라이트로 촉발될 미래의 전쟁 때문에, 우리 모두가 공멸하는 결과는 피할 수 있을지도 몰라요."

안두인은 이렇게 대답했다.

시간이 흘렀다. 안두인과 칼리아는 계속해서 신청자 목록에 이름이 올라 있는 사람을 만났다. 프레드릭과 비슷한 태도를 보이는 사람들도 있었다. 포세이큰을 '사람'이라는 개념과 연관시키는 데는 어려움이 있었지만, 다시 만나기를 갈망하는 이들이었다. 또 다른 이들 중에는 편지를 통해 포세이큰 가족과 만나고 싶다는 의지를 표명했지만, 참가자로 선정하기에는 적절치 않아 보이는 경우도 있었다. 칼리아는 눈썰미가 좋았고, 안두인은 결정을 내리는 데 천상의 종이 입힌 부상의 도움을 받았다. 안타깝지만 일부 사람에게서는 가족과의 '재결합'이 폭력 사태로 이어질 조짐이 분명히 드러났다.

그들의 내면에는 적대적인 감정이 똬리를 틀고 있었다. 죽었다가 다시 살아났다는 사실만으로도 포세이큰은 처벌받아야 한다고 생각하는 이들이었다. 또한 실바나스에 대해 공공연히 분노하는 이들도 있었다. 그런 사람들에게는 약간의 거마비와 간식을 대접하고 돌려보내야 했다.

"증오라는 감정을 보면 전 항상 놀라요. 이제 그러지 않아야 하는데, 어쩔 수가 없네요."

안두인의 말에 칼리아는 슬픈 표정으로 고개를 끄덕였다.

"사제로서 우리가 빛의 뜻을 따르려면, 마음을 독하게 먹을 수만은 없어요. 그런 유약함이 우리의 강점이자 약점이기도 하죠. 그렇다고 해서 사제의 본질을 외면할 생각은 없어요."

양초가 짤막해질 만큼 타들어가고 마지막 날, 마지막 후보자가 접견실 의자에 앉았다. 그녀의 이름은 필리아 퀸발라스였고, 그녀와의 만남을 요청한 사람은 부친인 파쿠알이었다.

필리아는 열다섯 살 정도 되어 보였다. 커다랗고 감정이 풍부한 눈 아래에 작은 주먹코가 눈에 띄었다. 생기 넘치는 필리아의 모습을 보고 있자니, 필리아와 포세이큰은 여름과 겨울처럼 거리가 멀어 보였다.

"저희 아버지께서는 로데론의 역사가이셨어요. 저도 그곳에서 태어났죠. 하지만 이모와 삼촌, 사촌까지 전부 스톰윈드에 살고 있어서, 그날 저는 친척들과 함께 이곳에 머물고 있었어요. 그 다음 날에는 집으로 돌아갔어야 했는데……."

그녀는 말을 잇지 못했다. 두 눈에 눈물이 차올랐다. 안두인은 손수건을 꺼내 필리아에게 건넸다. 그녀는 감사의 미소를 지으며 떨리는 손으로 손수건을 받아들었고, 칼리아가 따라준 물을 한 모금 마셨다.

"아서스가 돌아왔군요."

안두인이 그녀를 대신해 말해주었다. 그리고 칼리아를 흘긋 바라봤다. 생존자들과의 만남이 이루어지는 동안 칼리아의 남동생 아서스의 이름은 셀 수 없이 많이 언급되었다. 그리고 모두들 아서스에게 진심으로 저주를 퍼부었다. 그게 칼리아에게 상처를 준 것만큼은 분명했다. 안두인은 한 번도 칼리아의 이름을 부르지 않았고, 그녀도 리치 왕에 대한 욕설에 별다른 반응을 보이지 않았다. 사제라서 마음을 독하게 먹을 수만은 없다고 말했던 칼리아가 보여주는 강인한 면모에 젊은 국왕은 새삼 존경심을 품었다.

필리아는 애처롭게 고개를 끄덕인 후, 숨을 깊이 들이쉬고 말을 이었다.

"그 뒤로 엄마나 아빠에게서 아무 소식도 듣지 못했으니, 두 분 다 돌아가셨다고 생각했어요. 아니, 스컬지에 대해 들은 이야기가 있으니, 오히려 돌아가셨길 바란 셈이죠. 아, 정말 끔찍해요. 솔직히 제가 국왕 폐하의 편지를 받았을 때, 삼촌은 여기 오지 않는 게 좋겠다고 말씀하셨어요. 하지만 전 와야만 했어요. 혹시라도 기적적으로 아빠가 아직 그대로 남아 있다면, 꼭 만나야 하거든요. 아빠를 만나야 해요!"

그녀는 목이 메었고, 힘겹게 참았던 눈물이 두 볼을 타고 흘러내렸다.

칼리아는 대화를 나눈 사람들 모두에게 한결같이 친절하고 위안이 되는 존재였지만, 이 소녀의 애틋한 사랑에 크게 감동한 듯했다. 칼리아는 자리에서 일어나 필리아에게 다가갔다. 그녀는 필리아를 꼭 껴안고 기대어 울 수 있는 어깨를 내주었다. 안두인은 여사제의 눈에서도 눈물을 본 것 같았다. 그러자 한 가지 생각이 떠올랐다. 민감한 문제였지만, 이곳에서의 일이 끝나는 대로 칼리아에게 솔직히 물어봐야 할 게 있었다.

안두인이 필리아에게 말했다.

"걱정 마세요. 제가 장담할게요. 전 아버님을 직접 만난 적은 없지만, 예전의 일을 기억하는 포세이큰을 많이 만나봤어요. 다들 가족들과 다시 만날 날만을 손꼽아 기다리고 있었어요. 가족들이 설령, 포세이큰이 되어버린 자신들에 대해 끔찍한 상상을 한다 해도 말이에요."

칼리아는 필리아에게서 한 걸음 물러나 그녀의 어깨에 손을 얹었다.

"필리아, 절 보세요."

소녀는 딸꾹질을 하며 그 말을 따랐다. 붉게 충혈된 두 눈이 퉁퉁 부어 있었다.

"지금의 아버님을 알고 있는 사람에게서 이야기를 들었어요. 아주 훌륭한 분이시라고, 여전히 친절하고 지적인 분이라고 말하더군요. 두 분 모두 즐거운 만남이 되리라 확신해요."

"감사합니다! 정말 감사해요! 아빠를 언제 만날 수 있을까요?"

"급사를 통해 안내문을 보내겠습니다. 오래 기다릴 필요는 없을 거예요."

안두인이 약속했다.

기쁨으로 표정이 환하게 밝아진 소녀가 방을 떠났을 때, 칼리아는 조금 전 흘린 눈물 때문에 발갛게 달아오른 얼굴로 안두인을 향해 미소를 지었다.

"이제 당신이 얼마나 옳은 일을 하고 있는지 알겠죠, 안두인 린."

국왕은 여사제를 향해 짓궂은 미소를 지어 보였다.

"옳은 일이 되기를 바랍니다. 모든 게 끝나야 마음을 놓을 수 있을 것 같아요. 당신이 없었다면 할 수 없었을 겁니다, 칼리아. 사람들의 마음을 읽는 재능이 있으시군요."

"왕실에서 성장하다 보니 어린 시절부터 그런 걸 배워야 했죠. 당신도 마찬가지였을 테지만. 그리고 수많은 동료 사제들과 함께 일하면서 그런 능력이 더욱 섬세해지고, 공감의 힘이 더해져 강해졌죠."

두 사람의 대화가 잠시 끊어졌다. 지금 막 안두인이 원하는 질문으로 이어질 단초를 칼리아가 제공해준 셈이었다. 그렇다고 해도 안두인은 마음을 단단히 먹어야 했다.

안두인이 조심스럽게 입을 열었다.

"칼리아, 지금까지 정말 큰 도움을 주셨어요. 스톰윈드 시민도 아니신데 말이죠. 이번 일을 통해 평화를 얻을 수 있다면, 당신은 얼라이언스의 영웅이 될 거예요."

그녀는 슬픔이 어린 미소를 지었다.

"고마운 말씀이지만, 전 얼라이언스의 일원이라고 할 수 없어요. 지금의 전 황천빛 사원을 제외하면 그 어느 곳에도 속하지 않은 사람이에요. 오직 빛이 원하는 곳으로 갈 뿐이죠. 당신의 이번 계획이 더 큰 균열을 봉합할 수 있는 옳은 길이라고 전 확신해요."

안두인은 이야기를 확실히 매듭짓지 않고는 넘어갈 수 없었다. 너무나 많은 일의 운명이 걸려 있었다. 그래서 하고 싶은 말을 시작했다.

"당신은 태어나면서부터 로데론 왕국의 통치권을 소유했어요. 그런 칭호와 권력을 자의로 버릴 수 있는 사람은 흔치 않겠죠. 전 당신의 마음을 이해하지만, 그렇지 못한 사람이 더 많을 거예요. 당신을 따르는 로데론의 후예들이 득세하고, 당신의 이름으로 그 도시를 탈환하려 할 수도 있어요."

칼리아는 안두인의 눈을 뚫어져라 바라봤다.

"당신도 그중 한 명이 될 건가요? 그래서 물어보시는 건가요? 스톰윈드의 국왕으로서 호드를 상대로 전쟁을 선포하고, 언더시티를 탈환하여 로데론의 여왕에게 텅 빈 왕국을 하사하시려는 건가요?"

로데론의 왕좌는 모든 면에서 칼리아의 것이었다. 그녀에게 왕좌를 되찾겠다는 의지가 있다면 전쟁을 불사해야 하는 걸까? 칼리아는 안두인의 얼굴에서 갈등하는 표정을 보고는 그의 손등에 손을 얹었다.

"저도 이해해요. 걱정하지 마세요. 지금 로데론에 거주하는 이들은 살아생전에도 그곳에 살았어요. 포세이큰이야말로 진정한 계승자예요. 그 왕국은 이제 그들의 것이에요. 제 백성이 되었을지도 모를 그들을 위해 제가 할 수 있는 최선의 일은, 지금 제가 하고 있는 이 일이에요. 전 마음의 평온을 얻었고, 진정한 변화를 일궈낼 수 있는 소명을 찾았어요. 피투성이 왕관보다는 그게 더 중요한 일이죠."

"왕관을 얻으려면 평온과 소명을 희생해야 하죠, 보통은."

안두인이 말했다.

"당신은 그러지 않았잖아요. 스톰윈드에 당신이 있어서 정말 다행이에요. 하지만 제게 감사의 뜻을 표하고 싶으시다면, 한 가지 부탁할 게 있어요. 당신뿐 아니라 대주교님께도요. 저도 이번 회합에 참여하고 싶어요."

칼리아의 말에 안두인은 눈살을 조금 찌푸렸다.

"그게 현명한 생각인지는 모르겠습니다. 당신을 알아보는 사람이 있을지도 모르니까요. 일이 위험해질 수도 있습니다. 자칫하다가는…… 큰 오해를 살 수도 있죠."

사실, 충분히 전쟁으로도 이어질 수 있는 일이었다.

"혹시라도 절 알아보는 포세이큰이 있다면, 저에게 악의가 없다는 걸 보여줄 수 있는 기회가 될 거예요. 포세이큰이 이토록 오랫동안 고향으로 삼아왔던 장소에서, 그들을 몰아낼 의사가 없다는 걸 보여줄 수 있는 기회잖아요. 전 그곳 주민들이 계속 안전하게 남아 있기를 바라요."

칼리아가 안두인의 말에 반박했다.

안두인은 그녀를 뚫어져라 바라보며, 심호흡을 하고 마음을 가라앉혔다.

'빛이여, 칼리아가 포세이큰을 해칠 생각이라면 제게 알려주십시오.'

뼈마디가 아파 오지 않았다. 칼리아가 끔찍한 모반을 꾀하고 있다는 징후는 없었다. 그녀가 원하는 건 두 사람이 함께 섬기는 빛의 뜻을 따르는 것뿐이었다.

칼리아가 말을 이었다.

"게다가 전, 지금까지 만난 사람들과 신뢰 관계를 구축했어요. 대주교님에 대해 저만큼 잘 아는 사람도 없을 거예요."

그 말은 사실이었다. 그리고 파올 대주교만큼 그녀에 대해 잘 아는 이도 없었다. 안두인은 한참이 지나서야 입을 열었다.

"대주교님과도 이야기해볼게요. 그분이 동의하신다면, 저도 받아들이겠어요."

칼리아는 그제야 환하게 웃었다.

"정말 고마워요. 제게 얼마나 큰 의미가 있는지 모르실 거예요."

마지막으로 물어봐야 할 것이 하나 있었다.

"미안하지만 묻고 싶은 게 있습니다. 꼭 답을 들어야 하는 일이에요."

칼리아가 고개를 숙이자 아서스와 같은, 안두인과 같은 금발이 늘어져 그녀의 얼굴을 가렸다. 그녀가 입을 열었지만 목소리는 아주 작았다.

"전 당신을 믿어요, 안두인. 반드시 답을 들어야 하는 문제라면, 그냥 말씀하세요."

안두인은 숨을 깊이 들이쉬고는 입을 뗐다.

"칼리아…… 아이가 있나요? 후계자가 있습니까?"

제 25 장

스톰윈드

침묵이 두 사람 사이에 무겁고 또 슬프게 내려앉았다. 안두인은 칼리아가 대답하기도 전에 이미 그 답을 알고 있었다.

"아이가 있었죠."

칼리아는 잘 들리지 않을 만큼 작은 목소리로 이야기했다. 안두인은 그녀가 정말로 자기 이야기를 할 준비가 되었는지 확인하고자 잠시 기다렸다. 안두인이 화제를 전환하려 입을 떼는 순간, 그녀의 이야기가 시작되었다.

"이해해주세요…… 저희 아버지께서는 친절하고 이해심 많은 국왕이셨지만, 한 가지 문제에서만큼은 고집을 꺾지 않으셨어요. 바로 제 결혼 상대는 본인이 직접 고르셔야 하고, 저도 그 선택에 반드시 동의해야 한다는 거죠."

무릎 위에 모아 쥔 손을 바라보던 칼리아가 고개를 들고, 슬픔이 가득한 바다 빛 눈으로 안두인을 바라봤다.

"전 살아오면서 수많은 실수를 저지르고 잘못된 선택을 했어요. 누구나 그렇겠지만, 왕가의 일원으로서 내린 결정은 너무 많은 사람들에게 영향을 주기 때문에, 그만큼 더 막중하다고 할 수 있겠죠. 당신도 왕비를 맞이하고 후계자를 준비해야 한다는 필요성을 느끼고 계실 거예요. 조언자들은 정치적으로 적절한 선택을 해야 한다고 주장할 테고요. 다른 사람이라면 그런 것들을 참아내고 살 수 있을지도 모르지만, 우리 같은 사람은 그게 안 돼요. 이것 하나만 약속해줘요, 안두인. 다른 사람이 뭐라고 하든, 마음이 끌리지 않는 상대와는 결혼하지 마세요."

칼리아의 열의에 찬 얼굴은 여전히 아름답고 쓸쓸했다. 그 말에 담긴 진실의 힘이 안두인을 압도했다. 하지만 궁극적으로는 왕국에 최선이 될 수 있는 선택을 해야 한다는 걸 알았기에, 이렇게 대답했다.

"지킬 수 없는 약속은 할 수 없어요. 그렇지만 이번 일을 대하는 당신의 기분은 잘 알 것 같아요."

"우리 모두 해야 할 일을 하는 거예요. 전 최우선 후계자가 아니었어요. 당신과 같은 책임감이 없었죠. 그런 게 있었다면 군말 없이 받아들였을 거예요. 하지만 첫 번째 후계자는 아서스였어요. 맏아들이었죠. 동생이 커가면서 아버지도 아서스에게 더 많은 정성을 쏟으셨고요. 그 아이와 제이나는 완벽한 한 쌍이 될 것 같았어요. 사랑하는 연인이자 정치적으로 완벽한 결합이기도 했으니까요. 적어도 둘의 관계가 완벽하지 않다는 결정을 아서스가 내리기 전까진 그랬죠."

칼리아는 잠시 말을 멈추고 안두인을 올려다봤다.

"제이나는…… 이런 말을 해도 될지 모르겠지만, 그녀가 혹시……."

안두인은 서둘러 칼리아를 안심시켰다.

"살아 있어요. 지금 어디에 계신지는 알 수 없지만, 자기 몸은 충분히 지킬 수 있겠죠."

안두인은 제이나가 고통받고 있다는 사실도, 그녀가 얼라이언스를 떠났다는 사실도 털어놓지 않았다. 칼리아는 이미 너무 많은 슬픔을 가슴에 품고 있었다. 그녀가 따로 묻지 않는 한, 굳이 이야기하고 싶지 않았다.

칼리아는 그 말로도 충분한 것 같았다. 그녀는 미소를 지은 후 먼 곳을 바라보며 말했다.

"다행이에요. 어렸을 적에 우린 참 가깝게 지냈죠. 이 세상이 지금보다는 덜 잔인했던 시절 말이에요. 아서스가 결국…… 어떻게 되었나 생각해 보면, 제이나가 아서스와 결혼하지 않아서 정말 다행이에요. 하지만 아버지의 눈이 동생만 바라보는 사이, 저도 조용히 반란을 꾀했어요. 아버지가 절대로 허락하지 않을 사람과 사랑에 빠져버렸죠. 그 사람은 평범한 보병이었어요. 우리는 시간이 날 때마다 밤을 틈타 왕궁을 몰래 빠져나갔고, 한 여사제님께 결혼식을 올리게 해달라고 부탁했어요. 그녀도 처음에는 거절했지만, 우리는 절대로 뜻을 굽히지 않았죠. 저는 사랑하던 그 사람과 함께 그분을 찾아가고, 또 찾아갔어요. 그리고 마침내 빛의 축복과 함께 우린 결혼식을 올렸어요."

칼리아의 손이 배를 감쌌다. 한때 아이를 품어 둥글게 불렀을 배였다.

"아이가 생겼다는 확신이 들자, 어머니께 그 사실을 털어놓았어요. 아, 어찌나 화를 내시던지! 하지만 어머니도 제 표정을 보며 그것이 진정한 사랑이라는 걸 인정해주셨고, 저도 합법적인 결혼 관계에서 생긴 아이라고 말씀드렸죠. 아버지께서는 아서스 문제에 너무 골몰하신 나머지, 어머니와 제가 왕국의 변두리에서 '조금 긴 휴식'을 갖겠다고 했을 때도 크게 반대하지 않으셨어요."

칼리아의 손이 배 위에서 움직임을 멈추고는 주먹을 꽉 쥐었다.

"어여쁜 딸을 품에 안고 단 몇 주 동안 보살필 수 있었어요. 결국에는 남편이 로데론에서 멀리 떨어진 곳으로 아이를 데려가 신분을 숨기고 살기로 했죠. 어머니께서는 때가 되면, 그러니까 아서스가 결혼을 하고 후계자가 태어나면, 그때 우리 딸아이를 왕가의 일원으로 인정받고 남편과 함께 귀족의 지위에 오를 수 있도록 해보자고 말씀하셨어요. 하지만 그런 날은 오지 않았어요. 스컬지가 침공해온 그 끔찍한 날이 왔을 뿐이죠."

안두인은 연민을 느끼며 귀를 기울였다. 그녀는 더 비싼 값을 부르는 상인에게 팔려가는 가축 같은 신세였다. 반항하고, 사랑에 빠지고, 그러다가 아이까지 갖게 되었다. 딸이었다. 안두인은 잠시 자기 딸이나 아들은 어떤 모습일까 생각했다. 외모나 성별과 관계없이 그 아이는 언젠가 이 왕국을 지배하게 될 것이다. 그리고 왕위에 오르기 전까지는 모두의 사랑을 받을 것이다.

"그 당시의 일은 잘 기억나지 않지만, 배수로에 누워 있는 제 위로 스컬지가 지나다니던 건 기억이 나네요. 지금까지도 그때 발각되지 않은 건 빛의 가호 덕분이라고 생각하고 있어요. 그리고 전 남녘해안으로 갔어요. 남편과 아이가 숨어 있던 곳이죠. 그렇게 다시 만난 우리는 부둥켜안은 채 하염없이 울었지만, 그럴 수 있는 시간조차 길지 않았어요."

'안 돼. 또다시 그런 일을 겪어선 안 돼.'

안두인은 주먹을 쥔 칼리아의 손을 살며시 잡았다. 그녀의 손은 잔뜩 굳어 있었지만, 서서히 힘이 빠지고 칼리아의 손가락과 안두인의 손가락이 얽혔다.

"더 말씀하실 필요 없어요, 칼리아. 괴로운 기억을 떠올리게 해서 미안해요."

"괜찮아요. 기왕 이야기를 시작했으니 마무리를 짓고 싶어요."

"정말 괜찮다면 그렇게 하세요."

칼리아는 희미한 미소를 지어 보였다.

"모든 걸 털어놓고 나면, 악몽이 멈출지도 모르지요."

안두인의 얼굴이 흐려졌다. 거기엔 대답할 말이 없었다. 그녀가 말을 이었다.

"아무도 절 알아보지 못했어요. 다들 제가 죽었다고 생각했죠. 잠시나마 저희는 행복했지만, 그때 역병이 밀려들었고 저희는 달아났어요. 가족과 또다시 떨어지고 싶지는 않았지만, 인파에 휩쓸리는 바람에 결국 뿔뿔이 헤어지고 말았죠. 전 거리 한가운데 서서 남편과 아이의 이름을 목 놓아 불렀어요. 그런 제가 불쌍했는지, 누군가 절 말에 태워주었죠. 그렇게 가까스로 마을을 벗어날 수 있었어요. 숲에는 피난민들이 모여 있었어요. 많은 사람들이 사랑하는 이들의 소식을 기다렸죠. 때로는 그들의 기도에 답한 것인지, 헤어진 가족이 다시 만나는 일도 있었어요……."

칼리아는 입술을 깨물며 계속 말을 이었다.

"저도 우리 가족이 무사하기만을 기도했어요. 하지만…… 그 뒤로 다시는 남편과 아이를 만나지 못했어요."

칼리아의 목소리가 희미해졌다.

그 순간, 어떤 깨달음이 찾아온 안두인은 숨을 쉴 수 없었다. 칼리아가 포세이큰과 친구가 된 이유를 그제야 알 수 있었다. 포세이큰을 자신의 고향과 인생, 가족까지 모두 파괴한 존재로 인식하지 않고, 그들과 공감하기로 선택한 이유를 깨달은 것이다.

"남편과 아이가 스컬지로 죽어간 게 아니라, 포세이큰이 되었길 바라시는군요. 회합에서 그들의 이야기를 듣고 싶으신 거고요."

안두인이 부드러운 목소리로 말했다.

칼리아는 고개를 끄덕이며 한 손으로 얼굴에 흐른 눈물을 닦았다. 다른 한 손은 젊은 국왕의 손을 꼭 붙잡고 있었다.

"네, 저도 대주교님을 만나고 나서야 포세이큰이 괴물이 아니라는 걸 깨닫게 되었어요. 그들은…… 우리와 똑같았어요. 우리가 죽임을 당하고 다른 방식의 삶을 살게 되었다면 그들과 마찬가지였을 거예요."

"가족이 어떻게 됐을지는 아무도 모릅니다. 광기에 사로잡혔을 수도 있고, 아주 잔혹하게 변해버렸을 수도 있어요. 그들을 보았을 때 큰 충격을 받게 될지도 몰라요."

그런 말을 하는 사이, 겐이 프레드릭에게 해주던 냉정한 말들이 떠올랐다.

"알아요. 하지만 그렇게 되었더라도 얼마든지 감수할 수 있어요. 빛이란 건 그런 것 아닌가요, 안두인? 희망 아니던가요?"

안두인의 머릿속에 헬스크림의 재판이 다시 떠올랐다. 그 오크는 사원이 예상치 못한 공격을 받아 혼란에 빠진 틈을 타 재판정을 탈출했다. 그 전투에서 제이나는 심각한 부상을 입었다.

아니, 정확히 말하면 그녀는 죽어가고 있었다.

얼라이언스와 호드의 많은 이들이 제이나를 치유하려 했다. 하지만 상처가 너무 깊었다. 안두인은 차가운 돌바닥에 무릎을 꿇은 채, 힘겹게 호흡을 이어가는 제이나의 입가에 맺히는 붉은 거품을 보며 피투성이 로브를 애달프게 붙잡았다.

'제발, 제발.'

그는 기도했고, 빛이 응답했다. 하지만 다른 이들처럼 안두인도 많이 지친 상태였고, 그래서 그가 불러낸 빛으로도 제이나를 구원하기에는 충분치 않았다.

다들 물러나라고, 할 만큼 했다고 말하던 것이 기억났다. 하지만 절망적이고 무력했던 그 순간, 그가 사랑하는 제이나 이모의 죽음을 목전에 두고 있던 그 순간을 그는 견뎌냈다.

'안 돼요. 그럴 수 없어요.'

물러나라고 하는 사람들에게 안두인은 그렇게 답했다.

그때 스승이던 주학 츠지의 목소리가 들렸다.

'그래, 내 제자가 사원의 가르침을 기억하는구나.'

안두인은 츠지의 말을 칼리아에게 전했다.

"희망은 다른 모든 것이 무너져 내렸을 때 남는 거예요. 희망이 있다면 회복될 수 있어요. 모든 걸 해낼 수도 있고요. 불가능한 일들까지도."

칼리아가 두 눈을 반짝이며 떨리는 미소를 지었다.

"제 마음을 이해하시는군요."

"그래요. 그리고 당신을 회합에 참가시키는 것이 좋겠다는 생각이 들었어요."

안두인은 따스함과 차분함이 온몸으로 퍼지는 것을 느꼈다. 그 온기는 맞잡은 손을 통해 칼리아에게 전해졌고, 그녀의 눈가와 입가의 주름이 조금씩 풀어지는 것을 확인할 수 있었다.

설사 그 어떤 재앙이 닥치더라도, 마땅히 해야만 하는 일이었다. 다만 안두인은 그 때문에 두 사람 모두 너무 큰 대가를 치르지 않기만을 바랐다.

타나리스

고블린 기계공학자와 노움 광물학자로 구성된 팀은 연구에 박차를 가했다. 새피는 그리젝에게 '대장'에 대해 아는 걸 모두 털어놓으라며 닦달했다. 최근 들어 늘 환하게 웃으며 한층 더 명랑해졌던 새피의 얼굴이 점점 더 침울하고 의기소침해지는 모습을 보며 그리젝은 죽을 듯한 고통을 느꼈다. 그리젝은 고블린 종족에 대한 전반적인 인식에 불만을 갖고 있었다. 모든 고블린이 위험한 물건을 말도 안 되는 가격에 판매하는 일에만 열을 올리는 건 아니었다. 모두의 존경을 받는 고블린도 있었다. 오그리마 남쪽의 톱니항에서 주로 활동하는 가즈로도 그런 고블린 중 하나였다.

하지만 갤리윅스는 고블린 종족 최악의 특질을 모두 모아놓은 인물이었다. 교활하고, 이기적이고, 오만하고, 무자비하고, 반성할 줄을 몰랐다. 젠장! 그는 대격변이 일어난 직후 자기 수하들을 노예로 팔아넘기기까지 했다. 그리젝과 새피는 아제라이트의 숨 막힐 듯한 경이로움에 눈이 멀어서 갤리윅스가 진짜로 원하는 것이 무엇인지 보지 못했다. 그건 바로 무역왕 갤리윅스가 선택하는 대상을 무조건 처치해버리는 능력이었다.

"이건 전부 내 잘못이야. 갤리윅스가 약속을 지킬 거라고 믿어서는 안 되는 거였는데. 무기를 만들게 하리라는 것 정도는 알았어야 했는데 말이야. 그리고 다른 무엇보다, 당신을 이런 일에 끌어들이지 말았어야 했어. 정말 미안해."

그리젝은 평생 가장 비참한 기분을 느끼며 말했다.

새피는 그의 초록색 가슴팍으로 파고들어 안기며 말했다.

"당신이 선택한 방식은 인정할 수 없겠지만, 그래도 이번 일을 함께할 수 있어서 기뻐. 내가 참여하고 싶어 할 만한 일이라고 했던 당신 말이 맞았어. 처음 여기에 올 땐 말 그대로 몸부림치고 비명을 질러댔지만, 결국엔 내가 원해서 이곳에 남은 거야. 그리고……."

그리젝은 숨을 멈췄다. 혹시 새피가 지금 하려는 말이……?

"우리가 다시 만나서 정말 다행이야. 아제라이트는 아주 강력한 물질이야. 그리고 천연 상태로는 성장과 치유에 힘을 발휘할 수 있어. 아무리 갤

311

리웍스라고 해도 아제라이트는 그런 방면에 사용하는 것이 훨씬 더 효과적이라는 걸 이해하게 될 거야."

"깜찍아, 그는 고블린이야. 우린 뭐든 날려버리는 걸 좋아한다고."

그리젝의 말에 새피는 헛기침을 했다. 물론 그 말이 진실이라는 건 부인할 수 없었다.

"뭐, 건설하고 치유하는 것도 부수고 죽이는 것만큼 중요하잖아."

새피는 너무 순진했다. 그리젝은 그래서 그녀를 더 사랑했다.

입이 귀밑까지 찢어지는 웃음과 오만한 태도, 툭 불거진 커다란 배를 앞세우고 갤리웍스가 나타났을 때, 그들은 준비가 되어 있었다.

"무역왕, 내 실험 파트너를 소개하지. 사프로네타 플리버스라고 해."

그리젝이 새피를 소개하자 그녀는 예의를 갖추고 무릎을 살짝 굽혀 인사했다. 우스꽝스러워 보이기도 했지만 작업복과 투박한 장화를 입은 귀여운 모습에 갤리웍스는 매혹된 듯했다.

"그래, 만나서 정말 반갑군."

갤리웍스는 특유의 거친 쉿소리로 우렁차게 말하며, 그녀의 손을 덥석 잡더니 입을 맞췄다. 새피는 얼굴이 하얗게 질렸지만, 손을 잡아 빼지는 않았다.

"정말이지 납치할 만한 가치가 있는 아가씨였지 뭐야. 물론, 아직 작품을 보진 못했지만."

"감…… 감사해요."

새피의 눈이 가늘어졌다. 지금 새피는 당장이라도 무역왕을 때려눕히고 싶었지만, 최소한 수감되거나 즉결 처분되는 것은 피해야 했기에 일단 화를 참기로 했다.

"우린 지금까지 아주 다양한 물건들을 만들었어."

그리젝이 입을 열었지만 갤리웍스가 단칼에 그의 말을 잘랐다.

"무기들을 만들고 있었겠지."

갤리웍스는 터벅터벅 정원 안으로 들어서며 말을 이었다.

"우리 대족장님께서는 적을 날려버릴 무기에 관심이 많으시다고. 그래서 내가 말씀드렸지. '대족장! 걱정하지 마, 자기. 내가 최고의 친구들과 함께 빵 터질 물건을 만들고 있으니까.' 이렇게 말이야!"

새피는 억지로 미소를 지으며 말했다.

"사실 빵 터지는 물건은 고블린들이 충분히 잘 만들잖아요. 그래서 저희는 조금 더 가치 있는 걸 준비하고 있어요."

그들은 갤리웍스를 실험실로 안내했다. 새피와 그리젝이 준비한 '사랑의 결실'은 잘 정리되어 있었다. 그들은 갤리웍스가 지켜보는 가운데 각각의 물품을 시연해 보였다. 무역왕의 작은 눈동자가 아제라이트를 향해 굶주린 시선을 던졌다.

우선은 몸에 착용할 수 있는 물품부터 시작했다. 각종 보석과 장신구였다.

"당신한테서 영감을 얻은 거야. 당신 지팡이에는 아제라이트로 만든 최초의 장식이 달려 있었으니까!"

그리젝의 말에 갤리웍스는 환하게 웃으며 찬란한 황금빛을 발하는 보주를 다정하게 어루만졌다. 새피는 다양한 장신구의 속성을 설명하고, 그리젝은 둘이 만든 방어구를 꺼냈다.

"어머나, 맙소사."

그 방어구가 번개 작렬 3000의 끊임없는 공격을 몇 분 동안이나 견뎌내자 갤리웍스의 입에서 탄성이 터져 나왔다. 그 다음은 와지끈 절단기 차례였다. 그리젝은 애써 고친 절단기의 손이 아제라이트 덩어리를 파괴하려다가 다시 한 번 망가지자 얼굴을 잔뜩 찌푸렸다.

"이런, 이런! 정말 튼튼한 물질이군."

갤리웍스는 연신 감탄했다.

"이 아제라이트를 응용한 재료로 건축물을 만든다고 생각해보세요. 화재나 지진까지 모두 견뎌낼 수 있을 거예요."

"이걸로 절단기를 만든다고 생각해봐!"

"어…… 네, 넘어가죠."

그 다음으로 새피는 그리젝이 '최고의 깜짝 쇼'라고 부르는 것을 시연했다. 맹독을 중화시킨 후 손에 묻은 걸 핥아 먹는 것이었다.

"특정 독에 대한 해독제를 만들 필요가 없어요. 아제라이트를 액체 상태로 들고 다니기만 하면, 어떤 독이든 아무 문제없으니까요!"

"하하하! 우리가 하는 일에 독 같은 게 끼어들 자리는 없지!"

갤리웍스가 웃음을 터뜨리자 겹겹이 쌓인 턱과 뱃살이 출렁거렸다.

그리젝은 구역질이 날 것 같은 기분을 느꼈다. 불쌍한 새피도 같은 기분을 느끼는 게 분명했다.

시연이 끝났을 때, 갤리웍스의 표정이 그리 밝지만은 않았다.

"무기를 만들라고 했을 텐데. 콕 집어 무기라고 했잖아."

갤리웍스의 말에 그리젝이 입을 열었다.

"아, 그래, 우리는 그러니까……."

"지금까지 소개한 것 중에서 무기로 개조할 수 있는 것도 있어요."

새피의 대답에 그리젝은 깜짝 놀랐다.

"하지만 그러지 않는 게 좋겠다고 생각해요. 저희가 보여드린 걸로 수많은 생명을 구할 수 있어요. 그러니까…… 호드의 생명이요."

마지막 말은 꽤 힘에 부쳤지만, 그녀는 인내심을 발휘했다.

"얼라이언스가 정복할 수 없는 건물을 건설할 수 있어요. 생명을 연장하고, 상처를 치료하고, 죽어가는 사람을 구할 수 있다고요. 호드에 큰 도움이 될 거예요. 무기 같은 건 필요 없어요."

갤리웍스는 한숨을 내쉬고는 친절하다 못해 경의를 표하는 표정으로 새피를 바라봤다.

"귀엽고 똘똘한 아가씨니까 나도 상냥하게 얘기해주지. 우리네 세상은 늘 전쟁이 벌어지고 있어. 그리고 그 전쟁에서 살아남는 건 가장 강한 무기를 소유한 자들뿐이지. 여기 그리젝은 아마 잘 알고 있을 테지만, 너희 노움은 그런 개념을 영 이해하지 못하는 것 같더군. 그래, 이 아제라이트로 아가씨가 얘기한 그런 일들을 할 수 있겠지. 우린 건물을 만들고, 병을 치료하고, 생명을 구할 거라고. 하지만 그와 동시에 얼라이언스를 짓밟을 거야, 똘똘한 아가씨. 그러니까 아가씨도 그쪽 진영이 모조리 붕괴되었을 때, 승리한 쪽에 있으려면 어떻게 해야 할지 고민을 좀 하는 게 좋겠어. 내가 하는 말이니 믿어도 좋아."

갤리웍스는 그리젝을 향해 휙 고개를 돌리더니 매섭게 삿대질을 했다.

"무기를 만들어. 지금 당장."

무역왕은 흉측한 모자를 기울여 새피에게 인사한 후 뒤뚱거리며 떠나버렸다.

아주 오랫동안, 그리젝과 새피는 아무 말도 하지 않았다. 시간이 흐르고 새피가 조용한 목소리로 말했다.

"저자가 아제라이트로 하려는 일은…… 노움에겐 범죄겠지. 물론 인간과 고블린, 오크도 예외는 아닐 거야. 모든 종족이 피해를 입을 서라고, 그리젝."

"알아."

그리젝도 낮은 음성으로 답했다.

"그리고 그자가 그런 짓을 할 수 있게 된다면, 그건 다 우리 때문이야."

그리젝은 아무 말도 하지 않았다. 물론 그것도 알고 있을 것이다.

새피는 그리젝을 향해 돌아섰다. 커다란 두 눈에 눈물이 그렁그렁 고여 있었다.

"아제라이트는 아제로스의 일부야. 무역왕이 아제로스에 그런 짓을 하게 내버려둘 수는 없어. 우리에게 그런 짓을 하게 해서는 안 된다고. 어떻게든 막아야 해."

"그를 막을 수는 없어, 새피."

그리젝은 과학과 용접을 향한 열정을 토대로, 둘의 사랑으로 함께 만들어낸 아름다운 것들을 훑어봤다. 하나하나가 그의 가슴을 자긍심으로 채웠지만, 그것들이 어떻게 사용될지 생각하면 공포와 두려움으로 가슴이 아파왔다.

새피가 그에게 다가와 희미하게 흐느끼기 시작했다. 그리젝은 그녀를 단단히 끌어안으며 함께 나누는 고통이 잦아들기를 바랐다.

그때 그리젝의 머릿속에 어떤 생각이 떠올랐다.

"저자를 막을 수는 없겠지. 하지만 뭔가 다른 방법이 있을 것 같아."

제 26 장

스톰윈드

"와주셔서 감사합니다. 늦은 시간이라는 건 알지만, 워낙 위중한 일이라서요."

안두인은 찾아온 이들을 향해 말했다.

"편지에 그렇게 적혀 있더군요."

투랄리온이 대답했다. 자정이 지난 터라 분명 늦은 시간이었지만, 젊은 국왕은 겐과 투랄리온이 잠자리에 들지 않았다는 걸 알고 있었다. 너무 많은 일이 일어나고 있어 벌써부터 잠을 청할 수는 없었을 테니까.

안두인은 빛의 대성당으로 모일 것을 요청했다. 늦은 시간에도 일부 수행사제와 수련사제가 오가고 있긴 했지만, 사세들은 내부분 싱딩을 떠닌 후였다. 그는 대성당의 나르텍스에서 일행을 기다렸고, 그들이 도착하자 함께 제단을 향해 걷자고 제안했다.

"이번 회합이 어떻게 준비되고 있는지 말씀드리려 합니다."

안두인의 말에 겐과 투랄리온은 눈살을 찌푸리며 시선을 교환했다.

"안두인, 이 문제에 대한 우리 의견은 이미 얘기했던 것 같은데."

겐이 불편한 심기를 드러내자 투랄리온도 거들었다.

"외람된 말씀이오나, 폐하, 저희는 빛의 의도와 목적에 대해 근본적인 의견 차가 있습니다."

잠시 주저하던 투랄리온이 말을 이었다.

"폐하의 감정을 폄하하려는 건 아닙니다만, 열성적인 신도가 빛의 뜻을 오해하는 건 흔한 일입니다. 저도 그랬으니까요. 저도 완벽하지 않고, 빛의 뜻을 온전히 이해하지도 못합니다. 어느 누구도 그럴 수 없습니다."

"그러면 두 분 다 이게 잘못된 일이라고 생각하시나요? 살아생전에 친밀한 관계였던 포세이큰과 인간이 다시 한 번 만나는 과정에서, 아무것도 얻을 게 없다고 생각하시나요?"

안두인이 두 사람을 계속 압박하자 투랄리온이 냉랭하게 말했다.

"그 부분에 대해선 분명히 말씀드렸습니다, 폐하. 이 시간에 그 논쟁을 반복하려고 저희를 부르셨다면……."

"아니요, 제가 아닙니다."

"내가 이야기하고 싶었네."

따스하고, 감정이 풍부하고, 묘한 울림이 있는 목소리가 들려왔다.

모두가 뒤로 돌아섰다.

파올 대주교가 제단으로 올라가는 푸른 계단 위에 서 있었다.

그는 생전의 지위를 생생히 보여주는 미트라와 로브를 착용하고 있었다. 안두인이 열심히 찾아낸 예복이었다. 사람들이 파올의 남아 있는 육신보다 대주교의 위엄을 보여주는 의상에 주목해야 그의 실체가 분명히 드러날 것 같았기 때문이었다.

겐과 투랄리온 모두 충격을 받은 듯했다. 안두인은 아무 말 없이 기다렸다. 어느 누구의 간섭 없이, 파올과 오랫동안 알고 지낸 소중한 친구들이 스스로 해결해야 할 문제였다. 안두인은 겐과 투랄리온이 우정을 기억하고 서로의 본질을 알아보는 눈으로 상대를 직시하게 해달라며 조용히 빛을 향해 기도했다.

파올이 입을 열었다.

"지금 내 모습이 자네들이 기억하는 모습과 다르다는 건 잘 알고 있네. 하지만 내 목소리는 기억하겠지. 게다가 내 얼굴은 거의 그대로 남아 있지 않나. 비록 많이 아꼈던 흰 수염은 사라졌지만 말이야."

투랄리온은 스톰윈드 입구에 서 있는 자기 석상이 되기라도 한 듯 꼼짝도 할 수 없었다. 그가 석상이 아니라는 유일한 증거는 가쁘게 오르내리는 가슴뿐이었다. 표정에는 압도적인 혐오감이 가득했지만, 그는 아무 말도 하지 않았고 움직이지도 않았다.

투랄리온의 반응이 차가웠다면, 겐의 반응은 불처럼 뜨거웠다. 그는 분노 가득한 얼굴로 안두인을 향해 홱 돌아섰다. 그런 모습이 처음은 아니었다. 젊은 국왕은 겐이 늑대인간의 모습이 아닌데도 그의 온몸에서 뻗어 나오는 순수하고 막대한 힘을 새삼 느낄 수 있었다. 그는 발톱과 이빨, 심지어 검이 없어도 상대를 죽일 수 있었다. 그리고 지금, 겐은 맨손으로 안두인을 찢어발기려는 듯이 그를 쏘아봤다.

"이번엔 너무 지나쳤네, 안두인 린. 어찌 감히 '저런 것'을 빛의 대성당에 들여놓을 수 있단 말인가! 평화에 대한 뒤틀린 이상을 좇나가, 이제 서런 것과도 교류하는 지경에 이르렀군."

으르렁거리듯 외치는 겐의 목소리가 떨렸다.

"파올은 내 친구였네. 투랄리온의 친구이기도 했고. 우린 그가 이 세상을 떠났다는 사실을 받아들이고, 파올의 안식처에 그 기억을 묻었네. 대체 왜 우리에게 이런 짓을 하는 건가?"

안두인은 아무 말 없이 서 있었다. 예상하고 있던 반응이었다. 아무 대답도 얻지 못하자, 겐은 혐오의 근원을 향해 돌아섰다.

"이 어린 왕의 정신을 지배하기라도 하는 것이냐, 이 괴물아? 사제 중에 간혹 그런 짓을 할 수 있는 자들이 있다고 들었다. 당장 안두인을 놓아주고 여기서 꺼져라. 그러지 않으면 네 역겨운 육신을 조각조각 찢어발기겠다."

겐의 포효가 대성당을 뒤흔들었다.

"넌 그렇게…… 추악하게 존재하는 삶을 택했고, 악몽의 존재가 되기를 택했다. 그랬다면 내게 무슨 일이 있었는지도 잘 알겠지. 내 백성들에게도 말이다. 너희들이 내게 무슨 짓을 했는지, 그래서 지금의 너희를 내가 얼마나 증오하는지도 잘 알 것이다. 네게도 감정이라는 게 있다면, 그리고 한때 친구였던 이들의 마음을 조금이라도 헤아리고 있다면, 할로윈 축제의 불길에라도 몸을 던지고 우리의 세계에서 사라져라!"

안두인은 겐이 오랫동안 사랑했던 사람에게 쏟아내는 독설을 들으며, 고통 속에 눈을 질끈 감았다. 어려운 일이 될 줄은 알았지만, 겐이 이토록 적의로 가득한 분노를 표출하리라고는 생각지 못했다.

하지만 파올은 겐의 반응에 놀란 기색도 없이 슬픈 눈으로 그를 바라봤다.

"옛 친구에게서 몇 걸음 떨어진 곳에 그렇게 서서, 상처를 입히려는 말로 나를 공격하기만 하는 건가. 나도 자네가 왜 그러는지 잘 알고 있네."

"네가 괴물이기 때문이다! 너희 동족은 존재해서는 안 되고, 애초에 만들어지지 말았어야 했다!"

겐의 포효에 파올은 고개를 가로저었다. 슬픔이 담긴 그의 목소리는 여전히 차분했다.

"아닐세, 옛 친구여. 자넨 지금 두렵기 때문에 그러는 게야."

안두인은 충격을 받아 두 눈을 깜빡였다. 겐 그레이메인은 다양한 말로 표현할 수 있었지만, 결코 겁쟁이라고는 할 수 없었다. 안두인은 둘 사이에 끼어들고 싶지 않았지만, 파올 대주교가 위험에 처한 상황이라면 가만히 있을 수만은 없었다. 아무리 대주교가 안두인보다 훨씬 더 막강한 사제라 해도, 보고만 있을 수는 없었다.

겐은 미동도 하지 않았다.

"그 정도 모욕을 했다면 목숨 정도는 내걸었겠지."

낮게 깔린 겐의 목소리는 으르렁거리는 맹수의 소리에 가까웠다.

"그래도 이 말을 할 수밖에 없네. 자네는 두려워하고 있어. 아, 물론 내가 두렵다는 건 아니네."

파올은 말라비틀어진 손을 뼈로 앙상한 가슴에 얹었다.

"자네라면 나 정도는 단숨에 없앨 수 있겠지. 정말 그럴 수 있을지 확인하고 싶은 생각도 없고."

파올은 슬픈 듯 고개를 가로저었다.

"자네가 두려워하는 건 내가 아니겠지, 겐. 자네가 지금의 나를 인정하면, 포세이큰이 치유될 수 없는 괴물이 아닐지도 모른다는 사실을 두려워하고 있네. 자네가 날 이해하거나 내게 친절함이나 연민, 우정을 보인다면 자네 아들의 죽음이 무의미한 것이 될 테니까."

분노와 고통으로 가득 찬 인간의 울부짖음이 늑대의 쏘효로 바뀌었다. 몰락한 길니아스의 국왕 겐의 등이 활처럼 굽고, 잿빛 연기에 감싸이며 겐의 모습이 변하기 시작했다. 체격이 순식간에 부풀어 오르고, 늑대인간 특유의 구부정한 자세로 파올을 향해 달려들 태세를 갖췄다. 그때 투랄리온이 다급하게 늑대인간의 팔을 붙잡으며 고개를 가로저었다.

"이곳에 피를 흘려선 안 됩니다."

"저 괴물에게는 피가 있지도 않아! 체액과 마법으로 꼭두각시처럼 존재할 뿐이라고!"

겐은 깊고 거친 목소리로 소리쳤다.

"나도 상실감은 잘 알고 있네."

파올은 여전히 담담하게 말을 이었다. 경이로울 만큼 차분한 모습이었다.

"자네에 대해서도 알고 있고. 자네는 그 고통을 단단히 붙잡았네. 그것이 자네에게 도움이 되었으니까. 억제할 수 없는 흉포함을 앞세워 싸울 수 있었을 거야. 하지만 날이 선 무기라면 으레 그렇듯, 고통은 양쪽 모두를 베는 법이네. 그리고 자네의 세계를 변화시킬 수 있는 '진실'을 받아들이지 못하도록 그 고통이 막고 있는 것이네."

"내 세계는 바꿀 수 없어!"

겐은 갈라진 목소리로 울부짖었다. 그 목소리에서는 여전히 격노가 타오르고 있었지만, 어찌나 깊은 고통이 느껴지는지 안두인까지 가슴이 아파왔다.

"아들을 되찾고 싶지만, 그 밴시가 내 아이를 살해했다! 그년과 너희 시체들이, 내 백성을 모조리 학살했단 말이다!"

파올은 차분하게 말을 이었다.

"그래도 자네는 여기 이렇게 남아 있지 않은가. 자네들은 여전히 건강하고, 강한 모습으로 살아 있지 않나."

살얼음판을 걷는 듯한 대치가 시작된 이후 처음으로, 언데드 사제는 한 걸음 앞으로 나섰다.

"내 질문에 답해보게, 옛 친구여. 내가 혼자 오지 않았다면, 나처럼 되살아나 인격을 유지하고 있는 리암을 데려왔다면, 자네의 대답이 어떻게 달라졌을까?"

겐은 그 어떤 칼날보다 날카롭게 자신을 꿰뚫은 말에 비틀거리며 뒤로 물러섰다. 그는 두 귀를 정수리에 붙인 채 헐떡거렸다. 파올의 말에 마찬가지로 충격을 받은 안두인은 다급히 두 손을 들어 올려 빛을 불러낼 준비를 했다. 하지만 그가 미처 손을 쓰기도 전에, 겐은 걷잡을 수 없는 감정에 휩싸인 채로 울부짖더니 네 발로 달려 전당을 빠져나갔다.

안두인은 겐을 따라가려 했지만, 파올이 그를 저지했다.

"보내주게, 안두인. 겐은 언제나 거친 성품이었지만, 지금은 자기 내면에 있는 슬프고 추악한 진실을 목도해야만 하네. 때가 되면 돌아올 걸세. 물론 그러지 못할 수도 있겠지만. 어쨌거나 지금은 그가 무슨 말을 하든, 어떤 생각을 하든 여태껏 해왔던 것처럼 우리 모두를 매도하지는 못한다는 걸 깨달았을 거야. 작은 승리겠지만, 난 받아들이겠네."

"승리라고?"

그 한마디 말에는 안두인이 지금껏 접한 그 어떤 말보다 차가운 혐오감이 담겨 있었다. 어찌나 짙은 증오가 배어나오는지, 몸이 다 아플 지경이었다. 겐과의 긴장이 고조된 탓에, 안두인은 침묵을 지키던 성기사를 거의 잊고 있었다. 겐과 투랄리온은 다른 방식으로 반응했지만, 포세이큰에 대한 적대감 그 자체는 다르지 않았다.

투랄리온은 검도 없고 방어구도 입지 않았다. 하지만 당당히 버티고 서 있는 투랄리온의 막강한 존재감이 대성당을 가득 채웠다. 고통스러운 분노로 겐이 격노에 사로잡혔다면, 은빛 성기사단 최초의 성기사인 투랄리온은 정의로운 분노로 타오르고 있었다.

"넌 한때 고귀했던 분을 모독하고 있다. 육신이 옷이라도 되는 양 파올 대주교 그분의 몸을 훔쳐 거짓 행세를 하며 돌아다니고 있구나. 네 부패한 입은 더러운 거짓말을 내뱉는 것 외에는 쓸모가 없다. 언데드는 부정하다. 네가 지닌 사제의 힘이란 것도 결국은 빛이 아니라 빛의 그림자에서 나오는 것일 뿐. 이 추잡한 죄악의 산물이여, 내가 그토록 존경하던 선하고 고결한 그분이 네 안에 조금이라도 남아 있다면, 내게 오너라. 그분과 함께 자비로운 망각의 세상으로 보내주마."

안두인이 보는 것을 투랄리온은 왜 보지 못하는 걸까? 대총독은 회개한 공포의 군주를 친구이자 동료 전사로 받아들이기도 했었는데! 젊은 국왕도 처음에는 공포에 질렸었다. 이 전설적인 성기사 투랄리온은 안두인이 상상하는 것보다 훨씬 더 사악한 것들을 많이 상대했고, 진정으로 악의적인 포세이큰도 만나봤을 게 분명했다. 하지만 안두인은 실바나스의 피조물이 진정한 용기를 표출하는 모습을 보았다. 프란디스 팔레이가 불필요한 잔혹성과 폭력에 저항하다가 살해당하는 것을 목격했던 기억을 안두인은 단단히 붙잡았다. 엘시의 편지에 가슴이 저릿했던 순간을 생각했다. 젊은 국왕은 투랄리온이 군단에 맞서 천 년의 전쟁을 치르면서도 경험하지 못한 일들을 보아왔다.

그리고 지금 투랄리온은 자신의 눈앞에 서 있는 상대를 제대로 보려고 하지 않았다.

파올은 어느덧 강해진 목소리로 투랄리온을 꾸짖었다.

"내가 은빛 성기사단을 만들었네. 나는 자네 안에서 그 누구도 보지 못한 것을 보았어. 자네는 훌륭한 사제였네. 하지만 빛이 원한 자네의 길은 그게 아니었지. 빛은 인류의 무기와 빛의 힘을 모두 사용하여 싸울 수 있는 용사가 필요했네. 다른 이들은 무기를 익히고 그 무기를 사용해 강해졌지. 그런 이후에야 빛의 가르침을 깨닫곤 했어. 하지만 자네는 그와 반대되는 길을 걸었지. 그들도 선하고 훌륭한 사람들이었네. 고귀한 성기사였지. 하지만 이제 그들은 모두 세상을 떠났고, 자네는 빛의 대총독이 되었네. 자네처럼 현명한 사람이 진실을 부정할 수는 없네. 정히 부정하겠다면 그건 빛을 부정하는 것일 뿐이야."

파올이 성기사 투랄리온을 향해 다가오는 모습을 보며 안두인은 공포에 질렸다. 대주교는 두 팔을 넓게 벌렸다. 투랄리온은 주먹을 꽉 쥔 채 부들부들 떨었지만, 공격하지는 않았다.

"내 안에 있는 빛을 보게. 찾을 수 있을 걸세. 그러지 못하겠거든, 부디 나를 소멸시켜주게. 빛에 버림받은 부서진 시체로 존재하고 싶은 생각은 없으니까."

안두인이 돌아보니 칼리아가 그의 곁으로 다가와 있었다. 칼리아가 파올을 올려다봤고, 그 표정에서는 친구를 걱정하는 마음이 느껴졌다. 안두인이 파올 대주교를 만난 건 최근의 일이었지만 국왕 또한 파올의 안위를 걱정하는 마음이 앞섰다.

'모든 것이 빛의 뜻을 따르리라.'

한순간, 안두인은 투랄리온이 너무 격분한 나머지 상대의 내면을 보려는 시도조차 하지 않으리라 생각했다. 하지만 그때 투랄리온이 한 손을 들었다. 태양이 모습을 감춘 이런 한밤중에는 도저히 불가능할 것 같은, 순수한 황금빛 광선이 둘의 형체를 비췄다.

투랄리온의 얼굴이 돌처럼 딱딱하게 굳었다. 옳다고 믿는 일을 정의롭게 수행할 때의 냉철한 표정이었다. 하지만 안두인이 믿음과 신념 사이에서 침묵의 투쟁이 이어지는 그 모습을 지켜보는 사이, 화강암 같은 투랄리온의 얼굴이 부드럽게 녹아내렸다. 그의 두 눈이 흔들리고, 산 자와 죽은 자 모두를 감싼 찬란한 황금빛이 투랄리온의 눈에 고인 눈물에 비쳐 아른거렸다. 투랄리온의 얼굴에 기쁨이 번졌다. 은빛 성기사단의 일원이자 빛의 군대의 대총독인 투랄리온은 크게 감격하여 아무 말도 하지 못한 채 그대로 주저앉아 무릎을 꿇었다.

"대주교님, 용서하십시오. 오만함에 눈이 멀어 마땅히 보았어야 할 명백한 사실을 보지 못했습니다."

투랄리온은 고개를 숙인 채 대주교의 축복을 기다렸다.

파올 역시 벅찬 감정에 힘겨워했다.

"소중한 이여, 용서할 것은 없네. 나 또한 자네와 생각이 다르지 않았으니. 자네는 최초의 성기사단 중에서 유일하게 남은 한 사람이네. 내가 품을 수 있었던 아들 중 마지막이지. 자네 하나만은 죽음에게도, 공허에게도, 자신의 한계 앞에서도 잃지 않았다는 사실에 나 또한 기쁘다네."

파올은 생명이 없이 썩어가는 손을 투랄리온의 희끗희끗한 금발에 얹었다. 투랄리온은 기쁨에 겨워 눈을 감았다.

"이런 나지만 자네를 축복하겠네. 산 자든 죽은 자든, 아니면 그 사이 어딘가에 있는 수수께끼 같은 존재라고 해도 열린 눈과 마음으로 바라보면 많은 것을 얻을 수 있네. 일어나게. 이제 빛의 길을 더욱 깊이 이해하게 되었으니, 더 좋은 지도자가 될 수 있을 걸세."

투랄리온이 자리에서 일어났다. 그는 잠시 비틀거렸지만 곧 몸을 추스르고 안두인을 바라봤다.

"폐하께도 사죄를 드립니다. 전 폐하께서 최선의 결과에 집착한 나머지 지혜마저 잃었다고 생각했습니다. 제 생각이 틀렸었군요."

안두인은 칼리아가 안도의 한숨을 조용히 내쉬는 소리를 들었다.

"그러실 필요 없습니다. 우리는 포세이큰을 두려워하라는 가르침을 받았어요. 대주교님이 말씀해주시길 부활을 거친 후 광기에 사로잡히거나 잔혹해진 자들도 있다고 하셨죠. 하지만 전부 그런 건 아니에요."

투랄리온이 고개를 끄덕였다.

"네, 전부 그런 건 아니군요. 옛 친구이자 스승님을 다시 만나게 되어 정말 기쁩니다."

"이제부터 함께하세."

파올이 말했다.

"겐 그레이메인 님이 이 모습을 볼 수 있다면 좋았을 텐데."

칼리아가 안타까운 목소리로 중얼거렸다.

"다들 마찬가지지만, 겐도 때가 되면 이번 일의 의미를 알게 될 겁니다. 저도 최선을 다해 그를 설득하겠습니다. 하지만 지금은 먼저 폐하를 돕겠습니다. 대주교님과 제가 오늘 밤 받은 선물을 다른 분들도 누릴 수 있어야 하니까요."

투랄리온의 말에 안두인은 미소를 지었다. 미래는 볼 수 없었지만, 지금 이 모습을 보는 것만으로도 가슴이 벅차올랐다.

"도와주시겠다니 정말 기쁘군요."

제 27 장

타나리스

"있잖아, 당신과 함께하는 삶이란 지루할 틈이 없어."

그리젝은 함께 탈출을 준비하고 있던 새피에게 말했다.

"우린 떠돌이 생활이 잘 맞잖아, 안 그래?"

새피는 그렇게 대답하며 그의 심장을 녹아내리게 만드는 표정을 지었다.

그리젝은 바보가 아니었다. 자신이 행복한 삶을 사는 것을 원치 않는 누군가가 찾아오리라 예상했었다. 그래서 만일의 사태에 대비해, 두 번째 절단기를 땅을 파는 용도로 개조하여 타나리스의 무작위 지점으로 통하는 땅굴을 뚫어놓았다. 갤리웍스가 떠난 후, 둘은 그곳을 통해 달아나기로 결정했다. 그래서 작은 광산 수레에 가져갈 수 있는 것들을 최대한 싣고, 밀봉한 아제라이트 통도 몇 개 실었다. 다른 모든 것들은…… 음, 파괴할 수 없는 것도 있었지만, 그들은 최대한 자신들이 만든 작품을 분해했다.

그들이 떠나고 한 시간 뒤에 폭발하도록 설정된 폭탄도 도움이 될 것이다.

연구 일지도 모두 가져갈 생각이었다. 그들은 기계 앵무새 깃털이에게 텔드랏실로 날아가 이곳에서 있었던 일을 설명하고 특정 위치로 구조대를 보내달라고 요청하는 프로그램을 추가했다. 그리젝과 새피는 해를 끼치는 무기가 아닌, 방어하거나 도움을 주는 물건들만 만든다는 조건하에 지금까지 알아낸 것을 얼라이언스에 제공할 생각이었다.

이 모든 과정은 어마어마한 위험을 감수하는 일이었지만, 그들에겐 유일한 선택지였다. 두 과학자는 지금까지의 발견이 효과적인 살상에 활용된다는 사실을 감내하며 살 수는 없다고 결론을 내렸다.

떠나기 직전에 그리젝은 오랫동안 주위를 둘러봤다.

"이곳이 그리울 거야."

새피의 두 눈에도 회한이 가득했다.

"나도 그래, 그리젝. 하지만 다른 실험실을 찾을 수 있을 거야. 우리가 진짜로 원하는 걸 만들 수 있는 그런 곳 말이야."

그리젝이 새피를 향해 돌아섰다.

"이 세계 어디든 상관없어. 당신만 있으면 돼."

깜짝 놀란 새피의 두 눈이 휘둥그레지는 것을 보며, 그는 한쪽 무릎을 꿇었다.

"사프로네타 플리버스…… 나와 한 번 더 결혼해주지 않겠어?"

그의 커다란 초록색 손 안에는 둘이 함께 만든 아제라이트 반지 하나가 놓여 있었다. 둘 다 보석 세공사가 아닌 만큼 고리는 거칠었고, 아제라이트도 아무렇게나 떨어뜨려 굳힌 불완전한 모습이있지만, 새피는 그 반지를 받아들었다.

"오! 그리젝!"

그리젝은 새피의 작은 손가락에 반지를 끼워주면서, 세계에서 가장 아름다운 반지일 거라고 생각했다.

그리젝은 새피를 꼭 껴안고, 그녀의 이마에 입을 맞췄다.

"난 정말 행복한 고블린이야. 가자, 애호박. 우리의 다음 모험을 시작해 보자고."

고블린과 노움은 서둘러 땅굴 속으로 들어갔다.

"무너진 곳은 없었으면 좋겠는데. 최근 몇 년은 제대로 확인해보지 않았 거든."

"곧 알게 되겠지."

그리젝이 걱정스러운 듯 중얼거리자 새피가 침착한 목소리로 말했다.

그리젝의 실험실에서 출발해 그가 말했던 버섯구름 봉우리로 나오기까 지 아주 긴 지하 동굴을 지나야 했다. 그 길에서 둘은 처음으로 솔직한 이 야기를 털어놓았다. 지금까지 서로를 얼마나 사랑해 왔는지. 서로에게 잘 못한 것이 무엇이고 왜 그래야 했는지. 지난번 식사 때와는 달리 이번에는 어째서 모든 게 순조로웠는지 원인을 분석했다. 그리고 함께 잠을 청할 때 는 서로의 품에서 온기를 나누었다.

다행히 붕괴된 곳은 없었다. 결국 두 과학자는 이 여정의 끝에 도달했다.

"내가 계산한 바로는 지금 자정이 되었을 거야."

새피의 말에 그리젝은 고개를 끄덕이며 그 말을 믿었다.

"완벽해. 충분히 먼 곳이긴 하지만 그래도 벌건 대낮에 이런 구멍에서 나오는 건 바람직하지 않잖아. 노움은 대체 어떻게 지하에서 계속 살아갈 수 있는 거야, 새피? 난 햇볕을 받지 않으면 돌아버리고 마는데."

"다른 지역에도 햇볕은 얼마든지 있어."

새피가 그를 안심시켰다.

"하지만 우린 나이트 엘프와 살게 될 거잖아."

"텔드랏실에도 햇볕은 있어. 단지 그곳 사람들이 그 시간에 잠을 잘 뿐이지."

"너희 얼라이언스는 참 이상하다니까. 그래도 귀엽긴 해. 정말 귀엽다고."

그리젝이 새피에게 입을 맞추며 말했다.

동굴 끝에는 그리젝이 설치해둔 사다리가 있었다. 그가 먼저 사다리를 타고 올라가 걸쇠를 풀며 아래를 향해 외쳤다.

"거기 조심해."

"뭐? 으악!"

"모래로 덮어놨거든."

노란 모래가 쏟아져 내리는 것을 보며 그리젝이 말했다. 사실 모래 같은 건 지금 중요하지 않았다. 오래전 온 마음을 바쳤던 노움과 함께하는 인생, 그리고 구속받지 않는 자유가 그 위에서 그리젝을 기다리고 있었다. 그는 얼굴에 묻은 모래를 털어내고 남은 사다리를 올라가 고개를 내밀었다. 희미한 달빛과 별빛에도 눈이 부셔 두 눈을 찡그려야 했다.

특별히 문제가 되는 건 보이지 않았다. 그리젝은 가만히 귀를 기울였다. 아무 소리도 들리지 않았다.

"좋아, 괜찮은 것 같아."

그리젝은 지상으로 올라가, 아래로 손을 뻗어 새피를 잡아주었다. 둘 다 지상으로 올라오자마자 늘어지게 기지개를 켜고 서로를 바라보며 싱긋 웃었다.

"이제 1단계가 끝났어. 내가 다시 내려가서 심을 들고 올라올게."

"사실, 그럴 필요는 없어."

누군가의 목소리가 들려왔다.

둘은 휙 돌아섰다. 덩치 큰 고블린의 형체가 별이 흩뿌려진 하늘을 가렸다. 그리젝이 아는 목소리였다. 그는 새피의 손을 꼭 잡았다.

"드루즈, 이렇게 보니 또 반갑네. 우린 꽤 잘 지냈잖아, 친구. 그래서 하는 얘긴데, 내가 돌아가서 갤리웍스를 위해 일할게. 더는 아무 장난도 치지 않고 말이야. 원하는 건 뭐든 하겠어. 우리 걸 전부 가져가도 돼. 하지만 여기 새피만은 음식과 물을 좀 주고 여기서 보내주자고."

"그리젝⋯⋯."

"널 죽게 놔두진 않아, 새피. 괜찮은 제안이지, 드루즈?"

드루즈는 동굴 아래로 내려갔다. 그 뒤를 적어도 세 명 이상의 덩치 큰 고블린들이 잔뜩 짜증이 난 채 따라갔다.

"미안해, 친구들. 우린 지금까지 내내 너희 둘을 따라왔어. 너희가 동굴 속으로 들어가고 5분 만에 실험실에 설치한 폭탄도 해체했지. 그리고 너희 앵무새는 공중에서 그냥 쏴버렸고. 너희가 가져간 것만 챙기면 돼. 그러고 나면⋯⋯."

드루즈는 말을 하다 말고는 어깨를 으쓱했다.

"우릴 그냥 잔인하게 죽⋯⋯ 죽이겠다는 거예요?"

새피가 더듬더듬 간신히 말을 잇자 드루즈는 한숨을 내쉬었다.

"꼬마 아가씨, 여기 네 친구는 처음부터 이번 일이 어떤 일인지 알았을 거야. 이건 대장이 직접 지시한 일이야. 내 손을 벗어났다고."

다른 고블린들이 달려들어 거칠게 그리젝과 새피를 붙잡았다. 그리젝은 주먹을 꽉 쥐고 가장 가까이에 있던 고블린의 배를 힘껏 때렸다. 새피의 비명이 들렸지만 곧이어 고통에 찬 고함 소리가 들리는 것으로 보아 그녀도 상대에게 멋지게 한 방 날려주었을 거라는 생각이 들었다. 하지만 둘이 저항해봐야 아무 소용이 없었다. 단 몇 분 사이에 고블린과 노움은 온몸을 수색당하고, 몇 대 얻어맞은 후, 서로를 등진 채로 몸부터 발까지 꽁

꽁 묶이고 말았다.

"이봐, 드루즈! 노움에게서 연구 일지를 빼앗았어."

덩치 큰 고블린 중 한 명이 말했다.

"잘했어, 케직."

"이건 멍청한 짓이야, 드루즈. 그런데 넌 멍청하지 않잖아. 난 죽어 있을 때보다 살아 있을 때 훨씬 가치가 있다고."

그리젝은 입안 가득 고인 피와 깨진 치아 사이로 뇌까렸다.

"사실 그렇진 않아. 너희가 만든 건 전부 손에 넣었어. 훔치려던 것도 모두 되찾았고. 게다가 노움의 연구 일지도 갖게 됐잖아. 이제부터는 우리가 충분히 처리할 수 있을 것 같은데. 넌 이제 위험 요소일 뿐이라고."

드루즈가 말했다.

"날 포로로 잡으면, 그리젝은 절대로 도망치지 않을 거야."

새피가 입을 열었다.

"새피, 조용히 해! 난 지금 널 구하려는 거라고!"

그리젝이 악문 이 사이로 말했다.

"난 명령을 받았을 뿐이야. 네가 대장을 화나게 하는 바람에, 우리가 이런 명령을 받은 거라니까."

드루즈가 케직을 향해 고개를 끄덕였다.

"폭탄을 설치해."

"뭐, 뭐라고요?"

그리젝은 새피와 등을 맞대고 있어서 그녀의 얼굴을 볼 수 없었지만, 목소리만으로도 새피가 얼마나 창백해졌을지 짐작할 수 있었다.

"네가 우리 물건을 폭파하려고 했으니, 우리도 널 폭파하려는 거야. 그나마 폭탄은 작은 놈으로 가져왔어."

케직이 다가와 뭔가 차갑고 단단한 물건을 둘의 등 사이로 밀어 넣었다.

"일이 이렇게 돼서 미안한걸, 그리젝. 그냥 좋게 생각해. 빨리 끝날 테니까."

그 말을 끝으로 고블린들은 웃고 떠들며 멀어져갔다.

그리젝은 상황을 분석했다. 좋지 않았다. 그와 새피는 등을 맞대고 앉은 채 아주 단단한 밧줄로 꽁꽁 묶여 있었다. 둘의 손도 단단히 묶여 있어서, 밧줄을 풀 방법이 없었다.

"우리가 동시에 힘껏 꿈틀대면 밧줄에서 빠져나갈 수 있지 않을까?"

새피는 늘 생각을 멈추지 않았다. 이토록 암울한 상황에서도 그리젝은 미소가 지어졌다.

"한번 해봐야지."

그리젝은 그러다가 폭탄이 터질 수도 있다는 얘기는 굳이 하지 않았다. 어차피 새피도 알고 있을 것이다.

"셋까지 세고, 내가 신호하면 왼쪽으로 뛰는 거야. 준비됐어?"

"그래."

"하나…… 둘…… 셋…… 뛰어!"

둘은 좁은 오솔길의 고르지 않은 표면을 따라 고작 15센티미터 정도 왼쪽으로 이동했다. 폭탄은 여전히 둘 사이에 단단히 박혀 있었다.

"이걸로는 안 되겠어. 애호박, 혹시 일어설 수 있겠어?"

"할 수 있을 것 같아."

셋까지 센 후 둘은 일어서려고 시도했다. 처음에는 오른쪽으로 쓰러졌지만 몸을 일으켜 세운 후 다시 시도했다. 그리젝의 발이 튀어나온 돌에 걸려 그들은 다시 한 번 쓰러졌다.

"하나, 둘, 셋!"

그리젝의 구호에 맞춰 끙 소리와 함께 이번에는 둘 다 똑바로 일어설 수 있었다.

폭탄은 아직도 둘 사이에 단단히 끼어 있었다.

"좋아, 깜찍이. 아무래도 폭탄이 제풀에 빠질 것 같지는 않아. 흔들어서 떨어뜨려야겠어."

"물론 당신이 폭탄 전문가니 잘 알겠지만, 그러다가 폭탄이 터지거나 하진 않을까?"

"그래도 그게 유일한 방법인 것 같아."

"나도 그렇게 생각해."

다시 셋까지 센 후, 둘은 겅중겅중 뛰기 시작했다. 놀랍게도 그리젝은 폭탄이 움직이는 걸 느낄 수 있었다. 앞서 등 아래쪽을 위압적으로 누르고 있던 폭탄이 지금은 꼬리뼈까지 내려와 있었다.

"효과가 있어!"

새피가 새된 목소리로 외쳤다.

"그런 것 같아."

그리젝은 지나치게 흥분하지 않으려고 주의하며 대답했다. 둘은 계속 뛰었다. 폭탄은 조금씩 아래로 내려왔다.

이윽고 등 사이에 끼어 있던 폭탄의 압박이 느껴지지 않았다. 그리젝은 비밀리에 머릿속에 그리고 있던 끔찍한 결과에 대비했다. 폭탄이 땅과 충돌하며 폭발하는 상황 말이다.

하지만 두 과학자에게는 아직 행운이 남아 있는 것 같았다. 폭탄이 노래 위로 툭 떨어지는 소리가 들렸지만, 아무 일도 일어나지 않았다. 새피가 들뜬 목소리로 외쳤다.

"해냈어! 그리젝, 이제 우리—"

"잠깐만 조용히 해봐."

새피는 재빨리 입을 다물었고, 그리젝은 두 눈을 질끈 감았다.

고요한 사막의 밤 아래 재깍거리는 소리가 들렸다. 시한폭탄이었다.

"아직 끝난 게 아니야. 오른쪽으로 계속 뛰어."

"언제까지?"

"가젯잔에 도착할 때까지."

둘은 사력을 다해 깡충깡충 뛰기 시작했다. 매 순간 폭탄이 둘의 목숨을 갉아먹고 있었지만, 그리젝은 둘이 함께 이뤄낸 일들을 떠올리며 감탄했다. 지금 이 순간에도 노움과 고블린이 완벽한 조화를 이루며 협력하고 있었다. 그야말로 기름칠을 잘해둔 기계장치 같았다.

"그리젝?"

"응?"

깡충, 깡충, 깡충.

"고백할 게 있어."

"뭔데, 깜찍아?"

"당신이 화낼까봐 차마 얘기하지 못했어."

깡충, 깡충.

이제 폭탄과의 거리는 약 3미터 정도로 벌어졌다. 다리가 조금만 길었더라면—

"지금 같은 상황에서 당신에게 화낼 일이 뭐 있겠어, 애호박."

"내가 일지를 태워버렸어."

그리젝은 어찌나 충격을 받았는지 하마터면 넘어질 뻔했지만, 가까스로 깡충깡충 리듬을 놓치지 않았다.

"당신이…… 뭘 했다고?"

"내가 일지를 전부 찢어서 불태워버렸다고."

깡충, 깡충.

"갤리웍스가 우리 실험을 재현할 방법은 없어. 그러니까 기껏해야 시제품 몇 개와 혼합이 완료된 물약 몇 개가 전부일 거야. 그자가 아제라이트로 어떤 끔찍한 짓을 하든, 우리 탓은 아니야."

깡충, 깡충.

"새피…… 와우! 당신은 정말 천재야!"

그 순간 그리젝의 왼발이 모래가 덮인 돌을 밟아 미끄러졌다. 딱, 하고 뭔가 부러지는 소리가 들렸다. 둘은 땅바닥에 나뒹굴었고, 그리젝은 공포심에 사로잡혔다. 이번에는 일어날 수 없다는 사실을 깨달았다. 모래에 얼굴을 묻고 엎어져 있는 상태라, 폭탄과의 거리를 제대로 가늠해볼 수가 없었다. 게다가 사방이 어두웠기 때문에 드루즈가 어떤 폭탄을 사용했는지도 확인할 수 없었다. 폭탄이 폭발해도 살아남을 수 있을 만큼 멀리 오긴 한 걸까?

그리젝은 고통에 겨워 이를 악물고 말했다.

"새피, 발목이 부러진 것 같아. 기어갈 수 있겠어?"

그녀가 침을 꿀꺽 삼키는 소리가 들렸다.

"해볼게."

새피는 용감하게 대답했지만, 떨리는 목소리를 감추진 못했다.

"몸을 굴려서 왼쪽이 땅에 닿을 수 있게 해봐. 그러면 성한 발로 밀 수 있으니까."

둘은 필사적으로 꿈틀거리며 움직이기 시작했다. 그 순간 새피가 흥분한 듯 외쳤다.

"그리젝! 나 아직 반지 갖고 있어! 청혼할 때 준 그 반지 말이야!"

흔하디흔한 쇠로 만든 반지. 황금빛을 발하는 작은 아제라이트 방울로 장식된 반지.

"그게 우릴 지켜줄 수 있을지도 몰라!"

"그럴 수도 있겠다."

짜릿한 희망이 그리젝의 온몸을 타고 흘렀고, 그는 다시 한 번 온 힘을 다해 꿈틀거리며 말했다.

"나도 고백할 게 있어, 애호박."

"뭐든 얘기해. 용서해줄게."

그는 입술을 핥았다. 긴 시간 동안 하지 못한 말이었다. 바보처럼 몇 년을 낭비했는지 모른다. 하지만 지금부터 그 모든 게 바뀔 것이다.

"사프로네타 플리버스…… 사랑—"

폭탄이 폭발했다.

제 28 장

아라시 고원
스트롬가드 요새

안두인은 스트롬가드 요새의 황폐해진 성벽 위에 서 있었다. 눅눅하고 서늘한 바람에 그의 금발이 휘날렸다. 구름이 짙게 드리운 하늘은 이곳에 스며 있는 슬픔을 배가시켰다.

아라시 고원은 아제로스에서도 특별히 인간과 포세이큰의 다채로운 역사가 기록된 장소였다. 한때 강대한 도시 스트롬이 이곳에 자리했었고, 그전에는 아라소르 제국이 존재했다. 인간의 기원이 된 국가였다. 고대 아라시 종족은 정복자 민족이었지만, 점령한 부족들과 협력하고 평화와 평등을 유지하는 일이 얼마나 중요한지 이해했다. 그러한 신념은 오늘날까지 인간 종족에 그내로 전해 내려왔다. 동부 왕국의 고내 부족들은 그렇게 서로 힘을 합쳐, 전 세계를 바꿔놓은 국가를 수립했다.

이곳은 또한 인간의 마법이 탄생한 장소이기도 했다. 공공의 적인 트롤에게 포위되어 멸망 위기에 직면했던 쿠엘탈라스의 하이 엘프들이 스트롬의 강대한 군대의 도움을 받는 대가로 건네준 선물이었다. 인간의 주요 국가는 모두 아라소르를 떠난 사람들의 손으로 건설되었다. 엘프들에게 처음 마법을 배운 마법사들이 설립한 달라란뿐 아니라, 로데론과 길니아스, 이후 쿨티라스와 알터랙도 모두 마찬가지였다. 이곳에 남은 사람들이 건설한 요새 위에 지금 스톰윈드의 국왕이 서 있었다.

장화가 돌 성벽을 밟는 소리가 들려 고개를 돌려보니 겐의 모습이 보였다. 노인은 안두인 곁으로 다가와 섰다. 그의 두 눈은 성벽 너머의 소나무와 초록빛 언덕이 가득한 구불구불한 지형을 신중하게 살펴보는 중이었다.

"내가 마지막으로 이곳에 섰을 때는, 길니아스가 막강한 위세를 떨치고 스트롬가드의 별이 지던 때였지. 이제 두 왕국 모두 폐허 속에 잠들었군. 이곳은 범죄자와 오우거, 트롤의 고향이 되었네. 그리고 내 왕국은 '저것들'의 고향이 되었고."

겐은 구불거리는 평원 너머 소라딘의 성벽이라고 알려진 회색 돌무더기를 가리켰다. 안두인과 겐, 투랄리온, 벨렌, 파올, 칼리아, 그리고 스톰윈드의 최정예 병사 이백 명이 스톰윈드 항구를 떠나 몇 시간 전에 이곳에 도착했다. 안개를 헤치고 이 폐허가 모습을 드러내는 광경을 보니 정신이 번쩍 들었다. 흐릿한 하늘처럼 잿빛으로 보이던 이 성벽은, 가까이에서 보니 더욱 음울한 회색빛이었다.

소라딘의 성벽과 그 외부의 작은 호드 야영지가 인류의 발상지이던 이 땅에서 호드의 세력이 미치는 가장 먼 지점이었다. 역병에 찌든 길니아스도 멀지 않았다. 포세이큰이 침공하여 겐의 백성을 몰아내 피난민 신세로 전락시키고, 국왕의 아들까지 살해했던 바로 그 도시였다.

겐은 망원경을 들어 올리고는 낮게 으르렁거리는 소리를 냈다. 그는 망원경을 안두인에게 건넸다. 안두인이 보인 반응도 겐과 동일했다. 노움이 제작한 도구 너머로 무장한 형체가 고대의 성벽 위에서 정찰하는 모습을 볼 수 있었다. 스트롬가드 요새의 성벽 위에서 정찰을 하는 병사들과 같은 모습이었다.

하지만 그들은 전부 포세이큰이었다.

내일 동이 트면 황폐의 의회는 소라딘의 성벽 아치에 집결할 것이다. 그리고 소박한 흙길이 갈라지는 중간 지점까지 나오면, 선택된 인간 열아홉 명이 가족 또는 친구를 만나러 갈 것이다. 칼리아와 파올이 이 회합을 중재할 예정이었다. 그 외에는 호드도, 얼라이언스도 전혀 간섭하지 않을 계획이었지만, 만일의 사태에 대비해 사제 몇 명이 회합 장소 상공을 비행하며 대기하기로 했다.

안두인은 망원경을 겐에게 돌려줬다.

"당신에게는 견디기 힘든 일이겠군요."

"자네는 이 일에 대해 너무 모르고 있어."

겐이 쏘아붙였다.

"생각하시는 것보다 많은 걸 알고 있어요. 투랄리온 님과 벨렌 님도 절 돕고 있고요."

안두인은 차분한 목소리로 덧붙였다.

"굳이 이곳까지 오셔서 고통을 감내하실 필요는 없었을 텐데요."

"그럴 필요가 있네. 이곳에 오지 않았다면 자네 아버지의 혼백이 날 괴롭혔을 거야."

'리암의 유령이 당신을 괴롭히는 것처럼 말이죠.'

안두인은 슬픈 생각을 떠올렸다.

"곧 끝날 거예요. 지금까지는 실바나스도 약속을 지켰어요. 정찰병들도 모든 것이 저희가 협의한 조건에 따라 진행되고 있다고 보고했어요."

"실바나스가 정말로 약속을 지킨다면, 그야말로 흔치 않은 구경거리겠지."

"그녀에 대해 어떻게 생각하시든, 대족장은 뛰어난 전략가예요. 이번 일이 자신과 호드에게 어떻게든 도움이 되리라고 생각했기 때문에 저희 제안을 수락했다는 걸 잊어서는 안 돼요."

"그게 두렵다는 걸세."

젠이 대답했다.

"실바나스는 황폐의 의회 때문에 언더시티에 대한 지배력을 잃지는 않을까 우려하고 있어요. 하지만 의회가 진정 위협이 되는 존재가 아니라는 것도 알고 있죠. 그래서 의원들이 단 하루 동안 사랑하던 이들을 만날 수 있도록 허락한 거예요. 그러면 의회도 만족하겠죠. 게다가 아주 명예로운 일이니 오크와 트롤, 타우렌도 충분히 만족할 테고요. 아주 명민한 정치적 수라고 할 수 있어요."

"혹은 우릴 배신하고 모두 살해하려는 것일 수도 있네."

"그럴 수도 있겠죠. 하지만 그건 정말 멍청한 짓이에요. 호드가 잔혹한 전쟁의 여파에서 가까스로 회복하려는 지금, 다시 전쟁을 시작한다고요? 실리더스와 아제라이트에 집중하는 것만으로도 부족한 지금 말인가요?"

안두인은 고개를 내저으며 말을 이었다.

"정말이지 엄청난 자원 낭비가 아닐 수 없죠. 그녀가 명예 때문에 약속을 지킬 거라고 생각하지는 않아요. 하지만 그녀가 멍청하지는 않다고 확신해요. 그렇지 않나요?"

젠은 아무 말도 하지 못했다.

그때 투랄리온의 묵직한 목소리가 들려왔다.

"폐하, 사제들을 각자의 위치에 배치했습니다. 합의된 바에 따라, 내일은 총 스물다섯 명의 사제가 그리핀을 타고 전장에서 우리의 눈이 되어줄 겁니다."

"'전장'이 아니에요, 투랄리온. 이곳은 평화로운 회합의 현장이에요. 모든 것이 계획대로 된다면 전장이 될 일은 절대로 없어요."

"죄송합니다. 제가 실수를 범했군요."

"아시다시피 말에는 힘이 있어요. 휘하의 병사들도 그 말을 쓰지 않도록 당부해주세요."

투랄리온이 고개를 끄덕이고는 덧붙였다.

"호드 측을 정찰한 결과, 합의된 사항과 다른 점은 발견하지 못했습니다. 인원과 위치도 약속된 바를 따르고 있는 것으로 보입니다."

안두인은 가슴이 떨려와 심호흡을 하며 진정시켰다. 이번 일로 전쟁이 일어날 일은 없다고 줄곧 주장해왔지만, 그도 어느 정도는 조언자들이 걱정하는 바에 공감하고 있었다. 실바나스는 정말 뛰어난 전략가였고, SI:7도 파악하지 못한 계획을 감춰두고 있을 게 분명했다.

하지만 그 순간만큼은 잠시 걱정을 미뤄두었다. 파올 대주교와 칼리아가 곧 예배를 시작할 예정이었다. 예배가 끝나면 안두인은 용기의 힘, 또는 사랑의 힘으로 현재 포세이큰으로서 존재하는 상대를 만나고자 결단을 내린 사람들과 함께할 것이다.

요새에는 아직 옛 성소의 흔적이 남아 있었다. 그곳은 회합에 참여하려는 열아홉 명의 민간인과 사제들, 그리고 함께하기를 원하는 병사들까지 수용하기에 충분한 규모였다. 지붕의 목재가 일부 사라지고, 부슬부슬 빗방울이 떨어졌지만 아무도 신경 쓰지 않았다. 흐린 하늘과 달리 모두의 얼굴에서는 희망의 빛이 반짝였고, 안두인은 그들의 표정을 마음속에 간직하며 생각했다.

'공포와 오랜 원한과 맞서 싸우려면 이런 게 필요한 거야. 희망과 열린 마음이.'

모두가 모일 때까지 기다린 후, 파올이 설교를 시작했다.

"먼저 아무리 좋은 시절이라도 종교적 의례에 너무 오랫동안 참석하는 걸 좋아하는 사람은 없겠지요. 게다가 오늘 같은 날에는…….."

그는 회색 구름을 올려다본 후 말을 이었다.

"이렇게 외풍이 심한 낡은 건물에 여러분이 오랫동안 서 있게 하지는 않 겠습니다."

사람들이 키득거리며 웃었다. 안두인 옆에 선 투랄리온이 작은 목소리 로 말했다.

"사람들이 포세이큰 사제라는 개념에 익숙해지기까지는 조금 시간이 걸릴 겁니다."

안두인은 고개를 끄덕였다.

"예상했던 일입니다. 그래서 칼리아에게도 참석해달라고 부탁했던 거 예요. 빛의 사제 두 사람이 서로를 편하게 대하는 모습을 보면, 조만간 모 든 사람들이 마주해야 할 상황이 왔을 때 받아들이기가 조금 더 쉬워질 테 니까요."

"혹시 누군가 알아보진 않았습니까?"

칼리아는 눈에 띄지 않는 소박한 드레스와 두건이 달린 두꺼운 망토 차 림이었다. 이슬비가 내리는 탓에 다들 두건을 쓰고 있어서, 그녀의 모습도 크게 두드러지지 않았다. 발리라가 말하길, 최고의 변장은 가장 단순한 변 장이고 적절한 옷차림으로 무리의 일원이 된 듯 자연스럽게 행동하면 된 다고 말한 적이 있었다. 지금 이 자리에서 오래전에 죽었다고 알려진 여왕 을 찾는 사람은 없었다.

"제가 들은 이야기는 없어요. 사람들이 보기엔 그저 금발의 여사제일 뿐이겠죠."

투랄리온은 고개를 끄덕였지만 여전히 걱정스러운 표정이었다.

파올의 설교가 이어졌다.

"국왕 폐하께서 앞으로 어떤 일이 일어날지 이미 말씀하셨습니다. 그리고 소라딘의 성벽이나 이곳 요새에 깃발이 올라가거든 어떻게 해야 할지도 이야기하셨지요. 지루하게 같은 말을 반복하고 싶진 않으니, 항상 경계를 늦추지 말고 빨리 움직이라는 말로 대신하겠습니다. 하지만 무슨 일이 일어나는 건 정말 바라지 않습니다. 저와 제 동료 사제들도 함께하겠습니다. 필요하다면 옆에서 기다리고 있는 사람들이 도움을 줄 것입니다. 여러분은 상점 주인, 대장장이 혹은 농부일 수도 있지만, 오늘은 제 형제자매입니다. 오늘 우리는 모두 빛을 섬기는 이들입니다. 설령 두렵다고 해도 부끄러워하지 마십시오. 여러분은 지금껏 어느 누구도 하지 못했던 일을 하고 있으니, 두려운 것도 당연합니다. 하지만 여러분이 빛의 과업을 행하고 있다는 것을 명심하십시오. 그리고 지금, 그 축복을 받으십시오."

파올 대주교와 칼리아는 두 팔을 들어 올리고 하늘을 바라봤다. 태양은 구름 뒤에 숨어 있었지만, 그렇다고 그곳에 없는 것은 아니었다. 계속해서 이 세계에 거주하고 있는 이들에게 생명을 주는 빛을 보내주고 있었다. 빛 또한 그러하다고 안두인은 생각했다. 손에 닿지 않을 만큼 멀리 있는 것 같지만, 빛은 늘 그곳에 존재했다.

황금빛이 예배낭을 가득 채웠다. 눈부시게 폭발하는 빛이 아니라, 부드러운 광휘였다. 안두인은 갑갑하던 가슴이 편안해지는 것을 느끼며 숨을 깊이 들이쉬었다. 그는 밤새 깨어 있었다. 잠을 잘 수도 없었고, 잠을 자고 싶은 생각도 없었다. 하지만 잠시 눈을 감았다가 치유의 힘을 느끼며 다시 두 눈을 뜨자, 상쾌하고 차분하게 기운을 회복한 느낌이 들었다.

안두인이 예배당 밖으로 나서는 순간 구름이 잠시 걷히고 아름다운 햇살이 성소 밖으로 나오던 참가자들을 비췄다. 소박하고 일상적인 아름다움이었지만 이 또한 빛의 축복이었다. 물론 태양처럼 장엄한 것을 소박하다고 말할 수 있는지, 논란의 여지가 있겠지만 말이다.

안두인을 비롯한 많은 이들이 역사적인 현장인 이곳에 와본 적이 없었다. 그들은 요새 안에서는 자유롭게 돌아다닐 수 있었지만, 밖으로 나가는 것은 허락되지 않았다. 안두인은 사람들이 너무 멀리까지 나가서 불필요한 위험에 노출되는 일은 피하고 싶었다. 실바나스가 약속을 지킬 거라고 생각했지만, 첩자에 대해서는 따로 협의된 바가 없었다. 안두인은 SI:7 요원에게 현장의 상황을 관찰, 보고하라고 지시했고 실바나스 역시 죽음추적자들에게 같은 역할을 맡겼다. 칼리아가 걱정되는 이유 중 하나였다. 그래서 칼리아는 폐쇄된 공간 밖으로 나설 때면 언제나 망토의 두건을 쓰고 있으라는 지시를 받았다.

대부분의 사람들은 배로 돌아가 잠을 청했고, 일부는 스트롬가드에 남았다. 넉넉한 음식과 깨끗한 물, 천막, 바싹 마른 땔나무가 편의를 위해 제공되었다. 안두인은 사람들이 예배당을 떠나는 모습을 지켜봤다. 새롭게 사귄 친구들과 무리를 지은 이들도 있었고, 혼자 생각에 빠진 채 걷는 사람도 있었다. 일부는 뒤에 남아 칼리아와 파올과 함께 대화하고 있었고, 그 모습을 지켜보던 안두인은 미소가 지어졌다. 그들 가운데에는 열정적이고 당당한 필리아도 함께 있었는데, 그녀는 손에 만져질 듯한 기쁨을 엠마를 향해 표현하고 있었다. 연로한 여인 엠마는 산 자들을 공격한 아서스와의 전쟁에서 너무 많은 사람들을 잃었다. 여동생과 가족, 그리고 비극적이게도 아들 셋을 모두 잃었다. 사람들이 친근하게 '늙은 엠마'라고 부르는 그녀는 건강해 보이지 않았고, 가끔씩 정신이 다른 곳으로 향하기도 했다. 하지만 지금은 조금 긴장한 표정이긴 해도 혈색이 좋았다. 엠마는 칼리아와 이야기를 나누다가, 조심스럽게 파올과 드문드문 대화하기도 했다.

"천 년의 전쟁에서보다 지난 몇 달 동안 더 많은 교훈을 얻었습니다. 제가 잘못 생각했던 것이 너무 많군요."

안두인의 시선이 머물고 있는 곳을 바라보며 투랄리온이 말했다.

"겐은 여전히 부정적으로 생각하고 있어요."

"걱정하는 것도 이해가 갑니다. 실바나스는…… 교활합니다. 하지만 그 누구도 다른 이의 마음을 정확히 알 수는 없지요. 수중에 있는 정보와 자신의 본능에 따라 최선의 선택을 해야 합니다. 겐에게 힘을 주는 근거에는 분노와 증오가 있습니다. 항상 그런 건 아니지만 대개 그렇지요. 폐하와 저는 다른 것에서 힘을 얻습니다."

"빛이요."

안두인이 나직한 목소리로 말했다.

"네, 빛이지요. 하지만 우리는 빛의 인도를 따를 뿐, 명령을 따르는 것은 아닙니다. 우리에겐 머리와 가슴이 있습니다. 그것들도 충분히 활용해야 합니다."

안두인은 아무 말도 하지 않았다. 그도 천 년 동안 투랄리온과 알레리아가 치렀던 전투에 대해서는 이미 들은 바가 있었다. 그들은 제라라는 이름의 나루를 섬겼었다. 제라가 빛을 상징하는 존재라고 믿었지만, 결과적으로 제라는 완강하고 고집스러운 존재였을 뿐이었다. 위험할 정도로.

생각에 잠겨 있던 안두인이 입을 열었다.

"조만간 빛과 함께한 당신의 경험을 듣고 싶군요. 하지만 지금 무슨 말씀을 하시는지 알겠어요. 저와 생각이 같으시다는 것도 알겠고요."

투랄리온이 고개를 끄덕였다.

"폐하의 할아버님과 아버님이 그랬던 것처럼, 더 훌륭한 지도자가 되실 수 있도록 필요한 조언을 해드리겠습니다. 또한 제 아들 아라토르도 곧 스톰윈드를 방문하게끔 하겠습니다. 제 아들이라면 폐하와 아주 잘 어울릴 것 같습니다."

"제가 들은 바로는 저보다 훨씬 뛰어난 검술가라고 하던데요."

안두인이 싱긋 웃었다.

"제가 아는 거의 모든 검술가가 그렇게 얘기를 하더군요. 그러니 너무 상심하지 않으셔도 됩니다."

투랄리온이 하늘을 올려다보며 말을 이었다.

"아직 시간이 이르군요. 지금부터 뭘 하실 계획이십니까?"

"겐과 함께 산책이라도 해야겠어요. 이곳에 대한 기억을 묻고 싶네요. 그러면 둘 다 잠시 머리를 비울 수 있겠죠. 그 뒤에는……."

그는 어깨를 으쓱했다.

"어차피 오늘 밤에는 잠자긴 틀린 것 같아요."

"저도 그렇습니다. 전투를 앞두고 잠을 자는 일은 별로 없습니다."

"전투가 아니에요."

안두인이 말했다. 처음이 아니었다. 투랄리온은 상냥하고 따뜻한 갈색 눈으로 안두인을 바라봤다. 흉터가 가득한 얼굴에 희미한 미소가 어려 있었다.

"내일, 폐화와 회합에 나설 마흔한 명의 사람들, 그리고 그걸 지켜보는 모든 사람들은 물질이나 부를 빼앗기 위한 전투가 아니라, 모두의 미래를 공고히 하기 위한 전투에 돌입할 겁니다. 저는 그것을 전투라고 부르겠습니다, 폐하. 충분히 싸울 가치가 있는 전투 말입니다."

투랄리온이 말했다.

그날 밤, 낡은 요새의 성곽을 따라 횃불에 불이 붙었다. 아주 오랜만에
있는 일이었다. 춤을 추는 듯한 따뜻한 불빛이 어둠을 쫓아냈고, 스스로
만들어낸 어른거리는 그림자가 그 자리를 대신했다. 밤은 이상하리만치
환했고, 달빛이 상냥하게 주위를 감쌌다.

안두인은 망토를 뒤집어쓰고 굽이치는 평원을 내다봤다. 소라딘의 성
벽은 저 멀리 희미하고 창백한 얼룩처럼 보였다. 안두인과 그 성벽 사이의
평원에 움직이는 건 아무것도 없었다.

그는 잠시 두 눈을 감고 서늘하고 습한 공기를 들이쉬었다.

'빛이여, 당신은 평생 절 이끌어주시고 지금의 모습을 만들어주셨습니
다. 아버지께서 돌아가신 이후로, 전 매일 아침 수만 사람들의 운명의 무
게를 느끼며 깨어나곤 합니다. 지금껏 빛의 도움을 받아 이 짐을 짊어질
수 있었고, 현명한 분들께 의지할 수 있어서 정말 다행이라고 생각합니다.
하지만 이 모든 일은 제 책임입니다. 천상의 종에 부서졌던 뼈도 오늘은
얌전하군요. 제 가슴은 맑아졌지만, 머리는……'

안두인은 고개를 절레절레 젓고 소리 내어 말했다.

"아버지, 아버지께서는 늘 당당해 보이셨어요. 언제나 망설임 없이 행
동하셨죠. 저처럼 자신의 결정에 의혹을 품었던 적이 과연 있으셨을지 정
말 궁금합니다."

"미치광이나 어린아이가 아니고서는, 아무 의혹도 없이 사는 사람은 없
어요."

안두인은 부끄러운 미소를 지으며 목소리가 들리는 곳으로 돌아섰다.

"죄송합니다, 제가 횡설수설했지요."

안두인이 칼리아를 바라보며 말했다.

"방해해서 죄송해요. 같이 있어줄 사람이 필요한 것 같아 보여서요."

그는 잠깐 칼리아의 제안을 거절할까도 생각했지만, 굳이 그러고 싶지는 않았다.

"괜찮으면 여기 계셔도 됩니다. 하지만 제가 재미없는 사람이라는 건 알아두셔야 해요."

"저도 그래요. 재미없는 우리 둘이 함께 있으면 상당히 어색하겠네요."

칼리아의 솔직한 말에 안두인은 소리 내어 웃었다. 칼리아가 점점 좋아졌다. 마흔 살 가까운 나이니 안두인보다는 나이가 아주 많았지만, 제이나처럼 어머니 같은 느낌은 아니었다. 누나의 모습에 가까웠다. 그녀의 내면에 있는 빛 때문에 이렇게 쉽게 가까워질 수 있는 걸까? 아니면 그저 실제로 남동생을 두었던 누나였기 때문일까?

"아서스의 이야기를 하면 괴로우시겠습니까? 그러니까…… 예전의 일이요."

"아니요. 전 동생을 사랑했어요. 하지만 그 마음을 이해해주는 사람은 별로 없더군요. 그 아이도 항상 그런 괴물이었던 건 아니에요. 그리고 제가 기억하는 동생은 언제나 소년의 모습 그대로랍니다."

갑작스러운 미소가 그녀의 얼굴에 스쳤다.

"그 아이가 전에는 검술 실력이 형편없었다는 거 아세요?"

제 29 장

아라시 고원
소라딘의 성벽

엘시는 회합에 참여하는 얼라이언스 구성원들의 여정이 편안했기를 바랐다. 그들은 포세이큰보다 훨씬 먼 길을 지나 여기까지 왔을 것이다. 포세이큰에게 아라시 고원은 상대적으로 가까워서, 박쥐를 타고 짧은 비행을 하는 것으로 충분했다.

사실 친구들을 만나러 브릴을 방문하는 것 외에 여행과는 거리가 먼 그녀였다. 그래서일까, 박쥐를 타고 날아온 짧은 비행이라도 무척 설레었다. 정말 이 날이 왔다는 것을, 이 회합이 실제로 일어난다는 것을 도무지 믿을 수가 없었다. 박쥐가 갈렌의 타락지라는 곳에 착륙하고, 부드러운 풀밭 위로 내려서는 순간에도 여전히 믿기 어려웠다.

한때 강대한 스트롬가드 왕국의 계승자였던 인간 왕자 갈렌 트롤베인이 오래전 포세이큰의 손에 죽어간 곳이 바로 여기였다. 실바나스의 연금술사들은 갈렌을 죽음의 손아귀에서 되살렸고, 그는 한동안 그녀를 섬기기도 했다. 하지만 갈렌은 결국 반란을 일으켰다. 자기 병사들을 이끌고 누구의 명령도 거부한 채 스트롬가드가 예전의 영광을 되찾게 하겠노라 선언했다.

스트롬가드 요새는 남쪽에 있었다. 이곳에서도 잘 보였다. 요새는 폐허에 불과했고, 갈렌은 두 번 죽었다. 한 번은 인간으로, 또 한 번은 포세이큰으로.

'밴시 여왕을 상대로 저항하는 자의 운명이 그런 것이지.'

엘시는 생각에 잠겼다.

포세이큰 조련사가 고삐를 붙잡은 채 박쥐에게 커다란 곤충의 사체를 먹였다. 박쥐는 조련사의 손에 이끌려가며 행복한 듯 먹이를 뜯어 먹었다.

파쿠알이 그녀를 기다리고 있었다. 그의 회녹색 입술이 뒤틀리며 미소를 지었다. 팔에는 추레한 곰 인형 하나가 들려 있었다.

"만나고자 하는 이도 없건만 여기까지 와줘서 고맙소."

"당연히 와야죠. 당신이 매일같이 그렇게 자랑을 해대는 딸내미를 꼭 한번 보고 싶었어요."

엘시는 턱으로 곰 인형을 가리켰다.

"필리아는 아마도 이제 다 큰 처녀가 되지 않았을까요? 곰 인형을 갖고 놀기에는 너무 늦었을지도 몰라요. 시간이 꽤 흘렀잖아요."

엘시의 말에 파쿠알이 쿡쿡 웃었다.

"알고 있소. 그저 그 아이가 날 만나겠다고 했다는 사실이 너무 기뻐서 말이오."

그는 봉제된 곰 인형을 가리키며 말을 이었다.

"여기 이 브라우니 곰은 그 아이가 태어났을 때 내가 처음 선물했던 장난감이오. 스톰윈드로 여행을 떠나면서, 이 인형은 잃어버릴까 걱정된다며 놔두고 갔었지. 이건…… 내 예전의 삶에서 남겨진 몇 안 되는 물품 중 하나요. 그래서 그 아이에게 돌려주고 싶은 거라오."

엘시는 친구를 향해 환하게 웃어주었다. 파쿠알의 기쁨과 기대감을 자신의 감정처럼 만끽했다. 그리고 만족한 눈길로 주위를 둘러봤다. 의회의 많은 이들이 첫 번째나 두 번째, 심지어 세 번째 상대에게까지 상봉을 거절당했지만, 결국에는 전원 만날 사람을 찾았다. 정말이지 기억에 남는 하루가 될 것 같았다.

"아직 안 온 것 같소. 혹시 뒤늦게 후회하고 있는 건 아닌지 두렵군."

파쿠알이 말했다.

"그 아이가 온다고 해놓고서 마음을 바꿀 이유가 뭐 있겠어요."

엘시는 주위를 둘러보다가 애니 랜싱이 향주머니와 활짝 핀 꽃, 그리고 목도리가 가득한 바구니를 들고 의원들에게 하나씩 나눠주는 모습이 눈에 띄었다. 애니는 턱뼈가 없어서, 지금은 예쁜 초록색 목도리를 하관에 묶고 있었다.

"아, 애니는 정말 상냥하군요. 아무리 사랑하는 사람들이라고 해도 우리에게 일어난 일을 받아들이기는 쉽지 않을 거예요. 목도리나 향주머니가 있으면 그나마 도움이 되겠죠."

일부 포세이큰은 죽음의 시간을 다른 이들보다 조금 더 온전한 모습으로 견뎌내기도 했다. 크든 작든, 깊든 얕든 손상된 부위를 조금이나마 가려주면, 몹시도 큰 고통을 겪으며 달라진 육신 너머의 본질에 집중하기가 쉬워질 것 같았다.

"정말 좋은 생각이군! 나도 향주머니를 하나 챙겨야겠소."

파쿠알의 얼굴은 크게 변형되지 않았고, 신중하게 고른 바지와 재킷이 노출된 뼈를 잘 감춰주었다. 하지만 살아 있는 사람들에게는 자신의 체취가 그리 유쾌하지 않으리라는 것을 그도 잘 알고 있었다.

"서두르는 게 좋겠어요. 인기가 좋은 모양이니까요!"

엘시는 파쿠알이 브라우니 곰 인형을 소중하게 들고 포세이큰들에 둘러싸여 있는 애니를 향해 서둘러 가는 모습을 보며 미소를 지었다.

엘시는 거대한 성벽의 성곽과 그 위에 줄지어 선 궁수들에게 주의를 돌렸다. 그들 중 한 명이 돌아서자 엘시는 깜짝 놀랐다. 언데드이면서도 저토록 강하고 유연하고 아름다운 여성들이라면 실바나스의 정예 어둠 순찰자들인 것이 분명했다. 화살통에는 화살이 가득했고, 한 손에 활을 든 채로 석상처럼 미동도 없이 서 있었다. 망토와 긴 머리카락만이 산들바람에 하늘거렸다.

나타노스도 성벽 위에서 어둠 순찰자들과 조용히 대화를 나누고 있었다. 그가 엘시의 시선을 느끼고는 가볍게 목례를 하자 그녀도 마주 인사했다.

"저기 오십니다!"

누군가 외치는 소리에 엘시가 황급히 돌아섰다.

어둠의 여왕이 오고 있었다.

실바나스는 박쥐를 타고 있었다. 당당한 자세뿐 아니라 백금과도 같은 머리와 빨갛게 빛나는 두 눈을 보면 어디에서든 어둠의 여왕을 알아볼 수 있었다. 박쥐가 착륙하고, 실바나스는 박쥐의 등 위에서 우아하게 뛰어내렸다. 뼈가 뻣뻣하게 움직이거나 피부가 벗겨진 곳은 하나도 없었다. 광대뼈가 도드라진 얼굴은 매끈했다. 몸놀림은 살아 숨 쉬던 때와 다름없이 유연하고 날렵했다. 엘시는 이번 일에 우려를 느끼면서도 의회의 뜻을 지지해준 지도자에게 무한한 감사를 느꼈다.

불길처럼 타오르는 붉은 시선이 모여든 군중을 휘둘러본 후, 엘시에게

서 멈췄다.

"아, 자치 의장. 다시 만나 반갑다. 일이 진행되는 동안 내가 설명한 절차를 잊어버리는 자는 없을 거라고 믿겠다."

잊어버린다고? 엘시는 모든 것을 마음에 새겨두었고, 다른 이들도 그러리라 확신했다. 어느 누구도 오늘의 회합을 망치고 싶지 않을 것이다.

실바나스는 돌아서서 성벽 위의 어둠 순찰자들을 가리켰다.

"혹시 모르니 기억을 상기시켜주지. 이 궁수들은 너희를 지켜주기 위해 왔다. 안두인도 스트롬가드 요새의 성곽에 같은 수의 궁수를 배치해둘 것이다. 파올 대주교는 이미 알고들 있겠지. 대주교와 다른 사제가 얼라이언스의 인간들과 함께 두 요새 중앙의 회합 지점으로 나올 것이다. 그들은 너희 주변에서 대화를 중재하고, 또 감독할 것이다."

실바나스의 시선이 모여든 의회 구성원들을 훑어봤다.

"얼라이언스 참가자를 만나면 과거의 기억 외에는 아무것도 이야기하지 마라. 언더시티에서 나와 함께하는 지금의 상황에 대해 이야기해서는 안 된다. 그들도 현재의 삶에 대해서는 이야기하지 않을 것이다. 포세이큰이든 인간이든 그런 대화를 시작하거나, 배신행위를 하거나, 상대측에 무례한 언행을 할 경우, 파올과 다른 사제가 주의를 줄 것이다. 같은 행위가 한 번 더 반복되면, 사제들의 지도 아래 현장을 떠나야 한다. 대주교와 사제에게는 적절한 예의를 갖추고 그들의 말을 따라라. 곧 동이 트겠구나. 날이 밝고 모든 준비가 끝나면, 내가 뿔피리를 한 번 불겠다. 그러면 모두들 회합 장소로 나서라. 행사는 황혼이 질 때까지 계속된다. 이떤 이유에서든 내가 회합을 중단시킬 필요가 있다고 판단하면, 뿔피리를 다시 세 번 불고 포세이큰 깃발을 세우겠다. 그럴 경우, 즉시 돌아와라."

엘시는 '즉시'라는 말이 얼마나 빨리 돌아와야 한다는 것인지 궁금했다.

마지막 사랑의 말을 건네거나 얼라이언스 누군가가 용기가 있어 마지막 포옹이라도 한다면, 그걸 반역 행위라고 할 수 있겠는가. 하지만 어둠의 여왕에게 의문을 제기할 수는 없었다.

"회합의 종료를 알리는 뿔피리가 울리면, 너희가 돌아와야 할 때가 된 것이다. 알겠나?"

실바나스의 말에 복종해야 했다. 특히 지금과 같은 상황에서는 더더욱. 단 하나의 잘못된 행동으로도, 사소한 오해만으로도 호드와 얼라이언스 간에 전쟁이 발발할 수 있었다. 지금은 분명 어느 누구에게도 전쟁 같은 건 필요치 않았다.

그래서 엘시는 입을 다물었다. 뿔피리가 울리면, 그녀의 동족은 작별 인사를 하고 즉시 돌아올 것이다. 그 명백한 지시 앞에 의구심이나 다툼의 여지 따위는 필요치 않았다.

발굽이 풀밭을 두드리는 부드러운 울림이 들려오고, 실바나스의 어둠 순찰자 중 한 명이 해골마 한 마리를 끌고 어둠의 여왕에게 다가왔다. 실바나스는 고개를 끄덕이며 고삐를 받아들었고, 다시 붉게 타오르는 시선으로 포세이큰들을 둘러보았다.

"나는 지금 이 말을 타고 어린 인간 국왕을 만나러 갈 것이다. 모두 너희를 위한 일이다. 너희는 포세이큰이니까. 오래 걸리진 않을 것이다. 그 뒤에, 예전의 삶에서 너희의 일부였던 인간들을 만나러 가라. 그들에게 너희의 마음 한 자리를 내주어야 할지 확인할 수 있을 것이다."

그녀는 잠시 말을 멈추었다가 다시 입을 열었다. 엘시는 실바나스의 목소리에서 희미한 후회를 읽은 것 같았다.

"다들 크게 실망할 준비를 해야 할 것이다. 너희들이 만나게 될 그들도 나름의 노력을 하겠지만, 산 자들은 우리를 진심으로 이해할 수 없다. 우리를 이해할 수 있는 건 우리뿐이다. 우리만이 너희를 이해할 수 있다. 하지만 너희가 원한 일이니, 오늘 하루는 너희에게 하사하겠다. 곧 돌아오마."

실바나스는 안장 위에 올라타 해골마의 머리를 돌렸다.

포세이큰의 어둠의 여왕이자 밴시 여왕인 실바나스는 홀로, 아무 무기도 없이 스톰윈드의 국왕을 맞이하러 나섰다.

엘시는 포세이큰으로 사는 것이 그 어느 때보다 자랑스러웠다.

제 30 장

아라시 고원

안두인은 물론 전에도 실바나스 윈드러너를 본 적이 있었다. 아제로스의 주요 정치 인사들은 모두 백호사에 모여 가로쉬 헬스크림이 심판받는 광경을 지켜봤었다. 그는 헬스크림의 목숨을 빼앗으려던 계략에 실바나스가 관여했으리라 짐작했지만, 확신할 수는 없었다. 당연히 본인에게 물어볼 수도 없었다. 실바나스는 죽었지만 '살아 있었고' 아무 거리낌 없이 다른 이들의 생명을 끝장내곤 했다.

안두인의 마음속에서, 지금의 만남에 겐과 동행하지 않은 것이 옳은 일이라는 데 의심의 여지가 없었다. 겐은 귀중한 아군이었고, 언제나 안두인에 대한 애정을 감추지 않았다. 하지만 도저히 강요할 수 없는 일이라는 것이 있었다. 겐이 이 세상 누구보다 증오하는 존재에게 이토록 가까이 다가가는 것이 바로 그런 일 중 하나였다. 안두인은 겐이 자신을 소중히 여긴다는 걸 알았지만, 숙적과 몇 걸음 떨어지지 않은 곳에서라면 상대를 공격할 수도 있었다. 그 결과 젠이 죽든 실바나스가 죽든 전쟁이 발발하는 사태를 피할 수 없을 터였다.

안두인은 샬라메인도, 익숙한 철퇴 공포파괴자도 필요치 않았다. 그의 무기는 빛이었다. 물론 실바나스 역시 활이 없어도 충분히 치명적인 상대였다. 그녀가 입을 열고 밴시의 통곡을 내뱉기만 해도 안두인은 소멸해버릴 것이다.

하얀 털의 숭배마를 타고 부드러운 흙길을 따라 두 요새 중간에 있는 작은 언덕 위 회합 장소로 가는 도중, 안두인은 저 멀리 자그마한 형체가 다가오는 모습을 보았다.

실바나스는 무시무시한 해골마 위에 앉아 있었다. 숭배마는 죽음과 부패의 냄새를 맡고 코를 벌름거렸지만 걸음이 흔들리진 않았다. 잘 훈련된 군마였다. 일반적인 말이라면 피와 사체 냄새를 맡고 불안해했을 것이다. 그런 보통의 말들은 가능하면 다른 생물을 밟지 않으려고 피하기 마련이었다. 하지만 군마는 달랐다. 전투에서 숭배마는 안두인 신체의 연장선이자 추가적인 무기가 되어, 적을 쓰러뜨리고 짓밟을 것이다. 본능을 억제할 수 있는 훈련을 받은 군마였다.

'나도 다르지 않아. 우리는 필요하다면 천성을 거스를 수 있는 준비가 되어 있구나.'

안두인은 생각에 잠긴 채 밴시 여왕과의 거리를 좁혔다. 이제 조금씩 상대가 또렷하게 보였다. 실바나스는 안두인이 요구한 대로 무장을 하지 않았다. 두건 아래로 붉은 눈동자가 빛나는 것을 볼 수 있었다. 그녀의 상백한 청록색 피부는 이슬비가 내리는 이 황량한 땅과 아주 잘 어울렸다. 두눈 아래 문양이 유난히 눈물 자국처럼 보였다. 실바나스는 아름답고 치명적이었다. 맹독성 약초인 여신의 고뇌에서 피어나는 꽃처럼.

실바나스를 눈앞에서 마주하자 불안과 희망이 뒤섞인 감정이 밀려들었다. 하지만 그보다 앞선 감정은 다름 아닌 분노였다. 타우렌의 대부족장 바인은 분명 볼진이 퇴각을 명령했다고 말했다. 실바나스는 명령을 따랐을 뿐이었다는 말도 했다. 하지만 볼진이 정말 그랬던 걸까? 다른 방법은 없었을까? 실바나스가 아버지와 비행선의 모든 사람들을 전장에 버려둔 채 배신한 건 아닐까? 만일 그랬다면…… 지금 이렇게 그녀와 평화를 논의해도 되는 걸까?

최근 사자의 안식처에서 안두인 자신이 바리안 린에 대해 했던 얘기가 문득 떠올랐다.

'국왕께서는 그 누구보다도, 왕보다도, 얼라이언스가 중요하다는 걸 아셨죠.'

안두인도 그랬다. 오늘 모든 일이 예상대로 흘러간다면, 얼라이언스는 그 어느 때보다 안전해질 것이다. 실바나스가 무슨 짓을 했건, 또 하지 않았건, 안두인은 이것이 옳은 길이라는 것을 알았다. 때로는 옳은 길이 고통스럽고 위험하기도 했다.

두 지도자는 3미터쯤 거리를 유지한 채 각각 말을 멈춰 세웠다. 그리고 아주 오랫동안 서로를 주시하기만 했다. 유일하게 들리는 소리는 금발과 은발을 흩날리는 부드러운 바람과 땅을 구르는 숭배마의 발굽, 그리고 커다란 말의 안장이 뒤틀리며 삐걱거리는 소리뿐이었다. 실바나스와 언데드 말은 부자연스러울 정도로 완벽하게 미동조차 없었다. 그러다 안두인은 충동적으로 말에서 내려 실바나스를 향해 몇 걸음 다가갔다. 그녀는 놀란 듯 눈썹을 치켜세웠다. 잠시 후, 그녀도 안두인과 마찬가지로 말에서 내렸고, 무기력하게 느껴질 만큼 느릿한 속도로 약 1미터 거리까지 접근했다.

안두인이 먼저 침묵을 깼다. 그는 고개를 끄덕이며 말했다.

"대족장, 내 요청을 수락해줘서 고맙다."

"꼬마 사자로군."

실바나스는 포세이큰 특유의 걸걸하고 기이하게 울리는 목소리로 말했다.

그 말은 생각보다 더 아팠다. 다른 사람들을 구하려다 목숨을 잃은 용감한 드워프 애린이 애정을 가득 담아 안두인을 부르던 별명이었다. 실바나스가 그 기억을 뒤틀어 그를 모욕하려는 게 마음에 들지 않았다.

"안두인 린 국왕이다. 이제는 꼬마가 아니기도 하고. 날 과소평가하지 않는 게 좋을 거다."

실바나스의 입가가 희미하게 뒤틀렸다.

"넌 아직 꼬마다."

"여기서 이렇게 서로를 모욕하는 것보다는 더 의미 있게 시간을 보낼 수 있을 것 같은데."

"별로 그럴 것 같진 않구나."

실바나스는 즐기고 있었다. 안두인은 그녀의 눈에 실제로 어린 꼬마처럼 보일 수 있으리라는 생각이 들었다. 명령을 받았든 그렇지 않았든, 그녀는 부서진 해변에서의 퇴각으로 바리안의 죽음을 결정지었다. 그런 실바나스의 눈에 비친 바리안의 아들이란 작은 얼룩이나 벼룩, 사소한 불편함에 불과하지 않을까?

안두인은 미끼를 물지 않았다.

"아니, 너도 그렇게 생각하고 있을 거다. 넌 호드의 대족장이다. 호드의 구성원들은 군단에 맞서 용맹하게 싸웠다. 그리고 네게 가장 가까운 자들, 즉 포세이큰은 자신들이 각별히 바라는 일을 네게 요청했고 넌 그걸 수락했다."

실바나스는 안두인을 뚫어져라 응시했다. 안두인은 자신의 말이 그녀에게 제대로 전해지고 있는지 알 수가 없었다.

'아마 아니겠지.'

유감스러운 생각이었다. 하지만 오늘 여기에 온 목적은 그 때문이 아니었다.

안두인이 말을 이었다.

"이 회합은 평화를 제안하고자 함이 아니다. 그저 열두 시간 동안 휴전을 요청하는 것일 뿐."

"편지에 그렇게 썼었지. 그래서 내가 그 조건을 수락하겠다는 회신을 했고. 이 얘기를 여기서 또다시 꺼내는 이유가 무엇이냐?"

"널 직접 보고 싶었기 때문이다. 얼라이언스 구성원이 다치는 일은 결코 없을 거라는 말을 네 입에서 직접 듣고 싶었기 때문이야."

실바나스는 어이가 없다는 표정을 지었다.

"누군가가 거짓말을 하면 너희 그 소중한 빛이 거짓이라고 알려주느냐?"

"난 알 수 있다."

안두인이 단호하게 말했다. 그 말이 사실이라고 할 수는 없었다. 하지만 그는 알 수 있을 것 같았다. 알 수 있으리라 믿었다. 물론 확신할 수는 없었다. 빛은 검이 아니었다. 날카로운 칼날은 특정한 방식으로 대상을 공격하면 반드시 육체를 베었다. 하지만 빛은 그보다는 분명 모호했다. 빛은 기술이 아니라 신념에 반응했다. 그리고 이상하게도, 그렇기 때문에 안두인은 샬라메인보다 빛을 더 신뢰했다.

무언가가 실바나스의 얼굴을 스쳤지만 이내 사라졌다. 그녀는 턱을 약간 든 채 물었다.

"그렇다면 내가 약속을 지킬 거라고 믿느냐?"

안두인이 어깨를 으쓱했다.

"글쎄, 이미 약속을 어긴 적이 있을 텐데."

그래, 바리안의 죽음. 실바나스는 바로 대답하지 않았다. 시간이 지나고, 그녀는 제법 자상한 목소리로 말했다.

"포세이큰의 어둠의 여왕이자 호드의 대족장으로서 약속하겠다. 오늘 얼라이언스의 어떤 구성원도, 호드 구성원의 손에 다치는 일은 없을 것이다. 나를 포함해서. 이제 만족하겠나, 폐하?"

실바나스는 마지막 어휘를 유난히 강조했다. 경의를 표하는 것이 아니었다. 안두인의 새로운 지위를 칼처럼 이용하여 그의 갈비뼈 사이를 찌르고 있었다. 그 비극적인 사건이 없었더라면 지금 실바나스는 바리안 린과 대화하고 있었을 것이고, 둘 다 이를 너무나 잘 알고 있기 때문이었다. 만약 그랬다면 이번 회담이 진행되는 내내 긴장과 분노, 불신이 조금이나마 줄어들었을 것이다.

안두인이 미처 억누르기도 전에 입 밖으로 그 물음이 나오고 말았다.

"우리 아버지를 배신했나?"

실바나스의 몸이 뻣뻣하게 굳었다.

안두인의 심장이 빠르게 뛰며 그의 가슴을 두드렸다. 애초에 그런 질문을 던질 의도는 없었다. 하지만 물어야만 했다. 알아야만 했다. 실바나스가 아버지와 얼라이언스 군대의 죽음을 진정 의도한 것인지 알아야 했다.

그렇게 말은 던져졌다.

실바나스는 석상처럼 미동도 하지 않았다. 얼굴엔 아무 표정도 없었다.

호흡과 함께 가슴이 오르내리지도 않았다. 그녀의 심장은 피를 밀어내지 않았다. 그럼에도 실바나스는 소년이 그렇게도 당당하게, 그렇게도 빨리 자신에게 맞설 용기를 냈다는 사실에 크게 놀랐다.

그녀는 부서진 해변에서의 사건을 깊이 생각하지 않았다. 지금은 신경 써야 할 일이 너무 많았고, 원체 옛일을 되새기는 성격도 아니었다. 하지만 지금 그녀의 머릿속은 유혈이 낭자했던 그때의 혼돈 속으로 되돌아갔다. 실바나스는 다시 그 고지 위에 섰고, 얼라이언스 병력은 아래쪽으로 흩어져서 용맹하게 싸웠으며, 그 사이 호드도 전력을 다해 공격에 힘을 실었다.

'이곳에 진을 친다!'

실바나스는 궁수들에게 그렇게 지시했었다. 그리고 그곳에 서서 증오스러운 지옥 마력이 주입된 적들을 향해 죽음의 비, 아니 죽음의 폭풍처럼 화살을 퍼부었다. 군단은 끝도 없이 밀려들었다. 악마의 거수들이 쉬지 않고 파상공격을 가했다. 적의 공세는 점점 더 끔찍해지고 점점 더 무시무시해졌다. 하지만 바리안의 병사들은 강했다. 실바나스의 병사처럼.

적의 기습이라고 외치는 소리에 실바나스는 황급히 돌아섰다. 당혹감으로 움직이지도 못한 채, 뒤쪽 열린 틈에서 악마들이 홍수처럼 쏟아져 나오는 모습을 지켜봤다. 강대한 전사이자 주술사로 현 호드의 창시자인 스랄도 무릎을 꿇고, 일어서는 것도 힘에 부쳐 초록색 몸을 떨고 있었다. 바인이 그의 곁에 서서 맹렬하게 친구를 지켰다. 당시 실바나스는 충격 때문에 일시적으로 모든 게 마비된 상태였다.

그때 대족장 볼진이 외쳤다.

'뒤쪽에 적이다! 측면을 사수하라!'

그리고 그 창, 그 끔찍한 창이 명령을 외치던 볼진의 가슴을 꿰뚫었다.

즉사할 수밖에 없는 타격이었지만, 볼진은 죽을 준비가 되어 있지 않았다. 아직은 그럴 수 없었다. 목적의식이 그를 움직이게 했다. 그는 공격해오는 적을 쓰러뜨리고 계속해서 싸우며, 그녀의 눈앞에서 조금씩 약해져갔다. 실바나스는 자기도 모르게 말을 몰아 볼진에게 달려갔고, 그를 안전한 곳으로 피신시키고자 말 위로 끌어 올렸다.

끔찍한 고통을 무릅쓰고 볼진은 고개를 들어 실바나스를 바라봤다. 그리고 희미한 목소리로 명령을 내렸다. 치열한 전투가 벌어지는 와중에 다른 이들은 듣지 못할 작은 목소리였다.

'오늘 호드가 죽어서는 안 된다.'

대족장이 직접 내린 명령이었다. 옳은 명령이었다. 고지 아래에서 얼라이언스가 용맹하게 분투하고 있었지만, 호드의 지원이 필수적이었다. 지금 호드가 퇴각한다면, 바리안의 부대는 붕괴될 것이다.

하지만 호드가 이곳에 남아 싸운다면, 양쪽 군대가 모두 섬멸될 뿐이었다.

실바나스는 눈을 감았다. 두 가지 모두 받아들일 수 없었다. 그래서 그녀는 유일하게 받아들일 수 있는 선택을 했다. 대족장의 뜻에 따르는 것이었다. 대족장은 창에 묻어 있던 독 때문에 결국 목숨을 잃었고, 눈을 감기 전 모두를 당황케 한 결정을 내렸다. 바로 실바나스 윈드러너를 호드의 지도자로 지명한 것이다.

실바나스는 뿔피리를 입에 대고 퇴각을 알렸다. 전장을 떠나는 함선의 고물에 서서, 멀리 바리안이 쓰러진 곳에서 폭발과 함께 피어오르는 초록색 연기를 지켜봤다. 그것이 상내한 전사가 고통스러운 최후를 맞이하는 모습일까 생각하던 그 순간, 얼마나 큰 후회를 했는지 실바나스는 그 누구에게도 이야기하지 않았다.

지금도 누구에게든 이야기할 생각은 없었다. 하지만 이렇게 젊은 국왕

앞에 서 있으니, 지난 몇 년 사이에 아버지의 흔적이 아들에게서 나타나기 시작했다는 걸 알 수 있었다. 키와 근육이 자라면서 신체적으로만 비슷해진 것이 아니었다. 결의에 찬 턱선에서 보이는 강인함 때문만도 아니었다. 안두인이라는 존재 자체에서 바리안의 모습이 보였다.

'우리 아버지를 배신했나?'

시간이 흐른 후 지금의 대답을 후회할지도 모르지만, 도저히 거짓말을 하고 싶지 않았다.

"바리안 린의 운명은 결정되어 있었다, 꼬마 사자야. 군단의 수가 워낙 많았던 터라, 내가 그날 어떤 선택을 했든 결과는 달라지지 않았을 것이다."

안두인의 푸른 눈이 실바나스의 붉은 눈에서 거짓의 흔적을 찾았다. 하지만 아무것도 보이지 않았다. 왠지 마음이 놓였다. 안두인이 고개를 끄덕였다.

"오늘 이곳에서 일어나는 일들은 호드와 얼라이언스 모두에게 도움이 될 것이다. 이번 휴전에 동의해줘서 정말 기뻤다. 지금 이 자리에서 나 또한 약속을 준수하여, 오늘은 그 어떤 얼라이언스도 호드의 구성원에게 해를 끼치는 일은 없으리라 맹세한다. 물론 나 또한 포함해서."

안두인이 고개를 끄덕여 동의를 표하면서 그녀와 같은 약속을 했다.

"그렇다면 더는 할 이야기가 없다."

실바나스의 말에 안두인이 고개를 끄덕였다.

"그렇다, 아쉬운 일이지만. 언젠가 다시 만나 양쪽 백성 모두에게 도움이 될 수 있는 논의를 계속할 수 있으면 좋겠군."

실바나스의 얼굴에 희미한 미소가 스쳐 지나갔다.

"그런 일은 없을 것이다."

그 말을 끝으로 실바나스는 휙 돌아서서 등을 보인 채 해골마의 안장 위로 뛰어올랐다. 그녀는 지체 없이 그대로 말을 달려, 왔던 길로 되돌아갔다.

제 31 장

아라시 고원
스트롬가드 요새

호드의 지도자가 떠나면서 냉랭한 말을 남기긴 했지만, 안두인은 희망을 보았다. 그는 실바나스의 말을 믿었다. 군단이 사방에서 나타났다고 겐도 이야기했었다. 호드 병사들이 산마루 위에서 기습을 당했다면, 그리고 안두인이 바인의 해명을 믿는다면, 그곳에 남는다는 건 호드와 얼라이언스의 공멸을 의미한다는 것도 충분히 추론 가능한 결론이었다.

모든 이야기의 진실을 알 수는 없으리라. 하지만 오늘 회합이 성공적으로 마무리되고 이와 같은 만남이 계속된다면, 어쩌면 많은 질문의 답을 얻을 수도 있을 것이다. 그의 질문뿐 아니라 다른 질문까지도.

시종 하나가 잰걸음으로 다가와 숭배마의 고삐를 잡았고, 안두인은 안장에서 내려왔다.

"무사히 돌아왔군."

"실망한 티 너무 내지 마세요."

겐의 말에 안두인은 농담으로 응수했다.

"그렇다면 얘기가 잘된 모양이군요."

투랄리온이 안도하는 목소리로 말했다.

성기사 투랄리온과 눈이 마주친 안두인의 얼굴에서 웃음기가 사라졌다. 그는 파올과 마찬가지로 젊은 국왕에게는 영웅적인 존재였다. 투랄리온은 공허와 빛의 경계를 위태롭게 오가던 여인을 사랑했고, 그 여인은 조금 전 만난 실바나스의 언니였다.

"네, 이야기는 잘됐습니다."

안두인은 그렇게 결정했다. 그리고 겐을 향해 말했다.

"아버지에 대해 물었습니다. 아버지를 구할 방법이 없었다고 하더군요. 전 그 말을 믿습니다."

겐은 콧방귀를 뀌며 고개를 가로저었다.

"물론 그렇게 말했겠지. 안두인…… 가끔 보면 자네는 너무 순진하네. 계속 그러다가는 크게 후회하는 날이 올 걸세."

"전 순진하지 않아요. 그 대답이…… 진실하게 느껴졌어요."

겐은 여전히 도끼눈으로 안두인을 바라봤지만, 투랄리온은 고개를 끄덕였다.

"이해합니다."

안두인은 겐과 투랄리온 사이에 끼어들어 두 사람의 어깨를 두드렸다.

"이제 시작하시죠. 애타게 가족을 만나고 싶어 하는 사람들이 있으니까요."

"사제들에게 그리핀 옆에서 대기하라고 전하겠습니다."

투랄리온이 말했다.

'사제가 필요한 일은 오직 축복을 기원할 때 뿐이길.'

안두인은 그렇게 생각했지만, 입 밖으로 한 말은 이것뿐이다.

"감사합니다, 투랄리온."

안두인은 기다리고 있는 열아홉 명의 사람들을 바라봤다. 그들의 얼굴에는 우려와 기쁨이 가득했다. 그들의 젊은 국왕도 그 두 가지 감정을 완전히 이해했다.

"시간이 됐습니다. 오늘이 변화의 하루가 되기를, 관계와 희망의 날이 되기를, 그리고 사랑하는 이들과 만나는 자리가 역사 속 사건이 아니라 일상이 되기를 바랍니다. 여러분 모두를 잘 지켜보며 보호해 드리겠습니다."

열아홉 명의 사람들은 이미 두 명의 사제에게서 축복을 받았다. 하지만 이번 축도는 국왕의 몫이었다. 안두인은 두 손을 들어 올려 모여 있는 사람들에게 빛을 불러 내렸다. 두 눈을 감고 옅은 미소를 띤 채, 사람들의 감정이 차분해지는 것을 느꼈다. 안두인 자신도 마찬가지였다.

"빛이 여러분과 함께하기를."

안두인은 그렇게 말하며 먼저 파올 대주교를 바라봤다. 그는 뛰지 않는 심장 위에 손을 얹고 고개 숙여 인사했다. 안두인은 칼리아에게로 시선을 옮겼다. 밤늦게까지 수많은 이야기로 그의 마음을 달래주었던 그녀는 반짝이는 눈빛으로 미소를 지었다. 지금 이 순간은 참가자들뿐 아니라 국왕과 조언자, 사제들에게도 아주 특별했다.

안두인은 투랄리온을 향해 고개를 끄덕였고, 성기사 역시 고개 숙여 인사했다. 다음으로 겐을 향해 손을 흔들었다. 여기 도착한 이후로 최고 조언자의 매서운 눈빛은 누그러지는 법이 없었지만, 겐은 고개를 끄덕인 후 큰 소리로 명령을 내렸다.

거대한 나무 문의 잔해가 삐걱거리며 열렸다. 안두인은 투랄리온과의 대화를 떠올렸다. 성기사는 그들 모두가 '물질이나 부를 빼앗기 위한 전투

가 아니라, 모두의 미래를 공고히 하기 위한 전투'를 치르게 될 것이라고
말했었다.

문이 열렸지만 사람들은 망설이는 듯 그대로 서 있었다. 그때 필리아가
사람들 사이를 빠져나와 담대하게 걸음을 내딛기 시작했다. 몸을 꼿꼿이
세우고, 입을 굳게 다문 필리아는 장화 신은 발로 힘차게 푸른 잔디를 가
로질렀다.

다들 그 신호를 기다렸다는 듯, 모두 함께 움직이기 시작했다. 조금 서
둘러 걷는 사람들도 있었다. 절대로 뛰어서는 안 된다는 지시를 받았다.
서두르는 모습을 누군가 위협이라고 오해할 수도 있기 때문이었다. 그들
은 차분하게 관문을 빠져나가, 소라딘의 성벽에서 나오고 있는 무리를 향
해 발걸음을 옮겼다.

대화하는 소리 너머로 행복한 웃음이 터져 나왔다. 친절하지만 기이하
게 울리는 목소리였다. 파올 대주교였다. 안두인은 갑작스러운 기쁨의 눈
물에 두 눈이 시큰해지는 걸 느꼈다.

'당신은 빛의 군대를 이끌고 계시죠. 하지만 이건 희망의 군대예요.'

안두인은 벅찬 마음으로 생각했다.

늙은 엠마는 지금 이 상황이 진정 현실인지, 아니면 그녀가 늘 겪는 백일
몽 중 하나에 불과한지 거듭 고민했다. 하지만 평소보다 훨씬 빠른 속도로
부드러운 풀밭을 가로지르는 동안 느껴지는 관절의 통증으로 보아, 이 상
황이 현실이라는 걸 인정해야만 했다. 엠마는 매일 물동이를 지고 우물과
작고 정갈한 자신의 집 사이를 오가며 꽤나 먼 거리를 걸었으니, 끈기는
문제가 되지 않았다. 문제는 속도였다. 엠마는 필리아처럼 평원의 중간 지
점을 향해 빨리 가고 싶었지만, 나이가 허락하지 않았다. 그녀는 젬과 잭,

제이크도 언데드로 지내는 동안 인내심을 배웠을 거라고 자신을 타일렀다. 그러니까 노모를 만나기까지 조금은 더 기다릴 수 있을 것이다.

기다리고 싶지 않은 건 바로 엠마 자신이었다.

누군가가 조바심을 내며 걷는 엠마에게 다가왔다. 그는 아주 아름답게 제작된 투구를 들고 있었고, 자신의 이름이 오스릭 스트랑이라고 말했다.

"난 엠마 펠스톤이라고 해요. 그거 아주 무거워 보이는군요."

엠마가 말했다.

붉은 머리카락과 우락부락한 근육질이 돋보이는 남자 오스릭은 그 말에 웃음을 터뜨렸다.

"무겁기 때문에 제 역할을 할 수 있답니다. 이 투구는 제가 오늘 만날…… 사람을 위해 만든 겁니다. 토마스는 저한테 형이나 마찬가지거든요. 그는 로데론에서, 전 스톰윈드에서 각각 경비병으로 복무할 때 누가 최고의 방어구를 만드느냐를 놓고 한참 말다툼을 하곤 했죠. 전 그 끔찍한 날에 토마스도 죽었다고 생각했습니다."

오스릭은 투구를 가리켰다.

"포세이큰이 되었는데도 두뇌를 무사히 지켜냈다면, 앞으로도 그럴 수 있게 해주고 싶었습니다. 그런데 누구를 만나러 오셨나요?"

오스릭이 엠마를 향해 웃어 보이며 물었다.

"아들들이요. 세 명이죠. 그 아이들이 로데론에 있을 때, 그……."

엠마는 웃음기 가득한 목소리로 대답했지만, 말을 끝맺지 못했다.

오스릭은 연민 가득한 시선으로 그녀를 바라봤다.

"아드님들을 그렇게 잃으셨다니, 정말 유감입니다. 그래도 다들 의회의 일원이 되어 이렇게 다시 만나실 수 있다니 정말 다행이네요."

"아, 정말 그래요. 지금 누릴 수 있는 것에 감사해야겠죠. 안 그런가요?"

"그럼요, 그렇고말고요."

오스릭은 투구를 한쪽 팔에 끼고는 다른 한 손을 엠마에게 내밀었다.

"이렇게 험한 곳에서는 걸을 때 조심하셔야 합니다. 제 손을 잡으세요."

엠마는 우아하게 그의 손을 붙잡으며 생각했다.

'이렇게 착한 청년이라니. 내 아들들도 그랬는데.'

스트롬가드 요새와 소라딘의 성벽 중간 지점으로 정해진 회합 장소에서는 행사 준비가 끝나 있었다. 양측에 탁자가 하나씩 놓였다. 하나에는 호드가 얼라이언스에게 줄 선물을, 다른 하나에는 얼라이언스가 호드에게 줄 선물을 올려놓았다. 오스릭은 얼라이언스 탁자로 다가가 투구를 내려놓은 후, 다시 엠마의 손을 잡았다. 그들과 면담을 했던 여사제가 두건 아래로 참가자들을 보며 상냥한 미소를 지은 후, 호드 쪽 참석자들을 보며 한 줄로 서달라고 부탁했다.

아까까지만 해도 날씨는 눅눅하고 서늘했으며 먹구름이 짙게 깔려 있었다. 하지만 지금은 구름이 걷히고 햇살이 모습을 드러냈다. 모든 이들이 자신의 위치를 찾아가고, 엠마는 걱정스러운 표정으로 아들들을 찾았다. 아이들을 알아보지 못하는 건 아닐까 하는 걱정이 들었다. 파올 대주교를 만나보긴 했지만, 겉모습이 크게 망가진 포세이큰을 마주할 마음의 준비는 되어 있지 않았다.

어느 누구도 그들을 살아 있는 존재라고 착각할 것 같지 않았고, 환하게 쏟아지는 햇살도 도움이 되지 않았다. 그들의 눈은 스산한 빛을 내뿜었고, 구부정한 모습으로 비적비적 걸었다.

'뭐, 나도 얼굴에 주름살이 가득하고, 가끔은 구부정하게 비틀비틀 걷기도 하잖아.'

엠마는 스스로를 타일렀다.

긴 침묵이 이어졌다. 파올 대주교가 앞으로 나섰다.

"혹시 용기가 나지 않는다면, 지금 돌아가도 좋습니다."

파올은 묘한 울림이 있는 기분 좋은 목소리로 말했다. 처음에는 아무도 움직이지 않았다. 하지만 곧 네댓 명의 인간들이, 잔뜩 충격을 받은 채 포세이큰만큼이나 잿빛이 되어버린 얼굴로, 황급히 요새를 향해 돌아갔다. 만남을 거부당한 포세이큰은 돌아가는 사람들의 등 뒤로, 슬픔이 가득한 공허한 목소리로 울부짖었다. 만남이 무산된 또 다른 포세이큰도 한동안 멍하니 서 있다가 마지못해 고개를 푹 숙인 채 지금까지 걸어온 먼 길을 되돌아갔다.

'아, 불쌍한 녀석들.'

엠마는 마음이 아파왔다.

"다른 분은 안 계십니까?"

파올이 물었지만, 더는 돌아가는 사람이 없었다.

"좋습니다. 제가 이름을 호명하는 분은 앞으로 나와주십시오. 그 뒤에는 사랑하는 이들과 함께 자유롭게 이 평원을 거닐 수 있습니다."

그는 양피지 두루마리를 펼쳐 들었다.

"엠마 펠스톤!"

엠마의 심장이 풀쩍 뛰어올랐다. 그녀는 떨리는 목소리로 오스릭에게 물었다.

"드디어 아이들을 볼 때가 된 건가요? 이렇게 긴긴 시간을 기다린 끝에?"

"원하신다면요. 원치 않으신다면 지금 요새로 돌아가셔도 돼요."

여사제의 대답에 엠마는 고개를 가로저었다.

"오, 아니, 아니에요. 아까 그 사람들처럼 아이들을 실망시킬 수는 없죠."

오스릭이 그녀의 손을 다독였다. 엠마는 그의 손을 놓고 똑바로 일어선 후, 누구의 도움도 받지 않고 파올이 있는 곳으로 걸어갔다.

"젬과 잭, 제이크 펠스톤."

대주교가 외쳤다.

키가 훤칠한 포세이큰 세 명이 앞으로 나섰다. 조금은 주저하는 듯한 몸 짓이었다. 엠마는 다가오는 포세이큰 세 명을 뚫어져라 바라봤다. 살아 있을 땐 건장하던 아이들이었다. 튼튼한 젊은이들이었다. 얼마나 자신감이 넘쳤는지 모른다. 로데론을 섬긴다는 생각에 얼마나 자랑스러워했던가. 그랬던 아들들이 피골만 앙상히 남은 몸에 얼마 남지 않은 머리카락이 엉겨 붙은 모습으로 서 있었다. 그들의 표정을 읽는 데도 시간이 꽤 걸렸다.

그렇게 잘 웃고 당당하던 아이들이 지금은…… 두려워하며 어쩔 줄을 몰라 했다.

'아이들이 전장에 나설 때보다 지금 내 앞에서 더 두려워하고 있어.'

엠마는 자신과 그들 사이의 차이점이 더는 아무 의미도 없다는 것을 깨달았다.

엠마는 흐느끼기 시작했지만, 얼굴에는 더없이 환한 웃음이 가득했다.

"얘들아, 아, 내 아들들아!"

"엄마!"

잭이 외치며 그녀를 향해 달려왔다.

"정말 보고 싶었어요!"

젬이 말했다. 제이크는 벅찬 감정에 고개만 푹 숙였다. 세 녕의 포세이큰 모두가 어머니를 얼싸안았다.

'감사합니다. 이런 일을 실현시켜주셔서 정말 감사합니다.'

칼리아는 다시 만난 가족의 어머니가 기쁨의 눈물을 흘리는 모습을 보며 빛에 기도를 올렸다.

그녀는 미소를 지은 채 다른 이름이 불리는 소리를 들었다. 어떤 이들은 머뭇거렸고 또 어떤 이들은 환하게 웃으며 앞으로 나섰다. 일부는 고개를 절레절레 저으며, 최후의 순간에 마지막 걸음을 내딛지 못하고 말없이 돌아섰다. 그렇게 홀로 남은 포세이큰 역시 결국엔 돌아서서 소라딘의 성벽으로 향했다. 칼리아는 그들을 위해 기도했다. 만남을 거부하고, 또 거부당한 이들을 위해 기도했다. 모두가 상처를 입고 있었다. 모두에게 빛의 축복이 필요했다.

하지만 그렇게 돌아서는 사람은 생각보다 많지 않았다. 인간도 포세이큰도 처음엔 조심스러워했다. 어딘가 부자연스럽고 어색하기도 했다. 하지만 괜찮았다.

"필리아 핀탈라스."

대주교가 다음 이름을 불렀다. 필리아는 가장 앞줄에 서서 이미 아버지 파쿠알의 얼굴을 확인해둔 상태였다. 이름이 불리자마자 그녀는 아버지를 향해 달려가며 소리쳤다.

"아빠!"

두 사람은 조심하고 어색해할 틈도 없었다. 서로를 향해 달려간 아버지와 딸은 부딪히기 직전에 멈춰 섰다. 칼리아의 커다랗게 부푼 심장처럼, 아버지와 딸의 얼굴에는 커다란 함박웃음이 가득했다.

"정말 아빠네."

필리아의 말에는 많은 의미가 담겨 있었다.

몇 번의 어색한 순간이 지나가고, 만남이 점점 더 수월하고 빠르게 진행되었다. 모든 만남이 그렇게 즐겁고 편하기만 한 건 아니었지만, 그래도 그들은 대화하고 있었다. 포세이큰과 인간이 대화하고 있었다. 이런 순간이 오리라고 어느 누가 생각이나 했을까? 오직 한 명만이, 단 한 명의 국왕만이 이 순간을 그려왔다.

그리고 오늘의 이 만남이 성공리에 마무리된다면, 이런 기회가 앞으로 더 생길 수도 있었다. 아서스가 비극적으로 망가뜨려놓은 관계를 회복할 기회가 다시 찾아올 수도 있었다.

'이 회합은 우리 모두에게 새로운 시작이 될 거야.'

생각에 잠겨 있던 칼리아 곁으로 파올이 다가왔다.

"내 눈은 지금까지 너무 많은 고통을 보았네. 하지만 이 얼마나 기쁜 일인가. 그런 고통 끝에 이렇게 아름다운 광경을 볼 수 있다니 말이야."

"또 한 번의 회합이 열릴까요?"

"그러길 바라야지. 하지만 그건 전적으로 실바나스에게 달려 있네. 이 사람들이 그랬듯, 그녀도 자신에게 감정이 남아 있다는 사실을 깨닫게 된다면 좋겠군."

"그러길 바라야죠."

"그래, 물론이지. 희망은 언제든 품을 수 있네. 언제든 말이야."

제 32 장

아라시 고원
소라딘의 성벽

실바나스는 고대의 방벽 꼭대기에 서 있었다. 늘 그렇듯 나타노스가 옆에 함께했고, 그녀의 시선은 멀리서 펼쳐지는 광경에 고정되어 있었다.

"아직까지는 아무 문제도 없는 것 같군. 달리 문제 될 것이 있나?"

"제가 확인한 바로는 없습니다, 여왕님."

나타노스가 대답했다.

"인간들 중 일부가 괜한 기대감만 키워놓고 포세이큰과 만나길 거부했나 보군. 정말 잔인한 녀석들이야."

"그렇습니다."

나타노스는 동의했지만, 다른 말을 덧붙이지는 않았다.

"이번 회합은 달갑지 않았지만, 이제와 생각해보니 그렇게 나쁜 일은 아니었던 것 같다. 우리 포세이큰들이 한때 사랑하는 사이였던 사람들의 눈에 자신들이 어떻게 보이는지 알게 되었을 테니 말이야."

"오늘 회합을 허락하신 건 아주 현명한 처사였습니다, 여왕님. 저들이 현실을 이해하게 될 테니까요. 그게 고통스럽다면, 같은 경험을 반복하지 않으려 할 겁니다. 오늘 일이 즐거운 경험이 된다면, 여왕님께서는 저들의 복종을 유도할 미끼를 하나 더 보유하게 되시는 겁니다. 물론, 저들을 두려워할 필요야 없습니다만."

"이번 일을 지켜보길 잘했다. 많은 것을 배울 수 있었으니까."

"이런 회합을 다시 개최하시겠습니까?"

실바나스는 눈을 가늘게 뜬 채 태양을 올려다봤다.

"아직은 날이 이르다. 참관도 끝나지 않았고. 경계를 늦출 생각도 없다. 바리안의 강아지가 이렇다 할 속임수는 준비하지 않은 것 같지만, 우리가 생각하는 것보다 더 교활한 놈일 수도 있다. 자기네 백성들을 공격하고, 비난의 화살을 우리에게 돌릴 수도 있겠지. 그런 후에 강력한 지도자인 양 전쟁을 선포하는 거다. 무력한 자들의 보호자가 되기 위해서."

"충분히 가능한 일입니다, 여왕님."

실바나스는 나타노스를 향해 짓궂은 미소를 지어 보였다. 흔치 않은 일이었다.

"하지만 넌 그렇게 생각하지 않겠지."

"외람된 말씀이오나, 그런 계획이라면 여왕님께서 행하실 만한 전략으로 보입니다."

"그렇지. 하지만 오늘은 아니다. 아직 전쟁을 치를 준비가 되지 않았어."

실바나스는 성벽 위에 배치해놓은 순찰자들을 바라봤다. 화살통은 가득 차 있었고, 활은 쉽게 꺼낼 수 있도록 등에 멘 상태였다.

그녀가 지시만 하면 순찰자들이 즉시 공격을 시작할 것이다.

실바나스는 다시 한 번 웃었다.

아라시 고원 평원

파쿠알과 필리아는 포세이큰의 선물이 놓인 탁자로 다가갔다. 파쿠알이 낡고 해진 곰 인형을 가리키자 필리아의 얼굴에 눈물이 흘러내렸다. 엘시는 그 모습을 행복하게 지켜봤다.

"브라우니를 안아주고 싶어요. 아빠를 안고 싶어요."

"아, 우리 꼬마야. 아니, 이제는 꼬마라고 할 수 없겠구나."

필리아의 말에 파쿠알은 쿡쿡 웃으며 말을 이었다.

"브라우니는 너희 국왕이 안전하다고 하기 전까지는 만질 수 없단다. 그리고 네가 기억하던 것처럼 이 아비를 꽉 안았다간 내 피부가 견디질 못할 거야."

필리아는 눈물을 훔쳤다.

"살짝만…… 아빠 손을 잡아도 돼요?"

포세이큰의 육체는 죽었기 때문에 소통의 방식이 제한적일 거라고 생각하는 경우가 많았다. 하지만 그건 사실이 아니었다. 기쁨과 사랑, 공포와 희망 등 무수히 많은 감정이 파쿠알의 얼굴을 스쳤다.

"원한다면 그래도 좋아."

포세이큰 개개인은 각각 서로 다른 죽음의 단계에서 되살아났다. 갓 죽은 후에 되살아나거나, 부분적으로 부패한 후 되살아나거나, 또 거의 미라화된 후에 되살아나는 경우도 있었다. 파쿠알은 그중 마지막 유형에 속했고, 그래서 주머니 속에 향주머니를 넣어두었다. 그가 바싹 말라 양피지처럼 연약한 손을 뻗어 딸아이의 보드랍고 살아 있는 손 위에 올리는 순간, 엘시는 두 사람 모두를 끌어안고 싶었다.

엘시는 파쿠알과 필리아 곁에 머물면서 부녀가 상봉하는 순간을 계속 함께하고 싶었다. 하지만 그곳에는 할 말을 잃거나, 어찌할 바를 몰라서 누군가의 도움이 필요한 이들도 많이 있었다. 가슴 깊은 곳에서 우러나온 사랑과 두려움으로 서로를 맞이한 이 부녀는 아무 문제도 없을 것 같았다. 그들에게는 희망이 있었다.

"엄마?"

펠스턴 가문의 장남 젬의 목소리였다. 왠지 당황한 듯했다. 엘시는 주위를 두리번거리며 그를 찾았다. 한쪽에서 잭과 제이크가 자그마한 어머니를 둘러싸고 있는 모습이 보였다. 그때 그중 한 명이 옆으로 빠져나와 주위를 둘러보며 도움을 청했다.

엘시는 엠마가 제대로 숨을 쉬지 못해 얼굴이 잿빛이 되어버린 모습을 보았다.

"여사제님! 도와주십시오!"

아들 중 한 명이 외쳤다. 스산하게 울리는 목소리는 공포에 질려 있었다.

망토를 입은 여인이 황급히 다가가 한 손을 들어 올렸다. 햇살이 내리쬐듯 빛이 내려왔고, 그녀는 엠마에게 그 빛을 전달했다. 노모는 부드럽게 숨을 들이쉬었다. 창백한 얼굴에 혈색이 돌아왔고 온기가 되살아났다. 엠마는 두 눈을 깜빡이며 자신을 치유해준 여인을 바라봤다. 두 사람의 눈이 마주치자 여사제는 미소를 지었다.

"정말 고마워요."

엠마 대신 엘시가 고마움을 전하자 여사제가 대답했다.

"이 자리에 함께할 수 있어서 영광이에요. 죄송한 말씀이지만, 혼자 계신 모습이 눈에 띄더군요. 혹시 가족을 만나지 못하신 선가요?"

여사제의 얼굴은 두건의 그림자에 가려져 있었지만, 엘시는 여사제의 애틋한 미소를 볼 수 있었다.

"오, 이런, 정말 상냥하시군요. 하지만 아니에요. 전 그저 의회 친구들과 기쁨을 함께하고 싶어서 이곳에 온 거랍니다."

여사제는 희미하게 헉하고 숨을 들이쉬고는 엘시에게 다가갔다.

"자치 의장님이시군요. 남편이신 윌의 얘기는 들었어요. 정말 유감이에요."

그녀는 그렇게 얘기하며 포세이큰 여성의 손을 잡으려 했다.

엘시는 흠칫 손을 빼려다가 그대로 멈췄다. 파올이 도움을 맡긴 사람이라면, 엘시의 뻣뻣하고 차가운 손에 공포를 느끼지 않을 터였다. 여사제는 아주 조심스럽게 엘시의 손을 잡았다. 용감하지만 어린 필리아가 이제 막 배우기 시작한 것, 즉 포세이큰의 육체는 아주 조심스럽게 대해야 한다는 것을 이미 잘 알고 있는 듯했다. 되살아난 육신은 너무나 약했다. 하지만 엘시가 보기에 대부분의 포세이큰은 육체적 접촉에 굶주려 있는 듯했다.

여사제의 손은 부드럽고 따뜻했다. 그녀의 손길은 정말이지 기분이 좋았다. 잠시 후 여사제는 엘시의 손을 놓고 곁에 머물렀다.

"고마워요. 대주교님은 저희에게 정말 친절하셨어요. 당신과 그분이 우리 모두와 함께해주신다는 사실에 감사하고 있어요."

"지금 이곳에 함께 있을 수 있어서 제가 얼마나 행복한지 모르실 거예요. 전 당신이 적극적으로 우리와 협력해주셨던 일에 보람을 느끼도록 해드리고 싶었어요. 안두인 국왕도 당신에게 직접 감사하다는 말을 하지 못해서 유감스럽게 생각하고 있어요."

인간인 여사제의 말에 엘시는 손사래를 쳤다.

"여기는 인간 국왕이 오실 만한 곳이 아니에요. 백성들을 생각하셔야죠. 저는 그분께 결코 갚을 수 없는 빚을 졌어요. 윌이 세상을 떠날 때, 제가 함께할 수 없었던 그때 남편 곁에 계셔주셨거든요. 윌은 린 왕가의 소년들을 자기 자식처럼 사랑했죠."

두 여성은 함께 서서 눈앞에 펼쳐지는 광경을 바라봤다. 여기저기에서 웃음소리가 들려왔다. 둘은 서로를 바라보며 미소를 지었다.

"멋진 일이네요. 정말 멋진 일이에요."

엘시가 말했다.

"오늘 만남이 원만하게 진행된다면 대족장이 나중에라도 이와 같은 자리를 다시 마련하는 데 동의하지 않을까, 국왕께서는 그렇게 기대하고 있어요."

순간 엘시의 미소가 사그라들었다.

"이런 만남이 또 한 번 이루어지지는 않을 것 같네요. 하지만 뭐, 오늘 같은 일도 현실로 일어날 거라고는 꿈도 꾸지 못했죠. 그러니 제가 뭘 알겠어요."

엘시는 키득거리며 웃었다.

"두 번째 회합이 이루어진다면, 안두인 국왕께서는 당신을 만나고 싶다고 하셨어요."

여사제가 다시 말했다.

"오, 이런, 그거 정말 좋겠네요!"

엘시는 요새를 향해 시선을 돌렸다. 너무 먼 곳이라 얼굴을 구별할 수는 없었지만, 젊은 국왕은 그 누구보다 두드러져 보였다. 안두인은 독특한 방어구에 스톰윈드의 황금 사자가 그려진 파란 휘장을 걸치고 있었다. 찬란한 빛줄기가 젊은 국왕을 비추자 그 멋진 방어구와 어여쁜 금발이 반짝거렸다.

"티핀 왕비님은 정말 아름다우셨죠. 친절하기도 하셨고요. 안두인 국왕은 어머니의 금발을 물려받았어요. 윌은 '햇살 같은 아이'라고 불렀죠. 제가 숨을 쉬고 있을 땐 아무도 몰랐어요. 햇살 같던 아이가 이렇게 빛의 국왕이 될 줄은 정말 몰랐죠!"

엘시가 추억에 잠겨 말하는 사이, 누군가 스톰윈드의 국왕 곁에 다가섰다. 훤칠한 키에 건장한 체격, 그리고 머리는 하얗게 세어 있었다. 엘시가 물었다.

"저 신사분은 누구죠?"

한순간 짙은 그림자가 여사제의 얼굴을 스쳤다.

"길니아스의 겐 그레이메인 국왕이에요."

"오, 이런. 이번 일을 탐탁지 않게 생각하시겠군요."

엘시가 대꾸했다.

"그럴 수도 있겠죠. 하지만 국왕 곁에 서서 우릴 지켜보고 있잖아요."

여사제가 그렇게 말하며 손을 들었다.

"안두인 국왕을 직접 만날 수는 없더라도, 인사는 할 수 있겠죠."

엘시는 머뭇머뭇 여사제를 따라 손을 들었다. 처음에는 부끄러운 듯 작은 동작이었지만 안두인이 그들을 알아보고 같이 손을 흔들자, 엘시는 기쁨에 겨워 더욱 힘차게 손을 흔들었다. 당연하게도 겐은 함께할 생각이 없어 보였다. 그래도 괜찮았다. 어쨌거나 겐은 안두인 옆에 함께 있었고, 오늘 이루어진 회합을 보며 생각이 조금이나마 달라졌을 테니까.

"맙소사, 엘시 벤톤이 국왕님께 손을 흔들어 인사하고 있잖아!"

엘시가 즐거운 듯 혼잣말을 했다. 그리고 안두인이 고개를 숙여 인사하자, 황폐의 의회의 자치 의장은 깜짝 놀라며 웃음을 터뜨렸다.

아라시 고원 소라딘의 성벽

실바나스는 환상이 깨져 분노한 채 소라딘의 성벽으로 돌아온 의회 구성원들을 한 명씩 만나 대화를 나눴다. 그녀는 슬픔과 만족감을 동시에 느끼며 그들에게 말했다.

"바로 이런 일이 일어나는 게 두려웠던 것이다. 이제는 너희도 잘 알았겠지?"

그들도 이제는 알았다. 인간과 포세이큰 사이에는 메울 수 없는 간극이 있었다. 실바나스는 특히 열심히 향주머니와 목도리를 만들어 인간들이 포세이큰에게 느끼는 거부감을 줄이려 노력했던 애니 랜싱이 허무하게 터벅터벅 돌아오는 모습을 보며 씁쓸한 기분을 느꼈다.

"다른 자들을 도와주려고 그렇게나 애를 썼는데, 안타깝게 되었구나."

실바나스가 말했다.

"사람들이 저희 겉모습에 정신이 팔리지 않으면…… 그리고 냄새를 무시할 수 있으면…… 사람들도 우리의 진짜 모습을 볼 수 있을 거라고 생각했어요. 저의 본 모습을 볼 수 있을 거라고 생각했죠."

"상대가 누구였느냐?"

애니는 잠시 말을 잇지 못했다.

"저희 어머니였어요."

"어머니의 사랑에는 조건이 없다던데."

"아무래도 아닌 것 같네요."

애니는 씁쓸한 목소리로 대답하면서 목도리를 풀었다. 실바나스는 흔들리지 않는 시선으로 그녀의 망가진 얼굴을 바라봤다.

"어둠의 여왕님, 당신 말씀을 들었어야 했어요. 저희가 너무 큰 착각을 했어요."

상심한 애니의 말은 벌꿀처럼 달콤했다. 승리의 순간처럼 황홀했다. 이렇게 의원들은 분열되고, 구성원 사이의 갈등이 내부에서부터 황폐의 의회를 붕괴시킬 것이다. 실바나스가 아무 일도 하지 않아도 그렇게 될 것이다.

실바나스는 유연한 몸놀림으로 빠르게 성벽 위로 올라가 망원경을 꺼냈다. 운이 좋다면, 다른 포세이큰들도 현실을 깨닫고 그들이 속한 이곳으로 돌아올 것이다. 이 와중에 자치 의장은 어디에 있는 거지? 넘을 수 없는 벽에 충격을 받아 절망에 빠지기라도 한 걸까?

실바나스는 자치 의장을 찾았다. 그리고 그녀를 발견한 순간 모든 만족감이 눈 녹듯 사라졌다.

벨신다는 파올과 함께 나타난 두건 쓴 여사제 곁에 편안한 모습으로 서 있었다. 자치 의장은 요새 위쪽에 서 있는 누군가를 바라보고 있는 것 같았다. 그때 벨신다가 손을 흔들었다.

실바나스는 빠르게 망원경을 움직였다. 망원경 너머로 보이는 풍경이 정신없이 흔들리다가, 스톰윈드의 국왕을 비췄다.

안두인은 미소를 지은 채 손을 흔들고 있었다. 실바나스가 끓어오르는 분노를 억누르며 지켜보는 사이, 젊은 국왕은 가슴에 손을 얹고 고개를 숙였다. 벨신다에게, 황폐의 의회의 자치 의장에게 건네는 인사였다.

실바나스는 당장 퇴각을 명령하고자 입을 열었다. 하지만 아직은 그럴 수 없었다. 그 정도로는 의회에 벨신다의 처벌을 요구할 수 없었다. 이번 일은 아주 조심스럽게 처리해야 했다.

실바나스가 나타노스를 향해 말했다.

"병사를 보내 벨신다에게서 한시도 눈을 떼지 말라고 명해라. 그리고 저 여사제도 감시해라."

아라시 고원 평원

그녀는 소녀처럼 웃었다.

살아 있는 존재처럼.

칼리아의 가슴이 벅차올랐다. 그녀는 꿈을 더럽히는 악몽에서 고통스럽도록 텅 빈 품을 느끼며 깨어날 때 떠올릴 수 있도록, 지금의 광경을 마음속에 새겼다. 아제로스에서 끝나지 않을 것만 같은 호드와 얼라이언스 사이의 전쟁이 계속되는 동안, 양측이 서로에게 추악한 말을 던질 때 떠올리고 싶은 모습이었다. 햇살처럼 빛나는 소년이 평생 자신을 돌봐준 친구의 아내를 향해 손을 흔들어 인사하는 모습을, 지금 이 평원에서 바라보던 풍경을 기억하고 싶었다. 선물 같은 오늘 하루는 모든 것이 달라지기 시작한 첫 번째 날로 기억할 것이다.

"사실 저도 월의 무덤에 갖다 주고 싶은 걸 하나 가져왔답니다."

엘시는 가슴을 매만졌다. 사슬에 달아 목에 건 소박한 금반지가 손에 닿았다.

"회합이 끝나기 전까지는 빼고 싶지 않아요. 조금이라도 더 간직하고 싶으니까요. 이 회합이 끝나면 탁자에 놓아둘래요. 이건 제 결혼반지랍니다. 제가…… 죽던 날에도 이걸 끼고 있었죠. 그 뒤에도 빼지 않았지만, 어느 날엔가 더는 끼고 있을 수가 없겠더라고요."

엘시는 뼈만 남은 앙상한 손가락을 가리켰다.

"반지가 가만히 있지를 않아서 말이에요. 아니, 손가락이 가만히 있지 않았다고 해야 할까요. 그래도 이 반지는 계속 간직했어요. 국왕께 제 반지를 전해주실 수 있다면 정말 감사하겠어요."

여사제는 엘시의 반지를 바라보며 가속을 떠올렸다. 용감하고 정직하게, 꼭 필리아처럼 성장했을 딸을 떠올렸다. 그녀의 비밀을 지켜주고, 있는 그대로 사랑해줬던 남편을 떠올렸다. 합당하지 않은 운명을 맞이하고도 지금까지 용감하게 싸워온 로데론의 모든 사람들을 떠올렸다. 외면의 추함을 넘어 내면의 아름다움을 보고자 노력한 자들과 거부당하는 두려움을 극복하고 사랑하는 사람들을 적이 아닌 가족으로 볼 수 있는 용기를 발휘하여 이 자리에 참석한 이들을 떠올렸다. 아버지를 포옹하려 했던 필리아를 떠올렸다. 아들들과 다시 만난 노쇠한 엠마를 떠올렸다. 양 진영에서 그들처럼, 다시 가족을 만나게 될 날만을 기다리고 있는 수많은 인간과 포세이큰을 떠올렸다.

그리고 그 모든 고통을, 그 모든 상실을 초래한 동생 아서스 메네실을 떠올렸다.

그건 메네실의 소행이었다.

그렇다면 메네실이 바로잡아야 했다.

제 33 장

아라시 고원
스트롬가드 요새

긴 시간 동안 안두인은 그저 바라봤다. 입가에 미소가 지어졌다. 비밀결사를 처음 만났을 때의 경험이 떠올랐다. 온전하게 안전한 곳으로 들어서던 그 기분, 서로 죽이지 못해 안달하던 종족들이 함께 웃음을 터뜨리고, 철학을 논하고, 연구에 열중하고, 그저 조용히 함께 앉아서 기분 좋게 공존하는 모습을 보던 그 황홀한 기분이 되살아났다.

그리고 지금, 그때와 비슷한 광경이 스트롬가드 요새와 소라딘의 성벽 사이 어디쯤에서 펼쳐지고 있었다. 아제로스의 미래에 있어 그 무엇보다 중요한 일이었다. 자아를 잃고 격노한 생물들이 떼를 지어 몰려다니는 사이, 시궁창 안에 이들 농안이나 숨어 있었던 칼리아가 인산과 쏘세이큰 주위를 돌아다니며 그들과 대화하고 축복하는 모습을 지켜봤다. 세 아들과 만나고 그 기쁨을 감당하지 못했던 엠마를 칼리아가 치유해주는 모습을 지켜봤다. 파쿠알과 필리아가 죽음이라는 장벽 앞에서도 아랑곳없이 즐겁고 자유롭게 서로를 위해 주는 모습을 보았다.

칼리아가 너무 멀리 있어서 그녀의 표정까지 볼 수는 없었지만, 칼리아는 안두인을 향해 손을 흔들어 인사했다. 칼리아 옆에는 가족도 친구도 참석하지 않은 것으로 보이는 포세이큰 여성 한 명이 서 있었다. 그 여성은 칼리아를 흘긋 바라보고는, 스톰윈드의 국왕을 향해 손을 흔들었다. 사랑하는 사람이 만남을 거부해버린 탓에 홀로 남겨진 포세이큰 중 한 명일까? 아니면 혹시 자치 의장이 아닐까? 칼리아가 돌아오면 물어보기로 했다. 얼굴에 번지는 미소를 참지 못한 채 안두인도 손을 흔들어 인사하고는, 충동적으로 고개를 숙여 인사했다.

"자기 등을 두드리며 칭찬이라도 하겠다는 건가?"

안두인은 웃음을 터뜨리며 돌아서서 겐의 어깨에 손을 얹었다.

"솔직히 말해서 누구든 제 등을 토닥이며 칭찬해주시면 좋을 것 같아요. 축하의 말은 저 사람들에게 전해야겠지만. 저기 아래쪽에 있는 사람들이요. 오늘의 만남을 수락하기까지 저들에게 얼마나 큰 용기가 필요했을지…… 정말이지 상상도 할 수 없어요."

안두인은 겐의 짜증 섞인 대꾸를 예상했다. 하지만 겐은 아무 말도 하지 않았다. 안두인의 말을 곰곰이 곱씹고 있는 듯했다. 그것만으로도 충분한 승리라고 안두인은 생각했다.

아라시 고원 평원

필리아는 지금과 같은 모습의 아버지가, 예전에 그토록 사랑했던 사람과 크게 다르지 않을 거라고 믿었다. 지금까지 긴 시간 대화하고 느긋하게 평원을 거니는 동안, 그녀는 자신이 맞기도 하고 틀리기도 했다는 걸 깨달았다.

파쿠알을 처음 가까이에서 봤을 때, 필리아는 꽤나 큰 충격을 받았다. 그에겐 절대로 밝힐 수 없는 얘기지만, 잠깐 동안 공포와 역겨움이 목구멍까지 치밀어 올라와, 당장이라도 달아나고 싶은 기분을 억눌러야 했다. 하지만 그때 그가 웃었다. 아빠의 미소였다.

달라진 건 분명했다. 상상할 수도 없을 만큼 변했다. 하지만 그는 그대로였다. 간혹 잊어버린 것이 있다는 사실이 필리아를 아프게 했지만, 믿을 수 없게도 그에겐 여전히 예전의 모습이 아주 많이 남아 있었다.

아버지와 딸이 함께 좋아했던 역사에 대해 행복하게 대화를 나누던 중이었다. 필리아는 무심코 아버지를 향해 말했다.

"아빠, 아서스와 그날 있었던 일에 대해 책을 한 권 쓰시는 게 좋겠어요!"

그 순간 필리아는 당혹감을 느끼며 손으로 입을 틀어막았다. 아버지는 갑작스럽게 모든 움직임을 멈췄다.

"죄송해요. 그런 얘기를 할 생각은 아니었는데……."

"아니야, 괜찮다. 나도 생각해본 일이거든. 직접 체험한 일이니까. 너도 알다시피 역사책에서는 정보의 출처가 가장 중요한 법이잖니."

필리아도 알고 있었다. 그녀는 희미한 미소를 지었다.

"그걸 실행에 옮기지 않은 이유는, 내 주위의 모든 이들이 그 일을 겪었기 때문이란다. 하지만 지금은……."

가능성이 있었다.

"아빠, 멋진 기록이 될 거예요. 얼라이언스의 사람들과 함께 나누면 되잖아요! 우린 뜬소문과 알음알음 전해지는 이야기밖에 몰라요. 진짜로 어떤 일이 일어났는지 알려주세요!"

그는 슬픈 표정으로 딸을 바라봤다.

"얘야, 우리 어둠의 여왕께서 두 번째 만남을 허락해주실 것 같지는 않구나."

필리아는 심장이 발가락까지 떨어져 내리는 기분이었다.

"그러면…… 우리가 만날 수 있는 건 이 만남이 마지막인가요?"

"그럴 것 같구나."

그녀는 고개를 가로저었다.

"아니, 안 돼요. 그런 건 받아들일 수 없어요. 전 이제야 간신히 아빠를 찾았어요. 또 한 번 아빠를 잃을 수는 없어요. 무슨 방법이 있을 거예요!"

필리아는 슬픔이 담긴 반박의 말을 들으리라 기대했지만, 아버지는 말이 없었다. 희미한 빛을 발하는 그의 눈은 딸이 아니라 황폐의 의회 지도자로 알려진 여성에게 못 박혀 있었다. 엘시는 지금 포세이큰을 상냥하게 맞이해주었던 인간 여사제와 함께 있었다. 그의 시선을 느끼기라도 한 듯, 여사제가 고개를 돌려 파쿠알을 바라봤다.

"방법을 찾은 것 같구나."

파쿠알이 작은 목소리로 말했다. 그리고 부드럽게 딸의 등에 손을 얹었다.

"가자, 소개해주고 싶은 분이 있단다."

칼리아는 엘시와 대화하면서도 평원에서 눈을 떼지 않았다. 남아 있는 사람들은 모두 사랑하던 이들과 기분 좋게 대화하고 있는 것 같았다. 웃음소리와 미소 띤 얼굴들이 보였다. 이래야만 했다. 로데론의 백성들은 원하는 존재가 될 수 있는 자유를 누리지 못하고 있었다. 하지만 적어도 지금만큼은, 그들도 자유였다.

오스릭은 친구 토마스에게 말을 건네고 있었다. 한쪽에서는 두 자매가 만남의 기쁨을 나눴다. 칼리아가 치유해준 늙은 엠마는 열 살은 젊어진 표정으로 아들들을 향해 미소 짓고 있었다. 파쿠알과 필리아가 그들을 향해 다가갔다. 그리고 잠시 이야기를 나눴다. 거리가 꽤 있어서 그들이 나누는 대화를 듣지는 못했다.

파쿠알이 딸에게 무언가 이야기한 후, 혼자 칼리아에게 다가왔다. 희미하게 걱정스러운 마음이 일었다. 파쿠알이 이렇게 혼자서 그녀에게 다가오는 일은 없어야 했다. 칼리아와 파쿠알이 아는 사이라는 것을 그 누구도 알아서는 안 된다. 파쿠알이 큰 목소리로 말했다.

"여사제님…… 이 포세이큰에게 축복을 내려주시겠습니까?"

"물론이죠."

칼리아의 대답에 파쿠알이 고개를 숙이며 그녀에게만 들리도록 속삭였다.

"지금 당신이 필요합니다. 시간이 됐어요."

"그, 그게 무슨 말씀이시죠?"

"이제 아시게 될 겁니다. 준비하세요."

칼리아는 마음을 진정시키고 빛의 축복을 기원했다. 축복이 내려와 파쿠알을 따뜻한 황금색 빛으로 감쌌다. 그가 얼굴을 찌푸렸다. 성스러운 빛은 포세이큰도 치유할 수 있었지만, 당사자에게 유쾌한 과정은 아니었다. 파쿠알은 고개를 끄덕여 감사를 표한 후 다시 돌아가 일행과 합류했다. 칼리아는 긴장한 채 그들의 모습을 지켜봤다. 한동안 그들은 서로 대화를 할 뿐이었다. 하지만 어느 순간, 필리아와 파쿠알은 아무렇지 않은 모습으로 펠스돈 가문 사람들과 떨어져 걷기 시작했다. 그리고 잠시 후, 펠스돈 가족도 자리를 털고 일어나 걷기 시작했다. 다른 이들의 주의를 끌지 않도록 느릿하고 태연한 걸음으로, 그들은 평원의 중간 지점을 벗어나 스트롬가드 요새 쪽으로 향하고 있었다.

사아라가 했던 말이 갑작스럽게 덮쳐와, 칼리아는 자기도 모르게 비틀거렸다.

'그러한 평화가 네게 주어지기 전에 먼저 해야 할 일이 있다. 네가 이해해야 하는 것, 내면에 받아들여야 하는 것이지. 네 도움이 필요한 사람들. 치유를 받기 위해 필요한 것은 언제나 그 사람에게 주어지는 법이다. 그저 그걸 알아보기가 쉽지 않을 뿐. 때로는 가장 아름답고 중요한 선물도 고통과 피에 감싸여 있기도 하다.'

지금 이 순간이 칼리아가 황천빛 사원과 파올 대주교를 찾아갔을 때부터 기다려왔던 바로 그 순간일까? 모든 것이 제자리를 찾아갔다. 황폐의 의회와 이번 회합을 성사시킨 안두인의 고귀한 사명감까지. 그리고 지금 인간과 포세이큰이 칼리아에게 영감을 주는 동시에 그녀를 부끄럽게 할 만큼 위대한 한 걸음을 내디뎠다.

그렇다, 파쿠알의 말이 옳았다.

때가 되었다.

칼리아는 엘시를 향해 돌아섰다. 갑작스런 움직임에 두건이 벗겨졌다.

"엘시, 당신이 알아야 할 게 있어요. 그리고 절 이 자리에 보내준 빛에게, 당신이 제 뜻을 이해하고 지지해주기만을 기도할게요."

그녀는 마른침을 꿀꺽 삼키고 말을 이었다.

"제 뜻을 따라주세요."

아라시 고원 소라딘의 성벽

"뭔가 잘못됐어. 하지만 정확히 무엇이 문제인지 알 수가 없군."

실바나스가 혼잣말을 중얼거렸다.

여사제가 벨신다에게 뭔가 이야기하자, 자치 의장이 잔뜩 긴장했다. 평원의 다른 누구도 그 모습을 눈치채지 못한 것 같았다. 다들 사랑하는 이들과 평원을 거니느라 정신이 없었다.

그게 문제였다.

"놈들이 탈주하고 있다."

실바나스가 매섭게 말했다.

나타노스는 그 즉시 경계 태세를 취했고, 망원경으로 평원을 확인하며 말했다.

"참가자 중 일부가 스트롬가드 요새 쪽으로 향하고 있습니다. 하지만 의도적인 것 같지는 않습니다."

"어디 한번 확인해보자."

실바나스는 뿔피리를 들어 세 번 길게 불었다.

이제 신호를 듣고 돌아오는 자들과 현장을 이탈하여 달아나는 자들을 명확히 확인할 수 있을 것이다.

그 순간 사제들 중 한 명이 박쥐를 있는 힘껏 몰아 돌아오기 시작했다. 큰 충격을 받은 모습이었다.

"여왕님! 저 여사제는…… 두건이 벗겨지기 전까진 알아볼 수 없었습니다! 믿을 수 없지만……."

"빨리 말해라."

온몸을 활시위처럼 긴장시킨 실바나스가 으르렁거리듯 다그쳤다.

"여왕님, 칼리아 메네실입니다!"

메네실.

그 이름에 담긴 의미가 묵직하게 실바나스의 가슴을 짓눌렀다. 그건 밴시 여왕인 자신을 만들어낸 괴물의 이름이었다. 수많은 사람을 학살하고 파괴한 자였다. 또한 로데론을 지배한 국왕의 이름이었다. 그리고 국왕의 딸, 로데론 왕권 계승자의 이름이기도 했다.

스톰윈드의 소년 왕을 순진한 멍청이라고 생각했다니. 안두인은 실바나스가 상상도 못할 고도의 정치전략을 구사한 것이다.

안두인은 실바나스의 왕위를 빼앗을 명분이 있는 인물을 데려왔다! 그리고 지금 저 여자는, 오래전 죽어버렸어야 할 저 망할 인간은, 실바나스의 백성들에게 얼라이언스로 귀순하라며 부추기고 있었다.

"여왕님, 지시를 내려주십시오."

아라시 고원 평원

평원 중앙에서 엘시는 로데론의 여왕을 멍하니 바라보며 말했다.

"말도 안 돼."

하지만 사실이었다. 칼리아는 지금껏 신중하게 두건으로 얼굴을 가렸었다. 하지만 지금 그녀는 두건을 벗어던지고 돌아서서 엘시를 똑바로 바라봤고, 엘시는 시선을 피할 수가 없었다.

"여러분은 제 백성이에요. 그래서 전 여러분을 돕고 싶어요. 전 그저 참관인 자격으로 여기에 왔어요. 로데론의 포세이큰에 대해 알고 싶어서요."

칼리아가 애원했다.

"언더시티예요. 우린 언더시티에 살고 있어요."

엘시가 대답했다.

"예전엔 그렇지 않았어요. 이제 그림자 속에서 살아가야 할 필요가 없어요. 그냥…… 부탁이에요. 저와 함께 가요. 파쿠알도 펠스톤 가족들도, 저기 다른 분들까지…… 보이세요? 다들 자유를 찾아가고 있어요. 안두인이 여러분 모두를 지키고 보호해줄 거예요. 전 그럴 거라고 확신해요!"

"하지만…… 어둠의 여왕님께서는……."

그 말에 답하기라도 하듯, 뿔피리가 날카롭게 세 번 울려 퍼졌다. 엘시는 회녹색 얼굴을 성벽 쪽으로 돌렸고, 그 위에서 포세이큰의 깃발이 펼쳐지는 것을 목격했다.

"죄송해요, 폐하. 여왕님을 배신할 수는 없어요. 당신의 뜻을 거역하는 한이 있더라도요."

엘시는 그대로 돌아서서 외쳤다.

"돌아가세요! 다들 돌아가요!"

아라시 고원 스트롬가드 요새

안두인은 뿔피리 소리를 들었다. 당황한 그는 아래쪽을 내려다보며 상황을 파악해보려고 애를 썼지만, 달라진 것은 아무것도 없는 듯 보였다.

그는 신음 소리가 새어 나오는 것을 억누르려고 입술을 깨물어야 했다. 뱃속에서 갑작스럽게 깊고 먹먹한 통증이 느껴졌다.

"무슨 일이지?"

겐이 날카로운 목소리로 물었다.

"천상의 종이로군."

벨렌이 슬프도록 엄숙한 목소리로 말했다. 투랄리온은 어찌된 영문인지 몰라 당황했지만, 겐의 얼굴은 굳어졌다. 그는 천상의 종에 대해 알고 있었다. 그 종이 고통을 통해 젊은 국왕에게 경고를 하고 있다는 것도 알고 있었다.

안두인은 점점 커지는 고통에 얼굴을 일그러뜨리며 말했다.

"어서 대피시키세요. 위험해요."

두 번째 고통이 그를 덮쳐왔다. 앞서 와는 다르지만 더욱 압도적인 아픔이었다. 그건 천상의 종이 남긴, 뼈가 욱신거리는 고통이 아니었다. 눈앞에서 꿈이 산산이 조각나버리는, 칼에 꿰뚫리는 것 같은 날카로운 고통이었다. 안두인은 소라딘의 성벽에 서 있던 작은 형체들이 박쥐에 올라타 평원을 향해 날아가는 모습을 보았다.

어둠 순찰자였다.

"끝났어."

안두인은 낮게 뇌까리며 흉벽 너머로 몸을 내밀었다.

"늦기 전에 전원 안전한 곳으로 대피하라!"

발아래 평원에는 지도 위의 표시처럼 작은 형체들이 흩어져 있었다. 그들 중 일부는 소라딘의 성벽으로 돌아가고 있었고, 일부는 요새로 돌아오는 중이었다.

그리고 일부는 마비되기라도 한 듯 평원 한가운데 서 있었다.

고통이 잦아들지 않았다. 안두인은 이를 악물고 성벽을 향해 시선을 돌렸다. 그리고 주먹 쥔 손을 억지로 펴 망원경을 들었다.

기이할 만큼 명료하게 파올 대주교와 칼리아의 모습이 눈에 들어왔다. 대주교는 성벽 가까이에서 회담 참가자들에게 어서 성문을 지나 안전한 곳으로 피하라고 손짓하고 있었다. 하지만 칼리아는 평원에 머문 채 엘시와 이야기하고 있었다. 두건이 벗겨진 채로.

'칼리아…… 뭘 하고 있는 건가요?'

칼리아는 엘시에게서 등을 돌리고 몇 걸음 달려 나간 후, 두 손을 입에 대고 소리쳤다.

"포세이큰 여러분! 전 칼리아 메네실입니다! 요새로 가세요!"

"저 아이가 대체 무슨 짓을 하는 것이야?"

겐이 소리쳤다.

하지만 안두인은 듣고 있지 않았다. 그의 시선은 평원에 있는 인간 한 명과 포세이큰 한 명에게 못 박혀 있었다. 그리고 그 순간, 엘시의 가슴에 검은 깃의 화살이 날아와 박히며 그녀는 돌덩이처럼 쓰러졌다.

칼리아는 엘시를 향해 돌아섰지만 이미 너무 늦어버렸다. 끔찍한 공포가 칼리아의 얼굴에 어렸지만, 살해당한 자치 의장 엘시를 위해 해줄 수 있는 건 이제 없었다. 칼리아는 다시 소리쳤다.

"요새로 가세요! 어서요!"

안두인은 뒤로 물러났다. 머릿속에 어지러이 생각들이 교차했다. 이제 인간과 포세이큰 모두가 달리기 시작했다.

실바나스는 한순간 공세로 전환했다. 모두가 지켜보는 가운데 상황은 순식간에 달라졌다.

안두인은 무고한 비무장 상태의 시민을 실바나스 앞에 내주었다. 이 끔찍한 실수를 바로잡을 유일한 방법은, 무슨 수를 써서든 사람들을 구출하는 것이었다. 그 대가로 전쟁을 시작해야 한다 해도 어쩔 수 없었다.

하지만 그 생각을 해도 고통은 사그라지지 않았다. 모두가 젊은 국왕을 향해 고함을 치고 있었다. 명령을 내려달라고, 사람들의 외침이 섞이면서 비명을 지르고 있었다. 하지만 안두인은 그중 어느 것도 알아들을 수 없었다. 그는 천상의 종이 남겨준 모순적인 선물이 하려는 이야기에 귀를 기울여야 한다는 걸 알고 있었다. 그는 두 눈을 질끈 감고 소리 없이 탄원했다.

'빛이여, 이것이 대체 어떻게 된 일입니까? 제가 어떻게 해야 합니까?'

대답이 들려왔다. 직설적이고 잔인한 대답이었다.

'*지켜라. 그리고 애도하라.*'

"안 돼."

안두인은 그 말을 받아들이면서 부질없이 저항했다. 그가 두 눈을 번쩍 떴다.

겐이 그를 향해 소리치고 있었다.

"……우리 병사들을 내보내서……!"

투랄리온도 빛의 광휘를 내뿜으며 소리쳤다.

"……백성들을 지켜야 합니다……!"

안두인은 아무 말도 할 수 없었지만, 투랄리온을 향해 고개를 끄덕였다.

박쥐가 사방에서 날아들어 평원 상공을 가로질렀다. 기수들이 검은 화살 비를 퍼부었다.

화살 하나하나가 목표물에 명중했다. 그제야 안두인도 이해할 수 있었다.

"겐, 겐! 실바나스가 저들을 해치고 있어요. 모두 죽이고 있다고요!"

실바나스는 약속을 지켰다. 어둠 순찰자들은 인간을 공격하지 않았다.

그들은 포세이큰을 공격하고 있었다. 성벽을 향해 돌아가고 있던 이들까지 공격을 받았다.

'이건 잘못된 일이야. 내가 이곳에 가만히 서 있는 것 자체부터 잘못된 거라고.'

안두인은 결정을 내렸다. 그러자 고통이 한순간에 사그라들었다.

"이제부터 무슨 일이 생기든, 순찰자들이 먼저 공격해오지 않는 한 공격하지 마세요. 아시겠어요? 약속해주세요!"

안두인은 마지막 남은 그리핀을 향해 달려가며 어깨 너머로 소리쳤다.

"약속하겠습니다."

투랄리온이 대답했다. 안두인은 성기사 투랄리온이 자신이 하려는 일을 눈치챈 것인지, 아니면 그저 성실하게 성기사의 역할을 수행하고 있는 것인지 궁금했다. 하지만 겐은 잠자코 국왕의 지시를 받아들이는 법이 없었다.

"뭘 하려는 겐가? 저들은 자네 백성이 아니네! 실바나스의 백성이라고!

실바나스가 자넬 죽이려 할 걸세!"

과연 그럴지, 안두인도 곧 알게 될 터였다.

제 34 장

아라시 고원 평원

끔찍했던 한순간, 칼리아 주변에서 벌어진 학살의 현장이 그녀의 기억 속 오래전 그 이틀 동안의 일들과 겹쳐졌다. 광기 어린 언데드가 날뛰는 곳으로부터 단 몇 걸음 떨어진 시궁창 안에 꼼짝도 못하고 누워 있어야 했던 그날…… 칼리아는 꼼짝없이 얼어붙은 듯 실바나스의 어둠 순찰자들이 황폐의 의회 구성원들을 향해 화살을 퍼부어대는 모습을 공포에 질린 채 바라봤다.

여기까지 오는 동안 포세이큰들은 실바나스에 대한 증오 같은 건 없었다. 그저 다시는 만나지 못할 줄 알았던 가족과 친구들을 한 번만 더 보고 싶은 마음뿐이었다. 그런데 그들의 대족장이, 어둠의 여왕이, 그들을 만들어낸 당사자이자 그 무엇보다 그들의 안전을 도모해야 할 실바나스가 순찰자들을 시켜 자신의 백성들에게 화살을 쏘아대고 있었다.

'무장도 하지 않았는데.'

칼리아의 머릿속에서 멍하니 이런 생각이 떠올랐다. 이 끔찍한 배신의 순간에, 포세이큰들이 비무장 상태였다는 것이 가장 중요한 일이라도 된다는 듯. 그들은 그저 반지와 연애편지, 장난감을 들고 이곳을 찾아왔다. 애정과 연민 외에는 아무것도 원하지 않았다.

'이런 일이 벌어지길 원한 건 아니야.'

하지만 이제 그런 건 중요하지 않았다. 얼라이언스의 품에 정착하고 싶다는 생각을 처음으로 떠올린 것이 파쿠알이라는 것도 상관없었다. 그들이 살아 있다면 칼리아의 백성이었을 것이며, 따라서 아무리 언데드라고 해도 그녀의 백성이라는 사실은 변하지 않았다. 그래서 시기심으로 가득 찬 가짜 여왕이 성역을 찾아 달려가는 자신의 백성을 도살하는 지금, 칼리아는 겁쟁이처럼 안전한 곳으로 달아날 생각이 없었다.

그녀는 칼리아 메네실, 로데론 왕좌의 계승자였다. 백성을 지키기 위해 싸우고 또 죽을 것이다. 모두를 무사히 스트롬가드 요새로 데려간 후, 빛의 보호막으로 그들의 목숨을 위협하는 화살을 막아내면 되는 일이었다.

"요새로 가세요! 뛰어요!"

칼리아가 소리쳤다.

그리고 거짓 여왕의 분노로부터 백성을 지켜주기 위해 칼리아 자신이 할 수 있는 일을 하고자 사력을 다해 달렸다.

아라시 고원 소라딘의 성벽

"여왕님, 대체 뭘 하고 계신 겁니까?"

늘 차분했던 나타노스의 목소리에서 엄청난 충격이 느껴졌다. 실바나스는 그냥 넘어가기로 했다. 발아래에서 펼쳐지고 있는 광경, 쏟아지는 화살 비와 마지막 죽음을 맛보는 황폐의 의원들의 비명과 애원은 당혹스럽고 또 충격적이기도 했다.

"내 왕국을 보존하기 위해 할 수 있는 유일한 일이다. 저들은 탈주하고 있었다."

"몇몇은 안전한 곳을 찾아 이곳으로 돌아오고 있었습니다."

실바나스의 말에 그가 대꾸했다.

"그랬지. 하지만 그건 공포 때문이 아니었을까? 그 순간까지 저들은 유혹에 이끌리지 않았더냐?"

실바나스가 고개를 가로저었다.

"나타노스, 나는 그런 위험을 감수할 수가 없다. 황폐의 의회 구성원 중 내가 신뢰하는 유일한 자들은 비참하게 버림받아 일찌감치 내게 돌아온, 진정으로 '황폐한' 자들뿐이다. 그 외의 나머지는…… 그러한 감정과 희망이 싹을 틔우게 허락할 수는 없다. 그런 것들은 순식간에 번져버리고 마는 질병이다. 싹을 잘라내야 한다."

서서히 그녀의 말을 받아들인 나타노스가 고개를 끄덕였다.

"인간들은 보내주시는 겁니까?"

"준비되지 않은 전쟁을 시작할 생각은 없다."

실바나스는 평원에서 널브러진 채 움직이지 않는 포세이큰 사체가 점점 늘어나는 광경을 바라봤다. 너무 많은 자들이 죽음을 선택했다.

"저 어린 국왕이 이런 계략을 준비했을 것 같지는 않다. 어리석은 짓이니까. 새끼 사자는 순진하지만 어리석지는 않아. 포세이큰 몇 명 때문에 전쟁을 감수하지는 않았겠지."

처음에 품었던 의심이 답을 찾았다. 어린 국왕이 저들의 탈주를 의도했다면, 아마 더 뛰어난 계획을 세웠을 것이다. 아니, 실바나스는 모든 일의 원인이 메네실 가문의 계집일 거라고 확신했다. 증오스러운 남동생만큼이나 무모하고 기만적인 그 여자. 그녀가 스톰윈드의 국왕과 호드의 대족 장을 속였다.

그로 인해 이제 곧 죽음을 맞이하게 되리라.

"장난은 이제 지긋지긋하다. 저 왕위 찬탈자를 내가 직접 해치우겠다. 그 후에 포세이큰은 그들이 있어야 할 집으로 돌아갈 것이다. 나와 함께."

실바나스는 자신의 용사를 향해 차가운 미소를 지었다.

"황폐의 의회는 거듭 되살아나는 것을 원치 않는다고 하지 않았더냐. 그래서 내가 오늘 그자들에게 두 가지 선물을 하사했다. 사랑하는 이들과의 만남과 최후의 죽음이다."

실바나스는 활과 화살을 들고 기다리고 있던 박쥐 위로 가볍게 뛰어올랐다.

"그리고 이제, 내가 직접 저 계집을 메네실 가문의 사망자 명단에 올려 주겠다."

아라시 고원 평원

안두인은 그 어느 때보다 필사적으로 빛을 향해 기도했다. 이들 인간과 포세이큰 모두는 지금까지의 증오와 공포를 뛰어넘으려 했을 뿐이었다. 그들은 사랑과 신뢰를 디딤돌 삼아 손을 뻗었다.

'나를 신뢰했다.'

그렇게 옳고, 선하고, 애정 어린 일을 실현시켰을 뿐이었다.

그리핀을 최고 속도로 몰면서도 안두인은 이미 늦었다는 끔찍한 공포를 느꼈다.

앞쪽에서 오스릭이 친구 토마스와 함께 평원을 내달리고 있었다. 국왕은 빛을 향해 손을 뻗었지만 달리는 포세이큰을 빛으로 감싸기 직전, 화살이 안두인의 귀를 스치고 지나갔고 그 화살은 뼈만 남은 토마스의 앙상한 가슴에 박혔다. 화살은 자로 잰 듯 정밀하게 척추를 관통했다.

'안 돼……!'

안두인은 다급히 주위를 둘러봤다. 필리아가 아버지 파쿠알을 지키려는 듯 그의 몸을 부둥켜안은 채 달리고 있었다. 필리아가 파쿠알의 보호자인 것 같았다. 하지만 어둠 순찰자의 화살은 사수들만큼이나 정밀하고 무자비했다. 화살이 적중하고, 파쿠알은 달리던 모습 그대로 고꾸라졌다. 필리아가 무릎을 꿇은 채 썩어가는 육신을 부여잡고 흐느끼는 소리가 안두인의 마음을 갈가리 짓찢었다.

안두인은 그중 누구에게도 제때 도달할 수 없었다. 긴 다리가 허락하는 한 가장 빠른 속도로 요새를 향해 달려가고 있는 펠스톤 가문의 아들들에게도 마찬가지였다. 그중 한 명이 공포에 질린 엠마를 품에 안고 부패한 자신의 육신으로 노모를 지키려 했다. 위험에 처한 건 인간인 어머니가 아니라 자신과 언데드 형제들이라는 사실을 알지 못한 채.

세 발의 화살이 활시위를 떠났고, 화살 모두 목표물에 명중했다. 세 구의 시체가 땅바닥 위로 나뒹굴었고, 노모는 아들들의 이름을 목 놓아 불렀다.

이 죽음의 평원에서 다른 포세이큰은 너무 먼 곳에 있었다. 안두인은 그들을 구할 수 없다는 걸 알았다. 하지만 또다시 자식들을 잃어버린 엠마는 구할 수 있었다.

안두인은 그리핀을 착륙시키고 등에서 뛰어내렸다. 그는 흐느끼는 엠마를 일으켜 세운 후 빛의 도움을 구했다.

'이 여인은 모든 것을 잃었습니다. 제발, 그녀에게 희망을 주시고 치유해주십시오. 그녀의 아들들도 어머니가 살아남기를 원할 것입니다.'

엠마의 눈꺼풀이 파르르 떨렸다. 그녀는 눈을 뜨고 안두인을 올려다봤다. 두 눈이 눈물에 흠뻑 젖어 있었다.

"아이들이 모두……."

"알아요. 세 아들을 위해 당신은 기필코 살아남아야 해요. 그들은 그럴 수 없었잖아요."

안두인은 엠마를 안아 올렸다. 너무 가볍고, 너무 여린 어머니를 그리핀 위에 태웠다.

"이걸 타고 안전한 곳으로 가세요."

엠마가 고개를 끄덕이고는, 없는 용기를 끌어내 그리핀을 단단히 붙잡았다. 그리핀은 이내 어둠 순찰자와 사제를 태운 박쥐와 그리핀으로 가득 찬 하늘로 날아올랐다. 적의 치명적인 도발에도 안두인의 사제들은 공격을 시작하지 않았고, 국왕은 그 점에 감사했다.

실바나스는 자신의 백성을 죽였다. 하지만 인간은 공격하지 말라고 지시했다. 적어도 지금까지는 그랬다. 안두인의 시선이 평원을 훑었다. 스톰윈드의 주민 몇 명이 요새를 향해 달려가고 있었지만 어둠 순찰자들이 그들을 향해서는 화살을 쏘지 않았다.

하지만 안두인의 마음 한쪽에서 경고의 소리가 들리기 시작했다. 동족을 학살하던 행위가 모두 끝났고 회합에 참여한 인간을 공격할 의사가 없다면, 어째서 어둠 순찰자들이 이곳에 계속 머물러 있는 걸까?

그때 그 물음에 대한 답이 머리를 때렸다. 안두인은 황급히 주변을 두리번거리며 그 평원 위에 있는 산 자와 언데드 중에서 실바나스에게 위협이 될 수 있는 단 한 사람, 칼리아를 찾았다.

칼리아는 온 힘을 다해 달리고 있었다. 따스한 황금빛 보호막이 그녀를 감싸고 있었다. 그녀가 다치지 않도록 지켜주는 빛의 힘이었다. 적어도 지금은 그랬다. 안두인은 자신에게 주문을 건 후 그녀의 뒤를 쫓아 달렸다. 두 사람 사이의 거리를 줄이려고 필사적으로 달렸다.

머리 위로 그림자가 지나갔다. 안두인은 고개를 들었다. 낮은 고도로 스치듯 날아가는 박쥐는 그에 대한 위협이자 도발이었다. 심장이 입 밖으로 튀어나올 것만 같았다. 빨간색으로 빛나는 눈이 언뜻 보인 것도 같았지만 박쥐는 그가 절대 따라갈 수 없는 속도로, 찬란한 빛에 감싸인 로데론의 무관의 여왕 칼리아를 향해 날아갔다.

실바나스는 매가 토끼를 쫓듯 칼리아를 추적했다. 지금은 보호막이 칼리아를 지켜주고 있었지만, 영원히 지속될 수는 없었다. 단 몇 초라도 칼리아가 취약해지는 순간이 찾아올 것이다. 안두인이 제때 그녀를 따라잡을 수 있다면, 보호막을 씌워 줄 수 있었다. 하지만 연로한 엠마를 그리핀에 태워 보낸 탓에 지금은 두 다리로 그녀를 쫓아갈 수밖에 없었다. 그는 빨리 달릴 수 있는 힘을 달라고 빛에 애원하며, 자신의 몸에도 보호막을 씌웠다.

자신이 완벽한 목표물이 되었다는 건 잘 알았지만, 그런 건 상관없었다. 실바나스가 전쟁을 시작하고 싶다면, 마음대로 해도 좋았다.

하지만 아무리 칼리아와의 거리를 좁혀보려고 해도 좁혀지지 않았다. 안두인의 바싹 마른 목에서 애타는 신음이 흘러나왔다. 주위의 세상이 마치 유리처럼 산산이 조각났다. 반짝이는 희망과 이상, 기쁨의 조각이 날카로운 파편이 되어 흩어졌다.

로데론의 진정한 여왕을 둘러싸고 빛을 발하던 보호의 오라가 잠시 아른거리다가 그대로 사라졌다.

단 몇 미터 떨어진 곳에서 칼리아를 위해 아무것도 하지 못한 채, 안두인은 속수무책으로 지켜봐야만 했다. 실바나스는 검은 화살을 시위에 걸고,

느긋하게 그 순간을 만끽한 후 팽팽하게 당겨진 시위를 놓았다.

보랏빛 연기의 촉수를 휘날리며 그 화살은 목표물을 향해 곧장 날아갔다. 시간 그 자체가 느려지는 것만 같던 그 순간, 두건이 벗겨진 채 금발을 휘날리던 칼리아의 등 한가운데로 화살이 날아와 박혔고 그대로 심장을 꿰뚫었다. 그녀는 팔다리를 허우적거리며 거칠게 흙바닥 위로 나뒹굴었다.

안두인은 목 놓아 빛을 불렀지만 그는 칼리아에게서 너무 멀리 있었고, 너무 느렸고, 빛은 아무런 대답도 하지 않았다.

로데론의 왕위 계승자 칼리아 메네실이 죽었다.

마침내 더는 도울 수도, 치유할 수도 없는 상황이 되어서야 안두인은 칼리아 곁에 섰다. 그는 무릎을 꿇었다. 다시 한 번 시커먼 그림자가 안두인의 주변과 심장을 뒤덮었다. 절망과 분노를 느끼며 고개를 들자 실바나스가 또 한 발의 화살을 시위에 걸고 서늘한 미소를 지은 채 그를 내려다보고 있었다.

어둠 순찰자들이 합세하자 펄럭이는 가죽 날개 소리가 주위를 가득 채웠다. 순찰자들도 모두 화살을 시위에 건 채 안두인을 겨누고 있었다.

공포가 안두인의 온몸을 타고 흘렀다. 그리고 압도적인 분노가 하얗게 타올랐다. 빛의 보호막이 아직 그의 몸을 감싸고 있었지만, 영원히 지속되지는 않을 터였다. 선택을 해야 했다. 빛의 보호 속에서 몸을 지키며 즉시 요새를 향해 달려가거나, 칼리아의 축 늘어진 시체를 안고서 평범한 화살 한 발에도 취약한 상태가 되어 천천히 평원을 벗어나는 섯 중 하나를 택해야 했다.

'투랄리온은 거듭 이곳을 전장이라고 불렀어. 그럴 때마다 나는 잘못된 생각이라고 말했지.'

안두인은 아직 따뜻한 칼리아의 시신을 안아들고 말없이 일어섰다. 그는 어둠 순찰자들과 어둠의 여군주를 올려다봤다. 안두인은 붉게 빛나는 눈동자들을 차분하게 응시했다.

"전쟁을 원하진 않겠지."

안두인이 차분하게 말했다.

"과연 그럴까?"

실바나스는 시위를 더욱 팽팽하게 잡아당겼다. 뼈로 된 활이 삐걱거리는 소리를 냈다.

"내가 오늘 새끼 사자까지 해치운다면, 왕과 여왕을 짝을 맞춰 없애는 셈이 되겠구나."

실바나스의 말에 안두인은 고개를 가로저었다.

"전쟁을 원했다면 우리가 이런 대화를 하고 있지도 않겠지. 하지만 난 전쟁을 선포할 권리가 있다. 내 백성을 해치지 않겠다고 약속하지 않았나."

그는 칼리아의 시체를 들어 올렸다. 들어 올려진 시신에는 안두인이 하고 싶은 말이 모두 담겨 있었다.

"아, 그 여자는 너희 쪽 사람이 아니었을 텐데?"

실바나스의 목소리에는 차갑고 날 선 분노가 서려 있었다. 안두인은 팔에 소름이 돋는 걸 느꼈다.

"그녀는 로데론의 사람이다. 아니, 로데론의 사람이었다고 해야겠군. 여왕이었지. 너는 왕위 찬탈자를 이곳으로 불러들였다, 안두인. 나는 그것 자체만으로도 적대 행위로 간주할 수 있다. 누가 조약을 먼저 어긴 셈이지?"

"칼리아는 치유를 도우러 왔을 뿐이다!"

"하지만 시체가 되어 떠났지. 네가 한 짓을 내가 모르리라 생각했나?"

"빛에 맹세코 난 선의로 그렇게 했을 뿐이다. 네가 믿든 안 믿든, 너희 백성들에게 탈주하라는 지시를 하지도 않았다. 하지만 네가 지금 나를 공격한다면, 내 백성과 스톰윈드의 모든 동맹이 복수할 것이다. 아무 거리낌 없이 널 공격할 것이다."

실바나스의 눈이 가늘어졌다. 안두인은 오늘의 비극에서 그녀가 교훈을 얻었다는 걸 알았다. 대족장은 백성의 사랑을 받고 있지 않았다. 하지만 안두인은 달랐다. 실바나스는 철권으로 백성을 지배했지만, 안두인은 공감하며 통치했다. 양쪽 모두 전쟁 준비는 되어 있지 않았다. 안두인은 실바나스가 전쟁을 선포하지 않게 해달라며 소리 없이 기도했다.

침묵이 길어졌다. 안두인이 입을 열었다.

"오늘 쓰러져간 망자들을 위해 기도하겠다. 하지만 그들은 내 손에 죽은 것이 아니다. 그래, 칼리아 메네실은 내 백성이 아니었다. 그녀가 무엇을 하고 싶었는지는…… 나도 모른다. 그게 무엇이었든, 그녀는 대가를 치렀다. 나는 그녀의 유해를 황천빛 사원으로, 그녀가 사랑했던 비밀결사로 가져갈 것이다. 네가 전쟁을 원한다면, 지금 시작해도 좋다."

안두인은 그대로 돌아섰다. 적에게 노출된 등이 희미하게 저릿했다. 안두인은 서두르지 않고 침착하게 스트롬가드 요새로 향했다. 그를 둘러싼 보호막이 희미해지다가 이내 사라졌다.

아무 일도 일어나지 않았다. 박쥐가 신경에 거슬리는 높은 음으로 울부짖은 후, 가죽 날개를 펄럭였다. 그리고 그대로 사라졌다.

오늘은 얼라이언스와 호드 사이에서 전쟁이 벌어지지 않았다.

제 35 장

아라시 고원
스트롬가드 요새

그 후 며칠 동안 안두인의 시간은 후회와 고통, 자기반성으로 가득 차 흐릿하게 지나갔다.

겐은 예상했던 것처럼 뜨겁게 분노했다. 하지만 놀랍게도 젊은 국왕이 칼리아의 시체를 안고 스트롬가드의 관문을 통과할 때에도 입술을 깨문 채 아무 말도 하지 않았다. 파올은 비탄에 잠겨 사랑하는 친구의 시신을 안두인의 품에서 결연하게 받아들었다. 파올 또한 안두인만큼이나 칼리아의 행동에 충격을 받았고, 그걸 미처 예상하지 못했다는 사실을 후회하고 있었다.

"조금이라도 어떤 조짐이 보였다면 칼리아를 데려오지 않았을 걸세."

"알아요. 그녀를 데려다주세요. 저도 백성들을 데려가야 하니까요. 시간이 나는 즉시 사원으로 찾아갈게요."

희망에 찬 표정으로 아라시 고원을 찾아왔던 사람들이 지금은 끔찍한 충격을 받고 절망한 모습으로 다시 함선에 오르는 모습을 보니, 안두인은 가슴이 찢어지는 듯했다. 포세이큰 가족과 원만하게 작별 인사를 나누지 못한 이들도 큰 충격에 빠져 있었다. 안두인은 필요한 때, 필요한 말을 할 수 있는 지도자였지만, 지금은 아무 말도 떠오르지 않았다.

솔직히 무슨 말을 할 수 있단 말인가? 어떤 위로의 말을 건넬 수 있을까? 지금의 상황을 돌이킬 수 있는 방법은 없었다. 안두인은 말없이 선실로 돌아가, 자신을 이끌어주길 바라며 온 마음으로 기도했다.

그에 대한 응답일까, 문을 두드리는 소리와 함께 오랜 친구가 문 앞에 서 있었다.

"방해해서 미안하네."

벨렌의 모습을 보고 안두인은 지친 미소를 지으며 말했다.

"방해가 아니라는 거 아시잖아요."

안두인은 드레나이를 방 안으로 들였다. 마실 것이라도 대접하겠다는 말에 벨렌은 우아하게 거절했다.

"오래 머물진 않을 걸세. 하지만 꼭 들러야 할 것 같더군. 자네는 이제 국왕이네. 몇 년 전에 엑소다르에서 내가 가르치던 젊은이가 아니란 말이지. 하지만 빛이 자네에게 어떤 지혜를 전해주려고 하는지 궁금할 때면, 언제든 내가 곁에 있겠네."

벨렌은 안두인이 자신과 함께 보냈던 시간을 떠올리면 마음의 위안을 얻을 수 있다고 생각하는 모양이었다. 하지만 안두인은 그때가 그립다는 생각뿐이었다. 그 평화가 그리웠다. 안두인은 자신도 모르게 불쑥 심경을 내뱉었다.

"무력한 기분이에요, 벨렌 님. 전 백성들에게 사랑하는 이들과 다시 만나게 해주겠다고 약속했어요. 하지만 오히려 학살당하는 모습만 보여주는 꼴이 되었네요. 모두를 위로해주고 싶었지만, 아무 말도 할 수 없었어요. 당신 밑에서 배우던 시절이 그리워요. 엑소다르가 그리워요. 오로스가 그립다고요."

벨렌은 슬픈 미소를 지었다.

"우리 모두 그러하지. 하지만 행복했던 시절로 돌아갈 수는 없네. 우리는 모두 현재를 살아갈 뿐이고, 지금은 그 현재가 고통스러운 때라네. 하지만 우리에게는 나루와 함께할 방법이 있지. 우리는 사제라네, 안두인. 하지만 우리 스스로가 안정을 찾지 못하면, 다른 이들을 치유할 수 없네. 지금 황천빛 사원으로 가게. 가서 파올과 슬픔을 함께 나누고, 서로를 도와주게. 사아라의 이야기도 들어보게. 아직 시간이 있네. 그 후에 항구에서 자네의 백성들을 다시 만나고, 빛께서 허락하신다면 그들의 상처 입은 가슴을 매만져줄 위로의 말을 할 수 있을 걸세."

안두인은 미소를 지었다.

"전 벨렌 님처럼 지혜로워질 수는 없을 거예요."

벨렌은 희미하게 웃으며 슬프게 고개를 가로저었다.

"내가 아는 유일한 지혜는 내가 지혜롭지 못하다는 사실을 아는 것뿐이네."

황천빛 사원

안두인은 사원에 들어서면서부터 무슨 일이 일어나고 있다는 걸 알았다. 사원의 모든 이들이 사아라의 방 입구에 모여 있는 것 같았다. 그곳은 사아라의 빛이 계속해서 번져 나오는 위치였다. 안두인은 눈을 가늘게 뜬 채 서둘러 그들이 모여 있는 곳으로 다가갔다. 일어서 있거나 앉아서 기도에 열중하고 있는 사제들을 헤치며 앞으로 나아갔다. 안두인은 사아라의 연보랏빛 광휘를 볼 수 있었으며, 가슴이 아프고 모든 일이 혼란스러운 와중에도 나루의 손길이 자신의 영혼을 어루만지는 것을 느낄 수 있었다.

칼리아의 시신이 사아라 앞에 떠 있었다. 그녀는 잠을 자고 있기라도 한 듯, 가슴에 손을 모은 채 공중에 가만히 누워 있었다. 그녀의 금발이 나루만큼이나 환한 빛을 발하며 부드럽게 흘러내렸고, 금색과 흰색이 섞인 로브가 여린 체구를 덮고 있었다.

파올은 수정과도 같은 나루 앞에 무릎을 꿇고 고개 숙인 채 기도에 열중한 모습이었다. 대여사제 이샤나가 안두인 곁으로 다가와 조용히 말했다.

"칼리아에게 무슨 일이 일어나고 있어요. 육신의 부패가 시작되지도 않았고요. 파올 님이 유해를 이곳으로 가져오신 직후부터 줄곧 함께하고 계세요."

이샤나는 돌아서서 안두인을 바라보며 덧붙였다.

"사아라는 대주교님께 당신을 기다리라고 했어요, 국왕 폐하."

서늘한 기운이 안두인의 등골을 따라 흘러내렸다. 그는 마른침을 삼켰다. 깊이 숨을 들이쉰 뒤, 안두인은 파올 대주교를 향해 다가갔다.

"제가 왔습니다, 성하. 이제 뭘 하면 될까요?"

파올은 고개를 들어 안두인을 바라봤다.

"나도 아직 모르겠네. 하지만 사아라는 자네도 반드시 함께해야 한다고 말하고 있네."

그때 침묵을 지키고 있던 사아라가 그들의 마음을 향해 생각을 전했다.

'칼리아는 과거의 일이 견딜 수 없을 만큼 괴로운 꿈으로 되살아나면 날 찾아오곤 했다. 나는 인내심이 필요하다고 충고했다. 꿈이 멈추기 전에 해야만 하는 일이 있다고. 이해해야 할 것이 있다고. 사람들이 칼리아의 도움을 필요로 할 것이라고. 그리고 기이한 진실을 알려주었다. 때로는 가장 아름답고 중요한 선물이 고통과 피에 감싸여 있기도 하다고.'

그 진실한 말이 안두인의 가슴을 울렸다. 그건 어느 누구도 원치 않는 선물이었다. 무슨 수를 써서라도 피해야 할 일이었다. 하지만 사아라가 말한 대로, 아름답고 중요한 선물이기도 했다.

'이제 그 싸움은 끝났다. 칼리아 메네실은 산 자의 고통으로부터, 한때 그녀의 가슴을 찢어놓았던 악몽으로부터 해방될 것이다. 그녀는 그곳 벌판에 있던 이들이 자신의 백성이라는 것을 알았다. 그녀는 그 책임감을 받아들이고, 목숨을 바쳐 백성을 구하려 했던 것이다. 그녀의 어린 시절에는 인간이었지만, 이제는 포세이큰이 된 백성이었다. 빛과 어둠. 포세이큰 사제와 인간 사제. 둘이 함께한다면 그녀는 빛과 같이 돌아와 자신을 되찾을 수 있으리라.'

안두인은 입이 바싹 말랐다. 온몸이 떨렸다. 그는 파올을 바라봤지만 대주교는 말없이 고개만 끄덕였다. 둘은 침묵 속에서 공중에 떠 있는 칼리아의 양옆으로 다가가, 작고 창백한 손을 하나씩 잡았다.

'그녀는 빛과 같이 돌아와 자신을 되찾을 수 있으리라.'

사아라는 그렇게 말했다. 안두인은 나루가 한 말의 의미를 알 수 없었다. 파올도 마찬가지인 것 같았다.

그러나 설명할 수는 없지만 칼리아는 알고 있을 것 같았다.

안두인은 따뜻하고 차분하게 자신을 비추는 빛을 느꼈다. 빛은 그의 몸에 스며들어, 격렬하게 흔들리던 정신을 위로해주었다. 익숙한 느낌이었지만 어딘가 다른 점이 있었다. 그는 언제나 빛의 힘이 강물처럼 자신을 타고 흐른다고 느꼈다. 하지만 지금은 거대한 바다가 그를 매개체로 사용하고 있는 듯했다. 안두인은 약간의 두려움을 느꼈다. 이토록 강력한 힘을 온몸에 품고 인도할 수 있을까?

안두인은 그런 힘에 의해 한계까지 내몰려 압도될 것이라 예상했지만, 그를 휩쓰는 빛의 해일이 오히려 그에게 활기를 불어넣었다. 지금 눈앞의 일에 온 힘을 바칠 수 있도록 그를 북돋웠다.

'그래요, 그렇게 하겠습니다.'

안두인은 가슴 깊은 곳에서 속삭였다.

빛이 따스한 색조로 안두인을 둘러싸고, 다시 로데론의 여왕 칼리아의 온전한 육신을 완전히 감싼 후, 포세이큰 대주교 파올의 주위를 소용돌이 쳤다. 그 빛은 파도처럼 부풀어 오르다가 고점에서 부서져 내렸다. 안두인 에게서 힘이 빠져나갔지만, 그의 힘을 소진시키지는 않았다.

차가운 손이 그의 손을 꽉 붙잡았다.

칼리아가 눈을 뜨는 모습을 보며 안두인은 헉하고 숨을 들이쉬었다. 그 녀의 눈은 포세이큰의 으스스한 노란색이 아니라, 희미한 하얀빛을 발했 다. 생기라고는 찾아볼 수 없는 얼굴에 미소가 떠올랐다. 서서히 그녀의 육신이 세워졌고, 두 발이 돌바닥으로 내려왔다.

칼리아 메네실은 죽었지만 다시 살아났다. 그녀는 자아를 잃은 언데드 가 아니었고, 포세이큰도 아니었다. 나루의 힘에 감싸인 채, 빛의 힘을 사 용한 인간과 포세이큰 모두의 힘으로 되살아난 존재였다.

파올이 떨리는 목소리로 말했다.

"칼리아, 잘 돌아왔네. 자네가 우리 곁에 돌아올 수 있을 거라고는 감히 꿈도 꾸지 못했네!"

"누군가 제게 말했었죠. 희망은 다른 모든 것이 무너져 내렸을 때 남는 거라고요."

칼리아의 목소리는 무덤 속에서 들리는 것처럼 작은 울림이 있었지만,

파올의 목소리처럼 따뜻하고 상냥했다. 하얀 시선이 안두인에게로 향했다. 칼리아는 미소를 지으며 말을 이었다.

"희망이 있다면 회복될 수 있고, 모든 걸 해낼 수 있다고요. 불가능한 일까지도 그렇다고 했었죠."

모든 이들이 당혹감과 경외심이 뒤섞인 눈길로 칼리아를 바라봤다. 어떻게 된 걸까? 부활? 아니, 그녀는 여전히 죽어 있었다. 어둠의 선물? 그것도 아니었다. 오늘 이 자리에 찾아왔던 건 어둠이 아니라 빛이었으니까. 이 언데드 여성에게서 어둠이라고는 찾아볼 수 없었다.

잠시 후, 칼리아는 안두인을 향해 돌아서서 슬픈 미소를 지었다.

"고마워요. 대주교님과 함께 제가 돌아올 수 있도록 해주셔서요."

"빛은 제 도움을 필요로 하지 않았어요."

"음, 그러면 그곳에 절 버려두지 않은 걸 고맙다고 해야겠네요."

"그럴 수는 없었죠."

안두인은 눈살을 조금 찌푸리며 물었다.

"애초부터 그럴 생각이셨나요? 회합에 대한 제 열정을 이용해서 왕좌를 되찾으려 한 건가요?"

칼리아의 창백한 얼굴에 더욱 짙은 슬픔이 스쳤다.

"아니, 그렇지 않아요. 잠시만 같이 앉아요."

두 사람은 작은 탁자를 찾아 앉았고, 다른 이들은 잠시 자리를 피해주었다.

"파올 대주교님을 만난 이후로 저는 늘 기회만 허락된다면, 비록 제가 포세이큰은 아니더라도 그들 모두를 백성으로 인정하고 잘 다스릴 수 있다는 걸 보여주고 싶었어요. 제 동생은 그들 모두를 해치려 했지만, 전 돕고 싶었죠."

"그래서 이번 회합에 참석하고 싶다고 말씀하신 거군요."

칼리아는 고개를 끄덕였다.

"네, 사제가 아닌 포세이큰을 많이 만나보고 싶었어요. 가족들을 만나고 그들이 어떤 반응을 보이는지도 보고 싶었고요. 하지만 이번 회합에서 제가 기대한 건 그게 전부였어요. 맹세할게요."

"당신을 믿어요."

안두인의 말에 그녀가 안심하는 것을 느낄 수 있었다.

"전 그럴 자격이 없지만, 정말 고마워요."

안두인은 손을 깍지 낀 채 탁자에 올리고 칼리아를 뚫어져라 바라봤다.

"그러면 대체 왜 생각을 바꾸신 거죠?"

"파쿠알이 제게 다가와서는 제가 필요하다고 말했어요. 때가 되었다고요. 처음에는 그게 무슨 말인지 몰랐지만, 곧 알 수 있었죠. 그들이 탈주하고자 한다는 것을요. 전 선택을 해야 했어요. 제 정체를 드러내서 그들을 돕고 모든 이들을 안전한 곳으로 이끌어주거나, 아니면 조력을 거부하고 그들을 죽음으로 내몰 수도 있었죠."

칼리아는 시선을 외면하며 말을 이었다.

"결국엔 모두를 죽게 했지만."

"게다가 당신 때문에 하마터면 전쟁이 시작될 뻔했습니다. 당신 때문에 수십만 명의 사람들이 목숨을 잃을 수도 있었어요. 아시겠습니까?"

안두인이 딱딱한 목소리로 말했다.

칼리아는 유감스러운 표정이었다.

"전 통치하는 법을 배우지 못했어요, 안두인. 아무도 제게 그런 걸 기대하지는 않았으니까요. 정치나 전략 같은 것도 배운 적이 없어요. 그래서인지 그곳에 나가 보니……."

"당신은 마음이 이끄는 대로 따랐을 뿐이죠."

안두인의 분노는 어느덧 슬픔으로 변해 있었다.

"저도 이해해요. 하지만 지도자란 그런 자유를 누리며 살 수는 없는 존재예요."

"전 아직 백성을 다스릴 준비가 되지 않았어요. 하지만 계속해서 로데론 사람들을 돕고 싶어요. 그들은 내 백성이고, 이제 저도 그들과 같아졌죠. 이게…… 옳은 일인 것 같아요."

칼리아는 미소를 지으며 말을 이었다.

"이제부터 배울게요. 그리고 대주교님께 이…… 모습으로 살아가려면 어떻게 해야 하는지도 배우겠어요. 빛의 길을 걷는 언데드로 사는 법을요."

끔찍할 수도 있는 일이었다. 추악할 수도 있었다. 하지만 모습은 달라졌어도 여전히 그대로 남은 칼리아가 스톰윈드의 젊은 국왕을 바라보자, 안두인은 나루의 말을 떠올릴 수 있었다. 칼리아 메네실은 악몽으로부터 영원히 해방된 것이었다.

그래서 그는 기뻤다.

평생 가장 암울했던 하루 중에서 유일하게 위안이 되는 순간이었다.

아라시 고원

벨렌은 안두인에게 황천빛 사원으로 가서 사아라와 대화하고 나루의 이야기를 들어보라고 조언했다. 그런 후에 안두인이 부두에서 사람들을 만난다면, 빛의 뜻에 따라 그들의 상처 입은 가슴을 어루만져줄 수 있을 거라고 말했다.

벨렌의 말이 옳았다.

함선이 스톰윈드 항구에 들어섰을 때, 안두인은 그곳에서 사람들을 맞이했다. 하지만 고향에 돌아온 것을 환영하려는 건 아니었다. 그들을 다시 아라시 고원으로 데려가기 위한 만남이었다.

안두인은 비석을 새기는 석공과 무덤을 파는 사람을 네려왔다. 로데론, 아니 언더시티의 주민들을 눅눅한 초원에 내버려둔 채 썩어가게 할 수는 없었다. 안두인은 비극의 현장으로 돌아가고 싶은 사람은 함선에 남아 있으라고 말했다. 이를 원치 않는 사람들은 집으로 돌아갔다.

사람들은 대부분 그대로 남았다.

지금 안두인은 그들 사이를 걷고 있었다. 소라딘의 성벽 근처에서 갈렌의 타락지를 지키는 포세이큰의 시선이 느껴졌지만 개의치 않았다. 그들은 용감하게 편견과 공포를 극복하려 했던 사람들의 시신을 찾아, 명복을 빌며 매장했다. 안두인은 사람들이 마침내 안식을 맞이한 포세이큰에 대해 이야기하는 것을 들었다.

벨렌은 자신의 지혜로움을 애써 외면하려 했지만, 안두인은 확신했다. 이것이 사람들을 치유하는 길이었다. 조의를 표하는 방법이었다. 안두인이 절대로 잊을 수 없는 이름이 되어버린 젬과 잭, 제이크를 매장한 후 엠마는 무너져 내렸다. 그곳에 있던 필리아가 연로한 여인을 품에 안고 다독여주었다. 필리아의 두 눈도 쉴 새 없이 흐른 눈물로 붉게 충혈되었다.

"모두 떠나버렸어요. 한 명도 남지 않았죠. 난 이제 혼자예요."

엠마의 말에 필리아가 고개를 저으며 위로했다.

"아니요, 그렇지 않아요. 우리가 서로 도우면 되잖아요."

겐은 안두인과 함께 아라시 고원으로 돌아왔다. 아직 소년 국왕과 이야기할 기회는 없었지만, 그를 곁에서 보필도 하지 않은 채 돌아갈 생각은 없었다. 필리아와 엠마가 서로를 위로하는 말을 들으며, 겐은 깊은 감동을 받았다. 그는 몇 걸음 뒤에서 걷고 있는 안두인을 바라봤다.

겐은 국왕 곁으로 다가갔다.

"표범이 은밀히 움직인다는 건 알았지만, 늑대도 다르지 않군요."

안두인의 말에 겐은 어깨를 으쓱했다.

"그저 필요에 따라 움직일 줄 아는 것이겠지."

"새삼 놀라워요. 처음 겪는 일도 아니지만."

겐은 안두인의 말을 무시한 채 해야 할 말을 했다.

"지난 몇 년 동안 자네를 꽤나 잘 알게 되었다고 생각하네. 자네가 자라는 모습을 지켜봤지. 불필요하게 힘겨운 과정이었지만 말이야. 아무래도 이 세계에서는 쉬운 일이란 없는 것 같군."

"맞아요. 단 하루 동안의 평화도 쉽지 않지요."

안두인의 푸른 눈이 평원을 훑어봤다.

"이 세계든, 그 어느 세계든 평화란 실현하기 가장 어려운 일이라는 걸 이제는 알 때가 되지 않았나."

겐은 비교적 다정한 목소리로 말했다.

안두인은 슬픔과 불신으로 가득한 머리를 가로저었다.

"황폐의 의회 포세이큰들이 사랑하는 이들과 미래를 함께 보내겠다는 일념으로 온 힘을 다해 달리던 모습을 머릿속에서 지울 수가 없어요. 모두 제 책임이에요. 그들이 그렇게 된 것과 저들이 저렇게 된 것도요."

안두인은 평원에서 망자를 추모하는 살아 있는 사람들을 가리키며 말했다.

"실바나스가 자기 백성들을 죽인 거네, 안두인. 자네가 책임질 일이 아니야."

겐이 안두인을 다독였다.

"물론 이성적으로는 저도 그 사실을 알고 있어요. 하지만 그건 중요하지 않아요. 제 뼈가 그렇게 얘기하지 않아요. 여기가 그렇게 얘기하지 않는다고요."

안두인은 잠시 가슴에 손을 얹은 후, 그대로 팔을 툭 떨궜다.

"이 평원에서 쓰러진 이들은 스톰윈드의 국왕 안두인 린이 안전하게 사랑하던 사람들을 다시 만나게 해주겠노라 약속했기 때문에 이곳까지 나온 거예요. 그 약속 때문에 모두 죽고 말았어요. 저 때문에요."

그의 목리가 어찌나 자조적이고 씁쓸한지, 그에게서 그런 목소리를 한 번도 들어본 적 없었던 겐은 할 말을 잃었다. 시간이 흐르고 안두인은 다시 입을 열었다.

"제게 하실 말씀이 있어서 오신 거겠죠. 말씀하세요. 전 꾸중을 들어야 해요."

겐은 콧방귀를 뀌고는 지평선에 시선을 고정한 채 잠시 수염을 만지작거렸다.

"사실 난 사과하러 왔네."

안두인이 고개를 돌렸다. 당황한 표정을 숨기려 하지도 않았다.

"사과라니요? 지금껏 이번 계획을 반대하셨잖아요."

"자네가 내게 지켜보라고 했지. 그래서 난 지켜봤네. 그리고 열심히 듣기도 했어."

겐은 자기 귀를 가리키며 말을 이었다.

"늑대는 청력도 아주 좋거든. 웃음소리를 들었네. 공포가 기쁨으로 바뀌던 모습을 볼 수 있었네."

그는 망자를 추모하는 스톰윈드의 사람들에게서 시선을 떼지 않고 계속 이야기를 이었다.

"다른 것들도 보았네. 스톰윈드 경비병 한 명도 오늘 이곳에 참석했었네. 그는 아내나 여동생으로 보이는 포세이큰 여성 한 명과 대화를 시도했지만, 결국엔 고개를 절레절레 저으며 그녀를 두고 요새로 돌아와 버렸지."

안두인이 혼란스러운 듯 이마에 주름이 잡혔지만, 그는 아무 말도 하지 않고 기다렸다.

"그 포세이큰은 고개를 숙인 채 잠시 기다렸네. 그냥…… 거기 그렇게 서 있었어. 그러다가 아주 천천히 소라딘의 성벽으로 돌아갔네."

이제 겐은 안두인을 바라봤다.

"폭력은 없었네…… 분노도, 증오도 없었어. 거친 말이 오가지도 않았지. 행복하게 서로를 맞이한 가족의 모습은 정말 인상적이고 특별한 경험이었지만, 그 모습이 내겐 더 중요하게 다가왔네. 인간과 포세이큰이 이렇게 격렬한 감정을 품고서 서로를 만나고, 서로를 싫어하고, 심지어 거부감을 느껴 서로 틀어진다고 해도, 그냥 저렇게 물러날 뿐이라면……."

겐은 고개를 가로저었다.

"지금까지 내가 본 포세이큰의 모습은 배신과 기만, 생명을 끝장내려는 갈망으로만 가득한 존재였지."

'나는 내 아들이 목숨을 바쳐 날 구하고 내 품에서 죽어가는 모습을 봤어.'

겐은 이 생각을 굳이 입 밖으로 꺼내지는 않았다.

"나는 그 괴물들이 생명의 불씨를 꺼뜨리겠다는 일념을 제외하고는 아무런 욕망도, 생각도 없이 흉측하게 어슬렁거리는 모습만 보았었네. 하지만 그날의 풍경은 내게도 처음이었어. 절대로 볼 수 없을 거라고 생각했던 광경이었지."

안두인은 잠자코 겐의 이야기에 귀를 기울였다.

"나는 빛을 믿네. 빛을 보았고 도움도 받았으니 마땅히 그래야겠지. 하지만 빛을 진정으로 느껴본 적은 없었네. 파올에게서도 느낄 수 없었어. 그저 죽은 옛 진+가 장난저럼 되살아났다는 것과 뱃속이 뒤틀릴 만큼 우스꽝스러운 모습만 보였지. 절대 사실이 아닌 거짓만을 지껄여댄다고 생각했었고. 하지만 그때 파올이 진실한 이야기를 했네. 너무나도 가혹한 진실이었지. 그게 칼날처럼 날 꿰뚫고 들어와 도저히 견딜 수가 없었네."

겐은 숨을 깊이 들이쉬었다.

"하지만 그가 옳았어. 자네가 옳았네. 나는 여전히 개개인의 의지와는 상관없이 포세이큰에게 자행된 행위는 끔찍한 일이라고 생각하네. 하지만 그들 중에는 어둠의 힘으로 되살아났을지언정 망가지지 않은 이들이 있다는 것을 이제 분명히 알게 되었네. 여전히 인간의 본성을 잃지 않은 이들이 있다는 걸 말이야. 내가 틀렸네. 그래서 사과하고 싶었지."

안두인은 고개를 끄덕였다. 희미한 미소가 그의 얼굴을 스쳤지만 이내 사라졌다. 아직은 죄책감의 무게가 너무 무거웠고, 그 고통을 외면하고 싶지 않았다. 아직은 그럴 수 없었다.

"그래도 실바나스에 대한 말씀은 옳았어요. 빛이여, 제가 당신 말씀을 들었다면 얼마나 좋았을까요."

안두인의 목소리에는 차가운 회한이 남아 있었다.

겐의 대답은 안두인을 다시 한 번 놀라게 했다.

"나도 옳지 않았네. 모두 옳았던 건 아니지. 실바나스가 무슨 짓이든 하리라는 것만 알았네. 그래서 우리를 공격할 거라고 생각했지. 자기 백성들을 공격할 줄은 몰랐어."

안두인은 인상을 찌푸리며 고개를 돌렸다.

"그녀가 해치긴 했지만, 황폐의 의회를 안전하게 지켜주겠다고 한 건 저예요. 그들의 죽음 또한 제 책임이에요. 언제까지고 잊을 수 없을 거예요."

"아니, 그렇지 않네. 자네 몫의 책임은 다하지 않았나. 실바나스가 자신에게 순종하지 않는 자들을 상대할 때 얼마나 추악해질 수 있는지, 아무도 몰랐던 것뿐일세. 내 생각에 황폐의 의회는 어둠의 여왕이 자리를 비운 사이에 자치단체로 구성되는 순간, 이미 사형 집행에 동의한 셈이지. 의회의 파멸은 시간문제였을 뿐이니까. 그들의 유령은, 그러니까 포세이큰에게도 유령이 있다면 자네를 쫓아오지는 않을 걸세. 자네는 그들을 위하는 마음으로 가득했으니까."

안두인은 그제야 연로한 겐의 눈을 똑바로 바라봤다.

"대답해주세요. 겐 당신이라면 그걸로 충분했을까요? 아들을 마지막으로 한 번만 다시 볼 수 있다면, 당신의 생명으로 그 대가를 치를 수 있으시겠어요?"

전혀 예상치 못한 질문이었기에, 겐은 잠시 충격에 빠졌다. 오랜 고통이 그의 몸을 휩쓸었고 그는 입을 굳게 다물었다. 대답하고 싶지 않았다. 하지만 젊은 국왕의 얼굴에는 쉽게 거절할 수 없는 무언가가 담겨 있었다.

겐은 한참이 지나서야 대답할 수 있었다.

"그래. 그럴 수 있네."

사실이었다.

안두인은 떨리는 숨을 깊이 들이쉬고, 겐을 향해 고개를 끄덕였다.

"이번 일은 엄청난 비극이고, 평화를 얻을 수 있는 기회가 산산이 깨졌어요. 호드와 함께 이 세계를 치유하려고 했던 계획이 수포로 돌아가 버렸죠. 아제라이트는 계속해서 힘의 균형을 무너뜨릴 거예요. 얼라이언스도 큰 상처를 입었어요. 실바나스는 진정한 변화가 시작될 수 있었던 그 순간을 이용해서, 적이라고 간주한 자들을 모두 제거했어요. 그러한 학살이 어찌나 자연스럽게 행해졌는지, 저조차도 그녀를 마냥 비난할 수는 없더군요. 실바나스는 약속을 어기지 않았어요. 칼리아는 왕위를 찬탈하려 했죠. 호드의 대족장이 배신자로 낙인찍은 개인을 처형했다고 해서 스톰윈드를 이끌고 전쟁을 선포할 수는 없겠죠. 그러니까 그녀는 아무런 비난도 받지 않을 거예요. 실바나스는 자신의 뜻에 반하는 세력을 제거하고, 로데론의 정당한 후계자를 살해했어요. 그러는 동안에도 고귀한 지도자로서의 소명을 다했어요. 얼라이언스는 단 한 명도 해치지 않았으니까요. 전쟁이 발발할 가능성을 봉쇄해버린 것이죠."

겐은 아무 말도 하지 않았다. 그럴 필요가 없었다. 그는 곁에 서서 젊은 국왕이 스스로 생각을 정리할 수 있도록 말을 아꼈다.

한참의 시간이 흐르고 마침내 안두인이 입을 열었다.

감정에 북받쳐 떨리는 목소리였다.

"저는 평화를 꿈꾸는 걸 절대로 멈추지 않을 거예요. 너무 많은 이들의 내면에서 아주 큰 선함을 보았기에, 그들 모두를 학살의 대상이 되어야 할 사악한 무리라고 매도할 수만은 없어요. 그리고 사람들이 변할 수 있다는 신념도 바뀌지 않을 거예요. 하지만 이제야 제가 독에 오염된 논밭에서 작물을 수확하려고 기다리는 농부 같았다는 걸 깨달았어요. 그런 건 불가능한 일이죠."

겐은 긴장했다. 젊은 국왕은 뭔가 하고 싶은 말이 있는 듯했다.

"누구나 변할 수 있어요. 하지만 절대로 변하지 않으려 하는 이들도 있지요. 실바나스 윈드러너가 바로 그런 존재예요."

안두인은 깊이 숨을 들이쉬었다. 슬픔과 암울한 결의 때문인지 나이가 들어 보였다. 겐은 그토록 무겁고 고통스러운 의무를 떠맡은 이들의 얼굴에 떠오르는 결의를 지금껏 많이 보았었다.

안두인 레인 린이 다시 입을 열었을 때 겐은 그의 말이 반갑긴 했지만, 젊은 국왕이 그런 말을 해야 한다는 사실에 서글픈 기분이 들었다.

"실바나스 윈드러너는 완전히 길을 잃었어요."

감사의 말

이 작품은 제가 블리자드의 직원으로 집필을 시작하고 끝마친 첫 번째 블리자드 소설입니다. 그래서 궁금한 점이 있을 때면 언제든 질문을 하고 그 즉시 대답을 들을 수 있는 경험, 아제로스의 먼 미래를 결정하는 회의에 직접 참석하는 경험, 창조의 에너지와 놀랍도록 재능 있는 창작자들에게 둘러싸여 생활하는 경험이 오롯이 이 책에 담겨 있습니다.

리디아 보테고니, 로버트 브룩스, 맷 번즈, 션 코프랜드, 스티브 대누저, 케이트 게리, 테란 그레고리, 조지 크리틱, 크리스트 쿠글러, 브리앤 로프티스, 티모스 러프란, 마크 메신저, 앨리슨 모나한, 저스틴 파커, 앤드듀 로빈슨, 데렉 로젠버그, 랠프 산체즈, 로버트 심슨.

저와 함께 일하며 '회사에 가는 길'이 '집으로 돌아가는 길'이라고 느낄 수 있도록 도와주시는 멋진 분들께 진심으로 감사드립니다.